ROBERT LUDLUM
KYLE MILLS

DIE NANO INVASION

ROBERT LUDLUM

KYLE MILLS

DIE NANO INVASION

Roman

**Aus dem Amerikanischen
von Norbert Jakober**

HEYNE ‹

Die Originalausgabe erschien unter dem Titel
The Patriot Attack
bei Grand Central Publishing, New York

Der Verlag weist ausdrücklich darauf hin, dass im Text enthaltene externe Links
vom Verlag nur bis zum Zeitpunkt der Buchveröffentlichung eingesehen werden konnten.
Auf spätere Veränderungen hat der Verlag keinerlei Einfluss.
Eine Haftung des Verlags ist daher ausgeschlossen.

Verlagsgruppe Random House FSC® N001967

2. Auflage
Copyright © 2015 by MYN PYN, LLC
Copyright © 2017 der deutschen Ausgabe by Wilhelm Heyne Verlag, München
in der Verlagsgruppe Random House GmbH, Neumarkter Str. 28, 81673 München
Published by arrangement with The Estate of Robert Ludlum
c/o BAROR INTERNATIONAL, INC., Armonk, New York, U.S.A.
Satz: Vornehm Mediengestaltung GmbH, München
Druck und Bindung: CPI books GmbH, Leck
Printed in Germany

ISBN 978-3-453-41776-2

www.heyne.de

Prolog

Kernkraftwerk Fukushima Daiichi
NORDOST-JAPAN, 11. MÄRZ 2011

Dr. Hideki Ito spürte, wie der Boden unter ihm zu zittern begann, und stützte sich an der Kontrollkonsole ab. Er wartete darauf, dass das Beben abebbte, und erinnerte sich an die starken Erschütterungen zwei Tage zuvor, die die Anlage ohne Zwischenfälle überstanden hatte. Dennoch konnte er die innere Anspannung nicht ignorieren, die ihn jedes Mal erfasste, wenn die Erde in Bewegung geriet. Aber es gab keinen Grund zur Sorge, sagte er sich erneut. Der General hatte den Reaktorblock vier abschalten lassen, um ihn als Forschungsanlage zu nutzen, angeblich weil dieser Block besonders gut geeignet war, im Falle eines Erdbebens den Austritt von radioaktiver Strahlung zu verhindern. In Wahrheit ging es hier jedoch nicht um Strahlung, die es im Zaum zu halten galt. Die Arbeit, der Ito sein Leben gewidmet hatte, war noch viel gefährlicher und schwerer zu kontrollieren.

Die Erschütterungen schienen diesmal nicht aufhören zu wollen, und er blickte sich nervös um. Die Betonwände des neun mal neun Meter großen Raumes waren von isolierten Rohren in allen Größen überzogen. Der Zugang erfolgte durch eine kleine Tür aus Titan zwischen den Computertischen. Seine beiden Forschungsassistenten hielten sich an den Kanten ihrer Stühle fest, die Beine gespreizt, um nicht auf den mit Gummi überzogenen Boden zu stürzen.

Der junge Mann zeigte den stoischen Gesichtsausdruck, den Ito seit dem Tag vor zwei Jahren, an dem er ihn eingestellt hatte, von ihm gewohnt war. Die Frau, eine brillante Absolventin der Universität Tokio, blickte sich mit kurzen, vogelartigen Kopfbewegungen in dem Bunker um. *Sie sucht nach Rissen*, dachte Ito verständnisvoll. Er verspürte jeden Tag tausendmal den Drang, das Gleiche zu tun.

Der alte Wissenschaftler wandte sich wieder nach vorne und blickte durch die zehn Zentimeter dicke Glaswand in den angrenzenden kleinen Raum. In der Mitte stand ein würfelförmiger Glaskasten mit Proben aus Beton, Kunststoff und Stahl. Dazwischen befand sich organisches Material: Erdproben und verschiedene sorgfältig ausgesuchte Pflanzen. Über allem lag eine weiße Ratte faul auf einem der Roboterarme, mit dem einzelne Teile von außen bewegt werden konnten.

Das Elektronenmikroskop reagierte auf den Steuerknüppel in Itos Hand, mit dem er es trotz der Vibrationen auf eine Moosprobe richtete. Die tiefgrüne Farbe deutete darauf hin, dass das Moos ebenso wie die Ratte keinen Schaden durch seine Experimente davongetragen hatte. Natürlich musste diese Annahme erst durch eine Untersuchung auf atomarer Ebene bestätigt werden. Auch an den vom Menschen hergestellten Materialien war mit bloßem Auge keinerlei Beschädigung zu erkennen. Wenn man tiefer blickte, ergab sich jedoch ein ganz anderes Bild.

Während Ito die Probe unter dem Mikroskop hatte, konnte er deren Struktur auf einem in die Wand eingelassenen Monitor untersuchen. Sie sah aus wie immer. Eine gesunde biologische Probe, allem Anschein nach unberührt von dem unsichtbaren Krieg, der in den anderen Materialien tobte.

Nach so vielen Jahren des Scheiterns konnte Ito immer noch nicht recht glauben, welche Erfolge ihm seit Kurzem beschieden waren. Waren sie tatsächlich Realität, oder war irgendwo dahinter ein fataler Fehler verborgen, der ihm in den Tausenden Berechnungen unterlaufen war? Und waren seine sorgfältig ausgearbeiteten Sicherheitsvorkehrungen wirklich so zuverlässig, wie es den Anschein hatte? Oder war sein Eindruck, das Geschehen völlig unter Kontrolle zu haben, nur eine Illusion?

Die Euphorie angesichts der Tatsache, dass es ihm gelungen war, die grundlegenden Kräfte der Natur zu beeinflussen, war allmählich einem Schaudern gewichen. Hatte Einstein genauso empfunden, als seine Gleichungen zum Bau der Atombomben benutzt wurden, die vor vielen Jahren auf Itos Land abgeworfen worden waren? Hatte Einstein verstanden, dass sich die Natur niemals von etwas so vergleichsweise Einfachem wie dem menschlichen Verstand würde beherrschen lassen?

Wie als Antwort auf seine Fragen nahm die Intensität des Erdbebens zu. Diesmal fühlte es sich anders an als sonst. Ito hatte plötzlich Mühe, sich auf den Beinen zu halten, obwohl er sich mit beiden Händen an der Konsole festhielt. Die Erschütterungen dröhnten so laut in seinen Ohren, dass er die Schreie seiner jungen Assistentin kaum hören konnte.

Ein Rohr an der Decke platzte und übergoss ihn mit einem Schwall eiskalten Meerwassers, das ihn schließlich von den Beinen riss. Jähe Panik stieg in ihm auf, während er mit vom Salzwasser brennenden Augen über den schwankenden Boden zu einem Absperrventil kroch. Als er die Wand erreichte, konnte er seine Augen nicht mehr offen halten. Er tastete sich am feuchten Beton entlang, bis er das Metallrad fand.

Es ließ sich zunächst nicht bewegen, doch seine vom Adrenalin befeuerten Muskeln vermochten es schließlich zu lösen. Ito riss das Rad herum, und im nächsten Moment war alles weg: das Beben, der Wasserschwall und das Licht im Raum. Das Chaos hatte sich von einem Moment auf den anderen in Stille verwandelt.

Ito drückte sich mit dem Rücken an die Wand und kämpfte gegen das beängstigende Gefühl der Orientierungslosigkeit an, das ihn in der plötzlichen Dunkelheit überkam. Er konzentrierte sich auf das Tröpfeln des Wassers und öffnete die Augen, obwohl um ihn herum alles schwarz war.

Der Strom war ausgefallen. Deshalb waren die Lichter ausgegangen. Ganz einfach.

Auf dieser simplen Tatsache baute er seine Analyse der Situation auf. Außer dem Tropfgeräusch hörte er das unregelmäßige Atmen seiner beiden Assistenten. Der Raum war stabil – das Erdbeben war also vorbei. Natürlich konnte es Nachbeben geben, deren Stärke sich nicht vorhersagen ließ.

Ito ging davon aus, dass in der gesamten Anlage bereits das Notfallprogramm aktiv war. Die Reaktoren wurden automatisch abgeschaltet, und die Kühlsysteme liefen mithilfe von Generatoren weiter. Das alles war jedoch nebensächlich. Was wirklich zählte, waren die Sicherheitsvorkehrungen seines eigenen Labors.

»Isami!«, rief Ito in die Dunkelheit. »Die Notbeleuchtung! Können Sie sie einschalten?«

Ito hörte ein zustimmendes Grunzen und das platschende Geräusch von Schritten auf dem überfluteten Boden. Sie waren auf solche Situationen vorbereitet, und nach wenigen Sekunden war der Raum in gedämpftes rotes Licht getaucht. Isami stand wie erwartet beim Lichtschalter, doch Mikiko kauerte unter einem Tisch, den Blick starr auf die dicke Glaswand gerichtet, die sich über die gesamte Nordseite des Raumes erstreckte.

Staub und Wasserdampf hingen in der Luft und erzeugten einen Kaleidoskop-Effekt, der jedoch nicht zu verbergen vermochte, was ihre Augen fixierten: einen gezackten Riss vom Boden bis zur Decke.

Im nächsten Augenblick sprang Mikiko auf, rannte zur Tür und griff nach der Klinke. Ito reagierte schneller, als er es selbst für möglich gehalten hätte. Er sprang auf, stieß die junge Frau zur Seite und zog die Abdeckung des Tastenfelds zurück, um seinen persönlichen Verriegelungscode einzugeben. Er hatte erst zwei Ziffern eingetippt, da packte Mikiko ihn von hinten, schlang ihm den Arm um den Hals und schnürte ihm die Kehle zu. Ito hielt sich mit einer Hand am Türgriff fest und ließ sich nicht losreißen. Mikikos panische Schreie hallten durch den Raum, während er den Rest des Codes eingab.

Isami eilte von hinten herbei und zog die Frau zurück, während das metallische Knirschen der Schließriegel ertönte. Das Geräusch verstärkte den Widerstand der jungen Frau, und Isami warf sie zu Boden, griff sich einen heruntergefallenen Schreibtischtacker und knallte ihn ihr zweimal gegen den Kopf.

Ito sah entsetzt das Blut aus ihrer Schläfe strömen, wandte sich dann aber ab. Dem jungen Mann war nichts anderes übrig geblieben. Ihr Leben war nichts im Vergleich zu dem enormen Schaden, der eintreten würde, wenn sein Werk diese Räume verließ.

Es war wieder still im Raum. Nur das stete Tröpfeln des Wassers und ihr schweres Atmen waren noch zu hören.

Zögernd trat Ito zu der Tür in der gesprungenen Glaswand und öffnete sie, während sein Herz hart gegen den Brustkorb hämmerte. Als er durch die Tür schritt, hatte er die bewusstlose Frau und den emotionslosen Mann, der bei ihr stand, bereits vergessen.

Der gläserne Würfel, der sein Experiment beherbergte, war auf hydraulischen Stoßdämpfern und dicken Gummimatten gelagert, die als zusätzliche Sicherheitsmaßnahmen für Ereignisse wie dieses installiert waren. Sie schienen ihren Zweck erfüllt zu haben – das Glas sah völlig unbeschädigt aus. Ito ging langsam um den Würfel herum und strich mit der Hand vorsichtig über die glatten Flächen. Sein Herzschlag begann sich zu beruhigen, bis seine Finger auf etwas stießen. Es war kaum zu spüren – nur eine winzige raue Stelle in der makellos geschliffenen Oberfläche. Ito hielt den Atem an und betete im Stillen zum Gott des Christentums, zu dem er sich vor Jahren bekannt hatte, dass es sich um eine Täuschung handelte.

Doch wie so oft in seinem Leben wurde sein Gebet nicht erhört. Der Riss war nur wenige Zentimeter lang, und es war unmöglich zu sagen, ob er die Wand völlig durchdrungen hatte. Es war jedoch letztlich unwichtig. Er konnte es sich nicht leisten, auch nur das kleinste Risiko einzugehen. Nichts davon durfte nach außen dringen.

»Wir haben ein mögliches Leck«, erklärte Ito mit zitternder Stimme, als er durch die Tür zurückging.

Er und sein Assistent mussten ihre ganze Kraft aufbieten, um den verzogenen Schrank zu öffnen, in dem sich ihre Strahlenschutzanzüge befanden. Schweigend legten sie die Anzüge an. Es gab nichts mehr zu sagen.

Ito fixierte die Atemmaske und schloss sie an die Sauerstoffversorgung an, während Isami zu dem bewusstlosen

Mädchen trat und sich bemühte, den leuchtend gelben Schutzanzug über ihren schlaffen Körper zu ziehen. Die Ausrüstung würde sicherstellen, dass die Strahlung, die für die notwendige Sterilisation eingesetzt wurde, sie nicht sofort tötete, mehr aber auch nicht. Statt eines relativ schnellen Todes würde ihnen ein qualvolles Dahinsiechen beschieden sein.

Mit dem Schlüssel, den er um den Hals trug, öffnete Ito ein Gehäuse, das einen orange leuchtenden Hebel schützte. Mit seiner behandschuhten Hand griff er danach und schloss die Augen. In diesem Moment war es unmöglich, nicht zurückzublicken und die Sinnhaftigkeit seines gesamten Berufslebens anzuzweifeln. Unweigerlich fragte er sich, ob er die vergangenen fünfundvierzig Jahre nicht darauf verwendet hatte, etwas ans Licht zu bringen, von dem Gott wollte, dass es im Dunkeln blieb.

Kapitel Eins

Nordwest-Japan
HEUTE

Lieutenant Colonel Jon Smith hatte seinen Mietwagen zwischen den Bäumen geparkt und ging den Rest des Weges zu Fuß. Der Weg führte steil bergab und wurde immer rutschiger, doch ohne Boot gab es keine andere Möglichkeit, das entlegene Fischerdorf zu erreichen.

Die Berge hinter ihm verdeckten die Sterne, doch vor ihm war der Himmel über dem Japanischen Meer von winzigen Lichtpunkten übersät. Zusammen mit den wenigen Lampen, die im Dorf noch brannten, genügte es, um die schrägen Dächer der Häuser an der Küste auszumachen und die Boote, die dahinter vertäut waren. Zwischen den dicht stehenden Wohnhäusern, Bootshäusern und Gebäuden zur Fischverarbeitung war es zum Glück dunkel.

Smith wich dem gedämpften Lichtschein einer Außenlampe aus und schlich an einem Schuppen vorbei, aus dem ein Geruch nach Diesel und verfaultem Fisch drang. Der Rhythmus der umgebenden Geräusche blieb unverändert: das leise Plätschern der Wellen, der Südwind, der da und dort an einem lockeren Brett zerrte, und das kaum hörbare Summen der Stromleitungen. Ansonsten war es still.

Smith folgte dem Pfeil auf seiner GPS-Uhr zu einem schmalen Durchgang zwischen den Gebäuden und fragte sich einmal mehr, warum er für diesen Job ausgewählt worden war. Sein relativ dunkel getöntes Gesicht und die kurz geschnittenen schwarzen Haare mochten ein Argument sein – dennoch würde ein über eins achtzig großer blauäugiger Amerikaner, der um zwei Uhr nachts durch ein japanisches Dorf schlich, möglicherweise stärker auffallen, als es unter diesen Umständen wünschenswert war. Darüber hinaus beschränkten sich seine Kenntnisse der japanischen Sprache auf ein paar vage erinnerte Brocken aus dem Roman *Shogun*, den er in der Highschool gelesen hatte.

Bestimmt verfügte Covert One auch in Japan über qualifizierte Leute, die die Aufgabe hätten übernehmen können. Verdammt, selbst Randi wäre weit besser geeignet gewesen. Ein wenig Schminke und gefärbte Haare hätten sie so gut wie unsichtbar gemacht. Zudem hatte sie genügend Einsatzerfahrung in China gesammelt, um sich auch in Japan zurechtzufinden.

Doch Fred Klein hatte mit Sicherheit seine Gründe, warum er ausgerechnet ihn damit betraut hatte. Zudem schien es sich um keinen allzu schwierigen Job zu handeln. Er sollte sich mit einem Mann treffen, einen etwa fünf Kilo schweren Aktenkoffer übernehmen, damit in Okinawa in ein Militärflugzeug einsteigen und nach Maryland zurückfliegen.

Ein Kinderspiel, oder? Wahrscheinlich würde sogar noch ein bisschen Zeit bleiben, um sich eine Portion Sushi und eine erholsame Massage zu gönnen.

Es wurde noch dunkler um ihn herum, als er in den schmalen Weg zwischen den Gebäuden einbog und ganz langsam weiterging. Laut GPS war er nur noch knapp zwanzig Meter vom Treffpunkt entfernt. Er zog eine schallgedämpfte Glock unter dem Pulli hervor, es war zwar nicht anzunehmen, dass er sie brauchen würde, aber man konnte nie wissen.

Der Weg zweigte nach links und rechts ab. An der Ecke eines Lagerhauses warf Smith einen kurzen Blick in beide Richtungen. Nichts als Dunkelheit. Zu gern hätte er jetzt ein Nachtsichtgerät bei sich gehabt, doch als groß gewachsener, blauäugiger Amerikaner hatte er es ohnehin schon schwer genug, unauffällig zu bleiben. Mit einem Nachtsichtgerät hätte er mit Sicherheit Aufsehen erregt.

Smith bog nach rechts ab und schlich einige Sekunden den Weg entlang – leider nicht so geräuschlos, wie er es gewollt hätte. Seine Schuhsohlen knirschten auf etwas, das sich wie Fischgräten anfühlte.

»Ich bin hier!«

Eine Flüsterstimme mit starkem Akzent. Smith erstarrte und spähte in die Dunkelheit, aus der eine menschliche Gestalt hinter einem Stapel Holzpaletten auftauchte. Er widerstand dem Drang, sich zu beeilen, und näherte sich dem Unbekannten vorsichtig, die Pistole in der gesenkten Hand haltend. Selbst in dem schwachen Sternenlicht hier zwischen den Gebäuden konnte er an der Körpersprache des Mannes erkennen, dass er Angst hatte. Es wäre nicht hilfreich gewesen, mit der Waffe im Anschlag auf ihn zuzugehen.

Leider schien sein Bemühen, Ruhe und Gelassenheit auszustrahlen, wenig erfolgreich zu sein. Der Mann atmete hastig, als Smith zu ihm trat. Zum Glück waren keine langen Diskussionen nötig, und der Aktenkoffer wurde problemlos übergeben, wenn man davon absah, dass er deutlich schwerer war, als man ihm gesagt hatte. Es kam nicht oft vor, dass Fred Klein in solchen Details ein Fehler unterlief.

»Kommen Sie allein zurecht?«, fragte Smith leise.

Der Mann nickte, da hörte Smith einen plötzlichen Windhauch. Die alten Gebäude ächzten, doch das Geräusch klang irgendwie anders als zuvor. Als wäre es mehr als nur ein Windstoß.

Smith fasste den Überbringer am Hemd, um ihn hinter die Paletten zu ziehen, doch der Mann geriet in Panik und wehrte sich. Im nächsten Augenblick ertönte ein dumpfes Geräusch, und der Japaner brach zusammen. Smith ging mit dem verwundeten Kontaktmann zu Boden und zog ihn in Deckung. Der Mann atmete noch, jedoch mit einem Röcheln, das Smith als Militärarzt an der Front allzu oft gehört hatte. Nach einer kurzen Untersuchung – während der er sich immer wieder nach eventuellen Angreifern umsah – fand er einen Armbrustbolzen zwischen den Rippen. Der Mann würde an seinem eigenen Blut ersticken, und Smith zögerte einen Augenblick. Als Arzt brachte er es nicht fertig, den Mann einfach liegen zu lassen, obwohl nichts und niemand ihm noch helfen konnte. Als erfahrener Agent war ihm jedoch klar, dass er hier in der Falle saß und schleunigst verschwinden musste, wollte er nicht genauso enden wie der Mann, der vor ihm auf dem Boden lag und nach Luft rang.

Da er genau wusste, wie qualvoll die letzten Lebensminuten des Schwerverletzten verlaufen würden, drückte ihm Smith den Schalldämpfer an den Brustkorb und schoss ihm eine Kugel ins Herz. Auf den gedämpften Knall folgte das gleiche dumpfe Geräusch wie zuvor – diesmal aus der entgegengesetzten Richtung. Smith warf sich zurück und krachte gegen die verwitterten Holzbretter, während der Bolzen an seinem Gesicht vorbeizischte.

Er wusste nun, dass die Hurensöhne aus beiden Richtungen angriffen. Und sie waren verdammt gut. Er hatte bisher keinen von ihnen gehört, und der zweite Bolzen war durch eine Lücke zwischen den Paletten geschossen worden.

Smith griff sich den Koffer, sprang auf und sprintete in die Richtung, aus der das tödliche Geschoss gekommen war. Die Armbrust war eine präzise, nahezu lautlose und absolut tödliche Waffe, doch sie hatte einen Nachteil: Man brauchte relativ lange, um nachzuladen.

Wenige Meter entfernt sah Smith eine klapprige Holztreppe, die an der Seite des Lagerhauses zu seiner Rechten nach oben führte. Sich nach oben zu flüchten wäre keine gute Idee, doch er hatte auf dem Hinweg unter der Treppe ein Fenster bemerkt und es für einen Notfall wie diesen in seinem Gedächtnis gespeichert.

Der schwere Aktenkoffer, den er hinter sich über der Schulter hielt, bremste ihn zwar, doch die Maßnahme machte sich dennoch bezahlt, als ein Bolzen in den Koffer einschlug. Mit der rechten Hand fasste Smith einen Stützpfeiler, duckte sich unter die Treppe, warf den Koffer durchs Fenster und sprang hinterher.

Die Glasspitzen im Fensterrahmen ritzten seinen Oberkörper, und er landete hart auf einem Stapel Holzkisten, doch er atmete noch, und die paar Kratzer und Schrammen würden ihn nicht aufhalten.

Tief geduckt schlich er durch den Lagerraum zu einer Tür, die derart verzogen war, dass etwas Licht hereinfiel. Doch statt hinauszustürmen, tastete er mit den Fingern über die Wand. Als er fand, wonach er gesucht hatte, verharrte er vollkommen reglos, um möglichst mit den Holzbrettern zu verschmelzen, während er das zertrümmerte Fenster im Auge behielt. Er selbst hatte zwar auf ein Nachtsichtgerät verzichtet, doch die unbekannten Angreifer mit Sicherheit nicht.

Als eine menschliche Gestalt auftauchte und vorsichtig durch das Fenster schlüpfte, knipste Smith das Licht an.

Wie erwartet, griff der Mann sofort an sein Nachtsichtgerät, und Smith drückte ab. Er war ein guter Schütze, doch in dem plötzlichen grellen Licht ein halb verborgenes, bewegliches Ziel zu treffen, noch dazu mit einem galoppierenden Herzschlag, war ein schwieriges Unterfangen. Deshalb war er selbst überrascht, als der Kopf des Mannes zurückgerissen wurde und er zu Boden sank. Wie hatte Smiths Vater immer gesagt: Gut zu sein ist gut, Glück zu haben ist besser.

Er stürmte durch die Tür hinaus, wo, wie erwartet, bereits jemand lauerte. Und Smith hatte auch damit gerechnet, dass der Mann eine gute Sekunde damit verlor, das Nachtsichtgerät abzunehmen, sodass der Kerl nun mit seiner mittelalterlichen Waffe einem Gegner mit Pistole gegenüberstand. Sein Vorteil war dahin.

Smith feuerte ihm eine Kugel in die Brust und sprintete vom Lagerhaus weg in Richtung Küste. Der Mann stürzte zu Boden, rappelte sich jedoch sofort wieder auf. Die Schutzweste, die er unter dem schwarzen Pullover trug, half ihm jedoch wenig, als ihm Smith im Vorbeilaufen eine Kugel ins Gesicht feuerte.

Hinter sich hörte Smith, wie ein weiterer Bolzen abgeschossen wurde, und duckte sich instinktiv. Das Geschoss pfiff rechts an ihm vorbei. Denkbar knapp – und es waren noch gut zehn Meter bis zum Ufer. Die Chance, lebend das Wasser zu erreichen, war verschwindend gering.

Er brach nach links aus, sprintete zu einem Fischerboot, das zur Hälfte im Sand lag, und hechtete hinein. Die kurze Illusion, sich in Sicherheit zu befinden, zerplatzte jäh, als er hinter sich Holz splittern hörte und einen mächtigen Schlag am rechten Schulterblatt spürte. Er kroch hinter eine Kühlbox aus Stahl, rollte sich unter Schmerzen auf die Seite, und der Bolzen in seinem Rücken scharrte über den Boden des Bootes.

In einigen Häusern an der Küste gingen Lichter an, und die Schatten begannen sich ebenso aufzulösen wie das Adrenalin, das ihn befeuerte. Er hörte Schritte im Sand näher kommen, schraubte den Schalldämpfer von der Pistole ab und feuerte ein paar blinde Schüsse in die Richtung der Angreifer.

Das Krachen der Schüsse würde auch die letzten Dorfbewohner wecken, wenn auch wahrscheinlich nicht schnell genug, um die Männer zu verscheuchen, die ihn töten wollten. Das Wasser bot eindeutig die größere Überlebenschance.

Der Koffer war zu schwer, um damit zu schwimmen. Smith drückte mit dem Daumen auf eine bestimmte Stelle hinter dem Griff. Zu seiner Überraschung sprang das Schloss tatsächlich auf. Kleins Fehlinformation über das Gewicht war damit wieder wettgemacht.

Smith hatte keine Ahnung, was er darin finden würde, doch einen allem Anschein nach mit Müll gefüllten Druckverschlussbeutel hätte er sicher nicht erwartet. Schon absurd, wegen dieses Plunders zu sterben, ging es ihm durch den Kopf, während er den Beutel in eine Tasche seiner Cargohose steckte und noch einige Kugeln abfeuerte.

Der Schmerz im Rücken wurde immer heftiger. Er brauchte mehr als fünf Sekunden, um ans Ende des Bootes zu kriechen. Mit zusammengebissenen Zähnen hielt er sich am Außenbordmotor fest und hebelte sich über Bord.

Das Wasser war tiefer, als er gedacht hatte – gut, um sich vor den Angreifern zu schützen, aber schlecht, weil er nicht wusste, ob er mit seinen Schmerzen überhaupt schwimmen konnte. Schließlich überwand er sich, setzte sich mit verzweifelten Beinstößen in Bewegung und half mit dem Arm mit, den er bewegen konnte. Die Pistole glitt ihm aus der Hand, während er nahe der Oberfläche vom Ufer wegschwamm. Nach wenigen Augenblicken hörte er Geschosse ins Wasser einschlagen. Armbrustbolzen, vielleicht auch Pistolenkugeln. Da die Dorfbewohner ohnehin alarmiert waren, brauchten sich die Jäger nicht länger zurückzuhalten.

Smith tauchte tiefer hinunter. Zumindest kam es ihm so vor. Sein Orientierungssinn war vom Blutverlust, den Schmerzen und dem zunehmenden Sauerstoffmangel beeinträchtigt. Als seine Benommenheit stärker wurde, folgte er den Luftblasen nach oben, hielt den Mund über Wasser und schnappte verzweifelt nach Luft. Sein Kopf klärte sich, und er streckte den Kopf weit genug nach oben, um zum Strand zu blicken. Drei Männer wateten ins Wasser, um ihn zu verfolgen.

Smith tauchte erneut hinunter und schwamm, so gut es ging, weiter. Er versuchte den Bolzen im Rücken zu ignorieren, der sich immer tiefer in Muskeln und Knochen bohrte. Erst als er das Bewusstsein zu verlieren drohte, tauchte er wieder auf, um Luft zu holen und sich zu vergewissern, dass die Richtung noch stimmte. Leider führte sein Weg ins offene Meer hinaus.

Smith hatte keine Ahnung, wie lange er schon im Wasser war, als er sich eingestehen musste, dass er nicht weiterkonnte. Er tauchte auf, drehte sich auf den Rücken und trieb hilflos auf den Wellen. Nach den Lichtern zu urteilen, die immer zahlreicher am Ufer angingen, hatte er kaum vierhundert Meter geschafft. Schattenhafte Gestalten kamen aus den Häusern hervor, doch er hörte nur das einlullende Plätschern des Wassers.

Ein leiser Grunzlaut riss ihn aus seiner Benommenheit, und er schwamm in Seitenlage von dem Geräusch weg, mit dem unbeweglichen rechten Arm unter der Oberfläche. Er kam jedoch kaum noch von der Stelle, und wenige Sekunden später packte ihn eine Hand am Fußknöchel.

Smith drehte sich auf den Rücken und sah einen Arm mit einem Messer aus dem Wasser auftauchen. Mit einem Fußtritt gegen den Kopf vermochte er sich den Angreifer fürs Erste vom Leib zu halten, doch es reichte nicht, um ihn außer Gefecht zu setzen. Da er keine andere Option sah, holte Smith tief Luft, packte den Mann an der Hand mit dem Messer und zog ihn unter Wasser.

Der Mann wehrte sich, und Smith war zu geschwächt, um irgendetwas anderes tun zu können, als das Messer auf Distanz zu halten. Er schlang dem Angreifer die Beine um die Taille und konzentrierte sich darauf, den Messerstößen auszuweichen.

Smith zählte darauf, dass er sich zuvor ein wenig erholt hatte, als er sich einfach hatte treiben lassen, während sein Gegner mit voller Kraft geschwommen war, um ihn einzuholen. Er hoffte, dass dem Kerl früher die Luft ausging als ihm selbst.

Smiths Lunge brannte, was es nicht leichter machte, die quälenden Schmerzen im Rücken zu ertragen. Er blickte in die Richtung, von der er annahm, dass es oben war, und sah nur Dunkelheit. Schließlich ließen die Schmerzen nach, und ein seltsames Gefühl der Ruhe breitete sich in ihm aus.

Die Luft entwich langsam aus seinem Mund, als ihm plötzlich bewusst wurde, dass sich der Mann nicht mehr wehrte. Was bedeutete das? Was sollte er tun?

Irgendein Urinstinkt brachte ihn dazu, den Mann wegzustoßen und sich mit Beinstößen in Bewegung zu setzen. Er spürte, wie er sanft nach oben schwebte ... aber wohin?

Mit dem Sauerstoff, der in seine Lunge strömte, flammte auch der Schmerz umso heftiger wieder auf, und das Bewusstsein seiner aussichtslosen Lage. Die Menge der schattenhaften Gestalten am Ufer war angewachsen, und da waren immer noch zwei Männer im Wasser hinter ihm her. Sie schienen jedoch bei Weitem nicht so gute Schwimmer zu sein wie derjenige, der ihn eingeholt hatte und jetzt am Grund lag.

Smith drehte sich auf die Seite und tauchte erneut in die Dunkelheit hinab, um sich weiter vom Ufer zu entfernen.

Als er nicht mehr weiterkonnte, waren die Lichter an der Küste nicht mehr zu erkennen. Er ließ sich auf dem Rücken treiben und spürte, wie die Strömung an dem Bolzen in seinem Rücken zerrte. Der Schmerz hatte sich gelegt. Wie alles andere auch. Es lag wahrscheinlich am Blutverlust. In seinem Kopf war alles verschwommen – er wusste kaum noch, wo er war. Im Meer, aber in welchem? Oder war es ein See? Aber war das noch wichtig?

Ein Lichtstrahl flammte vor ihm auf, und er kniff die Augen zusammen. Das Licht war nicht besonders hell, doch in der Dunkelheit nicht zu übersehen. Stimmen. Das Plätschern des Wassers an einem hölzernen Bootsrumpf.

Ein letzter schwacher Adrenalinstoß holte ihn für einen Moment ins Hier und Jetzt zurück. Der Inhalt des Koffers befand sich noch in seiner Hosentasche, doch er hatte keine Ahnung, worum es sich handelte oder was daran wichtig sein sollte. Keine Ahnung, welche Bedrohung vielleicht davon ausging, wenn es in die falschen Hände geriet. Doch die

Tatsache, dass ihn Klein auf diese Mission geschickt hatte, bedeutete, dass er eine Gefangennahme um jeden Preis vermeiden musste.

Er verfügte nicht mehr über die Kraft, um dem Boot zu entkommen oder sich gegen die Männer darauf zu behaupten. Damit waren seine Möglichkeiten eng begrenzt.

Smith atmete aus, ließ sich fallen und spürte, wie das Wasser über ihm zusammenschlug.

Eine Mission zu viel.

Kapitel Zwei

Al Qababt
ÄGYPTEN

Der Straßenmarkt war prall gefüllt mit lachenden, plaudernden Menschen, die um alle möglichen Waren feilschten, von Teppichen über Haushaltsartikel bis zu ausgestopften Tieren. Schon jetzt, am frühen Vormittag, war zu spüren, dass es ein heißer Tag werden würde. Es roch nach Schweiß, Gewürzen und Fleisch, eine Atmosphäre, die auf Randi Russell seltsam beruhigend wirkte.

Es war schon seltsam, dass für sie als Frau ausgerechnet muslimische Länder die Einsatzgebiete darstellten, in denen sie am leichtesten operieren konnte. In ihren Hidschab gehüllt, bewegte sie sich völlig anonym und unbemerkt in der Menge, zwischen all den chauvinistischen Idioten, die sie gar nicht zur Kenntnis nahmen. Sie könnte einen Raketenwerfer unter ihrem langen Gewand tragen, die würden nichts merken. Aber warum sollten sie auch? Was hatten sie schon von einer Frau zu befürchten?

»Okay, Randi. Er ist direkt vor dir. Vier, fünf Meter.«

Sie bestätigte die Meldung, die sie über ihren Ohrhörer erhalten hatte, mit einem kurzen Nicken, obwohl sie nicht wusste, ob die Angehörigen ihres Teams es von ihrer Position in einem mehrstöckigen Hotel überhaupt sehen konnten.

Randi spürte, wie ihr der Schweiß auf die Stirn trat, was jedoch nicht an der Sonne lag, die ihre schwarze Kopfbedeckung aufheizte. Es war eine fast kindliche Aufregung, die ihr den Mund austrocknete und ihren Herzschlag beschleunigte. Nur vier, fünf Meter. Sie hatte sich schon gefragt, ob sie jemals so nahe an ihn herankommen würde.

Charles Hashem hatte sich zu einem Spitzenmann von Al Qaida hochgearbeitet, der neben seinem abgrundtiefen Hass auf den Westen leider auch über erstaunliche Fähigkeiten verfügte. Die CIA hatte zwei Jahre benötigt, um herauszufinden, dass er sich in Ägypten aufhielt. Anschließend hatte Randi fünf aufreibende Monate damit zugebracht, seiner Spur zu folgen, bis es an diesem Vormittag auf diesem Markt endlich so weit war.

»Ich hab ihn.«

Mit seinem grauen Hemd, der Sonnenbrille und der unauffälligen Frisur unterschied er sich kaum von den anderen Männern auf der Straße, doch Randi hatte sich in den vergangenen eineinhalb Jahren alle verfügbaren Fotos von ihm an die Wand geheftet. Fast so wie einst in ihren Teenagerjahren – nur dass sie nicht mehr davon träumte, von Luke Perry auf sein Pferd gehoben zu werden, sondern sich ihre Gedanken darauf konzentrierten, das Leben des Mannes zu beenden, der jetzt vor ihr herging.

In diesem Moment tat es ihr leid, dass sie nicht wirklich einen Raketenwerfer bei sich trug. Es hätte sie mit immenser Genugtuung erfüllt, seine Körperteile überall auf dem Pflaster verstreut zu sehen. Ihre Handykamera wäre bereit gewesen.

Das beste Foto, das je eine Weihnachtskarte der CIA geziert hätte.

»Können wir ihn an einen passenden Ort für die Ausschleusung bringen?«, fragte die Stimme in ihrem Ohr. Eine unwillkommene Erinnerung daran, dass ihre Mission in einem wesentlichen Punkt von ihren Fantasien abwich.

»Machst du Witze?«, murmelte Randi in ihr Kehlkopfmikrofon. »Sieh dich um. Achthundert Leute würden sehen, wie wir ihn in einen Van stecken. Und wohin sollten wir fahren? Der Verkehr kommt langsamer voran als ich hier zu Fuß.«

Randi verlor ihn aus dem Blick und spürte Panik in sich aufsteigen, während sie vergeblich versuchte, sich durch die Menschenmassen vor ihr zu schlängeln. Sie war stärker und schneller als die meisten Männer, doch ihre siebenundfünfzig Kilo genügten einfach nicht, um die Wand vor ihr zu durchdringen.

Ein Mann, der ihretwegen seinen Kaffee verschüttete, blickte auf den braunen Fleck auf seinem Hemd hinunter und packte sie am Arm. Im nächsten Augenblick stürzte er rücklings über einen riesigen Sack Pistazien, und der Rest des heißen Kaffees spritzte ihm ins Gesicht. Randi verschwand ungehindert in dem allgemeinen Gedränge. Niemand hier würde einer Frau zutrauen, einen großen, starken muslimischen Mann umzuwerfen.

»Verdammt! Wo ist er, Bill?«

»Mach dir nicht ins Hemd, Randi. Er ist unter die Markise links von dir gegangen, während du mit dem Kerl am Nussstand Zoff hattest. Wir können ihn im Moment nicht sehen, also schwing deinen Arsch rüber. Wenn wir ihn verlieren, nachdem wir so nahe dran waren, sind wir es, die das Waterboarding zu spüren kriegen, und nicht er.«

Erneut fühlte sie Panik aufsteigen. Hashem hatte es nicht nur meisterhaft verstanden, dem Fadenkreuz der Amerikaner zu entgehen, er hatte zudem in Stanford ein Biologiestudium mit besten Noten abgeschlossen. Der Kerl durfte ihnen nicht entwischen.

Hinter einem Stoß bunter Tücher tauchte ein vertrautes Profil auf. Sie hatte ihr Ziel wiedergefunden. »Ich sehe ihn und schnappe ihn mir.«

»Was hast du vor?« Der Argwohn in Bills Stimme war nicht zu überhören. »Wie gesagt, hier kriegen wir ihn nicht raus. Du bleibst einfach nur dran, bis wir ihn an einem passenden Ort haben.«

Obwohl sich hier jede Menge Frauen aufhielten, die genauso aussahen wie sie, würde Hashem irgendwann merken, dass er verfolgt wurde. Und wenn das passierte, würde er sich mit seinem über eins achtzig großen, neunzig Kilo schweren Körper mit einer Geschwindigkeit durch die Menge pflügen, mit der sie nicht mithalten konnte.

»Komm schon, Bill. Du weißt genauso gut wie ich …«

Randi verstummte, als sich eine mächtige Hand um ihren Arm schloss und sie herumriss. Sie griff instinktiv nach dem Messer, das sie unter ihrem weiten Gewand trug, doch dann sah sie das kaffeebefleckte Hemd und die rot glühenden Wangen. Der Pistazienmann.

Normalerweise hätte sie ihre beträchtlichen Sprachkenntnisse eingesetzt, um sich mit demütiger Gebärde aus der Affäre zu ziehen, doch dafür fehlte ihr im Moment die Zeit.

In einer fließenden Bewegung, die sie bewusst nicht so schnell ausführte, dass es unnatürlich gewirkt hätte, packte sie einen Finger der Hand, mit der er sie festhielt, und brach ihn mit einem kurzen Ruck. Der Mann jaulte vor Schmerz, sank in die Knie und hielt sich den malträtierten Finger.

»Hilfe!«, rief Randi auf Arabisch. »Ich glaube, er hat einen Herzanfall!«

Die Leute strömten herbei, ohne sie weiter zu beachten, sodass sie unbemerkt verschwinden konnte.

»Wo ist er?«, fragte Randi etwas abseits der Menge. Vor ihr teilte sich der Markt in zwei Richtungen. »Links oder rechts?« Die Antwort kam verständlicherweise nicht sofort. Eine Eliminierung der Zielperson war aus zwei Gründen nicht autorisiert worden. Der erste Grund war nur zu verständlich: Den Mann lebend zu schnappen hätte ihnen die Möglichkeit gegeben, interessante Informationen aus ihm herauszuholen. Der zweite Grund war eher bürokratischer Natur: Charles Hashem war amerikanischer Staatsbürger. Und zwar nicht irgendein unzufriedener eingebürgerter Zuwanderer, der in seiner neuen Heimat für sich keine Chancen sah. Er war in Cleveland geboren, als Sohn persischer Eltern, die froh und dankbar waren, dass Amerika es ihnen ermöglicht hatte, den Iran zu verlassen. Sie selbst hatten die Behörden schließlich auf die zunehmende Radikalisierung ihres Sohnes hingewiesen.

Randi hörte ein paar gedämpfte Wörter, so als würde Bill mit seinem Partner sprechen. »Nein, nein. In ungefähr einer Stunde.«

Randi lächelte. In einer Stunde war es elf Uhr. Hashem befand sich also auf elf Uhr.

Sie schlängelte sich zwischen den Leuten vor ihr hindurch, bis sie direkt hinter ihm war. Statt eines Raketenwerfers, den sie leider nicht zur Hand hatte, zog sie einen Kugelschreiber aus einer Tasche, klickte ihn an und achtete darauf, keinem der unschuldigen Menschen, die sich an ihr vorbeidrängten, damit zu nahe zu kommen.

Hashem zuckte kurz, als er den Stich im Rücken spürte, doch als er sich umdrehte, eilte Randi bereits zu einem Stand mit Olivenfässern.

Der Schmerz würde in wenigen Sekunden vergehen, und in ein paar Minuten würde auch der Einstich nicht mehr zu erkennen sein. Das winzige Kügelchen würde sich jedoch langsam in seinem Blutkreislauf auflösen. Und es würde ein Gift freisetzen, das – so hatte man ihr versichert – einen äußerst unangenehmen Tod nach sich ziehen würde.

Angeblich stammte die Substanz von einer hochgiftigen Seeschlange. Was würden sich die Jungs in Langley als Nächstes ausdenken?

Kapitel Drei

Nordost-Japan

Weiß.
Die Farbe des Himmels, oder?
Wenn es stimmte, gab es für Smith nur zwei mögliche Erklärungen: Entweder er lebte noch, oder Gott war ein krasses Fehlurteil unterlaufen. Nach und nach sah er wieder schärfer, und ihm wurde klar, dass Ersteres zutraf. Da waren keine Engelschöre. Nur eine Zimmerdecke.

Smith versuchte sich aufzusetzen, was die Schmerzen im Rücken sofort ins Unerträgliche steigerte und ihn zwang, sich wieder auf die Matratze fallen zu lassen. Seinen Oberkörper schien er einigermaßen normal bewegen zu können, und eine kurze Überprüfung ergab, dass das auch für seine Finger und Zehen galt. Keine Lähmung. Vorsichtig drehte er den Kopf ein kleines Stück, um einerseits die Umgebung zu erkunden und andererseits anhand der Schmerzen festzustellen, wie schwer seine Verletzungen waren.

Sein neues Zuhause war jedenfalls kein Krankenhauszimmer. Dafür sah es zu nett aus mit seinen kunstvoll gefertigten japanischen Wandschirmen in modernem Design, den ebenso teuren wie geschmackvollen Möbeln und den farbenfrohen modernen Kunstwerken. Es gab keine Fenster, die ihm hätten verraten können, ob es Tag oder Nacht war, und kaum Geräusche außer dem Summen der Apparate zu seiner Linken.

Er warf einen Blick auf den Monitor neben dem Bett und las die Angaben für Herzfrequenz und Blutdruck ab. Die Werte waren nicht toll, deuteten aber auch nicht darauf hin, dass er auf der Kippe zum Tod stand.

Smith schloss für einen Moment die Augen und versuchte tief einzuatmen, doch die jäh aufflammenden Schmerzen ließen ihn den Versuch schnell wieder abbrechen. Er musste davon ausgehen, dass ihm der Armbrustbolzen zusätzlich zu der Wunde im Rücken auch noch ein paar gebrochene Rippen eingetragen hatte.

Während sich seine Gedanken schärften, begutachtete er den Tropf an seinem Arm und versuchte vergeblich, die Aufschrift am Beutel zu lesen. Wahrscheinlich Antibiotika, Salzlösung und möglicherweise ein Opiat als Schmerzmittel, wie die vertraute Übelkeit vermuten ließ. Beunruhigender war allerdings der Drainageschlauch zwischen seinen Rippen, der in ein Gefäß auf dem Fußboden mündete. Kollabierte Lunge. Nicht so toll.

Smith griff nach dem Stethoskop auf dem Infusionsständer und steckte es in die Ohren. Er biss die Zähne zusammen, um sich gegen den Schmerz zu wappnen, und zwang sich einzuatmen, während er das Instrument an seine Seite drückte. Es klang, als würde sich seine Lunge wieder entfalten. Nicht gerade ein Grund zum Feiern, aber besser als die Alternative.

Er hatte die Arbeit in den MASH-Einheiten, den Feldlazaretten der Army, schon vor langer Zeit aufgegeben, um sich der Mikrobiologie zu widmen, aber was er damals gelernt hatte, war nicht vergessen. Aufgrund der Fakten ließ sich eine solide Prognose stellen. Mit viel Ruhe und der entsprechenden Pflege konnte er wieder völlig gesund werden. Die Tatsache, dass er sich nicht in einem Krankenhaus befand, ließ ihn jedoch bezweifeln, dass ihm die dafür nötigen Voraussetzungen vergönnt sein würden.

Smith hörte ein Geräusch auf der anderen Seite der einzigen Tür, die sich im nächsten Augenblick langsam öffnete. Er überlegte kurz, ob er sich bewusstlos stellen sollte, doch er wurde mit hoher Wahrscheinlichkeit mit einer Kamera überwacht. Sein mysteriöser Wohltäter würde sich nicht so leicht täuschen lassen. Was hätte es ihm auch genutzt? An Flucht war im Moment nicht zu denken. In seinem Zustand hätte er das Zimmer bestenfalls auf allen vieren verlassen können. Es war besser herauszufinden, mit wem er es zu tun hatte, als dazuliegen und zu rätseln.

Der Japaner, der das Zimmer betrat, war etwa Mitte vierzig und hatte grau meliertes Haar und eine massige Statur. Sein Anzug und seine Frisur wirkten teuer, schienen aber irgendwie nicht ganz zu ihm zu passen. Selbst mit seiner von Schmerzmitteln verschleierten Wahrnehmung erkannte Smith, dass der Typ nicht die besten Schulen und Universitäten besucht hatte, wie er vielleicht vortäuschen wollte. Wahrscheinlicher war, dass er seinen Aufstieg einer etwas brachialeren Methode verdankte: indem er seine Konkurrenten aus dem Weg geräumt hatte.

»Wer sind Sie?«, brachte Smith mit einem heiseren Krächzen heraus. Der Mann griff nach einer Tasse und hielt sie ihm hin, und Smith nahm einen Schluck mit dem Strohhalm.

»Das wollte ich Sie auch gerade fragen.«

Sein Englisch war besser als erwartet. Vielleicht hatte er einige Rivalen auch mithilfe seines Verstandes besiegt.

Smith legte sich zurück und verzog das Gesicht, um anzudeuten, dass die Schmerzen zu groß waren, um von sich zu erzählen.

»Sie erscheinen mir äußerst interessant«, erklärte der Mann und vermied es seinerseits, etwas von sich preiszugeben. »Mein Arzt hält es für nahezu undenkbar, dass jemand mit einem Armbrustbolzen im Rücken so weit schwimmen kann. Und doch haben Sie es getan.«

»Highschool-Meister im Brustschwimmen«, brachte Smith heraus und hustete schwach. Der Schmerz, den es auslöste, hätte ihm den Atem genommen, vorausgesetzt, er hätte überhaupt atmen können.

»Verstehe.«

Smith deutete auf die Tasse, und der Mann musterte ihn einen Moment, ehe er ihm die Tasse hinhielt, um ihn trinken zu lassen. Wahrscheinlich weniger aus Güte, sondern vielmehr, um seine Stimme wieder in Gang zu bringen.

»Noch bemerkenswerter fand ich aber die Männer, die hinter Ihnen her waren. Sie waren unglaublich hartnäckig und gaben die Verfolgung nicht auf, bis sie alle ertranken.«

Smith strengte sein benebeltes Gehirn an. Konnte das stimmen? Falls der Mann das Geschehen tatsächlich so beobachtet hatte, wie er es schilderte, würde das bedeuten, dass er nichts mit dem Angriff auf ihn zu tun hatte. Das elegante Haus, die Männer, die in leisen Booten vor der Küste unterwegs waren. Vielleicht ein Schmuggler? Oder ein einfacher Drogenkurier?

»Sie werden verstehen, dass es mich interessiert, was in meinen Gewässern vor sich geht.«

Smith erkannte, dass es in seinem Zustand nicht sinnvoll war, mit dem Mann Katz und Maus zu spielen, und schickte sich an, eine Ohnmacht vorzutäuschen – doch im nächsten Augenblick zeigte sich, dass er sich die Schauspielerei sparen konnte. Seine Sicht verschwamm, und seine Augen begannen zu flattern. Es gab keinen Grund, dagegen anzukämpfen, also ließ er die Dunkelheit über sich kommen.

Als der Mann wieder sprach, klang seine Stimme tausend Meilen entfernt. »Natürlich. Ruhen Sie sich aus. Wir haben alle Zeit der Welt, um zu plaudern.«

Kapitel Vier

Kairo
ÄGYPTEN

Randi Russell fuhr sich mit den Fingern durch ihr kurzes Haar, rückte näher an den Duschkopf und beobachtete, wie die schwarze Farbe im Abfluss verschwand. Die Wirkung der Bräunungscreme, mit der sie ihr Gesicht verdunkelt hatte, würde sich mit der Zeit verflüchtigen.

Als das abfließende Wasser klar war, drehte sie den Hahn ab und trat aus der Dusche auf den Fliesenboden. Der beschlagene Spiegel zeigte nur ein verschwommenes Abbild ihres schlanken, dunkel getönten Körpers und ihrer dunklen Augen unter dem blonden Haarschopf. Ihre athletische Anmut hatte ihr immer schon Türen geöffnet, Männer abgelenkt und dazu verleitet, sie falsch einzuschätzen.

In den letzten Jahren war ihr einiges gelungen. Sie hatte sich nicht nur die Dankbarkeit von Staats- und Regierungschefs erworben, sondern auch einiges Ansehen unter den Kollegen von CIA, MI6 und verschiedenen anderen Geheimdiensten. Das Problem war nur, dass die toten Feinde und Freunde, die vielen Missionen und das ständige Unterwegssein ihr ein wenig zuzusetzen begannen. Sie nahm sich vor, daran zu arbeiten, wenn sie wieder zurück in die Staaten kam. Und jetzt, da Charles Hashem endlich in der Hölle schmorte, konnte sie sich vielleicht wirklich ein wenig Ruhe und Entspannung gönnen.

Sie schlüpfte in eine alte Jogginghose und ein T-Shirt mit einem riesigen Smiley-Gesicht und der Aufschrift: »Have a Nice Day«. Ein Geschenk von einem Mossad-Agenten mit Sinn für Humor.

Was sie jetzt vor allem brauchte, waren ein Drink, ein bequemes Bett und zehn Stunden bewusstloser Schlaf. Morgen würde sie sich unter die Touristen und Geschäftsleute mischen und einen Vormittagsflug zum Reagan National Airport in Washington nehmen, wo sie sich dann hysterische Vorwürfe würde anhören müssen, weil sie einen amerikanischen Staatsbürger getötet hatte, obwohl alle gefunden hatten, dass der Mann ausgeschaltet werden musste. Letztlich waren die Bürokraten immer nur darauf bedacht, ihren Arsch abzusichern. Randi wusste, sie brauchte sich keine größeren Sorgen deswegen zu machen als beim letzten und vorletzten Mal, als sie so gehandelt hatte.

Sicher, eines Tages würden sie sie vielleicht über die Klinge springen lassen, aber dieser Tag war noch fern. Sie würden damit warten, bis Randis Fähigkeiten nachließen und sie nicht mehr ganz so nützlich war wie jetzt. Vorläufig konnte sie sich darauf verlassen, dass ihre Vorgesetzten sie für Dinge benötigten, die sie selbst nicht zustande bringen würden oder von denen sie fürchteten, dass sie ihnen in einer Anhörung vor dem Kongress den Kragen kosten könnten. Leute mit Randis Fähigkeiten und ihrer Erfahrung waren schwer zu ersetzen.

Sie rieb sich mit dem Handtuch auf dem Kopf die Haare trocken und trat aus dem Badezimmer in ihre Hotelsuite.

Dass sie so viele gefährliche Situationen überlebt hatte, lag nicht zuletzt daran, dass ihr Körper stets blitzschnell ausführte, was ihre Gedanken wollten. Als der Mann, der im

Lederstuhl an der Bar saß, zu ihr aufblickte, hatte sie bereits das Messer aus der Hosentasche gezogen, um es zu werfen.

Er runzelte missbilligend die Stirn und betrachtete sie über seine Stahlbrille hinweg.

»Mr. Klein«, sagte Randi, ohne das Messer zu senken. »Was machen Sie hier?«

Fred Klein war der Kopf einer geheimen Sondereinheit namens Covert One, die sich aus handverlesenen Agenten und diversen Spezialisten zusammensetzte. Der Präsident der Vereinigten Staaten, ein Jugendfreund Kleins, hatte die Organisation vor einigen Jahren ins Leben gerufen, um die zunehmende Lähmung der Regierungsbehörden zu umgehen. Covert One sprang immer dann in die Bresche, wenn die Zeit drängte und ein Scheitern fatale Konsequenzen nach sich gezogen hätte.

Randi arbeitete erst seit relativ kurzer Zeit für Covert One, nachdem sich Jon Smith für ihre Rekrutierung ausgesprochen hatte. Sie war sich noch immer nicht ganz sicher, worauf sie sich eingelassen hatte. Eines war ihr jedoch klar: Wenn Fred Klein so unerwartet auftauchte, war irgendetwas nicht nach Plan verlaufen. Und das bedeutete, dass auch sie selbst bedroht war.

»Ich muss mit Ihnen sprechen«, erklärte Klein.

»Dafür haben sie das Telefon erfunden.« Randi trat langsam vom Fenster weg. Die Vorhänge waren zugezogen, doch es gab für einen Scharfschützen auch andere Wege, um sein Ziel anzuvisieren.

Klein war nicht unbedingt eine stattliche Erscheinung. Mittelgroß, schütteres Haar und ein ewig zerknitterter Anzug. Doch in der kurzen Zeit, die sie ihn kannte, hatte sie den Mann respektieren gelernt. Er verfügte über eine fast schon beunruhigende Fähigkeit, zehn Schritte vorauszudenken, und leistete sich nur selten einen Fehler. Es war gut, jemanden wie ihn im eigenen Team zu haben, doch in diesem Geschäft war die Zugehörigkeit zu einem Team oft nur von kurzer Dauer.

»Es handelt sich um etwas, das wir besser persönlich besprechen.« Klein wischte sich einen nicht vorhandenen Schweißtropfen von der Oberlippe. »Wir haben den Kontakt mit Jon verloren.«

»Der letzte Kontakt?«

»In einem Fischerdorf nordöstlich von Toyama in Japan.«

»Ich kenne die Gegend.« Randi ließ das Messer sinken. »Ich fliege hin und finde ihn.«

Klein erhob sich so abrupt, dass sie das Messer unwillkürlich etwas fester umfasste, doch er trat nur zur Bar und schenkte zwei Whiskys ein. Er reichte ihr ein Glas und setzte sich wieder auf den Stuhl.

»Jon wurde von einem Armbrustpfeil in den Rücken getroffen und wurde zuletzt gesehen, wie er ins offene Meer hinausschwamm, von drei Männern verfolgt. Ich lasse seit zwei Tagen mehrere Leute nach ihm suchen ...« Er verstummte.

Es war klar, was er damit andeutete. Randi trat mit etwas wackeligen Beinen zu einem Sofa ihm gegenüber.

»Ich wollte es Ihnen mitteilen, bevor Sie es von jemand anderem erfahren«, fügte er hinzu, als sie sich setzte. »Die Erklärung für die Öffentlichkeit ist, dass er zum Höhlentauchen an die Küste von Okinawa gefahren ist. Dort gab es einen Unfall, und seither gilt er als vermisst.«

Schlau wie immer, dachte Randi benommen. Unter diesen Umständen würde niemand erwarten, die Leiche zu finden.

»Ich habe gehört, dass Ihre Mission in Ägypten beendet ist und Sie morgen nach Washington zurückfliegen.« Er wirkte etwas gebeugt, als er aufstand und zur Tür schlurfte. »Wir müssen reden, wenn Sie zurückkommen. Über das, woran Jon gearbeitet hat.«

Randi sah ihm nach, als er schweigend hinausging, und starrte einige Sekunden auf die geschlossene Tür. Einen Moment lang glaubte sie, sich übergeben zu müssen, doch die Übelkeit legte sich und wich einem Gefühl der Einsamkeit, was noch schlimmer war.

Nein. Jon hatte schon genug brenzlige Situationen erlebt und immer einen Ausweg gefunden. Kleins Leute hatten ihn einfach noch nicht gefunden. Außerdem ... wer sagte denn, dass der Mann nicht log? Was wusste sie denn schon über ihn?

Randi zwang sich aufzustehen und holte das Handy von ihrem Nachttisch. Sie scrollte durch die verschlüsselte Liste ihrer Kontakte, bis sie den gesuchten fand: eine namenlose Nummer mit japanischer Vorwahl.

Kapitel Fünf

Vor den Senkaku-Inseln
OSTCHINESISCHES MEER

Die Ernennung zum Ersten Offizier von Japans neuestem Kriegsschiff war für Gaku Akiyama der stolzeste Moment seines Lebens gewesen, das immer schon unter einem glücklichen Stern gestanden hatte. Er war ein herausragender Sportler gewesen, hatte ein Geschichtsstudium in Oxford absolviert und war danach, so wie sein Vater vor ihm, den japanischen Seestreitkräften beigetreten. Sein Bemühen, der Familie Ehre zu machen für alles, was sie für ihn getan hatte, war über alle Erwartungen von Erfolg gekrönt.

Seine Träume waren Wirklichkeit geworden, hatten jedoch mit der Zeit auch ihre Schattenseiten mit sich gebracht.

Er stand am Rand des Decks und beobachtete im Licht der untergehenden Sonne einen chinesischen Raketenkreuzer, der unglaublich provokant nur einen halben Kilometer entfernt vorbeilief. Dahinter waren die orangen Silhouetten von acht weiteren chinesischen Kriegsschiffen zu erkennen, die die Entschlossenheit und die militärische Überlegenheit des Landes demonstrieren sollten. Den Rand seines Sichtfelds bildeten die gezackten Umrisse einer Gruppe nutzloser Felsbrocken, die in Japan als Senkaku-Inseln bekannt waren, während die Chinesen sie die Diaoyu-Inseln nannten.

Akiyama blickte hinter sich zu den Männern, die ihren Pflichten nachgingen, den Hubschraubern, die in einer Reihe standen und auf ihren Einsatz warteten, und über das Deck des zweihundertfünfzig Meter langen Schiffes, das so großen Unmut auf chinesischer Seite ausgelöst hatte.

Obwohl er sich selbst als glühenden Patrioten betrachtete, konnte er in diesem Punkt nicht umhin, ein gewisses Verständnis für die Gegenseite aufzubringen. Es wäre in der Tat recht einfach, die *Izumo* binnen weniger Monate für den Abschuss von Angriffswaffen aufzurüsten.

Andererseits wies die Führung seines Landes mit Recht darauf hin, dass eine solche Maßnahme völlig sinnlos wäre. Japan war zwar vor dem Zweiten Weltkrieg in China eingefallen, doch das war lange her. Der zunehmend aggressive Nachbar im Westen verfügte heute über eine Armee von über zwei Millionen Mann, ein Budget, das dreimal so hoch war wie das von Japan, und eine Marine mit über siebenhundert Schiffen. Zudem hörte man aus zuverlässigen Quellen, dass China beabsichtigte, seinen neuen Flugzeugträger in die Region zu schicken, um Japan noch mehr zu demütigen, indem es das Kronjuwel seiner Flotte um vieles überragte.

Und das alles wofür? Für ein paar Felsen, die aus dem Meer ragten? Oder etwas Erdöl, das vielleicht aus dem Meeresboden gefördert werden konnte? Für die Fischereirechte?

Nein, in Wahrheit war das alles belanglos. In diesem Zwist ging es allein um die Vergangenheit. Um die Gräueltaten, die seine Vorfahren vor so vielen Jahren gegenüber dem chinesischen Volk verübt hatten. Ebenso um die Demütigung, die das japanische Volk mit der Kapitulation erlitten hatte. Um die wachsende Überzeugung seiner Generation, nicht für etwas büßen zu müssen, was sich viele Jahre vor ihrer Geburt zugetragen hatte.

Die Amerikaner hatten aus verständlichen Gründen in der japanischen Verfassung festschreiben lassen, dass das Land lediglich über begrenzte Streitkräfte zur Selbstverteidigung verfügen dürfe. Seine Vorfahren waren ein kriegerisches und oft auch brutales Volk gewesen. Doch diese Welt existierte nur noch in den Schulbüchern seiner Jugend. Japan hatte sich zu einem unglaublich wohlhabenden Land entwickelt, das auf dem fragilen Fundament von wirtschaftlicher Stabilität und Zusammenarbeit beruhte. Es war seit vielen Jahren eine der innovativsten Kräfte der Welt und unterstützte seine weniger wohlhabenden Nachbarn mit Milliarden. Dennoch durfte man die wachsende Bedrohung durch China und Nordkorea nicht ignorieren. Konnte man sich darauf verlassen, dass die Vereinigten Staaten Japan im Notfall beistehen würden? Die noch wichtigere Frage war, ob man das von den Amerikanern überhaupt noch erwarten sollte. Nach Akiyamas Ansicht lautete die Antwort darauf klar und deutlich Nein. Es war Zeit für Japan, auf eigenen Füßen zu stehen.

Das erforderte jedoch viel politisches Geschick und Feingefühl. Was er hier beobachtete, waren beileibe nicht die besonnenen ersten Schritte hin zu militärischer Selbstständigkeit. Nein, was sich hier abspielte, war eine sinnlose Eskalation, die Politiker zu verantworten hatten, denen es lediglich um den eigenen Machterhalt ging. Solche Szenarien hatte es in der Geschichte immer wieder gegeben, doch anscheinend war niemand bereit, daraus zu lernen. Sobald das Feuer des Nationalismus ein bestimmtes Ausmaß erreichte, ließ es sich nur noch mit Blut löschen.

Der Wind wurde stärker, und Akiyama schlug den Kragen seiner Jacke hoch, während er den Sonnenuntergang im

Westen betrachtete. Er wollte schon unter Deck gehen, als der trügerische Frieden von einem durchdringenden Alarmton gebrochen wurde. Der Erste Offizier wirbelte herum und sah seine Männer für einen Moment erstarren, ehe sie in alle Richtungen davoneilten.

»Auf Gefechtsstation!«, rief Akiyama den vorbeilaufenden Männern zu. »Alle Mann auf Gefechtsstation!«

Aus dem Kopfhörer drang ein nahezu unverständliches Stimmengewirr. Für einen Moment ignorierte er die ruhige Stimme des Kapitäns, der seine Befehle durchgab, und konzentrierte sich auf die fast panische Stimme eines jungen Offiziers, der den Grund für den Alarm nannte. Ein chinesischer Lenkwaffenzerstörer der *Luzhou*-Klasse hatte die *Izumo* mit seinem Zielradar erfasst.

Akiyama rannte über das Deck, überprüfte die Positionen seiner Männer, sprach ihnen Mut zu und brüllte scharfe Zurechtweisungen, wo es nötig war. Vor allem aber bemühte er sich nach Kräften, Ruhe auszustrahlen.

»Niemand hebt einen Finger ohne ausdrücklichen Befehl!«, rief er wieder und wieder. »Ist das klar? Es ist mir egal, wie die Umstände sind. Niemand handelt ohne ausdrückliche Anweisung eines Offiziers!«

Er legte einem verängstigt wirkenden Jungen von höchstens neunzehn Jahren die Hand auf die Schulter und drückte sie aufmunternd. »Es gibt keinen Grund zur Sorge, verstanden? Sie haben für diese Situation trainiert und wären nicht auf der *Izumo*, wenn Sie nicht zu den Besten unseres Landes gehören würden.«

Der Junge nickte schwach, und Akiyama eilte weiter. Es erfüllte ihn mit Stolz zu sehen, wie schnell und effizient seine Männer ihre Aufgaben ausführten. Doch noch mehr als Stolz empfand er Angst. Tatsache war, dass keine Seite in diesem Konflikt über kampferprobte Truppen verfügte. Er konnte nichts anderes tun, als auf seine etwas erfahreneren Männer zu setzen, auch wenn sie genauso wie die jüngsten unter ihnen über keinerlei Gefechtserfahrung verfügten.

Der Erste Offizier konnte nicht umhin, der Realität ins Auge zu sehen: Hier standen sich Hunderte verängstigte junge Leute gegenüber, die auf den beiden Enden einer Rasierklinge balancierten.

Kapitel Sechs

Weißes Haus, Washington, D.C.
USA

»Freut mich, Sie zu sehen, Mr. Klein«, grüßte der Leiter des Sicherheitsteams des Präsidenten.

»Dave«, erwiderte Klein den Gruß.

Er kannte David McClellan, seit der Mann vor fast zwanzig Jahren zum Secret Service gekommen war, und es gab in allen Regierungsbehörden keinen verschwiegeneren Mitarbeiter als ihn. Der perfekte Mann für diesen Job.

Präsident Sam Adams Castilla war allein. Es war kurz vor Mitternacht, und seine Frau Cassie war längst zu Bett gegangen. Er stand nicht auf, sondern erwartete seinen alten Freund mit einer gut gekühlten Dose Coors-Bier in der Hand.

Früher hatten sie weniger darauf geachtet, aus ihren Zusammenkünften ein Geheimnis zu machen. Für die anderen sollte es so aussehen, als würden sie sich als zwei gute Freunde treffen, die wieder einmal Lust hatten, über die alten Zeiten zu plaudern. Seit einiger Zeit war Klein jedoch zunehmend besorgt, dass seine Geheimdienstvergangenheit, die ihn zum Chef von Covert One prädestinierte, so manchen misstrauisch machen könnte. Deshalb besuchte er den Präsidenten nun möglichst unbemerkt.

Castilla nahm einen Schluck Bier, bevor er zur Sache kam. »Es ist noch nicht in den Medien, aber gestern hat ein chinesischer Lenkwaffenkreuzer ein neues japanisches Kriegsschiff mit seinem Zielradar erfasst.«

»Bei den Senkaku-Inseln, nehme ich an?«

Der Präsident nickte. »Ich muss mich ohnehin schon mit Russland und Nordkorea, mit der Wirtschaftskrise und dem ganzen Nahen Osten herumschlagen. Und jetzt auch noch das.«

»Da sind eine Menge Schiffe und viel böses Blut auf sehr engem Raum.«

»Da braut sich ein Dritter Weltkrieg zusammen, wenn das so weitergeht«, rief Castilla frustriert.

Klein deutete auf die Tür, hinter der Castillas Frau schlief, und der Präsident drosselte seine Stimme. »Es ist viel schlimmer, als die meisten ahnen. Weißt du, ich mag Premierminister Sanetomi, und ich verstehe die Japaner, wenn sie sagen, dass der Zweite Weltkrieg Geschichte ist. Aber es geht nicht darum, was ich denke. Entscheidend ist, was die *Chinesen* denken. Und diese Idioten tun so, als wäre das Massaker von Nanking erst letzten Dienstag passiert.«

Es handelte sich um ein unendlich kompliziertes Thema, das dadurch verschärft wurde, dass sich beide Seiten extrem destruktiv verhielten. Der Nationalismus in Asien schien sich mit jedem Tag zu steigern. Politiker, die noch bis vor Kurzem zu Ruhe und Besonnenheit aufgerufen hatten, erkannten nun ebenfalls die Zeichen der Zeit und passten sich der aufgeheizten Stimmung an. Wie würde das alles enden?

»Hast du gewusst, dass es im chinesischen Fernsehen immer öfter darum geht, dass Japaner getötet werden? Und zwar möglichst viele«, fuhr Castilla fort.

»Nein, das wusste ich nicht.«

»Da hat sich ein extremer Hass aufgestaut. Dazu kommen eine schwächelnde Wirtschaft, ein aufgeblähter Militärapparat mit entsprechender Rüstungsindustrie und ein paar Felsbrocken im Meer – alle Zutaten für eine ausgewachsene Katastrophe.«

»Wie hat Takahashi reagiert?«

Masao Takahashi war der Stabschef der japanischen Streitkräfte. Ein fähiger Mann, aber nicht gerade eine Taube.

»Auf die antijapanische Propaganda im chinesischen Fernsehen? Ich glaube nicht, dass ihn das interessiert.«

Klein zog die Stirn in Falten. »Ich habe den Vorfall mit dem Zielradar gemeint, Sam.«

»Nichts – und das spricht für ihn. Die *Izumo* ist auf Gefechtsstation gegangen und hat sich aus dem Staub gemacht.«

»Das heißt, er hat die Situation entschärft? Ich muss sagen, ich bin überrascht. Vielleicht wird er auf seine alten Tage noch richtig weise.«

»Ja. Ich muss mir wahrscheinlich Sorgen machen, dass der alte Hurensohn in die Politik wechseln will. Du weißt ja, dass er einer der reichsten Männer Japans ist, oder?«

Klein nickte. »Technologie, Energie, private Sicherheitsfirmen, Spiele und was weiß ich noch alles. Seine Familie hat seit dem Krieg ein richtiges Imperium aufgebaut.«

»Aber er ist der unumschränkte Patriarch. Man hört oft, dass seine Verwandten die verschiedenen Unternehmen leiten, aber ich sage dir, die gehen nicht mal pinkeln, ohne Masao vorher um Erlaubnis zu fragen.«

Klein lehnte sich zurück und sah seinen alten Freund nachdenklich an. Die Vereinigten Staaten waren es gewohnt, selbst zu entscheiden, inwieweit zwischenstaatliche

Auseinandersetzungen sie tangierten, doch in diesen Konflikt würden sie zwangsläufig hineingezogen werden.

»Wir haben es also mit der Situation zu tun, dass zwei der größten Volkswirtschaften der Welt an der Schwelle zum Krieg stehen«, fuhr Castilla fort. »China hat die zweitgrößte Armee der Welt und verfügt zudem über Atomwaffen. Japan besitzt zwar auf dem Papier nur Streitkräfte zur Selbstverteidigung, hat aber das fünftgrößte Verteidigungsbudget der Welt und eine Viertelmillion aktive Soldaten.«

Die japanische Verfassung hinderte das Land daran, eine Armee im herkömmlichen Sinn aufzubauen, doch die entsprechende Bestimmung wurde immer schon sehr dehnbar gehandhabt und wurde heute zunehmend kritisiert. In Wahrheit stand Japan kurz davor, den Pazifismus, den es ein Dreivierteljahrhundert praktiziert hatte, in den Mülleimer der Geschichte zu werfen – und das würde China nicht tatenlos hinnehmen.

Castilla schüttelte aufgebracht die Bierdose. »Und weißt du, wer mitten in diesem Schlamassel steckt? Ich. Weil wir nämlich ein Abkommen haben, in dem klar festgehalten ist, dass die Vereinigten Staaten Japan beistehen werden, falls das Land angegriffen wird. Wenn die Chinesen also etwas gegen die aktuellen politischen Tendenzen in Japan unternehmen – auch wenn sie teilweise selbst daran schuld sind –, was dann? Was, wenn sie dieses tolle neue Kriegsschiff versenken? Fred, ich schlittere immer mehr in eine ziemlich prekäre Situation.«

Der Präsident ließ sich erschöpft in die Kissen sinken und schwieg eine Weile. »Immer noch nichts von Jon?«

Mit dem abrupten Themenwechsel hatte Klein nicht gerechnet, deshalb antwortete er nicht sofort. Beim Gedanken an Smith krampfte sich immer noch alles in ihm zusammen. Klein hatte ihn nach Japan geschickt – eine Entscheidung, die ihm nun zumindest fragwürdig erschien. Smith war sein bester Mann gewesen, doch Japan war ein Land, in dem er keine Einsatzerfahrung hatte sammeln können. War es ein Fehler gewesen, ihn auf diese Mission zu schicken? War Jon Smiths Verschwinden seine Schuld?

»Noch nichts.«

»Das tut mir leid.«

Castilla starrte die Bierdose in seiner Hand an, doch er wartete nur auf den richtigen Moment, um weiterzusprechen. Der Präsident der Vereinigten Staaten konnte sich den Luxus nicht leisten, sich lange mit dem Schicksal eines einzelnen Menschen aufzuhalten. Selbst wenn es sich um einen Mann wie Jon Smith handelte.

»Wie sieht es jetzt mit deinen Ermittlungen zur Fukushima-Katastrophe aus, Fred?«

»Das wirft uns natürlich zurück«, räumte Klein ein. »Unser Informant ist tot, und das Material aus dem Reaktorblock vier ist ebenso verschwunden wie Jon. Ich fürchte, wir stehen nach mehr als zwei Jahren Arbeit wieder ganz am Anfang.«

Kapitel Sieben

Prince George's County, Maryland
USA

»Wie geht es Ihnen?«
Maggie Templeton erhob sich hinter ihrer beeindruckenden Reihe von Computermonitoren. Ihr besorgter Ausdruck vertiefte die Linien, die die Zeit in ihr Gesicht geprägt hatte.
»Gut. Warum auch nicht?«, antwortete Randi und ging zu der offenen Tür am anderen Ende des geräumigen Empfangsbüros.
Fred Klein stand ebenfalls auf, als sie eintrat – ein Reflex aus einer Zeit, als förmliches Benehmen und gute Manieren noch wichtig waren.
»Wie geht es Ihnen?«
»Mir geht's gut, okay?«
Randi ließ sich auf einen Stuhl sinken und musterte den Mann. Er sah aus wie immer – so wie in Kairo. Auf den ersten Blick unauffällig, doch wenn man genauer hinsah, spürte man, dass sich hinter dieser Stahlbrille einiges verbarg. Eine außergewöhnliche Schlauheit. Einen Moment lang fragte sich Randi, wieweit sie die Kontrolle über ihr eigenes Leben innehatte – ein Gefühl der Unsicherheit, das ihr zutiefst zuwider war. Gewiss hätte Smith sie jetzt daran erinnert, dass Klein seine beträchtliche Macht und seinen Intellekt noch nie benutzt hatte, um irgendetwas anderes zu tun, als unerschütterlich hinter ihnen zu stehen. Doch Jon

konnte sie nicht daran erinnern, weil niemand wusste, wo er war. Das letzte Mal war er gesehen worden, als er mit einem Armbrustbolzen im Rücken aufs offene Meer hinausschwamm.

»Warum wollten Sie mich sprechen, Mr. Klein?«

Er lehnte sich hinter seinem Schreibtisch zurück, der aus irgendeiner Regierungsbehörde ausgemustert worden war.

»Was wissen Sie über Fukushima?«

»Die Nuklearkatastrophe? Nur das, was ich im Fernsehen gesehen habe. Erdbeben, Tsunami, Explosionen, Kernschmelzen. Nicht unbedingt mein Spezialgebiet.«

Klein holte seine Pfeife hervor und zündete sie mit seinem gewohnten Ritual an, worauf der Deckenlüfter ansprang, den Maggie hatte installieren lassen.

»Die Anlage hatte sechs Reaktorblöcke. Eins bis drei waren aktiv, fünf und sechs waren wegen Wartungsarbeiten außer Betrieb, und Block vier war nicht nur abgeschaltet, sondern es befanden sich auch keine Brennelemente im Reaktor. Nach dem Erdbeben schalteten sich Reaktor eins, zwei und drei automatisch ab. Notgeneratoren hielten das Kühlsystem am Laufen.«

»Dann kamen die Tsunamiwellen.«

Er nickte. »Bis zu fünfzehn Meter hoch. Sie setzten die Dieselgeneratoren außer Gefecht. Als die Notstrombatterien zur Neige gingen, wurde die Sache heiß, und es kam zu Explosionen ...«

»Durch die Strahlung freigesetzt wurde«, führte sie den Gedanken zu Ende. »Das ist Jahre her, Mr. Klein. Was hat Covert One damit zu tun?«

»Über die Katastrophe sind Dinge ans Licht gekommen, die einfach keinen Sinn ergeben.«

Randi zuckte mit den Schultern. »Ist das eine Überraschung? Immer wenn es zu einer solchen Katastrophe kommt, arbeiten nicht nur die Einsatzkräfte auf Hochtouren, sondern auch die zuständigen Verantwortlichen in den betreffenden Unternehmen und der Politik. Die haben es dann plötzlich sehr eilig, ihren Arsch zu retten und belastendes Material verschwinden zu lassen. Wahrscheinlich hätten sie genug Strom gehabt, um die Kühlung am Laufen zu halten, wenn nicht in Tokio Tausende Reißwölfe gerattert hätten.«

»Da ist sicher was dran, aber das ist es nicht allein«, erklärte Klein. »Die höchsten Strahlungswerte wurden in Reaktor vier gemessen.«

»Haben Sie nicht gesagt, es seien zum Zeitpunkt des Bebens gar keine Brennelemente im Reaktor gewesen?«

»Genau.«

»Ich bin keine Kernphysikerin – aber dann hätte doch von diesem Reaktorblock eigentlich keine Gefahr ausgehen dürfen.«

»Stimmt. Und abgesehen von den Strahlungswerten stellt sich noch eine Frage: Wie konnte es vier Tage nach dem Tsunami in diesem Block zu einer Explosion kommen?«

Erneut zuckte sie die Schultern. »Jon ist der Wissenschaftler. Aber irgendjemand muss eine Erklärung dafür haben.«

»Oh, ich habe mehrere Erklärungen dafür gehört, aber keine ist wirklich plausibel.«

»Und daran hat Jon gearbeitet?«

Klein nahm einen langen Zug von seiner Pfeife. »Ich bin mit einem Mann in Kontakt gekommen, der kurz nach dem Tsunami verdächtiges Material aus dem Reaktor geschmuggelt hat. Er übergab es Jon, aber dann ... muss etwas passiert sein.«

»Ich nehme an, Sie haben das Material ebenfalls verloren?«

Klein schwieg einige Augenblicke, obwohl ihm der leise Vorwurf kaum entgangen sein konnte, der in ihrer Frage mitschwang. »Das Material ist weg.«

»Ich weiß nicht genau, worauf Sie eigentlich hinauswollen. Soll das heißen, dass der Reaktor nicht den Sicherheitsstandards entsprochen hat? Oder wollen Sie andeuten ...«

»Der Mann, mit dem ich Kontakt hatte, vermutete eine Art Sabotage«, fiel ihr Klein ins Wort. »Und er hatte Angst. Er wollte am Telefon nicht darüber sprechen. Nicht einmal über verschlüsselte E-Mail. Plötzlich beschloss er, das Zeug loszuwerden. Er sagte, wenn ich nicht innerhalb von vierundzwanzig Stunden jemanden hinschicke, wird er das Material vernichten und untertauchen.«

»So ist Jon in diesem entlegenen japanischen Fischerdorf gelandet.«

»Es war nicht genug Zeit, um jemand anderes dafür heranzuziehen. Jon war mein Topmann, also habe ich ihn damit betraut.«

Touché, dachte Randi mit ausdruckslosem Gesicht. Sie stand Smith auch privat sehr nahe, doch sie war auch ehrgeizig. Klein hatte ihr soeben auf subtile Art zu verstehen gegeben, dass er Smith für besser hielt als sie.

»Okay, Sabotage«, griff sie den Faden wieder auf. »Kernreaktoren sind normalerweise ziemlich gut gesichert. Wer könnte hinter dem Angriff oder der Sabotage stecken? Eine Anti-Atomkraft-Gruppe?«

»Vielleicht, aber ich fürchte eher, dass es sich um einen ausländischen Akteur handeln könnte.«

»China.«

Klein nahm einen Zug von seiner Pfeife. »Sie wissen besser als ich, wie die Chinesen zu Japan stehen, und die Entwicklung im Ostchinesischen Meer ist ziemlich beunruhigend. Der Präsident versucht den japanischen Premierminister dazu zu bewegen, die Lage zu beruhigen, aber das ist leichter gesagt als getan.«

»Das ist noch stark untertrieben«, stimmte Randi zu. »Sanetomi ist der Zenmeister der Politik, aber er ist in einer ausweglosen Position. Kommt er den Chinesen weit genug entgegen, um sie zu beruhigen, werden ihn die eigenen Leute als Verräter hinstellen. Und wenn er sich unnachgiebig zeigt und so seinen Job behält, bringen die Chinesen ihre Raketen in Stellung.«

»Und dann ist da noch General Takahashi«, fuhr Klein fort. »Er stellt es zwar wie immer sehr clever an, scheint aber alles zu tun, um China zu provozieren.«

»Okay, aber warum ein Kernkraftwerk? Und warum damals, als die Lage längst noch nicht so angespannt war wie heute? Fürchten sie etwa, die Japaner könnten Fukushima benutzen, um sich ein Arsenal von Atomwaffen zuzulegen?«

»Sanetomi versichert, dass es nicht so ist, und die Geheimdienste scheinen es ihm abzunehmen.«

»Dann wollten die Chinesen vielleicht nur einen Störfall provozieren, um die Japaner bloßzustellen und sie dazu zu bringen, sich mit inneren Angelegenheiten zu beschäftigen. Oder glauben Sie, die Chinesen wollten damit Japan schwächen, bevor sie angreifen?«

»Ein offener Militärschlag gegen Japan wäre eine sehr ernste Sache. Das würde die USA und den Rest der Welt in einen Krieg verwickeln.«

Randi tippte mit den Fingern geistesabwesend auf die Armlehne ihres Stuhls. »Irgendwelche Spuren?«

»Wie gesagt, der Mann, mit dem ich in Kontakt stand, ist tot, das Material verschwunden, und aus China kommt nichts als Schweigen. Aber ich weiß, dass Sie Ihre Kontakte dort haben.«

Bevor Randi sich auf den Nahen Osten konzentriert hatte, war sie des Öfteren in China eingesetzt gewesen und sprach seither fließend Mandarin. »Okay. Dann höre ich mich ein bisschen um.«

»Haben Sie irgendeine Idee?«

Randi stand auf und ging zur Tür. »Könnte sein.«

Kapitel Acht

Imizu
JAPAN

Jon Smith atmete so tief ein, wie er konnte, biss die Zähne zusammen und setzte sich auf. Er schloss kurz die Augen, um den Schmerz abebben zu lassen, ehe er sie wieder öffnete und die Fessel inspizierte, mit der sein Fuß ans Bett gefesselt war.

Er hätte laut gelacht, wäre es nicht so schmerzhaft gewesen. Nach all den gefährlichen Situationen, die er schon überstanden hatte, war das hier beinahe eine Beleidigung. Ein einfacher Lederriemen und ein winziges Vorhängeschloss, das aussah wie von einem Touristenkoffer.

Er ließ sich ins Kissen zurücksinken und versuchte einmal mehr, seine Situation zu analysieren. Laut den Apparaten, an die er angeschlossen war, hatten sich seine Vitalfunktionen stabilisiert. Im Grunde eine gute Nachricht. Sie hatten den Drainageschlauch aus seiner Brust entfernt und das Loch zwischen den Rippen mit ein paar Stichen genäht. Wunderbar. Weniger gut war, dass die Schmerzen im Rücken kein bisschen nachgelassen hatten – und er wusste jetzt auch, warum.

Der Arzt, der sich um ihn kümmerte, sprach nur wenig Englisch, was von den Leuten, die ihn hier festhielten, vielleicht so beabsichtigt war. Doch mit ein wenig universellem Medizinjargon und ein paar Röntgenbildern hatte Smith sich zusammengereimt, wie es um ihn stand: fünf gebrochene Rippen, der kollabierte Lungenflügel hatte sich zum Glück wieder entfaltet, des Weiteren massiver Blutverlust, eine nahezu tödliche Unterkühlung, ein Schulterblatt, das mit Schrauben zusammengehalten wurde, und eine genähte Wunde, aus der man ihm den Armbrustbolzen entfernt hatte. Der Arzt hatte ihm mit einer schaurigen Pantomime veranschaulicht, wie er das Geschoss herausgezogen hatte: den Bolzen mit beiden Händen gepackt und ihm den Fuß in den Rücken gestemmt. Zur Verteidigung des Mannes musste Smith jedoch einräumen, dass man auch als Militärarzt an der Front in der Wahl seiner Mittel nicht zimperlich sein durfte.

Rein technisch gesehen war er also auf dem Wege der Besserung, doch es ging ihm längst nicht gut genug, um auch nur daran denken zu können, sich von dem Lederriemen an seinem Knöchel zu befreien. Er warf einen Blick auf den Rollwagen neben dem Bett, konnte jedoch nichts erkennen, was auch nur annähernd scharf genug gewesen wäre, um die Fessel zu durchtrennen, oder klein genug, um das Schloss zu knacken. Und selbst wenn es ihm gelungen wäre – was dann? Wie weit würde er kommen, wenn er zu Fuß flüchtete, mit dem Tropf, an dem er immer noch hing. Jedes Hindernis, das größer war als eine unbewaffnete Pfadfinderin oder – Gott bewahre – eine Treppe, war für ihn absolut unüberwindlich.

Vorsichtig griff er nach der Tasse neben dem Bett und nahm einen Schluck mit dem Strohhalm. Von welcher Seite er das Problem auch betrachtete, er kam immer zum selben Ergebnis: Er war absolut im Arsch. Der Unbekannte, der ihn ans Bett gefesselt und den Arzt gerufen hatte, tat das alles nicht aus reiner Nächstenliebe. Er wollte Antworten auf gewisse Fragen und würde alles tun, um sie zu bekommen.

Von draußen drang ein knarrendes Geräusch herein – wahrscheinlich ein lockeres Dielenbrett etwa drei Meter vor der Tür. Smith zählte bis drei, und wie aufs Stichwort wurde ein Schlüssel im Schloss umgedreht und durchbrach das monotone Piepen der Maschine, die sein Herz überwachte. Eine Sekunde später schwang die Tür auf.

Die ungewöhnlich große asiatische Frau, die ins Zimmer trat, war von einer athletischen Anmut, die er unter anderen Umständen durchaus bewundernswert gefunden hätte. Ein schlichtes braunes Kleid verhüllte ihre weiblichen Formen, und ihr Gesicht war unter einer breiten Hutkrempe verborgen. Sie stellte eine kleine Tasche auf den Rollwagen, kam jedoch nicht sofort zu ihm.

Smith versuchte sich einzureden, dass sie eine Krankenschwester war, doch ihre raubtierhaften Bewegungen ließen etwas anderes vermuten. Das war keine Frau, die sich um kranke und hilflose Menschen kümmerte. Viel eher eine Frau, die genau wusste, wie man Kranken und Hilflosen Informationen abpresste.

Smith wandte den Blick ab und sah zur makellos weißen Decke hinauf. Er war noch nie von einer Frau verhört worden, was ihn zusätzlich beunruhigte. Seit er wieder bei Bewusstsein war, hatte er sich innerlich darauf vorbereitet, es mit irgendeinem tätowierten, mit einem Gummischlauch bewaffneten Japaner zu tun zu bekommen. Bei seiner körperlichen Verfassung ging er davon aus, dass er nicht lange leiden musste. Der Tod würde ihn relativ schnell erlösen.

Diese Frau war höchstwahrscheinlich ein ganz anderes Kaliber. Sie wusste um seine Verletzungen und würde ihm sehr dosiert und überlegt Schmerzen zufügen. Sie würde ihn mit Drogen verwirren, um eine psychische Abhängigkeit von ihr herzustellen. Und sie würde darauf achten, dass er lange genug am Leben blieb.

Smith ging noch einmal in Gedanken die Geschichte durch, die er sich zurechtgelegt hatte, um sie möglichst glaubwürdig wiedergeben zu können. Er war ein drogensüchtiger amerikanischer Militärarzt vom Stützpunkt Okinawa, der zu viele Rezepte für sich selbst ausgestellt hatte und dem die Ermittler der Army im Nacken saßen. Er hatte versucht, einen anderen Lieferanten zu finden, doch der Mann, mit dem er sich hatte treffen wollen, wurde getötet. Smith war einfach nur zur falschen Zeit am falschen Ort gewesen und völlig unschuldig in eine Auseinandersetzung zwischen seinem neuen Dealer und der japanischen Mafia geraten.

Die Frau trat geräuschlos zum Fußende des Bettes und blickte auf ihn hinunter. Ihr Gesicht war unter dem Hut verborgen, deshalb suchte Smith in ihrer Körpersprache nach Hinweisen darauf, was sie vorhatte. Trotz seiner prekären Situation konnte er ihre perfekten Rundungen unter dem schlichten Kleid nicht völlig ignorieren. Wenn er Glück hatte, würde sie ihre Schönheit einsetzen, um ihn gesprächig zu machen.

Als sie die Hand hob und er die mattschwarze Klinge sah, war ihm schlagartig klar, dass ihm das Glück nicht hold sein würde.

Kapitel Neun

Yasukuni-Schrein, Tokio
JAPAN

General Masao Takahashi blickte von den streng geheimen Dokumenten auf, die er durchsah, als seine Limousine plötzlich langsamer wurde. Auf der Straße hatte sich eine Gruppe von Demonstranten versammelt, so groß, dass sein Fahrer nur noch im Schritttempo vorankam. Zu seiner Rechten sah der General ältere Männer mit der japanischen Militärflagge, der »Flagge der aufgehenden Sonne«, manche in schäbigen Uniformen aus der Kaiserzeit. Takahashi nickte ihnen respektvoll zu, obwohl er wusste, dass sie ihn durch das getönte Fenster nicht sehen konnten. Patrioten, die den Wert von Mut und Pflichterfüllung noch kannten.

Ihre Gegner, passenderweise zur Linken, bestanden hauptsächlich aus jungen Leuten, die sich nur für sich selbst und ihr Vergnügen interessierten und die nie auch nur die kleinsten Entbehrungen hatten durchmachen müssen. Dennoch hatten sie nichts Besseres zu tun, als die Wirtschaft zu kritisieren, die ihnen einen Lebensstandard ermöglichte, den er sich in seiner Kindheit nicht einmal hätte vorstellen können. Keiner dieser Feiglinge hätte auch nur eine Woche von dem überlebt, was er in seiner Jugend ertragen hatte. Den Hunger. Die Kälte. Die Angst und die Verwirrung, einem geschlagenen Volk in einem besetzten Land anzugehören.

Die Limousine kam zum Stehen, und Takahashi wandte sich angewidert von den Demonstranten ab. Ihre anmaßenden Transparente entehrten die Männer, die für dieses Land gekämpft hatten und gefallen waren.

Er ignorierte die Sprechchöre, die zu ihm hereindrangen, und betrachtete die gepflegte Anlage des Yasukuni-Schreins. Die rötlich goldenen Blätter bildeten einen starken Kontrast zum strahlend blauen Himmel. Der Schrein dahinter fügte mit seinem grünen Dach und dem weißen Siegel am Eingang zwei weitere Farbtöne hinzu. Ursprünglich 1869 von Kaiser Meiji erbaut, ehrte die Anlage heute die fast zweieinhalb Millionen Männer, die für Japan gestorben waren.

Er war nicht überrascht, als sein Handy klingelte –, auch nicht, dass es Premierminister Fumio Sanetomi war. Einen Moment lang überlegte er, ob er den Anruf ignorieren sollte, doch seine Pläne waren ohnehin kaum noch aufzuhalten. Es war zwar wünschenswert, sich die Gunst der Politiker zu erhalten, aber für sein Vorhaben nicht zwingend notwendig. Sanetomi und seine Gesellen gaben sich weiter der Illusion hin, wichtig zu sein, und für den Augenblick war das auch gut so. Bald jedoch würden die Politiker als das zu erkennen sein, was sie in Wahrheit waren: schwache, ehrlose Männer, die über ein Dreivierteljahrhundert hinweg ihr eigenes Volk ausgesaugt hatten.

»Guten Tag, Premierminister«, meldete sich Takahashi mit dem Handy am Ohr.

»Ihnen auch, General. Ich habe gehört, Sie sind beim Yasukuni-Schrein.«

»Sie sind gut informiert, wie alle anderen offenbar auch. Ich wollte eigentlich ganz privat herkommen, für einen Moment der Besinnung.«

»Das glaube ich Ihnen gern«, antwortete Sanetomi mit seiner gewohnt ruhigen, feierlich klingenden Stimme, die seine Wähler so betörend fanden und die für Takahashi etwas Quälendes hatte.

»Leider kann ein Mann von Ihrer Statur und Ihrem Format nur schwer anonym bleiben«, fuhr Sanetomi fort. »Darum muss ich Sie auch ersuchen, in Ihrem Wagen zu bleiben und Ihren Fahrer anzuweisen, unverzüglich zurückzufahren.«

Takahashis Gesicht spannte sich an, als er die geschickten Schmeicheleien hörte, mit denen der Mann ihn zu manipulieren versuchte. Vor seiner Karriere als Politiker war Sanetomi Lehrer gewesen, und was er im Umgang mit seinen Schülern gelernt hatte, erwies sich als überaus nützlich, wenn es darum ging, die Schafe zu lenken, mit denen er sich umgab. Doch der General gehörte nicht zu seiner Herde. Er hatte Japan schon verteidigt, als Sanetomi noch an der Mutterbrust gesaugt hatte.

»General? Sind Sie noch da?«

Takahashi zog das Schweigen in die Länge. In den vergangenen Jahren war der Schrein zu einem Symbol für die dramatisch verschlechterten Beziehungen zwischen Japan und China geworden. Statt seinen wachsenden Einfluss und Wohlstand dafür einzusetzen, sich von der Vergangenheit zu lösen, hatte China begonnen, alte Wunden aufzureißen und seinen kleineren Nachbarn im Osten zu demütigen.

Der Schrein ehrte Männer, die dafür, dass sie dem Kaiser im Zweiten Weltkrieg gedient hatten, als Kriegsverbrecher gebrandmarkt worden waren. Ein Urteil, das in den Augen des Generals eine Schande und eine persönliche Beleidigung darstellte. Der Satz »Geschichte wird von den Siegern geschrieben« wird oft Winston Churchill zugeschrieben, und er schien auch in diesem Fall zuzutreffen. Während japanische Soldaten, die in den Wirren des Krieges getötet hatten, als Monster hingestellt wurden, galten die Amerikaner als Helden, weil sie Atombomben auf japanische Zivilisten abgeworfen hatten. Und die Chinesen verehrten nach wie vor diesen Schlächter Mao.

Sogar die japanischen Schulbücher waren umgeschrieben worden, um Takahashis Volk dauerhafte Schuldgefühle einzuimpfen und Kinder mit ihnen zu belasten, die mit den Ereignissen der Vergangenheit nicht das Geringste zu tun hatten. Doch selbst das war dem aufstrebenden China noch nicht genug. Sie übten Druck auf Sanetomis Regierung aus, um die Bücher noch einmal umzuschreiben und jeden Hinweis auf die historische Größe des japanischen Volkes zu tilgen. Niemand sollte sich mehr daran erinnern, wie dieser kleine Inselstaat einst von der ganzen Welt gefürchtet worden war.

»Es tut mir leid, Herr Premierminister, aber Sie müssen verstehen, wenn ich jetzt umkehre, würde man das als Geringschätzung der Opfer ansehen, die diese Männer erbracht haben, die hier geehrt werden. Ich ...«

»General, bitte«, fiel ihm Sanetomi ins Wort. Diesmal war seine Stimme nicht mehr ganz so ruhig. Für die meisten hätte der veränderte Tonfall gereizt geklungen, doch Takahashi wusste, dass etwas anderes dahintersteckte. Angst.

»Nach dem, was gerade vor den Senkaku-Inseln vorgefallen ist, müssten Sie doch am besten verstehen, dass jetzt nicht die Zeit für Provokationen ist. Wir stehen fast schon am Rand des Abgrunds, Masao. An einem Punkt, wo große Gesten fatale Folgen ...« Seine Stimme setzte für einen Moment aus. »... fatale Folgen nach sich ziehen können.«

Krieg, fügte Takahashi mit tiefer Befriedigung in Gedanken hinzu. Wie sollte man einem Politiker, der das Wort nicht einmal auszusprechen wagte, zutrauen, Japan zu schützen? Das Leben dieser Männer war von nichts als Angst beherrscht. Angst vor der Konfrontation, vor Beleidigungen, vor peinlichen Situationen. Angst vor allem, was ihr bequemes, privilegiertes Leben beeinträchtigen könnte.

Sanetomi sprach gern von Japans Größe und seinem eigenen Patriotismus, aber das war alles nur Theater. Er würde alle verfügbaren Kanäle nach Peking nutzen, um seine chinesischen Herren zufriedenzustellen und die Situation im Ostchinesischen Meer zu deeskalieren. Um stillschweigend zu dem elenden Zustand zurückzukehren, den man in Japan längst als normal empfand.

»Das verstehe ich nicht.« Takahashi bemühte sich, respektvoll zu klingen. »Wir haben nicht die geringste Aggression an den Tag gelegt, um die Inseln zu verteidigen, die im Übrigen fast die gesamte internationale Staatengemeinschaft uns zuschreibt. Ich habe sogar die *Izumo* angewiesen, sich zurückzuziehen, als uns die Chinesen mit ihrem Zielradar erfassten, obwohl das Schiff durchaus in der Lage ist, sich zu verteidigen. Wer kann von Japan verlangen, eine Situation zu beruhigen, zu deren Eskalation wir nicht das Geringste beigetragen haben?«

»Sie wissen ganz genau, dass es hier nicht um Schuld geht«, betonte Sanetomi. »Abgesehen von ihren Atomwaffen verfügen die chinesischen Streitkräfte über zehnmal so viele Soldaten wie wir, zehnmal so viele Panzer und viermal so viele Kampfflugzeuge. Ich respektiere Ihre jahrelangen Bemühungen, unsere Selbstverteidigungsstreitkräfte auf den neuesten Stand zu bringen, General. Aber das ist nicht der richtige Moment für Arroganz.«

Takahashi musste sich das Lachen verkneifen. Sanetomi verstand überhaupt nichts. Arroganz war im Moment bitter notwendig.

»Ich kann Ihre Position durchaus nachvollziehen, Premierminister. Aber ich bin kein Politiker, sondern Soldat. Ich werde mich nicht von diesen tapferen Männern abwenden und die Opfer ignorieren, die sie für dieses Land gebracht haben.«

»Selbst wenn das japanische Volk die leidvollen Konsequenzen Ihres Handelns zu spüren bekäme?«

»Ich bezweifle, dass etwaige Unannehmlichkeiten, die den Bürgern vielleicht entstehen könnten, sich mit dem vergleichen lassen, was die Männer, deren Seelen hier ruhen, erduldet haben, Premierminister.«

Takahashi trennte die Verbindung und stieg aus dem Wagen, ohne auf die wetteifernden Rufe der Demonstranten auf beiden Seiten zu achten. Er schritt durch den abgesperrten Korridor zwischen den beiden Lagern, den Blick auf den Shinto-Priester gerichtet, der am anderen Ende wartete. Das traditionelle weiße Gewand, das der heilige Mann trug, flatterte im Wind, als sich der General näherte.

Die Länder, die angeblich die Welt beherrschten, waren schwach geworden. Europa war zersplittert und handlungsunfähig. Russland versank in einer korrupten Kleptokratie, die unweigerlich zu einer neuen Revolution führen würde. Chinas Korruption war ebenfalls im Wachsen, während das Land alles zerstörte, was es anfasste, um seine ungezügelte Gier zu befriedigen.

Sogar die Vereinigten Staaten, die über viele Jahre hinweg als große stabilisierende Kraft in der Welt gewirkt hatten, waren zu einem Schatten ihrer selbst verkommen, geschwächt von innerem Streit und dem drohenden Staatsbankrott. Das Land konnte sich kaum noch selbst regieren, geschweige denn eine Führungsrolle für das aufstrebende Asien übernehmen oder das Chaos im Nahen Osten unter Kontrolle halten.

Die Natur verabscheut das Vakuum – und Amerika hinterließ ein Vakuum, das katastrophale Folgen nach sich ziehen würde. Nur er und seine engsten Berater verstanden die Zeichen der Zeit. Die Welt erlebte gerade das Anbrechen einer neuen Ära. Japans große Stunde war gekommen.

Takahashi blieb stehen und verbeugte sich respektvoll vor dem Priester. Wie immer an diesem besonderen Ort stellten sich ihm die Nackenhaare auf. Eines Tages würde man auch ihn hier ehren. Die Menschen würden sich dankbar an ihn erinnern, als den Mann, der Japan – und die Welt – für immer verändert hatte.

Kapitel Zehn

Tokio
JAPAN

»Darf ich Ihnen noch eine Tasse Kaffee bringen?«

Kaito Yoshima – so sein Name, wenn er sich in Japan aufhielt – antwortete der jungen Kellnerin lächelnd in makellosem Japanisch. Selbst wenn sie eine Spezialistin für Dialekte gewesen wäre, hätte sie seinen Akzent dem Nordosten des Landes zugeordnet. Keinesfalls wäre sie auf die Idee gekommen, dass er in Wahrheit in der Nähe von Dingxi in China geboren und aufgewachsen war.

Bewundernd folgte er ihr mit den Augen, während sie sich mit professioneller Gewandtheit durch das gut besuchte Café schlängelte. Seine Vorliebe galt zwar mehr dem Exotischen, doch er musste sich eingestehen, dass dieses Mädchen etwas Besonderes hatte. Französisch gehörte nicht zu seinen vier Sprachen, doch er versuchte sich an die Worte zu erinnern. Ja, sie besaß ein gewisses *»je ne sais quoi«*.

Yoshima wandte sich wieder dem riesigen Fenster zu, doch er achtete nicht auf das Geschehen draußen auf der Straße, sondern konzentrierte sich auf sein eigenes Spiegelbild. Nicht nur sein makelloses Japanisch, sondern auch sein Aussehen würde niemanden vermuten lassen, dass er chinesischer Herkunft war. Dies verdankte er einem japanischen Soldaten, der im Krieg seine Großmutter vergewaltigt hatte – eine bizarre Fügung der Genetik, die den chinesischen Regierungsbehörden nicht verborgen geblieben war.

Kurz vor seinem vierten Geburtstag hatte man ihn seiner Familie weggenommen, unter dem Vorwand, man habe eine außergewöhnliche Begabung bei ihm erkannt und würde ihn in einem exklusiven Internat unterrichten. Bis heute hatte seine Familie keine Ahnung, dass die Schule, auf die man ihn geschickt hatte, eine Ausbildungsstätte für Spione und Auftragskiller war.

Von frühester Kindheit an hatte man ihn mit der japanischen Sprache und Kultur vertraut gemacht, mit der subtilen Kunst der Spionage und der ruhmreichen Geschichte der Kommunistischen Partei. Schon in seiner Jugend hatte man ihn regelmäßig mit einem falschen Pass nach Japan geschickt, wo er gelernt hatte, sich unauffällig im Land zu bewegen.

Er war einer von dreißig angehenden Spionen gewesen, in einer Gruppe, die zur Hälfte männlich, zur Hälfte weiblich war. Sie hatten es sich nicht leisten können, Freundschaften zu schließen, denn der endlose Wettbewerb war grausam und brutal gewesen. Jeder Fehler, jede kleinste Schwäche, jeder Mangel an Patriotismus oder Entschlossenheit wurde streng bestraft. Wer sich zu viele dieser kleinen Vergehen leistete, wurde von der Ausbildung ausgeschlossen.

Er wusste, dass das eine vornehme Umschreibung dessen war, was tatsächlich mit diesen Leuten passierte. Ein Programm, das Kinder den Eltern wegnahm und sie zu einer Waffe gegen Japan formte, musste unter allen Umständen geheim gehalten werden. Nein, es war klar, dass Kinder, die nicht über die für diesen Job erforderliche Intelligenz, körperliche Fähigkeit und Härte verfügt hatten, heute in irgendeinem namenlosen Grab in einer abgelegenen chinesischen Landschaft lagen.

Nur neun der ursprünglich dreißig hatten die Ausbildung überlebt, und diese neun waren zu Chinas besten Geheimagenten geworden. Zumindest hatte man ihm das gesagt. Er hatte nie einen der anderen acht wiedergesehen – eine Trennung, die eine seltsame Leere in ihm hinterließ, die sich nie hatte ausfüllen lassen. In gewisser Weise hatten seine Lehrer ihre Arbeit etwas zu gut gemacht. Nun war er in zwei Ländern und zwei Kulturen zu Hause, ohne recht zu wissen, wohin er wirklich gehörte. Gewiss, die unbedingte Treue gegenüber Peking war ihm von klein auf eingebläut worden, doch heute war er ein Mann, und die Zugehörigkeit zu diesem Land fühlte sich mehr wie eine Gewohnheit denn eine innere Notwendigkeit an.

Die hübsche Kellnerin kam zurück, und er lächelte, als sie ihm den Milchkaffee auf den Tisch stellte.

»Sprechen Sie Englisch?«, fragte sie und deutete auf sein Buch – 1984 von George Orwell –, das er zum wiederholten Mal las, um sich die Zeit zu vertreiben.

»Ich versuch's«, antwortete Yoshima leichthin. »Aber ich glaube nicht, dass mich jemand verstehen würde.«

Das war natürlich gelogen. Sein Englisch war zwar leicht akzentgefärbt, aber nahezu perfekt. Auch eine Fähigkeit, die er der chinesischen Regierung verdankte.

»Ich mache einen Kurs«, erklärte sie. »Es ist *echt* schwer. Sie brauchen sich also nicht zu schämen. Ich verstehe mich selbst nicht!«

Ihr Lachen war ansteckend, und er stellte sich unwillkürlich vor, wie es wäre, seine Fähigkeiten zu benutzen, um zu verschwinden. Vielleicht irgendwo in Japan. Mit diesem Mädchen.

Sie drehte sich um und ging, er folgte ihr mit seinem Blick. Die Fantasie löste sich auf, als die physische Entfernung zwischen ihnen wuchs. Er hatte schon oft von Frauen wie ihr geträumt, von einem normalen Leben, in dem ihm seine japanischen Gesichtszüge nicht den Hass der Menschen eintrugen, für deren Schutz er sich einsetzte.

Ein bitteres Lächeln umspielte seine Lippen. *Die Menschen, für deren Schutz er sich einsetzte.* In Wahrheit waren die Einzigen, die er schützte, die Politiker seines Landes. Und diese Aufgabe wurde immer schwieriger, seit sie China auf einen Abgrund zusteuerten. Das Wirtschaftswachstum ließ nach, Informationen ließen sich immer schwerer kontrollieren, und seine hoffnungslos korrupten Herren spürten, dass sie das Volk immer weniger im Griff hatten.

Da sie alle anderen Mittel ausgeschöpft hatten und Religion zur Beruhigung der Massen nicht infrage kam, hatten sie beschlossen, den Zorn des Volkes auf Japan zu richten. Sie wiesen auf die Gräueltaten hin, die dem chinesischen Volk vor Generationen zugefügt worden waren, und erklärten eine Gruppe von nutzlosen Inseln zum Gegenstand des nationalen Stolzes. Ihre Arroganz ließ sie glauben, dass sie den Zorn, den sie unter einer Milliarde Menschen schürten, würden kontrollieren können.

Erneut schweifte sein Blick hinaus auf die Straße und blieb an einem kleinen Honda hängen, der am Straßenrand parkte. Er wirkte fast lächerlich normal – das häufigste Auto in Japan in der am häufigsten vorkommenden Farbe. Weder alt noch neu, weder strahlend sauber noch schmutzig, kurz gesagt: absolut unauffällig.

Das Innere des Wagens war jedoch bedeutend interessanter: In der Fahrertür waren sechs Kilo Plastiksprengstoff verborgen. Die Karosserie war mit Stahlplatten verstärkt, um die Wucht der Explosion zu bündeln und zu steigern.

Man ging auf Nummer sicher. General Takahashi würde nicht verletzt oder getötet werden. Der Mann würde regelrecht verdampfen, als hätte er nie existiert.

Eine Nachricht erschien auf dem Handy, das er vor sich liegen hatte, und er nahm einen beiläufigen Schluck Kaffee, während er sie las. Noch drei Minuten.

Er verspürte keine Aufregung, keine Angst, kein Adrenalin. Seine Lehrer waren der Ansicht gewesen, dass diese Regungen das logische Denkvermögen beeinträchtigten, und hatten sie deshalb frühzeitig eliminiert. Er sollte nicht nachdenken, nichts fühlen und nichts hinterfragen. Er war ein Werkzeug von Männern, die viel bedeutender waren als er. Nicht mehr.

Lange Zeit hatte er das alles geglaubt. Heute jedoch sah er die Dinge viel klarer.

Es bestand kein Zweifel, dass Masao Takahashi ein äußerst gefährlicher Mann war. Er wollte nicht einsehen, dass das Säbelrasseln der chinesischen Regierung nur politische Show war, um die Massen von den gravierenden Problemen des Landes abzulenken. Deshalb hatten Yoshimas Herren beschlossen, den General zu beseitigen, damit das japanische Volk wieder zu seiner schuldbewussten Haltung zurückkehrte und jeder offenen Auseinandersetzung auswich.

Es entbehrte nicht einer gewissen Ironie, dass ausgerechnet die Ausbildung, die ihm diese Männer hatten zuteilwerden lassen, ihm zur Einsicht verholfen hatte, dass sie falschlagen. Der Nationalismus war in Japan im Steigen begriffen, und Takahashis Tod würde ihn nur verstärken. Mit dem, was er heute zu tun hatte, würde er mithelfen, dass die beiden Länder an einen Punkt gelangten, an dem es kein Zurück mehr gab.

Eine weitere Nachricht teilte ihm mit, dass die Limousine des Generals in einer Minute eintreffen würde. Sorgfältig setzte er ganz normale Ohrhörer ein und stöpselte sie in sein Handy. Die Leute würden annehmen, dass er Musik hörte, doch in Wahrheit handelte es sich um einen Gehörschutz. Ein Schweißtropfen lief ihm über die Stirn, und er wischte ihn weg. Seine Herren hatten das Attentat so geplant, dass es nach einem Anschlag der Japanischen Patriotischen Front aussah, einer linksgerichteten Gruppe, die erst kürzlich Bomben in Yokohama und Nagoya gelegt hatte. Das Gift, das er als Waffe vorgeschlagen hatte, war als zu exotisch abgelehnt worden. Zudem hatten seine Vorgesetzten befürchtet, dass man es zu leicht einer ausländischen Quelle zuordnen könnte, falls es entdeckt wurde. Und die Kugel aus einem Scharfschützengewehr, die ihm ebenfalls praktikabel erschien, hatte für seine Herren einen allzu professionellen Anstrich.

So saß er nun in diesem Café und wartete darauf, die Hölle zu entfachen. Yoshima blickte in die Gesichter der Passanten draußen vor dem Fenster und auf die Autofahrer, die von der Arbeit nach Hause fuhren. Wie viele würden von der Explosion entstellt und zu Krüppeln gemacht werden? Wie viele würden umkommen?

Yoshima wippte mit dem Kopf zu den Takten einer imaginären Musik, als Takahashis Limousine in Sicht kam. Er streckte die Hand aus und drückte die Lautstärketaste dreimal kurz hintereinander. Die einprogrammierte Verzögerung von zwei Sekunden nutzte er, um noch einmal durchzuatmen. Es war wichtig, dass er nicht vor der Explosion zusammenzuckte. Die moderne Welt war vollgepackt mit Kameras, und die japanischen Behörden würden jede Sekunde der verfügbaren Aufnahmen genau analysieren.

Obwohl ihn die Ingenieure in Peking darauf vorbereitet hatten, war er dennoch überwältigt von der Wucht der Explosion. Ringsum schrien die Leute und warfen sich zu Boden. Er tat es ihnen gleich und achtete darauf, ein schockiertes Gesicht zu zeigen. Aus den Augenwinkeln beobachtete er die Leute um sich herum. Er wollte weder der Erste noch der Letzte sein, der den Kopf hob und aufblickte.

Als einige der Gäste sich rührten, sah auch er zu dem gesprungenen Fenster auf. Die Explosion hatte sich planmäßig auf einen sehr engen Raum konzentriert. Die völlig zerstörte Vorderfront des Hauses gegenüber stand in Flammen. Leute lagen reglos auf der Straße, andere flüchteten verzweifelt in alle Richtungen. Eines der ramponierten Autos drehte sich auf dem Dach, andere lagen verstreut wie weggelegte Spielzeugautos.

Yoshima blickte in die Wolke aus Rauch und Staub, die von dem Loch im Haus gegenüber aufstieg, und runzelte unwillkürlich die Stirn. Der Wind begann den Rauch zu zerstreuen und gewährte da und dort einen kurzen Blick auf das, was dahinterlag. Sein Verstand brauchte einen Augenblick, um das Geschehen einzuordnen, doch dann vergaß er die Kameras und stand auf.

Von Takahashis Auto hätten eigentlich nur noch kleine Trümmer von verbogenem Metall und brennendem Gummi übrig sein sollen. Stattdessen lag es mitten in den Trümmern nahezu unversehrt auf der Seite.

Unmöglich.

Kapitel Elf

Tokio
JAPAN

General Masao Takahashi konnte nicht begreifen, was um ihn herum vorging. Er hörte nichts außer dem Dröhnen in seinen Ohren und sah nur ein paar gedämpfte Lichtstrahlen von oben hereinfallen. Das einzig Vertraute waren die Schmerzen in der Schulter, obwohl er nicht wusste, wann sie begonnen hatten oder was sie verursacht hatte.

Nach einigen Augenblicken kehrte sein Gleichgewichtssinn einigermaßen zurück, und er erkannte, dass er nicht aufrecht saß. Sein Arm war zwischen dem Vordersitz und der Tür eingeklemmt. Das Licht fiel durch ein Fenster herein. Der Wagen lag auf der Seite.

»Genzo«, rief er, doch sein Fahrer antwortete nicht.

Takahashi befreite seinen Arm, und sein Kopf begann sich zu klären. Er lag auf dem hinteren Fenster der Fahrerseite und sah durch das Glas kleine Trümmer verstreut.

»Genzo«, rief er lauter, richtete sich auf, so weit es ihm möglich war, und beugte sich zwischen den Sitzen vor. Sein Fahrer war nicht angeschnallt gewesen und lag reglos da, eine Hand noch am Lenkrad. An der intakten Windschutzscheibe prangte ein etwa zehn Zentimeter großer Blutfleck, und als Takahashi nach dem Mann griff, erkannte er, dass das Blut von den Überresten von Genzos Stirn stammte.

Er stellte sich auf die Autotür und streckte die Hand zur Tür über sich aus. Der Griff funktionierte, und es gelang ihm, die Tür einen Spalt zu öffnen, worauf schwarzer Rauch und panische Stimmen zu ihm drangen.

Plötzlich wurde ihm der Türgriff aus der Hand gerissen, und er hob den Arm, um seine Augen gegen die grelle Nachmittagssonne zu schützen. Jemand rief ihm etwas zu, doch das Summen in seinen Ohren und das Brüllen der Flammen machten es ihm unmöglich, etwas zu verstehen.

Eine kräftige Hand fasste ihn unter seinem verletzten Arm, und im nächsten Augenblick wurde er aus dem Fahrzeug gezogen.

»General!«, rief ihm der Mann ins Ohr. »Sind Sie verletzt?«

Takahashi schüttelte benommen den Kopf.

»Kommen Sie! Wir müssen schnell weg!«

Von seiner erhöhten Position auf der Seite der Limousine konnte sich Takahashi endlich einen Überblick über die Situation verschaffen. Das Gebäude war in eine dicke Rauchwolke gehüllt, aber dennoch als eine Art Geschäft zu erkennen. Nun erinnerte er sich an den Knall und den grellen Blitz. Eine Explosion. Sein Fahrzeug war teilweise in eine Betonwand und teilweise in ein Schaufenster gekracht. Die brennenden Gestalten, die er zunächst für Schaufensterpuppen gehalten hatte, stellten sich als Leichen heraus, die zwischen den Trümmern lagen.

»Gehen wir, General! Schnell!«

Er wurde von dem Auto heruntergezogen, und sein Arm wurde schmerzhaft über eine breite Schulter geschlungen. Männer aus seinem Begleitfahrzeug – einige stark blutend, andere mit Brandwunden – umringten ihn, während er in das ramponierte Gebäude geführt wurde.

Drinnen wanden sich Schwerverletzte auf dem Boden oder versuchten verzweifelt, sich vor den Flammen in Sicherheit zu bringen. Ein kleines Kind, dessen Körper zur Hälfte vom Feuer geschwärzt war, hockte weinend neben einer reglosen jungen Frau. Jemand rannte vorbei, hob das Kind auf und verschwand wie ein Geist im dichten Rauch.

Sie stürmten durch eine Metalltür und gelangten in einen dunklen Gang. Sein Kopf wurde zunehmend klarer, und nach einigen Augenblicken blieb er stehen. »Wo gehen wir hin?«, fragte er.

»Zum Notausgang«, erklärte einer seiner Männer.

»Sind Sie sicher, dass es einen gibt?«, fragte Takahashi, während er weitergeschoben wurde. »Vielleicht sitzen wir da drin in der Falle.«

»Wir sind uns sicher, General. Wir haben alle Gebäude auf dem Weg inspiziert. Dieses Haus hat einen Hinterausgang, der zur nächsten Straße führt.«

Er hatte keinen Grund, daran zu zweifeln. Seine Sicherheitsleute waren handverlesen aus den Besten, die dieses Land zur Verfügung hatte.

»Mein Wagen«, wandte Takahashi ein.

»General, wir müssen uns zuerst darauf konzentrieren, Sie hier wegzubringen.«

Der Mann vor ihm hob im Laufen eine Hand an seinen Ohrhörer und nickte kurz. »General, ich habe die Bestätigung erhalten, dass ein Helikopter unterwegs ist, um den Wagen abzuholen.«

Takahashi schwieg. Die Dringlichkeit der Bergungsoperation würde nicht leicht zu rechtfertigen sein. Noch schwieriger aber würden die Fragen zu beantworten sein, die zu erwarten waren, falls die Polizei die Limousine in die Hand bekam.

Durch eine weitere Tür gelangten sie auf eine relativ ruhige Nebenstraße. Passanten deuteten geschockt auf den Rauch, der hinter der Häuserreihe aufstieg. Takahashis Männer stürmten mitten durch die Menge zu einem halb entladenen Lastwagen, der am Straßenrand parkte.

Der Fahrer war zu verdattert, um etwas einzuwenden, und verfolgte schweigend, wie der Leiter des Sicherheitsteams den General durch die Fahrertür schob und hintersprang.

Im Rückspiegel beobachtete Takahashi, wie seine Männer Autos anhielten und die Insassen aufforderten, auszusteigen. Dreißig Sekunden später waren zwei seiner Männer mit einem beschlagnahmten Toyota Prius vor dem Laster in Position gegangen, während der Rest seiner Truppe in einem BMW nach hinten absicherte.

»Bitte gehen Sie in Deckung, General!«

Er ignorierte die Aufforderung. Die Wahrscheinlichkeit, dass ein zweites Team hier irgendwo lauerte, um den gescheiterten Anschlag zu Ende zu bringen, war denkbar gering. Und selbst wenn es anders wäre, würde er sich nicht verstecken wie ein verängstigtes Kind.

»Wann kommt der Heli, Leutnant?«

»Er sollte in spätestens einer halben Stunde hier sein, General. Danach dauert es noch einmal fünfzehn Minuten, bis die Seile befestigt sind. Wohin sollen sie den Wagen bringen?«

Takahashi schwieg einige Augenblicke und betrachtete die bestürzten Gesichter der Passanten, während er überlegte, was geschehen war und wer dahinterstecken mochte.

»Ich sage es Ihnen, sobald er in der Luft ist.«

Kapitel Zwölf

Imizu
JAPAN

»Ich gehe mal zu deinen Gunsten davon aus, dass du einfach einen schlechten Tag hattest, als dir das passiert ist.«

Jon Smiths Augen hoben sich von der Klinge in der Hand der Frau zu ihrem Gesicht, das immer noch von der Hutkrempe verdunkelt war. Die Stimme klang irgendwie vertraut, doch die Mittel, die ihm über den Tropf verabreicht wurden, erschwerten ihm die Konzentration.

Mit dem Messer durchtrennte sie den Lederriemen, mit dem sein Fuß ans Bett gefesselt war, ehe sie ins Licht zurücktrat.

Ihre Haare waren ungewohnt dunkel, doch die Augen und das arrogante Lächeln waren unverkennbar.

»Randi? Wie ... wie zum Teufel hast du mich gefunden? Hat Fred ...«

Sie zog die Stirn kraus und schüttelte den Kopf. »Fred ist der Grund, warum du einen Armbrustbolzen abbekommen hast. Ich dachte, wir sollten vorher reden, bevor ich ihm verrate, wo du bist.«

Er brauchte einen Moment, um ihre Worte zu verarbeiten. Hatten sie die Dosis der Schmerzmittel erhöht? Er hatte dennoch höllische Schmerzen, zudem schien seine Denkfähigkeit stark beeinträchtigt zu sein. »Der Kerl, mit dem ich gesprochen habe ... der hier das Sagen hat ...«

»Noboru Ueno. Einer der erfolgreichsten ...« Sie überlegte einen Moment, wie sie es ausdrücken sollte. »... Unternehmer Japans.«

Smith schüttelte schwach den Kopf. »Herrgott, Randi. Gibt es einen Mafiaboss auf der Welt, mit dem du nicht befreundet bist?«

Sie zuckte gleichgültig mit den Schultern. »Du kannst froh sein, dass ich Freunde in der Unterwelt habe. Was Noboru mit dir vorhatte, war nicht gerade ein Kindergeburtstag. Wenn mich nicht alles täuscht, hätten sie dich am Ende ins Katzenfutter gemischt, das er in seinen Fleischverarbeitungsfabriken produziert.«

»Und du traust diesem Kerl, aber nicht Fred?«

»Ich traue niemandem, das weißt du. Aber Noboru und ich kennen uns schon lange. Wir haben ein paar gemeinsame Interessen. Bei Klein bin ich mir einfach nicht sicher.«

Smith setzte sich mühsam auf. Sie sah, wie schwer es ihm fiel, und überlegte, wieweit das ihr Vorhaben beeinträchtigen würde, doch sie half ihm nicht.

»Ich nehme an, du bringst mich hier raus?«

Sie nickte. »Der Arzt meint, dass dein Zustand nicht besonders ist, dass du aber transportfähig bist, wenn wir vorsichtig sind. Sie besorgen einen Rollstuhl, und ich bringe dich in eine Wohnung, die ich über eine Scheinfirma gemietet habe. Sie lässt sich unmöglich zu einem von uns zurückverfolgen. Dort können wir abwarten, bis du ein bisschen mobiler bist, und uns überlegen, wie wir dich in die Staaten zurückbringen.«

»Fred kann einen Jet schicken.«

»Das werden wir sehen. Wir müssen keine voreiligen Entscheidungen treffen.«

Smith verzichtete darauf zu protestieren und deutete auf die Cargohose, die zusammengefaltet in einer Ecke lag. Selbst wenn er topfit war, behielt sie im Wortwechsel meist die Oberhand. Er konzentrierte sich besser darauf, von hier wegzukommen, bevor sein Gastgeber es sich anders überlegte. Während er mit gefühllosen Fingern mit dem Reißverschluss kämpfte, öffnete sich die Tür, und der Mann, mit dem er bereits gesprochen hatte, trat mit drei ziemlich finsteren Gesellen ein.

»Randi.« Noboru Ueno musterte sie von den Zehen bis zu ihren schwarz gefärbten Haaren. »Was hast du mit deiner Frisur gemacht?«

»Du weißt ja, dass ich nicht so gern auffalle.«

Er griff nach ihrer Hand und küsste sie. »Vergeblich. Du siehst genauso umwerfend aus wie immer.«

»Charmeur«, erwiderte sie mit einem kaum merklichen Lächeln. »Wo ist der Rollstuhl, den du mir versprochen hast?«

»Wo ist das, was *du* mir versprochen hast?«

Randi deutete auf die Tasche auf dem Tisch. Ueno öffnete sie und blätterte zufrieden die Papiere durch, bei denen es sich, soweit Smith erkennen konnte, um Inhaberpfandbriefe handelte.

»Ich hätte dir das Geld auch einfach auf dein Konto in Kroatien überweisen können.«

Er schüttelte den Kopf. »Papier fühlt sich so gut in der Hand an.«

Smith war zu benommen, um Uenos unmerkliches Nicken richtig zu deuten, doch Randis Instinkte waren nicht beeinträchtigt.

Die Männer stürmten blitzschnell auf sie zu, aber nicht schnell genug. Anstatt zurückzuweichen, wie die Angreifer erwartet hatten, sprang sie auf den Ersten zu und rammte ihm das Messer in die Seite. Sie wirbelte herum und traf den zweiten Mann mit dem Ellbogen am Kopf, während Smith aus dem Bett sprang. Vage bekam er mit, dass die Tropfnadel aus seiner Hand gerissen wurde, als er auf Ueno losging, doch als seine Füße den Boden berührten, wollten ihn seine Beine nicht tragen. Er klappte vor dem Mann zusammen, und eine Welle der Übelkeit brach über ihn herein, während er verzweifelt versuchte, sich aufzurappeln und Randi zu helfen.

Der Mann, der den Ellbogenhieb abbekommen hatte, war benommen, hielt sich aber auf den Beinen. Er blockte den Messerangriff gegen seine Kehle ab, doch die Schnittwunde in seinem Unterarm war gut zehn Zentimeter lang und schien bis zum Knochen zu reichen. Randi täuschte einen Angriff gegen den einzigen unverletzten Mann an, war jedoch für einen Moment aus der Balance – und das wusste ihr Gegner genau. Mit einem Fußfeger brachte er sie zu Fall, und der Mann mit dem verletzten Arm fixierte mit dem Knie ihren Arm auf dem Boden, sodass sie das Messer nicht mehr einsetzen konnte.

Im nächsten Augenblick war es vorbei. Die beiden Männer – jeder gut zwanzig Kilo schwerer als Randi – hielten sie am Boden fest. Solange sie auf den Beinen war, konnte es Randi mit ihrer unglaublichen Schnelligkeit und Präzision mit so gut wie jedem Gegner aufnehmen. Am Boden machte sich ihr körperlicher Nachteil viel stärker bemerkbar.

Smith hob sich auf alle Viere, doch sein Kopf drehte sich so furchtbar, dass er nicht mehr wusste, wo oben und unten war. Ueno warf ihn mit dem Fuß auf die Seite und sah auf ihn hinunter. Der Japaner bewegte die Lippen, doch Smith hatte Mühe, ihn zu verstehen.

»Der Doktor hat mir versichert, dass Sie mit Ihren Verletzungen nicht einmal allein aufstehen können, aber ich weiß, dass Randis Freunde ziemlich zäh sind. Darum habe ich eine Kleinigkeit in Ihren Tropf getan.«

Ueno drehte den toten Helfer um, der auf seinen teuren Teakholzfußboden blutete, und ging zu Randi hinüber. Er versetzte ihr einen wuchtigen Tritt in die Rippen. »Er war einer meiner Besten.«

Sie bäumte sich wütend auf, worauf Ueno vorsichtshalber einen Schritt zurückwich.

»Nicht gut genug, du Scheißkerl! Und die zwei werden es auch nicht sein!«

Ueno seufzte frustriert. »Ich habe Millionen für Sicherheitsmaßnahmen ausgegeben. Sie haben mir versichert, dass es unmöglich sei, eine Waffe hier reinzuschmuggeln. Und jetzt das.«

Er stieg über die Blutlache vor seinen Füßen, öffnete die Tür und winkte fünf weitere Männer herein. Im nächsten Augenblick wurde Smith auf den Bauch gedreht, und seine gefühllosen Arme und Beine wurden mit Klebeband gefesselt. Aus seiner Position sah er, dass sie mit Randi genauso verfuhren, obwohl sie sich zwar respektabel, aber letztlich vergeblich wehrte.

Smith hatte alle Mühe, sich nicht vor Übelkeit und Schmerz zu übergeben, als ihn ein Mann auf seine Schulter hievte und aus dem Zimmer trug. Randi folgte unmittelbar hinter ihm, trat immer noch mit den Beinen um sich und stieß wütende Drohungen aus, während sie beide ins Freie gebracht und in den Kofferraum eines Autos gesteckt wurden.

»Du solltest mich besser gleich umbringen, Noboru. Sonst komme ich nämlich zurück.«

Smith lag unter Randi im Kofferraum und konnte den Mann nicht sehen, doch der Japaner klang tatsächlich zerknirscht, als er antwortete.

»Es ist mir nicht leichtgefallen, Randi. Ich hab dich immer gemocht, und wenn ich ehrlich bin, hab ich sogar Angst vor dir und deiner Central Intelligence Agency. Aber die Männer, die euch haben wollen ...« Er zögerte einen Moment. »Die fürchte ich noch mehr.«

Kapitel Dreizehn

Imizu
JAPAN

Randi Russell merkte, dass sie hyperventilierte, und zwang sich, ruhig zu atmen. Ihr Mund war zugeklebt, und ihr Gesicht wurde gegen den Kofferraumdeckel gedrückt. Ein tiefes Durchatmen, das ihr normalerweise half, ihre Wut zu kontrollieren, war leider unmöglich. Sie versuchte sich eine friedliche, sonnige Landschaft vorzustellen, doch Noboru Uenos Gesicht kam ihr dazwischen. Sie konnte nicht umhin sich vorzustellen, auf welche Weise sie ihn ins Jenseits befördern würde – mit der klassischen Methode einer Kugel zwischen die Augen bis hin zu exotischeren Szenarien, wie einer Rinderherde, die ihn zu Tode trampelte, oder einer Fantasiemaschine, die ihm die Glieder einzeln ausriss.

Reiß dich zusammen, Randi!

Ihr glühender Zorn war eine ihrer größten Stärken. Er hielt sie aufrecht, wenn andere längst vor Erschöpfung zusammengebrochen wären, und half ihr ein Ziel zu verfolgen, wenn andere schon frustriert aufgegeben hätten. Doch der Zorn konnte auch außer Kontrolle geraten und ihre Denkfähigkeit beeinträchtigen. An diesem Punkt war es meistens Jon, der mit seinem ruhigen Urteilsvermögen und einem wohldurchdachten Plan den Weg wies. So wie er ausgesehen hatte, als ihn Uenos Männer hinaustrugen, war er jedoch im Moment kaum in der Lage, etwas Sinnvolles beizutragen.

Randi hielt für einen Moment den Atem an, um das Rauschen des Luftstroms durch ihre Nase verstummen zu lassen und sich zu orientieren.

Der Kofferraum, in dem sie zusammengepfercht waren, war nicht so geräumig, wie es der luxuriöse Wagen hätte vermuten lassen. Sie konnte sich kaum bewegen, und Jon unter ihr musste noch schlechter dran sein. Uenos Männer hatten nichts dem Zufall überlassen, hatten sie beide mit mindestens einer halben Rolle Klebeband verschnürt und sie mit dem Rücken aneinandergefesselt. Das machte es ihr so gut wie unmöglich, an das Schloss des Kofferraumdeckels oder die Drähte hinter der Matte heranzukommen.

Das gleichmäßige Brummen des Motors deutete darauf hin, dass der Fahrer ein Profi war, der die Ruhe bewahrte und unnötiges Aufsehen vermied. Nach einigen Kurven hatten sie Uenos Anwesen verlassen, und es war fünfzehn Minuten fast nur noch geradeaus weitergegangen.

Im Kofferraum war es dunkel, und abgesehen vom Motorgeräusch war absolut nichts zu hören. Aus irgendeinem Grund empfand sie das als äußerst beunruhigend. Es dauerte einen Moment, bis ihr der Grund ihres Unbehagens dämmerte.

Jon.

Er war immer unerschütterlich gewesen. Nichts und niemand hatte ihn umwerfen können, auch wenn er sich in einer noch so prekären Situation befunden hatte. Aber jetzt rührte er sich nicht mehr.

Randi spürte einen jähen Adrenalinstoß, als ihr klar wurde, dass sie sein Atmen nicht spürte, obwohl sie dicht gegen ihn gedrückt war. Sie zerrte an den Fesseln und hörte zu ihrer großen Erleichterung ein leises Grunzen. Er lebte. Aber wie lange noch?

Falls er starb, war es ihre Schuld. Sie hatte die Sache auf eigene Faust in Angriff genommen. Klein wusste nichts von Ueno, und in der CIA hatte niemand die geringste Ahnung, wo sie sich aufhielt oder dass Covert One überhaupt existierte. Das hieß, es lag an ihr, ihre Ärsche zu retten. Aber wie?

Randi versuchte nach vorne zu rutschen und in der Dunkelheit nach irgendeinem scharfen Gegenstand zu suchen – einer vorstehenden Schraube oder einem Draht –, doch sie konnte sich nicht mehr als einen Zentimeter bewegen. Sie zerrte vergeblich an ihren Fesseln, und Jon reagierte auf ihr wildes Rütteln nicht einmal mehr mit einem leisen Stöhnen. Hatte er das Bewusstsein verloren? Oder war er ...

Reiß dich zusammen!, ermahnte sie sich erneut. Sie konnte absolut nichts für ihn tun, solange sie hier drinsteckten. Wenn er tot war, war er tot.

Das Fahrzeug wurde langsamer und kam zum Stillstand. Einen Moment lang fürchtete sie, dass sie ihr Ziel erreicht hatten, doch dann rollte der Wagen wieder an, fuhr ein Stück und hielt erneut an. Der Verkehr.

Vielleicht würde jemand sie hören, wenn sie laut um Hilfe rief. Sie rieb ihr Gesicht an der Innenseite des Kofferraums, um das Klebeband wegzukratzen, doch es hielt zu fest.

Randi machte trotzdem verbissen weiter, bis ihre Nackenmuskeln schmerzten und sie das Gefühl hatte, dass sich die Haut von ihren Wangen löste. Schließlich ließ sie ihren Körper erschlaffen. Es gab keinen Ausweg. Sie würden beide sterben – durch ihre Schuld.

Randi wusste nicht, wie lange sie so dalag und ihre Gedanken schweifen ließ – zu Jon und Klein, zu ihrem verstorbenen Ehemann und Ueno. Der Verkehr blieb dicht, und das sanfte Schaukeln lullte sie in einen Dämmerzustand.

Das Auto hielt erneut an, doch diesmal mit einem ohrenbetäubenden Knall. Randi wurde zur Seite gerissen, der Kofferraumdeckel verbog sich und ließ etwas Licht herein, und sie stemmte beide Knie dagegen, um ihn ganz aufzubrechen. Das Schloss hielt, verbog sich aber genug, um ihre Hoffnung zu nähren.

Randi zog die Knie an, um es noch einmal zu versuchen, als plötzlich Schüsse krachten. Kontrollierte Salven von drei oder vier automatischen Waffen. Sie spannte sich an, doch keine Kugel schien auf Metall zu treffen. Nur auf Glas und Fleisch.

Nach einigen Sekunden verstummten die Waffen, und Randi hörte nur noch das Brummen von Motoren und die eiligen Schritte von Menschen, die auf der belebten Straße flüchteten.

Eine Eisenstange schob sich über ihren Füßen unter den Kofferraumdeckel, eine zweite neben ihrem Kopf. Im nächsten Augenblick sprang der Deckel auf, und sie sah einen Japaner vor sich, der ein Rasiermesser in der Hand hielt.

Randi versuchte vergeblich auszuweichen, als sie das Rasiermesser auf sich zukommen sah, doch statt ihr an die Kehle zu gehen, schnitt der Mann sie von Jon los. Nach einigen weiteren geschickten Schnitten konnte sie allein aus dem Kofferraum steigen. Er deutete auf einen SUV neben einem umgekippten Lieferwagen, der den Verkehr blockierte, doch Randi wartete, bis der Mann auch Jon aus dem Kofferraum hob und zu dem bereitstehenden Fahrzeug trug.

Die Insassen der aufgehaltenen Autos verfolgten die Szene sichtlich geschockt. Einige schüttelten frustriert ihre Handys, während sie versuchten, das Geschehen aufzunehmen. Drei

Männer schwenkten ihre MP5-Maschinenpistolen, um nach eventuellen Zielen zu suchen. Die vier Männer in dem Auto, mit dem Ueno sie und Jon hatte wegbringen lassen, waren tot. Keiner hatte auch nur eine Tür öffnen können – alle vier waren mit mehreren Kopfschüssen getötet worden.

Randi stand hinter dem Mann, der Jon auf den Rücksitz des SUV legte, und überlegte, mit wem sie es zu tun hatte. Die Präzision des Angriffs und die erstklassige Ausrüstung deuteten darauf hin, dass es sich um Profis handelte. Ihre Annahme wurde durch die Tatsache bestätigt, dass die Handys der Leute im Umkreis nicht zu funktionieren schienen. Einen dafür nötigen Störsender konnte man nicht im nächsten Elektromarkt kaufen.

Die Frage war, in wessen Auftrag diese Profis handelten. Sollte sie versuchen zu flüchten und Jon vielleicht später zu befreien? Oder sollte sie mitspielen?

Die hintere Autotür stand noch offen, als der SUV bereits zurücksetzte. Sie musste sich entscheiden.

Die Hände immer noch hinter dem Rücken gefesselt, sprang Randi schließlich in den Wagen und landete auf Jon, der bewusstlos auf der Rückbank lag. Sobald sie im Auto war, trat der Fahrer aufs Gaspedal, überquerte den Grasstreifen in der Mitte, um dem ramponierten Van auszuweichen, und brauste los. Randi konnte gerade noch die Füße einziehen, bevor die Beschleunigung die Tür zuschlug.

Das Rasiermesser lag auf dem Boden, und sie beugte sich hinunter, um es aufzuheben. Sekunden später waren ihre Hände frei, und sie durchschnitt vorsichtig das Klebeband, mit dem Jon gefesselt war.

Die gute Nachricht war, dass er atmete. Weniger gut war das saugende Geräusch, das nicht nur aus seiner Kehle kam, sondern von der Wunde zwischen den Rippen, die wieder aufgerissen war.

»Jon! Kannst du mich hören?«

Seine Augen flatterten kurz, doch mehr kam nicht. Randi riss sein Hemd auf und drückte es auf das Loch in seiner Seite. Sie wusste nicht, was sie sonst noch tun konnte.

»Wer zum Teufel seid ihr?«, fragte sie den Mann, der den Wagen ruhig und gleichmäßig lenkte.

Statt einer Antwort reichte er ihr ein Handy. Es stellte gerade eine Verbindung zu einer Nummer her, die aus lauter Nullen bestand.

»Hallo?«, meldete sie sich mit dem Handy am Ohr.

»Hallo, Randi.« Die Stimme war unverkennbar und kam nicht ganz unerwartet. Fred Klein.

»Sie haben mich verfolgen lassen.« Ihre Empörung klang nicht sehr überzeugend.

»Als ich herausfand, dass Sie in das Gebiet unterwegs waren, in dem Jon verschwand, fürchtete ich, Sie könnten vor allem auf Rache aus sein, statt sich um die Aufgabe zu kümmern, die ich Ihnen mitgegeben habe.«

Randi musste zugeben, dass seine Annahme nicht ganz unbegründet war.

»Ich muss sagen«, fuhr er fort, »ich bin so erleichtert, dass Sie Jon gefunden haben, dass ich Ihnen nicht einmal böse sein kann, obwohl ich selten etwas so Dummes und Leichtsinniges erlebt habe wie das, was Sie gerade abgeliefert haben. Aber jetzt sagen Sie mir, wie es Jon geht.«

Randi presste die Lippen aufeinander und ließ seinen Vorwurf unwidersprochen. In Anbetracht der bedrohlichen Situation, in der sie und Smith sich befunden hatten, lag Klein mit seiner Einschätzung nicht ganz falsch. »Er sieht nicht gut aus.«

»Verstanden. Ein Jet mit einem Ärzteteam wartet bereits in der Nähe. Unsere Prioritäten haben sich geändert. Wir müssen uns jetzt vor allem um Jon kümmern. Über den Rest sprechen wir später.«

Kapitel Vierzehn

Außerhalb von Tokio
JAPAN

General Masao Takahashi stand auf der großen Terrasse seines Hauses und beobachtete, wie die Sonne über dem gepflegten Garten unterging, der sich bis zum Horizont zu erstrecken schien. Die Schmerzen in der Schulter pochten mit seinem Herzschlag um die Wette, doch ansonsten hatte er nur leichte Verletzungen davongetragen. Ein paar Schrammen und einen Schnitt über dem rechten Knie, der mit vier Stichen hatte genäht werden müssen.

Seine Feinde hatten einen schweren Fehler begangen, indem sie vergeblich versucht hatten, ihn zu töten. Takahashi war immer schon gestärkt aus Angriffen auf seine Person hervorgegangen, und diesmal war es nicht anders. Der Anschlag hatte ihm vor Augen geführt, dass er zu sorglos mit seinem Leben umgegangen war, was er sich in seiner Position einfach nicht leisten konnte.

Der unvermeidliche Schwachpunkt seiner sorgfältig geplanten Operation war die Tatsache, dass alles an einem Mann hing. Niemand sonst verfügte über die Erfahrung, das Wissen und die nötige Autorität, um seinen Plan umzusetzen. Niemand außer ihm besaß die Entschlossenheit, die es brauchte, um die Weltordnung grundlegend zu verändern.

Wäre er bei dem Anschlag umgekommen, so wäre alles zusammengebrochen, was er und seine Mitstreiter mit ihrem ganzen Einsatz anstrebten. Sein großes Land würde seinen Abstieg in die Bedeutungslosigkeit fortsetzen.

Takahashi hatte sein Sicherheitsteam verstärkt und würde ab sofort von seinen gewohnten Routen und Transportmitteln abweichen. Es durften nur noch Männer in seine Nähe, deren Loyalität über jeden Zweifel erhaben war. Selbst sein Essen wurde aus wechselnden Quellen bezogen, von einem Mann, der schon seit fünfunddreißig Jahren für seine Familie arbeitete.

Die Dinge erreichten eine Dynamik, die bald niemand mehr würde kontrollieren können. Bis dahin musste er das Ruder fest in der Hand halten.

Takahashi stieg die ausgetretenen Stufen zu einem Kiesweg hinunter, humpelte ein Stück und bewunderte die perfekte Ordnung der Gartenanlage. Das Anwesen hatte einst seinem Vater gehört, und er selbst hatte nach dessen Tod nichts daran verändert. In gewisser Weise betrachtete er den Garten als einen Schrein, nicht unähnlich dem Yasukuni – nur dass an diesem Ort nicht Soldaten geehrt wurden, sondern jene Industriellen, die eine am Boden liegende Nation zu einer Macht aufgerichtet hatten, die eines Tages aufs Neue die Welt herausfordern würde.

Während er zwischen den blühenden Bäumen dahinschlenderte, wunderte er sich wieder einmal, dass das alles ihm gehörte. Sein Vater war – was bei ihm selten vorgekommen war – erst einmal sprachlos gewesen, als ihm der junge Masao erklärte, dass er eine Laufbahn bei den japanischen Streitkräften anstrebe. Gewiss war sein Vater ein großer Patriot gewesen, doch die Streitkräfte waren schwach, und die unzumutbare Verfassung, die Douglas MacArthur dem Land aufgezwungen hatte, würde dafür sorgen, dass das auch so blieb. Takahashis

Vater hatte Japans Zukunft im wirtschaftlichen Erfolg gesehen und wollte, dass sein Sohn ihm dabei half, das Land zu einer neuen Art von Weltmacht zu entwickeln.

Letztlich hatte er Masao jedoch seinen Segen gegeben. Es gab viele Wege, seinem Land zu dienen, und er hatte die Entscheidung seines Sohnes respektiert, seinen eigenen Weg zu gehen.

Traurig war nur, dass sein Vater in einer Zeit hatte sterben müssen, in der Japan in einer tiefen Rezession steckte und in der sich die Menschen für längst vergangene Ereignisse ihrer Geschichte schämten, während China zur Supermacht aufstieg, mit einer expandierenden Wirtschaft und enormer militärischer Macht. Nach einem erfolgreichen Leben voll harter Arbeit hatte er in einem Moment gehen müssen, da Japan schwach und gedemütigt war.

Nun jedoch würde sich das endlich ändern. Der Wirtschaftsmotor sprang wieder an, und eine Generation, die lange nach dem Krieg geboren war, weigerte sich, die Verantwortung für die angeblichen Sünden ihrer Väter zu übernehmen. Und das Allerwichtigste: Nachdem Japan sich zu seinem Schutz so lange auf Amerika verlassen hatte, war das Land endlich im Begriff, seine Verteidigungsfähigkeit wiederzuerlangen.

Über Jahrhunderte hinweg war Japan Herr seines eigenen Schicksals gewesen, und bald würde es das wieder sein. Doch das war noch nicht das Ende seiner Pläne. Die Fehler der Vergangenheit durften nicht wiederholt werden. Diesmal würde Japan den ihm zustehenden Platz als vorherrschende Macht des Planeten einnehmen.

Takahashi hörte Schritte hinter sich, drehte sich um und sah Akio Himura, den Direktor des japanischen Geheimdienstes, schnellen Schrittes auf sich zukommen.

»Die Bäume sind heute besonders schön«, stellte er mit einer Verbeugung fest.

Takahashi erwiderte die Verbeugung. »Gehen wir ein Stück, Akio.«

Sie bewunderten einige Augenblicke schweigend den Garten im abnehmenden Licht des Abends. »Was haben die Medien herausgefunden?«, fragte Takahashi schließlich.

»Sehr wenig, General. Es scheint keine Filmaufnahmen von der Explosion selbst zu geben, nur vom Geschehen danach, wie Sie wissen. Nationale und internationale Anstalten haben ausführlich darüber berichtet.«

Der General nickte. Im Zeitalter von Smartphone und Internet ließ sich die Verbreitung von Informationen kaum noch verhindern. Umso wichtiger war die subtile Kunst, die Informationen zu beeinflussen.

»Und meine Limousine?«

»Die Aufnahmen sind nicht besonders scharf, und das Fahrzeug ist die meiste Zeit vom Rauch verhüllt. Man kann jedoch erkennen, dass es im Gegensatz zu den übrigen Fahrzeugen und der Häuserfront kaum beschädigt wurde.«

»Hat sich schon jemand öffentlich dazu geäußert?«

»Nicht direkt. Man geht davon aus, dass die Explosion nicht zielgerichtet war. Die Leute sehen das, was sie erwarten, und suchen nach plausiblen Erklärungen. Die Medien sprechen von einem Wunder, dass Sie überlebt haben, und meine Leute nutzen das, um Ihre Größe hervorzustreichen.«

Takahashi nickte schweigend und verlor sich einige Augenblicke im Rhythmus ihrer Schritte. Sein Überleben war alles andere als ein Wunder, wie jeder erkennen konnte, der genauer hinsah. Die Karosserie seines Fahrzeugs bestand aus einer Hightech-Verbindung aus Carbon und Keramik.

Dieses neuartige Material war bedeutend widerstandsfähiger und hitzebeständiger als Stahl. Eine viel schwächere Version davon war für Hunderte Millionen an die Amerikaner verkauft worden, die sie in ihre lächerlichen F-35-Kampfflugzeuge einbauten, ohne zu ahnen, dass es sich um minderwertige Ware handelte. Dieses Unwissen spielte Takahashi in die Karten. Wenn sie draufkamen, was los war, würde es zu spät sein.

»Die Bergung ist also problemlos verlaufen?«

»Sobald das Feuer unter Kontrolle war, haben unsere Männer das Fahrzeug mit Planen zugedeckt, sodass keine weiteren Fotos gemacht werden konnten. Es sind nicht einmal zwanzig Minuten vergangen, bis wir den Wagen bergen konnten.«

»Wie waren die Reaktionen darauf?«

»Wie erwartet kamen einige Klagen, dass das Fahrzeug gegenüber den Opfern bevorzugt behandelt wurde, doch wir hatten die Lage im Griff und wiesen darauf hin, dass wir den Wagen für Untersuchungen brauchen. Die Vorwürfe sind inzwischen verstummt, und das Fahrzeug befindet sich sicher auf dem Nordstützpunkt.«

»Ich gehe davon aus, dass Sie die Situation mit Ihrer gewohnten Kompetenz handhaben werden«, betonte der General. »Aber jetzt berichten Sie mir von den Ermittlungen. Welche Spuren verfolgen Sie?«

Himura glättete nervös seine Krawatte. »Die Japanische Patriotische Front.«

Das Gesicht des Generals verdunkelte sich. Die JPF war eine linksextreme Terrorgruppe, die für einige Bombenanschläge der letzten Zeit verantwortlich war. Unter anderem forderten sie eine erhebliche Reduzierung der Streitkräfte, die Verstaatlichung zahlreicher Unternehmen – auch einiger Firmen von Takahashis Familie – und die fortwährende Büßerhaltung des japanischen Volkes.

Die JPF war die einzige Gruppe auf der Welt, die Takahashi noch mehr verabscheute als die Chinesen. Sie sabotierten das eigene Vaterland, griffen ihre Landsleute an und beleidigten die Männer, die unermüdlich gearbeitet hatten, um das Land aufzubauen, das für ihre Sicherheit sorgte und sie ernährte.

Himuras Leute hatten in den letzten beiden Jahren beträchtliche Anstrengungen unternommen, um diese Leute zu verfolgen, aber bislang vergeblich. Anscheinend lebten diese Verräter fast ausschließlich im Untergrund oder gar im Ausland. Für eine mögliche ausländische Unterstützung der Gruppe waren jedoch ebenfalls keine Beweise gefunden worden. Es gab so gut wie nichts über die Organisation. Trotz der gemeinsamen Bemühungen von Himuras Behörde, der Polizei und Interpol blieb die JPF ein ungreifbares Phantom.

»Ich weiß nicht recht, Akio. In Anbetracht ihrer bisherigen Aktivitäten scheint das nicht ganz ihre Kragenweite zu sein. Zudem haben sie noch nie so viele zivile Opfer in Kauf genommen.«

»Das stimmt natürlich, aber ihre Anschläge sind zuletzt immer heftiger geworden. Anfangs waren es nur unbewohnte Gebäude. Aber bei dem Anschlag auf den Konvoi der Streitkräfte letztes Jahr gab es zwei tote Soldaten und acht Verletzte. Und Sie sind ein besonders prominentes Ziel. Vielleicht haben sie deshalb so viele Opfer in Kauf genommen.«

»Glauben Sie das?«

»Ich weiß nur, dass bisher alle Spuren in diese Richtung deuten. Andererseits bestreiten sie kategorisch, etwas damit zu tun zu haben, was bisher auch noch nie der Fall war. Die Medien mutmaßen, dass sie sich davon distanzieren, weil die Kollateralschäden höher waren als gedacht.«

»So etwas kann man doch vorhersehen.«

»Auch darin gebe ich Ihnen recht. Und deshalb habe ich in der Tat Zweifel, dass sie dafür verantwortlich sind.«

»Bleibt nur China.«

»Das ist wohl die wahrscheinlichste Antwort, aber es dürfte unmöglich sein, die nötigen Beweise zu finden, um eine Anschuldigung zu erheben.«

»Und wenn wir Beweise produzieren?«

»Das wäre gefährlich. Die Spannungen sind so dramatisch wie noch nie seit dem Krieg. Ich fürchte, wir würden riskieren, eine Linie zu überschreiten, von der es kein Zurück mehr gibt. Ich weiß nicht, ob wir bereit sind ...«

»Ich habe Sie nicht nach einer Analyse der taktischen Situation gefragt«, fiel ihm der General mit einer Spur Gereiztheit ins Wort. »Ich wollte von Ihnen wissen, ob es möglich ist.«

»Verzeihen Sie, dass ich meine Grenzen überschritten habe«, entschuldigte sich Himura mit einer unterwürfigen Verbeugung. »Das steht mir nicht zu. Ja, ich glaube, es wäre möglich.«

Takahashi atmete tief ein und ließ die Luft langsam entweichen. »Das ist nicht alles, stimmt's? Ich kenne Sie zu gut, Akio, ich sehe es Ihnen an.«

»Ja, General. Randi Russell und der verletzte Mann ...« Seine Stimme verebbte.

»Ja?«

»Sie sind entkommen.«

Takahashi blieb abrupt stehen und spürte den Schmerz in seinem verletzten Knie aufflammen. »Was? Wie?«

»Das Auto, mit dem man sie wegbrachte, wurde angegriffen. Da waren eindeutig Profis am Werk. Unsere Verfolgungsfahrzeuge wurden vom Verkehr aufgehalten und vier unserer Leute getötet. Anscheinend hat die Befreiungsaktion nur wenige Sekunden gedauert, und die Angreifer haben mit Störsendern alle Handys in der Umgebung blockiert, sodass niemand etwas aufnehmen konnte.«

»Sind Sie ihnen auf den Fersen?«

Himuras ängstliches Schweigen beantwortete die Frage.

»Und das Material aus Reaktorblock vier?«

»Noboru Ueno hatte es nicht. Entweder hat es der Verletzte im Meer verloren, oder er konnte damit entkommen.«

Takahashi spürte die Wut in sich hochkochen, doch er ließ sich nur einen Anflug davon anmerken. Das hieß, die Amerikaner hatten das Material aus Fukushima, und man konnte nur mutmaßen, wie lange es dauern würde, bis sie begriffen, womit sie es zu tun hatten.

Er spürte, wie ihm der Schweiß auf die Stirn trat, und ging weiter, um die fiebrige Glut in seinem Inneren von der leichten Brise kühlen zu lassen. »Finden Sie sie, Akio. So schnell wie möglich.«

Kapitel Fünfzehn

Busan
SÜDKOREA

»*Jon? Kannst du mich hören? Jon!*«

Eine Frauenstimme. Irgendwie vertraut, aber zu weit entfernt, um sie zuzuordnen.

»Jon!«

Smith öffnete die Augen und kniff sie gegen das grelle Neonlicht zusammen. Er sah Randis Gesicht über sich und spürte ihre warme Hand in seiner.

»Gut, dass du zurück bist. Auch wenn du in letzter Zeit nichts als Ärger gemacht hast.«

»Von nichts kommt nichts«, murmelte er, während er festzustellen versuchte, wo er sich befand. Er erinnerte sich daran, dass Randi gekommen war, um ihn zu befreien, und ihr Versuch auf der ganzen Linie gescheitert war. Auch an den Kofferraum, doch danach war nur noch Dunkelheit.

»Jon? Wie fühlen Sie sich?«

Eine männliche Stimme, die er sofort erkannte. Er drehte den Kopf nach links und sah Fred Klein in seinem unvermeidlichen zerknitterten Anzug vor sich stehen. Seine Lippen waren missbilligend gekräuselt, doch Smith spürte, dass der Unmut nicht gegen ihn gerichtet war.

»Ich … ich glaube, ich bin okay.«

»Meine Leute mussten erst mal Ihre Wunde am Rücken behandeln und dafür sorgen, dass sich Ihre Lunge wieder entfaltet. Die Schrauben im Schulterblatt halten aber gut, und die gebrochenen Rippen werden von allein heilen. Eine Weile werden Sie aber höllische Schmerzen haben, hat man mir gesagt.«

Smith nickte schwach und wandte sich an Randi, die ernstlich besorgt wirkte. »Sieh mich nicht so an. Das macht mich nervös. Wie hast du uns aus dem Kofferraum befreit?«

Sie ließ seine Hand los und trat einen Schritt zurück. Ihr besorgtes Gesicht nahm einen unsicheren Ausdruck an.

»Ich habe veranlasst, dass ihr jemand folgt«, erklärte Klein. »Wir haben dem Wagen aufgelauert, die Leute ausgeschaltet und Sie hierhergeflogen.«

Smith sah sich in dem fensterlosen Krankenzimmer um. »Sind wir daheim in den Staaten?«

»Leider nein. Wir hatten einen Arzt und medizinische Ausrüstung im Jet, aber Sie haben kaum Luft gekriegt. Wir mussten in Südkorea landen.«

»Seoul? In welchem Krankenhaus sind wir? Ich kenne den Direktor des ...«

Er verstummte, als Klein den Kopf schüttelte und zur Tür ging. Smith beugte sich vor, als der Chef von Covert One die Tür öffnete. Dahinter sah man nichts als die heruntergekommenen Überreste eines verlassenen Lagerhauses. Der Regen prasselte durch das halb zusammengefallene Dach, und die verrostete Spitze eines Krans ragte vom Erdgeschoss herauf. Ein gefährlich aussehender Mann mit osteuropäischen Gesichtszügen und einem israelischen Sturmgewehr drehte sich zu ihnen um und richtete seine Aufmerksamkeit wieder auf die Lagerhalle.

Klein schloss leise die Tür und setzte sich an den Tisch, auf dem nur ein großes Blumengesteck stand. »Wir haben überall auf der Welt solche Räume für derartige Situationen. Diesen benutzen wir zum ersten Mal.«

»Der Präsident wird sich freuen, dass er sein Geld nicht umsonst ausgibt«, brachte Smith heraus.

Klein nickte. »Sie müssen sich jetzt erst mal darauf konzentrieren, gesund zu werden, Jon. Hier sind Sie in Sicherheit, Sie brauchen sich also keine Sorgen zu machen.«

Smith versuchte sich aufzusetzen, doch der Versuch verlief nicht so erfolgreich, wie er gehofft hatte. Er winkte Randi zu sich, und sie half ihm auf. Ein paar zusätzliche Kissen hielten ihn aufrecht.

»Mir ist immer noch nicht klar, wie wir aus dem Kofferraum gekommen sind. Haben Ihre Jungs auf einer öffentlichen Straße eine Schießerei angefangen?«

Kleins Verärgerung trat nun wieder deutlich zutage, während Randi etwas betreten wirkte.

»Noch dazu auf einer ziemlich belebten öffentlichen Straße. Randi fand heraus, dass Sie am Leben sind, und suchte Sie, ohne uns etwas zu sagen. Als ich erfuhr, was los war, konnte ich es mir nicht mehr leisten, zurückhaltend vorzugehen.«

»Sie haben Jon nach Japan geschickt«, rechtfertigte sich Randi. »Und Sie haben angedeutet, dass er tot sei.«

»Weil vieles dafür gesprochen hat.«

»Das ändert nichts. Woher sollte ich wissen, dass Sie ihn nicht geopfert haben? Und mich dazu?«

Klein stieß einen frustrierten Seufzer aus. »Randi, Sie gehören zu den fähigsten Leuten, mit denen ich je zusammengearbeitet habe, aber ohne Vertrauen kann die Zusammenarbeit nicht funktionieren.«

»Sie erzählen mir etwas von Vertrauen? Sie haben mich überwachen lassen.«

»Und wo wären Sie jetzt, wenn ich's nicht getan hätte? Nach meiner Erfahrung gehen solche Fahrten in einem Kofferraum selten gut aus.«

»Fred hat recht«, warf Smith ein. »Und ich habe mich immer auf ihn verlassen können, Randi. Er war da, wenn ich ihn gebraucht habe. Und nicht nur für mich, sondern auch für dich.«

»Die Vergangenheit ist keine Garantie für die Zukunft.«

»Wenn du Garantien willst, bist du im falschen Geschäft.«

Randi verzog das Gesicht, als hätte sie etwas Bitteres geschluckt. »Okay. Ich hab Mist gebaut, es tut mir leid.«

Klein nickte. »Entschuldigung angenommen. Dann vergessen wir das und schauen nach vorne.«

Randi trat zu ihm und streckte die Hand aus. »Abgemacht. Aber falls Sie je beschließen, mich oder Jon zu hintergehen, sollten Sie darauf achten, dass es nicht schiefgeht, sonst haben Sie ein Problem.«

Er schüttelte ihre Hand fest. »Und falls Sie je daran denken sollten, mich zu hintergehen, rate ich Ihnen das Gleiche.«

Sie nickte kaum merklich, und die Sache war bereinigt.

»Nachdem das geklärt wäre«, warf Smith ein, »würde mich interessieren, was die Ärzte zu meinem Genesungsverlauf sagen.«

»Sorry«, antwortete Klein. »Sie haben beste Aussichten, wieder ganz gesund zu werden, aber es wird einige Zeit brauchen und einige Anstrengung. In der Mappe auf dem Tisch finden Sie einen medizinischen Bericht, den Sie besser verstehen als ich. Trotzdem muss ich kein Arzt sein, um zu erkennen, dass Sie verdammt großes Glück hatten.«

Smith nickte. »Der Bolzen wurde von einem Bootsrumpf gebremst, bevor er mich traf. Sonst hätte er mich glatt durchbohrt.«

»Das erinnert mich an etwas anderes«, erwiderte Klein. »Wir haben uns noch nicht über das hochradioaktive Material unterhalten, das Sie eine ganze Weile in der Hosentasche hatten. Es steht alles in den Unterlagen, aber der Arzt meint, es könnte Probleme mit der Fortpflanzung geben und Sie sollten regelmäßig zur Krebsvorsorgeuntersuchung gehen.«

Smith hätte aufgelacht, hätte er nicht gewusst, wie schmerzhaft es wäre. »Ich glaube, den Zug für die Familiengründung habe ich schon verpasst, Fred. Und wenn ich weiter für Sie arbeite, bezweifle ich, dass ich lange genug leben werde, um mir Sorgen wegen Krebs machen zu müssen.«

Klein wirkte etwas betreten und wechselte das Thema. »Ich weiß es zu schätzen, dass Sie das Material mitgebracht haben. Wir hätten keine zweite Chance bekommen.«

»Was passiert damit?«

»Wenn Sie so weit sind, können Sie es zu Hause in der Zentrale untersuchen.«

»Irgendeine Ahnung, wer es auf mich abgesehen hatte? Und wer Randis Freund überredet hat, ihr in den Rücken zu fallen?«

»Darüber müssen wir uns jetzt nicht unterhalten, Jon. Sie sollten sich jetzt schonen.«

»Ich bin wach, und das Fernsehen hier wird vermutlich auf Koreanisch sein. Geben Sie mir irgendwas, das mich ein bisschen ablenkt.«

»Es muss jemand mit großem Einfluss sein«, warf Randi ein. »Noboru ist kein kleiner Ganove. Ich würde sein Vermögen auf eine Viertelmilliarde Dollar schätzen, und ich halte ihn für klug genug zu wissen, dass er sich nicht mit mir anlegen sollte. Ich werde jedenfalls nach Japan zurückkehren und ein Wörtchen mit ihm reden.«

»Das könnte problematisch werden.« Klein nahm ein iPad vom Tisch und tippte einige Befehle ein. Ein an der Wand montierter Fernseher erwachte zum Leben und zeigte ein prächtiges Anwesen am Meer. Aus dem Haus schlugen mindestens dreißig Meter hohe Flammen.
»Das hat ein Hubschrauber des japanischen Fernsehens aufgenommen. Randi, ich glaube, Sie kennen es.«
»Noborus Haus.«
Klein nickte. »Der Brand begann etwa fünfzehn Minuten nach Ihrer Befreiung.«
»Kann ich davon ausgehen, dass er und seine Männer im Haus waren?«
»Es sieht ganz danach aus. Natürlich sind die Leichen teilweise bis zur Unkenntlichkeit verbrannt, aber eine erste Autopsie deutet darauf hin, dass sie keinen Rauch eingeatmet haben. Sie waren bereits tot, als das Feuer ausbrach.«
»Was ist mit den Männern in dem Auto? Haben sie für Noboru gearbeitet?«, wollte Smith wissen.
»Ich glaube nicht. Wir hatten nicht viel Zeit, um der Frage nachzugehen, aber einer meiner Männer hat sie fotografiert und den Zeigefinger des Fahrers mitgenommen ...«
»Den Zeigefinger?« Randi wirkte beeindruckt.
»Ich bin gern gründlich. Leider hat weder das Foto noch der Fingerabdruck oder die DNA-Analyse etwas ergeben. Ich weiß von dem Mann nur, dass er Japaner war. Es ist, als hätte er nie existiert.«
»Was ist mit den japanischen Behörden?«
»Totale Funkstille zu dem Thema. Meine Männer haben mitten im dichten Verkehr auf ein Auto geschossen und vier Männer getötet – und es ist so, als wäre es nie geschehen.«

»Als wäre es nie geschehen?«, staunte Smith. »Dafür braucht es eine Menge Einfluss im Zeitalter von Handy und Twitter.«

Er musste husten und hielt sich die Hand vor den Mund. Als er sie senkte, waren Blutspritzer daran. Nicht viel, wahrscheinlich nur ein letzter Rest.

»Hören Sie, Jon. Wir gehen jetzt und lassen Sie schlafen. Werden Sie schnell gesund, und sobald der Arzt grünes Licht gibt – hoffentlich schon in einigen Tagen –, setzen wir Sie in einen Jet zurück in die Staaten. Dann reden wir über alles.«

Kapitel Sechzehn

Peking
CHINA

Das Militär hatte die Straßen für Autos gesperrt, nur Fußgänger durften die Absperrung passieren.

Die wütende Menge war auf über zehntausend Menschen angewachsen, und Randi Russell hatte das Gefühl, schon mit mindestens der Hälfte von ihnen zusammengestoßen zu sein. Die Windrichtung wechselte, und der gewohnte Smog verstärkte sich noch durch den Rauch der brennenden japanischen Flaggen. Die Stöckelschuhe, die sie trug, waren zwar nicht ideal für eine solche Massendemonstration, doch es gelang ihr schließlich, sich auf einen ruhigeren Gehsteig zurückzuziehen.

Protestkundgebungen wie diese fanden überall in China statt, befeuert von entsprechenden Aufrufen in den sozialen Netzwerken, die von den staatlichen Zensoren ignoriert wurden, während jeder Hauch von Kritik an der Regierung im Internet eliminiert wurde.

Dennoch waren zur Sicherheit Soldaten vor Ort. Die korrupten alten Männer, die das Land regierten, würden es nie zulassen, dass sich eine große Menschenmenge ohne entsprechende Militärpräsenz zusammenfand. Solange sich der Volkszorn gegen den Nachbarn im Osten richtete, würde man jedoch nicht einschreiten. Einige Soldaten schlossen sich sogar den Demonstrierenden an und skandierten gemeinsam mit den Zivilisten antijapanische Parolen. Der Unterschied bestand darin, dass sie nicht die Fäuste in die Höhe reckten, sondern ihre Gewehre. Es war ein Bild, das sogar Randi ziemlich bizarr fand. Die Situation spitzte sich schon seit geraumer Zeit zu, und die jüngste Konfrontation bei den Senkaku-Inseln goss ebenso Öl ins Feuer wie der versuchte Anschlag auf Masao Takahashi. Es war höchste Zeit, dass sich die Politiker auf beiden Seiten bemühten, die Lage zu beruhigen, doch Randi bezweifelte, dass sie sich dazu durchringen würden. Es gab nichts, wodurch sich das Volk leichter von internen Problemen ablenken ließ, als durch eine gehörige Portion fremdenfeindlichen Nationalismus.

Randi kam an einem Transparent vorbei, das ein mit Photoshop fabriziertes Bild von Takahashis Leiche zeigte, und schlängelte sich durch die Menge zu einem Hochhaus auf der anderen Straßenseite.

Ein Sicherheitsmann, der die Demonstration nervös durch die Glastür beobachtete, ließ sie ein und schloss sofort wieder ab. Der Lärm der wütenden Menge und der mit Megafonen verstärkten Parolen wurde zwar gedämpft, aber bei Weitem nicht genug, um das Gefühl von Ruhe und Normalität zu vermitteln.

Zwei weitere Sicherheitsleute betrachteten sie bewundernd, als sie zu ihrem Tisch tänzelte und einen Lippenstift aus der Ledertasche an ihrem Arm fischte.

»Hallo, Leute«, grüßte sie und zog ihre ohnehin blutroten Lippen nach. »Ich möchte zu Li Wong.«

Sie sprach den chinesischen Namen von Kaito Yoshima absichtlich unkorrekt aus, doch die Wächter lächelten nur. Sie wussten bestimmt um seine Vorliebe für westliche Blondinen.

Auf Chinesisch forderten sie sie auf, nach oben zu gehen, und sie kniff die Augen zusammen, um extreme Konzentration vorzutäuschen. Das entlockte den Sicherheitsmännern erneut ein Lächeln, und sie deuteten zum hinteren Bereich der Lobby.

»Ihr seid echt süß«, flötete sie und ging zum Aufzug. »Einen wunderschönen Tag noch!«

Sie spürte ihre Blicke im Rücken, was sie ihnen nicht verdenken konnte. Ihr silberglitzernder Minirock war so kurz, dass sie den Drang verspürte, ihn nach unten zu ziehen, um etwas mehr zu verhüllen. Vollendet wurde ihr Outfit von riesigen silbernen Ohrringen und einem Jäckchen aus irgendeinem undefinierbaren Fell. Nach dem Markt zu schließen, auf dem sie es gekauft hatte, schätzte sie, dass es sich um Rattenfell handelte.

Randi verfolgte die Stockwerksanzeige, während sie ins oberste Geschoss fuhr, dankbar, dass niemand zustieg. Obwohl ihr Gesicht und ihre Figur wie geschaffen für einen solchen Auftritt waren, fand sie es doch ziemlich anstrengend, sich so verstellen zu müssen. Die Hidschab-Verkleidung hatte sie träge gemacht.

Als sich die Aufzugtür öffnete, war niemand in Sicht. Es gab nur vier Wohnungen in diesem Stockwerk, was die Wahrscheinlichkeit verringerte, jemandem zu begegnen. Natürlich wurde der Flur von Kameras überwacht, und sie zweifelte nicht daran, dass die Sicherheitsmänner sie beobachteten und sich gewagten Fantasien hingaben, was Yoshima mit dieser Blondine erleben würde. Randi war sich ziemlich sicher, dass der Abend in Wirklichkeit noch viel spannender verlaufen würde.

Sie kramte in ihrer Tasche nach einer Schlüsselkarte und zog ihr Handy hervor. Während sie so tat, als würde sie einen

Anruf entgegennehmen, steckte sie die Karte ins Schloss. Scheinbar frustriert beugte sie sich vor, um den Türknopf zu begutachten, und zeigte dabei einen guten Teil des weißen Stringtangas, den sie eigens für diesen Zweck gekauft hatte. Das würde die Aufmerksamkeit der Männer von dem dünnen Kabel ablenken, das ihr Handy mit der Schlüsselkarte verband, und von der Tatsache, dass der Algorithmus relativ lange brauchte, um den Zugangscode zu finden.

Nach quälend langen zehn Sekunden sprang das rote Licht an der Tür auf Grün um.

»Die Show ist vorbei«, murmelte sie, als sie sich aufrichtete und in die dunkle Wohnung eintrat.

Randis Herzschlag beschleunigte sich spürbar, als sie die schallgedämpfte Glock aus der Handtasche zog und die Tür leise mit dem Rücken zudrückte.

Sie war Yoshima einige Male begegnet, doch sie hatten bisher keinen Grund gehabt, einander zu bekämpfen. Er war ein etwas schräger Vogel, hatte etwas von einem Intellektuellen und einem Philosophen, obwohl er natürlich brandgefährlich war. Wahrscheinlich hatte es ihn nachhaltig geprägt, dass er schon als Kind ins Spionagewesen hineingezogen worden war und sich nicht als Erwachsener freiwillig dafür entschieden hatte. Dieses Geschäft brachte Persönlichkeiten hervor, die sich oft weit jenseits des Durchschnitts bewegten. Randi hatte eine gute Nase für Menschen, doch auch sie hätte ihn wahrscheinlich für einen Geschichtsprofessor oder Ingenieur gehalten, wenn sie ihm in irgendeiner Bar begegnet wäre.

Sie hörte nicht das kleinste Geräusch. Die Wohnung roch, als wäre sie schon länger unbenutzt. Eine volle Minute stand sie völlig reglos da und lauschte, ehe sie nach einem

Lichtschalter an der Wand tastete. Im nächsten Augenblick wurde der großzügige Raum in ein gedämpftes Licht getaucht.

Die Chinesen entlohnten ihre Geheimagenten offenbar besser als die Amerikaner. Die Einrichtung erinnerte vage an das antike Rom, ohne jedoch kitschig zu wirken. Die Bilder an den Wänden waren moderne Kunst – soweit sie erkennen konnte, alles Originale. Die Sofas waren aus makellosem Leder, und das Kristallglas in der Bar schien hochwertige Qualität aus Tschechien zu sein. Auffallend war jedoch nicht, was sie sah, sondern was in der Wohnung fehlte. Es gab nicht den kleinsten Hauch von asiatischer Kultur.

Mit der Pistole in der Hand durchquerte Randi das Wohnzimmer und anschließend den Flur zu einem kleinen Arbeitszimmer, dessen Vorhandensein sie der CIA-Akte über den Mann entnommen hatte. Es wirkte ein wenig unaufgeräumter und persönlicher als der Rest der Wohnung. Randi blätterte beiläufig die Papiere durch, die sie auf dem Schreibtisch fand. Es gab auch einen Laptop, doch sie machte sich nicht die Mühe, ihn hochzufahren. Es war sicher nichts Interessantes darauf.

Ihr Blick fiel auf ein Bild, das Yoshima mit einer älteren Frau zeigte, vermutlich seiner Mutter. Es ließ sich nicht leugnen, dass er ein gut aussehender Kerl war. Hinter der Brille, die er laut seiner Akte eigentlich nicht brauchte, wirkten seine Augen, als würde er etwas schwer Ergründliches betrachten. Eine schmale Narbe an der linken Wange verlieh seinen feinen Gesichtszügen eine raue Note. Wenn sie sich richtig erinnerte, hatte der Mann, der sie ihm zugefügt hatte, nicht einmal mehr lange genug gelebt, um die Wunde bluten zu sehen.

Yoshima hatte zwischen seinen Einsätzen Physik studiert. Niemand in der CIA hatte bisher ergründen können, warum, doch nachdem Randi ihm einige Male begegnet war, vermutete sie, dass es tatsächlich nur Interesse an der Sache war.

Das brachte sie auf eine interessante Hypothese: Falls China jemanden benötigte, um eine japanische Nuklearanlage zu sabotieren, gäbe es keinen Geeigneteren als Kaito Yoshima.

Randi wechselte vom Arbeitszimmer ins Schlafzimmer und durchsuchte es flüchtig, bevor sie sich dem Badezimmer zuwandte. Sie bewunderte die mit Travertin gefliese Dusche, in der zehn Personen bequem Platz gefunden hätten.

Yoshima tat ihr fast ein wenig leid. Man hatte ihn als kleinen Jungen von seiner Familie getrennt und in eine brutale Regierungseinrichtung gesteckt. Und heute riskierte er regelmäßig sein Leben für ein Land, in dem er mit seinem japanischen Aussehen zur Zielscheibe von rassistischem Hass wurde. Kein Wunder, dass er auf westliche Blondinen stand. Sie sahen in ihm einfach nur den Asiaten. Neunundneunzig Prozent von ihnen könnten einen Chinesen nicht von einem Japaner unterscheiden, selbst wenn man ihnen eine Pistole an ihre mit Haarspray vollgekleisterten Frisuren setzte.

Randi kehrte ins Wohnzimmer zurück, wo sie ein weiteres Foto von Yoshima fand, auf dem er mit einer Gruppe von lachenden Leuten vor einer Bar zu sehen war. Sein Lächeln wirkte nicht ganz überzeugend, die Augen schienen durch die Kamera hindurchzusehen.

Die Analytiker der Agency stuften ihn als chronisch depressiv ein, und Randis Beobachtungen schienen diese Einschätzung zu bestätigen. Das machte ihn zu einem umso gefährlicheren Gegner. Ihm schien zu wenig am Leben zu liegen, als dass er den Tod auch nur im Geringsten gefürchtet hätte.

Randi dachte kurz daran, noch ein paar Schubladen zu durchsuchen, ließ es dann aber sein. Deswegen war sie nicht hier.

Sie war gekommen, um eine Botschaft zu übermitteln.

Kapitel Siebzehn

Flughafen Peking
CHINA

Kaito Yoshima reichte seinen Pass durch das Fenster und lächelte ungezwungen, während ihn der Beamte mit unverhohlener Verachtung musterte. Die Konfrontation bei den Senkaku-Inseln hatte sich etwas beruhigt, nachdem Japan sein neues Kriegsschiff abgezogen hatte, doch sein gescheitertes Attentat auf General Takahashi sorgte in beiden Ländern für neuen Aufruhr. Wie er es vorhergesehen hatte.

Seine Vorgesetzten würden natürlich jede Schuld von sich weisen. Sie würden sein unerklärliches Scheitern für die Eskalation zwischen den beiden Ländern verantwortlich machen. Als hätten die Japaner Takahashis Tod mit weniger Empörung hingenommen und als hätte man das Ereignis in China mit respektvoller Zurückhaltung aufgenommen, anstatt es in den Straßen zu feiern.

»Was ist der Zweck Ihrer Einreise?«, fragte der Mann in stockendem Englisch.

Yoshima zog ein Papier hervor, das mit chinesischen Schriftzeichen beschrieben war. Das Dokument besagte, dass er als wirtschaftlicher Berater für die chinesische Regierung tätig war. Eine dankbare Tarnung für Momente, in denen es unpassend war, unter seiner chinesischen Identität zu reisen.

In der Vergangenheit hatte dieses Dokument den Beamten einigen Respekt eingeflößt, doch diese Wirkung schien mehr und mehr zu schwinden. Anstatt ihm die Bescheinigung mit einem ehrerbietigen Nicken zurückzugeben, inspizierte der Mann sie voller Verachtung. Schließlich knallte er seinen Stempel in den abgegriffenen japanischen Pass und wandte sich dem deutschen Touristen hinter ihm zu.

Yoshima strebte in dem belebten Gang zur Gepäckrückgabe. Er hatte nicht gewusst, wie er sich in dieser heiklen Situation am besten verhalten sollte, also hatte er wie immer den gefährlichsten Weg gewählt.

Nun jedoch begann er seine Entscheidung zu bereuen. Die hohen Herren hatten mit absolutem Schweigen reagiert, als Takahashis Überleben von den Medien bestätigt worden war. Yoshima ging davon aus, dass er sich bald in der Rolle des Sündenbocks wiederfinden würde – er wusste nur nicht genau, mit welchen Konsequenzen er zu rechnen hatte. Würden die Politiker zunächst versuchen, den Vorfall zur Förderung der eigenen Karriere zu nutzen, und danach stillschweigend zur Kenntnis nehmen, dass er seine Anweisungen einwandfrei befolgt hatte und Takahashi sein Überleben lediglich einem glücklichen Zufall verdankte? Würde er eine Rüge einstecken müssen, was in einem Geschäft, das sich jenseits jeder Öffentlichkeit abspielte, völlig bedeutungslos war? Oder würde er verschwinden wie so viele seiner ehemaligen Kameraden?

Doch diese Unsicherheit war nicht der Grund, warum er sich heute mit besonderer Wachsamkeit umblickte.

Nein, im Moment war er mit einer viel gefährlicheren Sache konfrontiert.

Natürlich war seine Wohnung mit verborgenen Kameras und anderen Sicherheitsvorkehrungen ausgestattet, die mit seiner sicheren Website in Verbindung standen. Darum wusste er, dass Randi Russell bei ihm eingedrungen war, aber auch, dass sie darauf verzichtet hatte, sein Sicherheitssystem auszuschalten, sich zu verkleiden oder die Wohnung gründlich zu durchsuchen. Warum? War das ihre Art der Kontaktaufnahme? Oder wollte sie ihn das nur glauben lassen? Vielleicht wollte sie ihn einfach nur anlocken, um ihn zu töten.

Yoshima spürte plötzlich eine Hand im Nacken und ein Gewicht in der Jackentasche. Als er herumwirbelte, blickte er in das erschrockene Gesicht einer alten Frau, die hastig in der Menge verschwand. Er griff unter seinen Hemdkragen, spürte ein Stück Klebeband an der Haut und darunter eine kleine, harte Beule.

Es wäre zwecklos gewesen, denjenigen zu suchen, der ihm das Ding verpasst hatte. Es hätte jeder hier sein können, sogar die alte Frau. Randi hatte eine Vorliebe für Ganoven und würde in einer solchen Situation nicht zögern, einen der besten Taschendiebe im Land zu engagieren.

Seine Jacke vibrierte, und er zog das Handy heraus, das ihm der Unbekannte zugesteckt hatte. Es war sinnlos, sich länger Sorgen zu machen. Im Moment war er der Person am anderen Ende mehr oder weniger ausgeliefert.

»Hallo, Randi.«

»Kaito … oder soll ich sagen: Li? Wer bist du heute?«

»Ich bin Kaito.«

»Das Ding in deinem Nacken ist ein Sprengsatz, den unsere Leute erst kürzlich entwickelt haben. Winzig, unauffällig, erstaunlich leise. Nicht unbedingt die Art und Weise, wie du in letzter Zeit vorgehst, aber sicher ausreichend, um deine Wirbelsäule zu brechen.«

Yoshima seufzte leise. Zweifellos spielte sie auf die mächtige Explosion in Tokio an und auf die tatsächlich unerträglich vielen unschuldigen Opfer. »So etwas habe ich mir schon gedacht.«
»Du bist nicht dumm – das hat mir immer schon an dir gefallen, Kaito. Hast du dein Gepäck schon abgeholt?«
»Nein.«
»Komm durch den Ausgang bei der Gepäckrückgabe. Ich sitze in einem blauen BMW.«

Als er auf den Gehsteig hinaustrat, sprang Randi aus dem Wagen, in einem extrem kurzen, silbernen Minirock. Sie hatte lange blonde Haare, die Yoshima für eine Perücke hielt, und trug Stöckelschuhe, die ihr das Laufen erschwerten – ein Detail, das er sich für alle Fälle einprägte.

Randi schlang die Arme um seinen Nacken und küsste ihn auf die Lippen. Sie war beileibe nicht die erste Blondine, die ihn auf diese Weise vom Flughafen abholte, sodass es für jeden Beobachter völlig normal aussehen würde.

Randi hielt ein Handy in der Hand, und er konzentrierte sich einen Moment lang darauf, während er bei dem Theater mitspielte, das sie sich ausgedacht hatte. Zweifellos ließ sich der kleine Sprengsatz in seinem Nacken durch das Handy zünden, doch er konnte nicht wissen, wie. Musste sie dazu eine Taste drücken? Oder vielleicht drückte Randi sie bereits, und erst wenn sie losließ, würde sie ihm das Genick brechen.

»Fährst du, Liebling?« Randi setzte sich auf den Beifahrersitz und schloss die Tür.

Es fing an zu regnen, während er um das Heck des Wagens herumging, sein Gepäck auf den Rücksitz warf und sich ans Lenkrad setzte.

»Freut mich, dich zu sehen«, sagte sie, während sie sich in den Verkehr einfädelten. »Wie lange ist es her? Vier Jahre?«

Er schüttelte den Kopf. »Du vergisst Kambodscha.«

»O Gott, du hast recht. Es war unerträglich heiß bei neunzig Prozent Luftfeuchtigkeit. Ganz zu schweigen von den Schlangen.«

»Ist das Auto sauber?«, fragte er.

»Ich hab's vom Parkplatz hier, also gehe ich davon aus. Aber in diesem Polizeistaat kann man sich natürlich nie sicher sein.«

»Du hast es gestohlen?«

»Ich? Du sitzt am Lenkrad.« Sie sah ihn mit einem breiten Lächeln an. »Entspann dich. Ich geb's zurück, bevor ich morgen früh abfliege.«

»Nachdem du mich umgebracht hast?«

»Um Himmels willen, Kaito. Kann ein Mädchen nicht mal einen alten Freund besuchen? Ein bisschen plaudern?«

Er schwieg.

»Ist deine Wohnung sauber?«

»Ja.«

»Toll. Dann plaudern wir bei dir.«

Kapitel Achtzehn

Nordost-Japan

General Masao Takahashi saß schweigend in dem offenen Fahrzeug und blickte nach vorne zu den Schienen, auf denen sie durch die Dunkelheit glitten. Der Tunnel – er war nahezu rund und maß fünf Meter im Durchmesser – führte in einen Berg in einem abgelegenen Teil Japans. Die in großen Abständen installierten Lichter erhellten die Felswände und die Sicherheitsleute, die ihn umgaben. Ansonsten war nichts zu sehen.

Sie würden fast einen Kilometer in den Fels vordringen, bis sie zu einer massiven Sicherheitstür gelangten, hinter der sich eine Lagerstätte für Japans Atommüll befand. Nach der Katastrophe von Fukushima waren jedoch viele Kernkraftwerke abgeschaltet worden, sodass der Komplex größtenteils leer war.

Der General hatte die Katastrophe genutzt, um die Kontrolle über die Anlage zu übernehmen, unter dem Vorwand, dass die Streitkräfte am besten in der Lage seien, die sichere Lagerung der radioaktiven Abfälle zu gewährleisten. Der wahre Grund war, dass er einen Ersatz für das zerstörte Labor im Reaktorblock vier benötigte. Die entsprechenden Räumlichkeiten mussten einerseits eine sichere Verwahrung des bearbeiteten Materials garantieren und sich andererseits fernab von neugierigen Augen befinden.

Zehn Minuten später erreichten sie den Eingang, und Takahashi spürte, wie ihm die Kälte der Höhle in die Uniform kroch. Aber vielleicht lag es gar nicht an der niedrigen Temperatur, sondern an etwas anderem.

Die massive Tür öffnete sich automatisch, als sich das Fahrzeug näherte, und sie kamen im Inneren zum Stehen. Bevor er die Anlage übernommen hatte, war dieser Abschnitt mit Beton ausgekleidet gewesen. Heute waren hier nur noch Gestein und Erde.

Während sie zu Fuß weiter vordrangen, wurde der Stollen immer enger, bis er schließlich nur noch zwei Meter breit war. Weiter vorne hielt einer seiner Männer an einer Biegung inne und gab Augenblicke später das Signal, dass alles in Ordnung war. Mit all den Sicherheitsvorkehrungen, von denen Takahashi umgeben war, fühlte er sich manchmal wie ein Feigling, doch ihm blieb kaum etwas anderes übrig. Seine Besprechungen hielt er heute zumeist in seinem massiv gesicherten Haus ab. Dieser Ausflug war jedoch unvermeidlich. Es war zu umständlich und riskant geworden, Dr. Ito zu sich nach Hause kommen zu lassen.

Sie gelangten zu einer rötlichen Tür, die aus demselben Material bestand wie seine Limousine. Seine Männer schwärmten aus und nahmen strategische Positionen im Stollen ein, während er mit dem Daumen auf ein Feld in der Wand drückte.

Drinnen war das Licht bedeutend besser, doch die Wände bestanden auch hier nur aus nacktem Fels und Erde. Die einzigen Möbelstücke waren ein Holztisch und einige schlichte Stühle. Die beiden Männer am Tisch standen augenblicklich auf und verbeugten sich.

Takahashi erwiderte die Verbeugung und nickte seinem Geheimdienstchef Akio Himura zu, ehe er zu Hideki Ito trat. Er legte dem Wissenschaftler freundschaftlich die Hand auf den Rücken. »Wie geht es Ihnen, Doktor?«

»Gut, General. Danke der Nachfrage.«

Es entsprach natürlich nicht der Wahrheit, was äußerst unvorteilhaft für die große Sache war. Ito war nach der jüngsten Chemotherapie völlig kahl, sein Gesicht war eingefallen, nachdem an manchen Stellen die Muskeln verkümmert waren. Auch die Pigmentierung der Haut war durch die hohe Strahlendosis, die er im Reaktorblock vier abbekommen hatte, geschädigt worden, sodass an Kopfhaut und Gesicht unterschiedlich große helle und dunkle Flecken zutage traten.

Die beiden Leute, die ihm an jenem Tag assistiert hatten, waren gestorben, wenn auch nicht an den Folgen der radioaktiven Strahlung, wie man Ito erzählt hatte. Sie waren einfach nicht wertvoll genug gewesen, um die Kosten ihrer Behandlung zu rechtfertigen. Hideki Ito war jedoch ein besonderer Fall. Takahashi würde keine Kosten und Mühen scheuen, um den Mann am Leben zu erhalten, damit er seine Arbeit weiterführen konnte.

»Das freut mich«, antwortete der General, zog einen Stuhl zurück und bot ihn dem gebrechlichen Wissenschaftler an. Der nahm mit einem dankbaren Lächeln auf den rissigen Lippen Platz.

Takahashi setzte sich ans Kopfende des Tisches und wandte sich an Himura. Der Geheimdienstchef wirkte nervös und hatte allen Grund dazu.

»Ich habe gehört, Sie haben den Mann identifiziert, der mit Randi Russell geflüchtet ist?«

»Ja, General. Er heißt Jon Smith. Wir haben seine Identität nicht über die CIA entdeckt, sondern durch seine persönliche Beziehung zu Randi Russell.«

»Er ist also kein Agent?«

»Nein, Sir. Er ist Militärarzt in Fort Detrick. Ein Mikrobiologe und Virenjäger.«

»Wie kommt ein Mikrobiologe dazu, in einem japanischen Fischerdorf Material aus einem Kernreaktor abzuholen?«

»Das wissen wir nicht, General. Er hat unter anderem bei einer Spezialeinheit gedient, was auch erklärt, dass er einige unserer Männer töten und ins Wasser entkommen konnte, aber sonst gibt es kaum Informationen über ihn. Verdächtig wenig.«

»Militärgeheimdienst?«

»Das nehme ich an, obwohl sich auch dafür keine Belege in den Computersystemen der Army finden lassen.«

Takahashis erste Maßnahme, als er vor über dreißig Jahren die heimliche Remilitarisierung des Landes eingeleitet hatte, war die Einrichtung einer Cyberkrieg-Einheit gewesen. Die Computer waren damals noch sehr einfach und kaum miteinander vernetzt gewesen, doch er hatte die technologische Entwicklung mit geradezu unheimlicher Präzision vorhergesehen und ihre Bedeutung für die Kriegführung der Zukunft erkannt. Er hatte die besten Köpfe des Landes versammelt und ein System aufgebaut, das heute selbst der NSA ein Jahrzehnt voraus war. Von einigen größeren Ausnahmen abgesehen, vermochten Himuras Leute die Sicherheitsvorkehrungen jeder privaten oder behördlichen Datenbank der Welt zu knacken. Hatte er jedenfalls angenommen.

»Vielleicht ist unser System doch nicht so hoch entwickelt, wie man mir versichert hat.«

»Daran liegt es nicht, General. Natürlich ist unser Zugang Schwankungen unterworfen, wenn unsere Ziele ihre Systeme weiterentwickeln, aber im Moment stoßen wir auf keine nennenswerten Hindernisse. Viel wahrscheinlicher ist, dass Smith einer Einheit angehört, deren Existenz geheim gehalten wird.«

Ein weiteres Alarmsignal, dachte Takahashi.

»Haben Sie schon eine Spur, wohin er und Russell geflüchtet sein könnten?«

Himura kniff die Lippen zusammen. »Noch nicht. Russell ist vorläufig beurlaubt und muss sich einer Untersuchung stellen, nachdem sie einen amerikanischen Staatsbürger in Ägypten getötet hat. Smith ist aus medizinischen Gründen beurlaubt, offiziell aufgrund von Verletzungen, die er sich beim Tauchen zugezogen hat. Er wurde jedoch in keiner Einrichtung der Army behandelt.«

Takahashi nickte. »Warum er? Warum Smith?«

»Er ist Wissenschaftler«, erklärte Himura.

»Aber nicht auf diesem Gebiet.«

»Die Nanotechnologie hat viele Parallelen zur Virologie«, gab Ito zu bedenken.

»Stimmt«, pflichtete ihm Himura bei. »Dieses spezielle Gebiet der Nanotechnologie ist noch nicht so verbreitet. Es ist unwahrscheinlich, dass die Amerikaner jemanden haben, der über die notwendige Kombination von Fähigkeiten verfügt. Smith war vielleicht ihre beste Wahl.«

»Das heißt, die Amerikaner könnten bereits ahnen, dass es in Fukushima um Nanotechnologie ging«, stellte Takahashi mit möglichst ruhiger Stimme fest.

»Ich bin alle Sicherheitsprotokolle durchgegangen und konnte keinen Hinweis darauf finden, dass etwas nach außen gelangt ist«, erwiderte Himura. »Aber möglich ist alles.«

»Na gut. Wem würde er das Material vorlegen, Doktor? Wer sind Amerikas Spitzenleute auf diesem Gebiet?«

»Da gibt es einige. Die meisten sind Forscher an irgendeiner Universität.«

»Dr. Ito hat uns die Namen der Betreffenden schon genannt, General, und wir haben sie alle unter Beobachtung. Ebenso die besten Werkstofftechniker der Streitkräfte, für den Fall, dass sie noch keinen konkreten Verdacht haben, was die Schäden an dem Material verursacht hat, und nach irgendeinem Ansatz suchen. Bisher haben wir nichts Auffälliges bemerkt.«

Takahashi wusste, dass es keinen Sinn hatte, mit Drohungen Druck auszuüben. Trotz seiner jüngsten Misserfolge war Himura ein überaus kompetenter Mann und würde alles in seiner Macht Stehende unternehmen, um seine Pflicht zu erfüllen. Er würde sein Leben opfern, wenn es sein musste.

»Und das Attentat?«

Der Geheimdienstchef konnte seine Erleichterung über den Themenwechsel nicht verbergen. »Die JPF bestreitet immer noch jede Beteiligung. Die Hinweise gegen sie sind zwar solide, aber sie könnten theoretisch auch vom chinesischen Geheimdienst fabriziert worden sein.«

»Glauben Sie, dass es sich so zugetragen hat?«

»Es spricht immer mehr dafür. Zu beweisen wird es allerdings extrem schwer sein. Wir sind zwar in ihr Informationsnetz eingedrungen, könnten aber keine Hinweise auf einen Anschlag gegen Sie finden. Bei derart heiklen Operationen arbeiten die Chinesen unter absoluter Geheimhaltung. Die Anweisungen werden mündlich an Leute weitergegeben, die keine offizielle Position in einer Regierungsbehörde innehaben.«

Takahashi lehnte sich auf seinem Stuhl zurück und starrte einige Augenblicke die Steinwand an. »Die Chinesen werden immer aggressiver. Die Amerikaner versuchen zwar, vermittelnd zu wirken, aber ich glaube nicht, dass sie Erfolg haben werden. Und ehrlich gesagt bin ich mir auch nicht sicher, ob wir ihnen trauen können. Wir müssen der Möglichkeit eines Krieges ins Auge sehen und uns dafür rüsten.«

»Die Wogen lassen sich bestimmt glätten«, warf Ito ein, sichtlich betroffen von der Aussicht auf eine militärische Auseinandersetzung. Seine Genialität hatte ihn von einem kleinen Rädchen in Takahashis Maschinerie zu seinem Chefingenieur aufsteigen lassen. Der General war sich jedoch bewusst, dass Ito ein schwacher Mensch war. Es war nicht schwer gewesen, ihn mit unbegrenzten Mitteln für die große Sache zu gewinnen, doch er besaß keinen echten Patriotismus und keine tiefe Überzeugung. Seine Interessen lagen ausschließlich bei den Dingen, die er mit seinen herausragenden geistigen Fähigkeiten entwickeln konnte.

»Natürlich werden wir mit aller Macht für den Frieden eintreten, Doktor. Aber auch wenn wir das Beste hoffen, ist es klug, sich auf den schlimmsten Fall vorzubereiten, oder?«

»Natürlich. Das verstehe ich.«

»Da wir gerade davon sprechen … kann die Demonstration unserer Drohnentechnologie diese Woche stattfinden?«

»Ja«, versicherte Ito unterwürfig. »Sie werden erkennen, dass die neue Software eine deutliche Weiterentwicklung der bislang führenden Technologie darstellt. Wir sind auch einen großen Schritt weitergekommen, was Reichweite, Geschwindigkeit und Steuerung betrifft.«

»Ich freue mich darauf, das Ergebnis zu sehen. Dann will ich Sie nicht länger von Ihrer Arbeit abhalten. Es hat mich wie immer gefreut, Sie zu sehen. Ich bin froh, dass es Ihnen gut geht.«

Ito stand rasch auf, verbeugte sich kurz und ging hinaus. Takahashi schwieg eine Weile und wog Gefahren und Möglichkeiten der veränderten Situation ab.

»Akio, Sie haben gesagt, es ist möglich, Beweise zu produzieren, die darauf hindeuten, dass die Chinesen hinter dem Attentat stecken.«

»Ja, General.«

»Kann ich davon ausgehen, dass Sie schon einen Plan dafür ausgearbeitet haben?«

»Das habe ich.«

»Gut. Lassen Sie gerade so viel durchsickern, dass die Medien anfangen zu spekulieren, dass die Spur nach Peking führen könnte.«

Himura wischte sich nervös mit der Hand über den Mund, bevor er antwortete. »Davon würde ich abraten.«

»Warum?«

»Erstens war es extrem schwierig, so etwas aus dem Nichts zu fabrizieren. Jemand könnte dahinterkommen. Und zweitens ...« Seine Stimme verebbte.

»Sprechen Sie«, forderte ihn Takahashi auf.

Der Geheimdienstchef nickte kurz. »General, Sie müssen verstehen ...« Wieder zögerte er einen Augenblick. »Dr. Ito hat recht. Die Stimmung ist extrem aufgeheizt. Sehr explosiv.«

»Sie dürfen nicht vergessen, dass der amerikanische Militärgeheimdienst Material aus Fukushima in der Hand hat. Zudem müssen wir damit rechnen, dass sich Itos Gesundheitszustand weiter verschlechtert. Ich weiß nicht, wie lange ihn unsere Ärzte noch am Leben erhalten können. Sie werden mir zustimmen, dass seine Anwesenheit äußerst wünschenswert ist, falls es Probleme beim Einsatz seiner Waffe gibt, oder?«

»Ja, General. Aber …«
»Wir können es uns nicht leisten, noch länger zu warten.« Takahashi stand auf und strich seine Uniform glatt. »Tun Sie, was nötig ist.«

Kapitel Neunzehn

Peking
CHINA

Kaito Yoshima ging zur Bar in der Ecke seines Wohnzimmers und schenkte ihnen zwei Drinks ein. Randi wartete mit dem Daumen über dem Touchscreen ihres Handys. Inzwischen bereute sie ihren Vorschlag, seine Wohnung aufzusuchen. Wer konnte wissen, welche Überraschungen sich hier verbargen? Sie hatte ihm den Vorteil des heimischen Terrains überlassen.

Er kam zu ihr zurück und reichte ihr ein Glas mit zweifellos sehr gutem Scotch. Sie schüttelte dennoch den Kopf.

»Da ist nur Whisky drin, Randi. Ich gebe dir mein Wort.«

»Nicht dass ich dir nicht traue, Kaito, das ist es nicht. Aber die Kalorien, weißt du?«

Lächelnd ließ er sich auf das Sofa sinken und klopfte auf das Kissen neben sich. Randi setzte sich ihm gegenüber, sodass sich ein schwerer Couchtisch zwischen ihnen befand.

»Ich vermute mal, du bist hier, weil die CIA glaubt, ich hätte etwas mit dem Anschlag auf Masao Takahashi zu tun?«

Eine durchaus plausible Vermutung, doch sie hatte in Wahrheit keine Ahnung, welche Informationen die Analytiker der Agency zu dieser Frage in der Hand hatten. Als Gesprächseinstieg war das Thema aber durchaus brauchbar. Eine kleine Irreführung, bevor sie zur Sache kam.

»Ist diese Annahme denn nicht berechtigt?«

Yoshima winkte mit der Hand ab, als wäre ein Mordanschlag auf Japans höchstrangigen Militär keine Sache, über die es sich zu reden lohnte. »Dafür bezahlen sie uns nicht gut genug, Randi. Wir verkommen immer mehr zu austauschbaren Schachfiguren von verrückten, dummen Männern, die nur ein Interesse haben: an der Macht zu bleiben.«

»Da kann ich dir nicht widersprechen.«

»Hast du je daran gedacht, aus diesem Geschäft auszusteigen und dich mit deinen Fähigkeiten selbstständig zu machen?«

»Der Gedanke geht mir hin und wieder durch den Kopf.«

»Ich denke immer öfter daran. Und jetzt ...« Er verstummte für einige Augenblicke. »Sie werden die Kontrolle über die Situation verlieren, Randi. Und dann werden Millionen sterben. Für nichts. Nur wegen eines politischen Theaters, das die Leute von den wahren Problemen ablenken soll.«

»Man redet der eigenen Bevölkerung ein, dass an allem, was in ihrem Leben schiefläuft, eine ganz bestimmte Gruppe schuld ist«, fügte Randi hinzu. »Ein Rezept, das schon seit Jahrtausenden funktioniert.«

»Mit furchtbaren Konsequenzen schon zu den Zeiten, als die Menschen noch mit Schwertern oder Keulen aufeinander losgingen.« Er nahm einen Schluck von seinem Whisky. »Mein Land war immer schon schwer zu regieren. Zu groß, zu vielfältig, zu opportunistisch. Und ehrlich gesagt, zu rassistisch. Die Regierung hat das Volk mit einem rasanten Wirtschaftswachstum ruhiggestellt, doch das Wachstum ist nicht nachhaltig. Seit es nachgelassen hat, steuern wir auf eine extrem gefährliche Situation zu. Vielleicht bricht China auseinander. Es wäre nicht das erste Mal.«

»Wenn das passiert, wo würdest du dann hingehen, Kaito?«

Yoshima schlug die Beine übereinander und breitete die Arme über die Sofalehne. »Vielleicht nach Japan, obwohl ich dort auch nicht dazugehöre. Ich gehöre nirgendwohin.«

»Das heißt, du willst als Söldner leben?«

»Gibt es einen besseren Job für einen Mann ohne Heimat?«

Randi nickte schweigend. Es war typisch für Yoshima, dass das Interessanteste an dem Gespräch etwas war, was er *nicht* sagte: Er bestritt nicht, in den Anschlag auf Takahashi verwickelt zu sein.

»China rührt die Kriegstrommel«, stellte Randi fest. »Aber wie du gesagt hast – es ist nur Show. Das weiß jeder außer ...«

»General Takahashi«, führte Yoshima ihren Gedanken zu Ende. »Er ist ein brillanter Mann. Sein Verständnis von Technologie, Strategie, Geschichte und Kriegskunst ist unvergleichlich. Er ist der ideale General. Hätte er die Japaner im Zweiten Weltkrieg angeführt – ich weiß nicht, ob es für Amerika so gut ausgegangen wäre.«

»Zum Glück waren wir schon Partner, als er den Streitkräften beitrat.«

Yoshima leerte sein Glas und griff nach dem Drink, den er für Randi eingeschenkt hatte. »Seine Familie gehörte schon vor dem Krieg zu den reichsten und einflussreichsten in Japan. MacArthur betrachtete sie als Teil des Feudalsystems, aus dem das japanische Kaiserreich hervorgegangen war, und nahm ihnen alles weg. Hast du das gewusst? Takahashis Kindheit war von Hunger und Not geprägt. Seine Familie musste bei ihren einstigen Dienstboten unterkommen und hart arbeiten, um zu überleben.«

»Wer Qualitäten hat, arbeitet sich vermutlich trotzdem hoch.«

»Stimmt. Sein Vater begann schnell damit, das Imperium wieder aufzubauen – noch während der amerikanischen Besatzung. Seine ersten Geschäfte waren nicht unbedingt legal, aber das änderte sich nach und nach. Heute gehört seine Familie erneut zu den reichsten und mächtigsten im Land.«

»Trotzdem stellt sich mir eine Frage, Kaito: Wenn Takahashi so schlau ist, wie du ihn schilderst, warum lässt er sich dann auf ein so wahnwitziges Spiel ein? Warum riskiert er eine Konfrontation, die für sein Land katastrophale Folgen hätte?«

»Ich muss zugeben, das ist mir auch ein Rätsel. Vielleicht hat er seine Fähigkeit verloren, die Situation richtig einzuschätzen. Ältere Leute wenden sich oft in ihren Gedanken der Vergangenheit zu. Die schmachvolle Niederlage gegen die Amerikaner, die Jahre der Erniedrigung, der Verlust der Kontrolle über das eigene Schicksal.« Er lächelte. »Aber das sind komplizierte Fragen, mit denen sich zwei Krieger wie wir normalerweise nicht beschäftigen, stimmt's, Randi? Sag, wo waren wir, bevor wir zu diesem Thema abgeschweift sind? Ich glaube, wir haben über unsere geschäftlichen Aktivitäten gesprochen.«

»Und welche Aktivitäten sollen das sein?«

»Überleg doch, Randi. Du und ich, wir gründen unsere eigene Firma. Bestimmen selbst den Preis, den wir für unsere Arbeit verlangen, und richten uns ein Luxusbüro ein. Ich denke da zum Beispiel an Dubrovnik. Nettes Städtchen. Aber ich bin natürlich für Vorschläge offen. Vielleicht eher Paris? Oder Rom? Istanbul? Wie heißt es in diesem Zitat von

Shakespeare? Die Welt ist unsere ... hilf mir, eure Sprache ist eine echte Herausforderung. Muschel war es nicht ...«

»Auster.«

»Genau. Die Welt ist unsere Auster.«

Draußen ertönte das dumpfe Knattern von Hubschrauberrotoren, und Yoshima stellte sein Glas ab und trat ans Fenster. »Wir könnten uns unsere Aufträge aussuchen. Überleg doch. Wir würden nichts annehmen, was uns nicht interessiert. Nichts, was uns gegen den Strich geht. Ich würde mich lieber auf mein Gewissen verlassen als ...«

Plötzlich sprang er zur Seite und schlug mit der Hand gegen die Wand. Im nächsten Augenblick fielen Stahlvorhänge von der Decke herab und bedeckten die Fenster.

Randi zog ihre Glock aus der Handtasche und wirbelte herum, als ein Rammbock gegen die Wohnungstür hämmerte. Sie hörte Holz splittern, doch beim nächsten Anlauf ertönte das dumpfe Dröhnen von Stahl auf Stahl. Eindeutig keine gewöhnliche Wohnungstür.

Als sie sich umdrehte, tippte Yoshima gelassen einen Code in einen in den Boden eingebauten Tresor ein. Er zog eine Sig Sauer und eine kleine Tasche hervor, die, so vermutete Randi, Pässe, falsche Kreditkarten und Bargeld enthielt. Sie hatte ähnliche Taschen an verschiedenen Orten auf der Welt deponiert.

»Sie müssen dich am Flughafen erkannt haben. Ich habe befürchtet, dass das passieren könnte.«

»Warum zum Teufel sind wir dann zu dir gegangen?«

»Wohin sonst? Außerdem dachte ich mir, wir genehmigen uns ein paar Drinks, plaudern ...« Er musterte sie einige Augenblicke. »Wer weiß, was sich entwickelt hätte?«

Das Hämmern an der Tür wurde lauter, als die frustrierten Angreifer ihre Bemühungen verstärkten. Plötzlich donnerte

Maschinengewehrfeuer gegen den stählernen Vorhang am Fenster. Randi warf sich über einen Stuhl zu Boden und kroch nach vorne, um zu sehen, ob es Yoshima erwischt hatte. Er stand ganz ruhig da und sah auf sie herunter.

»Das ist ein Hubschrauber vom Sicherheitsdienst«, rief er über dem Donnern des MG-Feuers gegen die Stahlwand. »Ich kenne diese Typen und kann dir versichern, die haben nichts an Bord, das stark genug ist, um hier einzudringen.« Er deutete auf die Tür hinter ihr. »Das da könnte allerdings ein Problem werden.«

Randi stand auf und sah, dass die Tür unter dem Ansturm nachzugeben begann.

»Kann ich davon ausgehen, dass du einen Notausgang hast?«

»Kann sein.« Er ging in die Küche, und sie folgte ihm. »Was mich mehr interessiert – was hältst du von meinem Vorschlag?«

»Von welchem? Eine Firma zu gründen oder ins Bett zu gehen?«

Er überlegte erstaunlich lange angesichts der prekären Situation. »Beides.«

Sie musste zugeben, dass er ein attraktiver Bursche und zudem ein wirklich interessanter Mensch war. »Ins Bett vielleicht. Aber die Firma, eher nein.«

Er lächelte und trat zu der Speisekammer neben dem Herd. »Mit der Antwort kann ich leben.«

Die Maschinengewehre verstummten, doch das Hämmern an der Tür wurde immer lauter, und man hörte die Rufe der Männer nun schon ganz deutlich.

»Das wird sich zeigen, Kaito.«

Kapitel Zwanzig

Außerhalb von Washington, D.C.
USA

Jon Smith stieg vorsichtig aus dem Wagen und griff zurück, um seinen Matchbeutel herauszuholen.

»Das mach ich schon, Jon«, bot der Fahrer an und lief um den Wagen herum.

Smith winkte ab. »Es geht schon, Eric. Danke.«

Er schwang sich den Matchbeutel über die gesunde Schulter, betrachtete das Haus und atmete die nach Kiefernnadeln duftende Luft so tief ein, wie es seine gebrochenen Rippen erlaubten. Es roch nach Zuhause. Er verspürte ein Gefühl der Dankbarkeit, wie er es nicht für möglich gehalten hätte.

Das Haus war so, wie er es in Erinnerung hatte. Modern, aber mit einem verwitterten Touch, hinter dem ein enormer finanzieller Aufwand steckte. Der nächste Nachbar wohnte eineinhalb Kilometer entfernt eine steile, gewundene Straße hinunter, was dem Haus eine Stille bescherte, die er gerade jetzt als äußerst verlockend empfand.

Er ging langsam die kiesbedeckte Auffahrt hinauf und bemühte sich um einen möglichst aufrechten Gang. Es tat zwar umso mehr weh, doch er wusste, dass ihn Eric beobachtete. Der verdammte Stolz.

Die Haustür stand offen, und das grün blinkende Licht des Sicherheitssystems zeigte an, dass es ausgeschaltet war. Bevor er eintrat, drehte sich Smith zu dem Mann um, der ihn hergefahren hatte. »Hey, ich hab ganz vergessen, dir zu gratulieren.«

»Danke.«

Er stellte den Matchbeutel auf die Anrichte in der Küche und ging zum Kühlschrank, um sich ein Bier zu holen. Die Flasche aus dem unteren Fach zu nehmen, verlangte eine schmerzhafte Kniebeuge, doch das war es wert. Das Snake River Lager schmeckte genauso gut, wie er es in Erinnerung hatte.

Das Haus war eine ganze Weile unbewohnt gewesen, und er wischte etwas Staub weg, bevor er die Flasche auf die Granittheke stellte. Es war ursprünglich ziemlich rustikal gewesen und hatte einer Zimmerkollegin von Randi aus der Collegezeit gehört. Nachdem es unter kräftiger Mithilfe eines afghanischen Killers niedergebrannt worden war, hatte Fred Klein den Fehler begangen, Randi einen Blankoscheck für den Wiederaufbau auszustellen.

Wenig später waren Smith und Randi in dem Haus von einem Sondereinsatzkommando mit Giftgas angegriffen worden, dessen penetranter Geruch sich nur schwer hatte vertreiben lassen. Randis Ex-Zimmerkollegin hatte es danach verständlicherweise gereicht, und Randi hatte das Haus über ein Geflecht von ausländischen Firmen gekauft. Für jemanden mit entsprechenden Ressourcen war es zwar nicht unmöglich, das Haus aufzuspüren, doch Smith fühlte sich hier einigermaßen sicher. Jedenfalls sicherer als in seinem eigenen Haus.

»Jon!«, rief Karen Ivers, als sie ihn vom Flur aus sah. »Wie geht es dir?«

»Ich hab mich schon besser gefühlt. Aber du siehst toll aus. Das Eheleben tut dir offenbar gut.«

Sie und Eric hatten vor einem Monat geheiratet. Smith wusste, dass Klein nicht glücklich darüber war, dass zwei seiner Agenten vor den Altar getreten waren, doch selbst der Alte wollte dem Glück der beiden nicht im Weg stehen.

»Und du siehst ... nicht tot aus.«

Er lachte unter Schmerzen und nahm noch einen Schluck Bier. »Hey, der Gasgeruch ist weg.«

»Neuer Teppich, neuer Anstrich, das Holz behandelt. Zudem waren die Fenster einen ganzen Monat offen. Scheint geholfen zu haben. Ich hab das Haus gecheckt – es ist alles in Ordnung. Der Handymast funktioniert aus irgendeinem Grund immer noch nicht richtig, aber Randi hat eine Satellitenverbindung eingerichtet. Du kannst ganz normal wählen – die Verbindung wird automatisch hergestellt. Im Kühlschrank ist genug Bier, wie du ja schon bemerkt hast, und im Badezimmer findest du die Medikamente, die du wolltest. Gibt es sonst noch etwas, das Eric und ich für dich tun können?

Er schüttelte den Kopf. »Nee. Warum verschwindet ihr beiden nicht? Ich komm gut allein zurecht.«

»Bist du sicher?«

In Wahrheit hatte er durchaus seine Bedenken. Er hätte noch ein paar Tage in Korea bleiben sollen, aber dieser Job musste getan werden, und Randi würde es nicht allein schaffen.

»Absolut. Ich fühle mich besser, als ich aussehe. Wirklich.«

»Na schön. Dir ist klar, dass das Haus zwar schwer zu finden, aber nicht unauffindbar ist, okay?«

»Ja, aber ich würde es nicht aushalten, mich in irgendeiner hundertprozentig sicheren Absteige zu verkriechen.

Hier habe ich zwar nicht mein eigenes Bett, aber etwas, das fast so gut ist.«

Karen legte einen USB-Stick neben seine Bierflasche auf die Theke. »Fred wollte, dass ich dir das hier gebe.«

Smith nickte und griff nach dem unbeschrifteten Speicherstick. Da das Internet zunehmend von Hackern heimgesucht und von der eigenen National Security Agency überwacht wurde, griff Covert One für die interne Kommunikation zunehmend auf solche Mittel zurück. Smiths Freund Marty hatte ihm erklärt, dass man so etwas als »Air Gap« bezeichnete, einen »Luftspalt«, um Computer oder Netzwerke aus Sicherheitsgründen zu isolieren.

»Melde dich, wenn du etwas brauchst«, sagte Karen und ging zur Tür.

»Mach ich.«

»Aber tu es auch, Jon. Ich weiß doch, wie stur ihr Männer sein könnt.«

Er lächelte. »Danke für alles, aber ihr braucht euch wirklich keine Sorgen um mich zu machen. Ich komm schon zurecht.«

Als sie die Haustür schloss, ließ Smith die Schultern hängen. Es war anstrengend, zu lange auf den Beinen zu sein.

Er schlurfte zu dem kleinen Büro im hinteren Bereich des Hauses und fuhr den Computer mit einem alternativen Betriebssystem hoch.

Es war eigens für Covert One entwickelt worden und war sehr einfach aufgebaut, absolut sicher und nicht in der Lage, eine Verbindung mit dem Internet oder irgendeinem externen Gerät herzustellen, mit Ausnahme der USB-Sticks von Covert One.

Trotz seiner einfachen Struktur benötigte das Betriebssystem fünf Minuten, um hochzufahren, nach eventuellen Auffälligkeiten zu suchen und sich als sicher zu erklären. Er steckte den Speicherstick in den USB-Port, tippte sein Passwort ein und holte sich noch ein Bier. Der Prozessor würde einige Minuten brauchen, um die Verschlüsselung zu entziffern.

Als er ins Büro zurückkehrte, schluckte er zwei Ibuprofen und verfolgte den Fortschritt des Entschlüsselungsvorgangs. Das Medikament wirkte zwar nicht so stark wie das Oxycodon, das er zuvor genommen hatte, machte es ihm aber bedeutend leichter, sich zu konzentrieren.

Der Bericht wurde schließlich geöffnet, und sein Magen krampfte sich zusammen, als er las, dass sich Randi in China aufhielt, um Kontakt mit Kaito Yoshima aufzunehmen. Smith bezweifelte nicht, dass Randi es mit jedem auf dem Planeten aufnehmen konnte, aber Yoshima war extrem gefährlich, vor allem wenn er in der entsprechenden Stimmung war. Er war seit seiner Kindheit zum Agenten ausgebildet worden und wirkte psychisch nicht gerade stabil.

Smith überflog den Text auf dem Bildschirm und erfuhr, dass das radioaktive Material, dessentwegen er nach Japan geflogen war, aus dem Reaktor von Fukushima stammte. Das erklärte Randis Vorgehen. Yoshima war ein erfahrener Saboteur, der wie ein Japaner aussah und darüber hinaus Physik studiert hatte.

Der Rest des Berichts beschäftigte sich mit der im Reaktor vier gemessenen Strahlung. Der Angriff auf ihn mit der Armbrust und das Geschehen danach waren nach wie vor ungeklärt.

Er zog den USB-Stick heraus, ging damit in die Küche, legte ihn in die Mikrowelle und verfolgte, wie der Stick

Funken sprühend unbrauchbar gemacht wurde. Ein paar Stunden Schlaf, das war es, was er jetzt am meisten brauchte. Danach war es Zeit, seinen Arsch hochzuschwingen und mitzuhelfen, diese Sache aufzuklären.

Kapitel Einundzwanzig

Peking
CHINA

Kaito Yoshima öffnete die Speisekammer und begann, die Regalbretter herauszureißen und die Lebensmittelkonserven und Reinigungsmittel auf den Boden zu werfen. Randi stand mit dem Rücken zur Wand neben der Küchentür und behielt die Wohnungstür im Auge, die der Wucht des Rammbocks nicht mehr lange standhalten würde.

»Jetzt wäre es langsam Zeit zu verschwinden, Kaito!«

»Hab ein bisschen Geduld, Randi. Ich mach, so schnell ich kann.«

Sie betrachtete die Pistole in ihrer Hand und stieß einen frustrierten Seufzer aus. Was wollte sie damit? Sie war eine Topagentin der CIA und konnte es sich unmöglich leisten, auf chinesische Einsatzbeamte zu schießen. Wenn sie festgenommen und identifiziert wurde, konnte das die ohnehin prekären Beziehungen zwischen den beiden Ländern massiv belasten. Widerstrebend steckte sie die Pistole in ihre Handtasche, zu den anderen tödlichen Werkzeugen, die sie nicht einsetzen konnte.

Der Helikopter schwebte immer noch vor den verbarrikadierten Fenstern, doch sie hatten wenigstens aufgehört zu schießen. Weniger positiv war, dass die Angreifer ein basketballgroßes Stück aus der Tür herausgebrochen hatten und ein Mann seinen Arm hereinstreckte und nach dem Schloss tastete. Die Versuchung war groß, ihn anzugreifen und den Ansturm zu bremsen. Nur ein kleiner Schnitt oberhalb des Ellbogens ...

»Kaito ...« Randi drehte sich um und verstummte. Die Rückwand des Schranks lag auf dem Boden. Stattdessen sah sie einen dunklen Schacht mit einem Seil, das nach unten hing.

»Du Hundesohn!«, rief sie und rannte zum Schrank. »Wenn du mich hierlässt ...«

»Beruhige dich, Randi. Ich bin hier.«

Die Stimme hallte ein wenig, doch als sie nach unten blickte, sah sie ihn in einem Klettergurt hängen, nur einen Meter unterhalb des Fußbodens.

»Sie haben hier Baumaterial nach oben befördert, als das Haus gebaut wurde«, erklärte Yoshima. »Leider ist es so eng, dass wir nur durchkommen, wenn du dich auf meine Schultern stellst.«

Randi griff nach unten und drehte am Absatz ihres Schuhs, um ihn abzunehmen. Das Gleiche machte sie mit dem zweiten Schuh. Sie nahm sich vor, dem Techniker, der den Mechanismus eingebaut hatte, eine hübsche Prämie zukommen zu lassen. Falls sie lange genug lebte. Sie schnappte sich ein Geschirrtuch, um damit ihre Hände zu schützen, bevor sie nach dem dünnen Stahlseil griff und sich auf Yoshimas Schultern stellte. In diesem Augenblick gab die Wohnungstür endgültig nach, gefolgt von aufgeregten Rufen und dem Hämmern von Kampfstiefeln.

»Schließ die Schranktür, Randi.«

Sie tat es, und eine rote Lampe schaltete sich ein, die gerade genug Licht abgab, um etwas sehen zu können.

»Da ist ein Knopf zum Verriegeln auf der linken Seite. Siehst du ihn?«

Sie spähte in die Dunkelheit und fand ihn, während die Stimmen immer lauter wurden und die Schritte näher kamen. Mindestens einer war bereits in der Küche. Wahrscheinlich zwei.

Der Mechanismus war vollkommen lautlos, und sie konnte ihn gerade noch betätigen, bevor jemand an der Klinke riss. Im nächsten Augenblick schlug jemand mit dem Gewehrkolben gegen die Schranktür.

Yoshima blickte zu ihr auf. »Ich glaube, du hast ihn gefunden.«

»Ja. Können wir jetzt abhauen?«

»Klar, aber zuerst möchte ich mich dafür bedanken, dass du einen Rock trägst.«

Sie wollte ihm schon einen Tritt an den Kopf versetzen, da brach draußen automatisches Gewehrfeuer los. Randi riss instinktiv die Hände hoch, doch die Kugeln prallten von der stahlverstärkten Tür ab. Sie stieß einen stillen Fluch aus, als sie einen Schmerzensschrei von einem der Verfolger hörte. Bestimmt war er von einer abgeprallten Kugel getroffen worden. Doch dafür konnte ihr niemand die Schuld geben, oder? Im Grunde hatte sich der Idiot selbst erschossen.

»Kann ich den Sprengsatz endlich von meinem Nacken entfernen?«, fragte Yoshima ruhig.

»O Gott!«, rief sie aus, während die nächste Gewehrsalve auf die Schranktür einprasselte. »Unter dem Klebeband ist nur ein Tic Tac.«

Yoshima seufzte, während sie an dem Stahlseil nach unten glitten. »Klar.«

Der Abstieg dauerte nur wenige Sekunden, obwohl es Randi wie eine Ewigkeit vorkam. Falls die Männer über ihnen die Tür knackten, würden sie ihnen einen Kugelhagel hinterherschicken. In dem engen Schacht waren sie völlig schutzlos.

Randi drückte die Knie gegen die Wand, um das Gewicht von Yoshimas Schultern zu nehmen, während er eine weitere rote Lampe anknipste und eine Luke öffnete, die zur Parkgarage führte. Sie kletterten hinaus, krochen zwischen den parkenden Autos hindurch und sahen sich nach Sicherheitskräften um. Abgesehen von den Kameras an den Wänden schien die Luft rein zu sein.

Yoshima schlich um einen klapprigen Lieferwagen herum und winkte sie zu sich, während er sich auf ein schweres BMW-Motorrad schwang.

Randi sprang auf den Beifahrersitz, während er die Maschine startete, und konnte sich gerade noch an ihm festhalten, als sich das Vorderrad aufbäumte und sie die Rampe hinaufrasten.

Unter dem erschrockenen Blick eines Garagenwärters schrammten sie an der Wand entlang ins Freie. Randi verlagerte ihr Gewicht, um Yoshima zu unterstützen, als er das Fahrzeug auf den Bürgersteig manövrierte. Fußgänger stoben in alle Richtungen davon, während er beschleunigte, doch es sprach für ihn, dass er allen Passanten ausweichen konnte.

Hinter ihnen nahmen zwei Zivilfahrzeuge die Verfolgung auf, doch sie vermochten sich nicht so geschickt durch den Verkehr zu schlängeln wie Yoshima, kollidierten mit einigen Autos und gaben schließlich auf.

»Erzähl mir von Fukushima!«, rief Randi, während sie die weiße Linie zwischen den Fahrspuren entlangrasten. Der Tachometer des Motorrads kletterte auf hundertdreißig km/h, während sie bei Rot über eine Kreuzung brausten und fast in eine Gruppe von Radfahrern krachten.

»Das Kernkraftwerk?«, rief er zurück. »Was ist damit?«

Die reguläre Polizei hatte sich inzwischen der Jagd angeschlossen, und Randi sah einen Streifenwagen in die Kreuzung einbiegen, die sie soeben überquert hatten. Der Verkehr wurde immer dichter, und Yoshima bremste und riss die Maschine so abrupt herum, dass sie beinahe mit der Breitseite gegen einen SUV krachten. Das Sirenengeheul hinter ihnen wurde lauter.

»Was ist dort vorgefallen?«

»Ich weiß nicht, was du meinst, Randi. Ein Tsunami hat die Anlage voll erwischt und einen totalen Stromausfall verursacht. Aber ich glaube nicht, dass das jetzt ein guter Zeitpunkt ist, um über die Überhitzung in einem Kernkraftwerk zu plaudern.«

»Du hast nicht zufällig etwas damit zu tun?«

Sie schrammten an dem SUV vorbei und beschleunigten wieder. Von Randis Fragen abgelenkt, bemerkte Yoshima zu spät, dass vor ihnen eine Autotür geöffnet wurde. Er versuchte noch auszuweichen, blieb aber an der Tür hängen, und das Motorrad glitt unter ihnen weg. Er knallte auf den Asphalt, während Randi etwas sanfter auf der Motorhaube eines Ford landete, darüber hinwegschlitterte und im nächsten Augenblick auf beiden Füßen stand.

»Kaito!« Sie rannte zwischen den Autos hindurch und half dem benommenen Mann auf. Hinter sich hörte sie Reifen quietschen, hatte jedoch keine Zeit, um zurückzublicken. Leute stiegen aus ihren Autos, riefen die Polizisten herbei und deuteten auf sie beide. Aus Erfahrung wusste Randi, wie schnell die Situation außer Kontrolle geraten konnte. Wenn ein Passant beschloss, John Wayne zu spielen und sie festzuhalten versuchte, konnte das totale Chaos ausbrechen.

»Steig auf!«, forderte sie ihn auf, hob das Motorrad auf und sprang auf den Fahrersitz. Yoshima schlang die Arme um ihre Taille, sie gab Gas und fuhr direkt auf einen zornig dreinblickenden Mann zu, der sich ihnen in den Weg stellte. Zwei Sekunden wich er nicht von der Stelle, überlegte es sich aber im letzten Moment anders, als Randi das Vorderrad anhob, um ihn zu überfahren.

»Kaito! Welche Richtung sollen wir ...«

Sie hörte einen Schuss krachen, und im nächsten Augenblick erschlaffte sein Griff um ihre Taille. Yoshimas Lippen streiften ihr Ohr. »Schade um die gemeinsame Nacht.«

Randi versuchte ihn festzuhalten, doch er kippte bereits rücklings vom Motorrad. Mit der Hinterradbremse brachte sie die Maschine schlingernd zum Stehen und blickte zu ihm zurück. Er lag auf der Straße, während zwei Männer aus einem schwarzen Audi sprangen. Einer blieb stehen und zielte mit der Pistole auf sie.

Yoshima stützte sich auf einen Ellbogen und bedeutete ihr mit einer Geste weiterzufahren. Sein Lächeln entblößte die blutigen Zähne.

Randi griff instinktiv nach ihrer Handtasche, die sie am Rücken trug, doch sie hielt sich auch jetzt zurück. Sie konnte nicht auf diese Hundesöhne schießen – das machte es ihr unmöglich, an Yoshima heranzukommen.

Ihr blieb nichts anderes übrig, als Gas zu geben, das Motorrad herumzureißen und sich in eine schmale Gasse zu flüchten. Hier hoffte sie, dem Hubschrauber entwischen zu können, der von Norden angeflogen kam.

Kapitel Zweiundzwanzig

Alexandria, Virginia
USA

Jon Smith ging langsam und gleichmäßig den Flur entlang. Die Frau am Empfangstisch hatte ihm mitgeteilt, dass er den Mann, den er suchte, im ersten Labor nach den Büros antreffen würde, doch wer hätte gedacht, dass es hier so verdammt viele Büros gab?

Es war eigentlich kurios, dass ihm die vernähte Wunde und die Titanschrauben im Rücken kaum zu schaffen machten. Das Problem waren die gebrochenen Rippen. Tiefe Atemzüge waren völlig unmöglich, und schon das Aufstehen aus dem Bett war eine mühsame Prozedur.

Dennoch tat es ihm gut, das Haus verlassen zu können – vor allem, ohne dass ihm irgendjemand nach dem Leben trachtete.

Smith blieb vor einer offenen Tür stehen und klopfte leise an den Rahmen. Die Frau in dem Büro blickte von ihrem Computer auf. »Kann ich Ihnen helfen?«

»Ich suche Dr. Greg Maple.«

»Da sind Sie fast richtig«, antwortete sie lächelnd. »Noch ein Stück hier lang. Das erste Labor nach den Büros.«

»Ist es noch weit?«

Sie musterte etwas verwirrt seine breiten Schultern, die schmale Taille und das dunkel getönte Gesicht. »Ungefähr fünfundzwanzig Meter. Ist das für Sie weit?«

Ja, dachte er. Die 25-Meilen-Geländelaufstrecke, die er regelmäßig absolvierte, kam ihm in diesem Moment vergleichsweise leicht vor.

»Danke für die Auskunft.«

Das Labor befand sich, wie angekündigt, gut zwanzig Meter weiter. Hinter einer Glaswand erstreckte sich ein großzügiger Raum voller unergründlicher Geräte, Rohre und Kabel. Maple stand allein mitten im Labor, in einer alten Hose und einem noch älteren Pulli. Es war nicht zu erkennen, was er vor sich auf dem Tisch ausgebreitet hatte, doch er betrachtete es eingehend und tippte sich dabei mit einem Bleistift an den Kopf.

Smith trat ein und schloss die Tür. »Hey, Greg.«

»Jon? Mann, dich hab ich ja ewig nicht gesehen!« Maple empfing ihn mit einem breiten Lächeln und ausgebreiteten Armen.

Smith hob die Hand, um ihn zu bremsen. »Vorsicht, Greg. Gebrochene Rippe und eine frische Naht.«

Maple hielt abrupt inne. »Was ist denn passiert?«

»Ich hab in Japan ein bisschen getaucht, dabei hat mich ein Boot erwischt. Ich hab kurz im Koma gelegen, in einem Krankenhaus an der Küste.«

Es war keine perfekte Geschichte, aber bisher nahmen die Leute sie ihm ab.

»Herrgott, Mann, das tut mir leid. So was Ähnliches ist mir übrigens auch mal passiert, als ich über Bord ging – und das war vielleicht sogar noch ungemütlicher. Das Japanische Meer ist wenigstens warm.«

Smith lächelte schweigend. Maple hatte die Marineakademie absolviert und war eine Weile U-Boot-Pilot gewesen, ehe er Kerntechnik studierte. Heute war er als Berater für

Firmen tätig, die Reaktoren für militärische Zwecke entwickelten. Wenn jemand wusste, was bei Atomanlagen alles schiefgehen konnte, dann Greg Maple.

»Hey, was hältst du davon, wenn ich dich zum Essen einlade, Jon? Das müssen wir feiern, dass du dem Sensenmann noch mal von der Schippe gesprungen bist.«

»Klingt großartig.« Smith hob den Aktenkoffer, den er in der Hand seiner unversehrten Seite hielt. »Kannst du dir vorher etwas für mich ansehen?«

»Klar. Worum geht's?«

»Es müsste aber unter uns bleiben, okay?«

»Sicher.«

»Im Ernst, Greg. Du darfst mit niemandem darüber sprechen. Nicht einmal mit deiner Frau, deiner Mutter oder deinem Pfarrer. Ist das klar?«

»Herrgott, Jon. Okay, Pfadfinderehrenwort.«

Smith reichte ihm den Koffer. Als Maple ihn öffnen wollte, legte Smith ihm die Hand auf den Arm. »Es ist radioaktiv.«

»Radioaktiv? Nicht gerade dein Fachgebiet, oder?«

»Sagen wir mal, ich hab meinen Horizont ein bisschen erweitert.«

»Okay. Kein Problem.«

Sie gingen ans andere Ende des Labors, wo Maple den Aktenkoffer in einen Bleiglasbehälter gab. Mit zwei Joysticks bediente er die mechanischen Arme, die in dem Behälter mit unglaublicher Präzision arbeiteten. Nach wenigen Augenblicken sprangen die Schlösser auf, und der Koffer wurde geöffnet.

»Es sieht aus wie Abfall«, bemerkte Maple, während er den Beutel hochhob und auf eine kleine Plattform legte.

»Es ist Stahl, Beton und Kunststoff«, erklärte Smith. »Versuch mal, es zu brechen. Klopf mit irgendwas drauf.«

Maple sah ihn etwas verwirrt an, doch dann setzte er die mechanische Klaue in Bewegung und schlug damit gegen ein Stück Beton von der Größe eines Golfballs. Der Brocken zerbröselte augenblicklich. Ähnliche Tests an Stahl- und Kunststofftrümmern führten zum gleichen Ergebnis.

»Was ist damit passiert?«, fragte Maple.

»Ich hab gehofft, du könntest mir das sagen.«

Maple legte einige Brocken auf ein Tablett. »Sehen wir's uns unterm Mikroskop an.«

Neben den Joysticks befanden sich ein Monitor und eine Tastatur, und Maple tippte einige Befehle ein. Im nächsten Augenblick erschien ein leicht verschwommenes Bild.

»Das ist ein Stück Stahl.« Maple tippte auf den Bildschirm. »Hohe Qualität. Schau auf die linke Seite, wo sich die Struktur verändert hat. Zoomen wir es mal heran.«

Seltsamerweise wurde das Bild durch die Vergrößerung schärfer. Was aus der Ferne wie ein Nebelschleier ausgesehen hatte, entpuppte sich bei näherem Hinsehen als zahllose winzige Löcher.

»Hallo ...«, murmelte Maple, während er das Bild studierte.

»Ist es das, was die strukturelle Schwäche des Materials bewirkt, Greg? Die kleinen Löcher?«

»Vermutlich. Diese Art Stahl sollte in der Vergrößerung glatt aussehen.«

»Könnten die Schäden durch Strahlung verursacht worden sein?«

»Nein«, antwortete Maple geistesabwesend. Er steigerte die Vergrößerung, worauf sich ein differenziertes Bild zeigte.

Einige der winzigen Krater wirkten rund und regelmäßig, während andere eingebrochen zu sein schienen.

»Sehen wir uns die Betonprobe an.«

Sie fanden an dem Beton die gleichen Schäden, ebenso an einem Kunststoffstück.

»Woher hast du das?«, wollte Maple wissen und wandte sich wieder dem Metallteil zu.

»Das ist nicht so wichtig.«

»Es würde es mir leichter machen, das Material irgendwie zuzuordnen.«

»Es könnte deine Schlussfolgerungen beeinflussen.«

Maple atmete langsam aus, während er auf den Bildschirm blickte. »Kann ich ein paar Leute beiziehen?«

»Ausgeschlossen.«

Maple ließ sich in einen Stuhl sinken und blickte zu Smith auf. »Du gibst mir nicht gerade viel, mit dem ich arbeiten kann, Jon. Und du hörst dich an wie diese Typen vom Militärgeheimdienst.«

»Sagen wir, ich bin ein Allrounder.«

»Aha.«

»Schau, wenn es keine knifflige Sache wäre, würde ich nicht zu dir kommen, Greg. Es hilft mir schon, wenn du mir deinen ersten Eindruck verrätst.«

Der Kerntechniker kaute auf seiner Unterlippe. »Durch Strahlung sind diese Schäden nicht entstanden, da bin ich mir ziemlich sicher. Ich habe so etwas noch nie gesehen, und ich kann dir versichern, ich habe alles gesehen, was Radioaktivität an verschiedenen Materialien bewirken kann. Es ist schon seltsam, dass die Schäden an den unterschiedlichen Stoffen so ähnlich aussehen. Kannst du mir wenigstens sagen, ob das Zeug vom selben Ort kommt?«

»Ja«, bestätigte Smith. »Könnte es sich um Sabotage handeln?«

»Womit? Mit einem Todesstrahl?«

»Sag du's mir.«

Maple deutete auf den Bildschirm. »Sieh dir das Muster der Vertiefungen an. Bei einigen Proben verläuft die Einwirkung von außen nach innen, bei anderen von einer bestimmten Seite.«

»Das heißt, es wurde mit irgendetwas bearbeitet. Einer Strahlung, die das Material nach und nach durchdringt.«

»Das war keine Strahlung, Jon.«

Smith beugte sich vor. »Irgendwie sieht es fast nach einem biologischen Angriff aus. Es erinnert mich an eine Infektion. Bakterien, die das Material angreifen, sich vermehren und dabei nach innen vordringen.«

»Du meinst, der Betonklotz hat einen Schnupfen?«

»Ich hab nur laut überlegt. Wie wär's mit einer ätzenden Flüssigkeit, einer Säure? Sie trifft auf den Stoff, sickert ein und zersetzt ihn dabei.«

»Eine plausible Vermutung, obwohl nichts auf eine solche Flüssigkeitsbewegung hindeutet. Und noch einmal – die Spuren der Einwirkung sehen an allen Stoffen sehr ähnlich aus. Wenn du eine bestimmte Säure auf Beton, Stahl und Kunststoff aufbringst, erhältst du sicher nicht das gleiche Ergebnis, oder? Der Kunststoff schmilzt vielleicht, der Stahl wird verätzt, und der Beton kriegt womöglich nur einen Fleck. Ich mache sicherheitshalber ein paar Tests, aber ich kann dir jetzt schon sagen, dass es sich um keine Chemikalie handelt, die mir je untergekommen ist. Mein Gefühl sagt Nein.«

»Was sagt dein Gefühl noch?«

Maple lehnte sich auf dem Stuhl zurück und betrachtete das Bild auf dem Monitor. »Dass du etwas völlig Neuartiges gefunden hast. Etwas verdammt Gefährliches.«

Kapitel Dreiundzwanzig

1500 Kilometer nordöstlich von Papua-Neuguinea

General Masao Takahashi stand auf der Brücke des Frachtschiffs und überblickte das Deck. Es war länger als das eines amerikanischen Flugzeugträgers und nahezu leer, abgesehen von drei Containern direkt unterhalb der Brücke. Wie vorhergesagt, spielte das Wetter mit und bot den perfekten Hintergrund für den Test, den sie heute durchführen würden. Die dicke Wolkendecke war hoch genug, um die Sicht nicht zu beeinträchtigen, doch die amerikanischen Satelliten würden keine brauchbaren Bilder liefern. Ein leichter Nebel beschlug das Glas vor ihm, und der Wind blies mit bis zu siebzig Stundenkilometern, was realistische Gefechtsbedingungen lieferte. Kriege gewann man nicht nur bei strahlendem Sonnenschein.

Er blickte hinter sich zu den fünf Männern auf der Brücke und auf die Instrumente, die eigentlich gar nicht zu einem Schiff dieser Art passten. Dr. Ito, der eine Wollmütze und eine dunkle Brille trug, um die Spuren seiner Strahlenerkrankung zu verbergen, sprach leise mit dem Kapitän. Die anderen Männer konzentrierten sich auf ihre Computerbildschirme und trafen die nötigen Vorkehrungen.

»Ist alles bereit?«, fragte Takahashi.

Ito nickte eifrig. »Selbstverständlich, General. Die Flugzeuge werden bereits in Position gebracht.«

»Ich möchte mit den Piloten sprechen.«

Der Wissenschaftler blickte nachdenklich durch das Fenster. Er war kein Mann, der den Elementen trotzte. Wirklich wohl fühlte er sich nur in seinem Labor.

»Akifumi«, sagte Takahashi, »möchten Sie mich begleiten?«

Kapitän Akifumi Watanbe verbeugte sich kurz und deutete zur Tür. Er war ein Mann weniger Worte, der nie in der Handelsmarine tätig gewesen war, obwohl er in diesem Fall die Verantwortung für ein Frachtschiff trug. Er war vor fünf Jahren in den Ruhestand getreten, nachdem er bei den japanischen Seestreitkräften gedient hatte. Wahrscheinlich gab es im ganzen Land keinen patriotischeren und kompetenteren Offizier.

Der Wind schlug gegen die Treppe, als sie hinabstiegen, doch der Regen hatte nachgelassen. An Deck bereiteten die Crews der Luftstreitkräfte zwei Kampfflugzeuge des Typs Mitsubishi F-15 Eagle zum Start vor. Eine weitere Crew war mit einem Katapult beschäftigt, wie es auf Flugzeugträgern eingesetzt wurde, das aber speziell für dieses Schiff gebaut worden war. Die beiden Piloten standen bei ihren Flugzeugen und nahmen sogleich Haltung an, als sie Takahashi kommen sahen. Es wurden keine Worte gewechselt. Das war auch nicht nötig. Der General verbeugte sich tief und trat zurück, ehe die beiden Männer in ihre Cockpits kletterten.

Die Zukunft der Kriegführung lag in der Automation, insbesondere für ein Land mit so begrenzten Ressourcen wie dem seinen. Es war eine Realität, die er akzeptiert hatte, obwohl sie ihm nicht gefiel. Es hatte Zeiten gegeben, in denen der Krieg noch Helden hervorgebracht hatte. In denen Treue und Mut ungeahnte Höhen erreicht hatten. In denen Männer erkannt hatten, wer sie waren und worin ihre Aufgabe bestand, und sich zwischen ihnen Bindungen entwickelten, die stärker waren als alles, was das zivile Leben je hervorzubringen vermochte.

Das alles war nur noch Nostalgie. Die Amerikaner und die Chinesen waren im Begriff, ihre Länder zu ruinieren, nicht zuletzt deshalb, weil ihre Waffen und ihre taktischen Möglichkeiten nur geringfügige Verbesserungen gegenüber dem darstellten, was sie vor vielen Jahren gegen sein eigenes Land eingesetzt hatten. Weder er noch Japan konnte es sich leisten, sich an solche kindischen Illusionen zu klammern.

Hinter ihm war eine Kiste geöffnet worden, und Takahashi ging darauf zu, gefolgt von dem schweigsamen Watanbe.

Die Lenkwaffe der nächsten Generation, die sich in der Kiste befand, war endlich klein genug – dennoch runzelte der General unzufrieden die Stirn, als er mit der Hand über die Titanhülle strich. Mit ihren zwei Metern befand sie sich an der Grenze der Richtlinien, die er ausgegeben hatte. Sein Mentor hatte einst das Motto »klein, billig und unabhängig« ausgegeben, und Takahashi bemühte sich seit über dreißig Jahren, dieses Ziel zu verwirklichen.

Er ging um die Waffe herum und achtete darauf, die Männer nicht zu stören, die sie für den Start vorbereiteten. Sie besaß zwei bewegliche Flossen vorne und zwei große Heckflossen, die ihr die nötige Manövrierfähigkeit verliehen.

Als Takahashi das Projekt vor langer Zeit gestartet hatte, war er sich nicht sicher gewesen, ob er den Einsatz der Waffe noch selbst erleben würde. Möglich war es erst durch die Entwicklung eines Festtreibstoffs geworden, der für sein Gewicht dreimal so viel Energie lieferte wie der beste Treibstoff der Amerikaner.

Seine Leute hatten sich zunächst auf eine Unterwasserversion konzentriert – einen raketengetriebenen Torpedo, der für die Verteidigung eines Inselstaates unerlässlich war und dessen Entwicklung sich relativ leicht geheim halten ließ. Das Luft-Luft-System, das sie heute testeten, basierte auf dieser Technologie und würde zu einem wesentlichen Baustein im Arsenal der japanischen Streitkräfte werden.

Das Ziel war jedoch, die Länge der Geschosse auf einen Meter zu reduzieren und die Kosten so weit zu senken, dass er die Waffe zu Tausenden abfeuern konnte. Japans Feinde würden darauf keine Antwort haben.

Takahashi spürte eine Hand auf der Schulter. »Wir sind fast so weit, Masao.«

Der General drehte sich um und lächelte dem Kapitän freundlich zu. »Gehen Sie voraus, mein Freund.«

Als sie auf die Brücke zurückkehrten, eilte Dr. Ito mit einer nervösen Energie hin und her, die man ihm in seinem Alter und seinem Gesundheitszustand nicht zugetraut hätte.

»Doktor«, begann Takahashi, »wie ich höre, können wir anfangen?«

»Ja, General«, antwortete der Wissenschaftler mit einer umständlichen Verbeugung. »Wir bereiten gerade die Waffe vor, die aus dem Wasser gestartet wird. In einer knappen Minute ist es so weit.«

Eine der Raketen ruhte auf dem Meeresgrund – ein weiteres Detail, das sie von ihrer Torpedotechnologie abgeleitet hatten und das einer Inselnation einen großen Vorteil verschaffte.

Die Triebwerke der zwei Kampfflugzeuge wurden gestartet, Takahashi beugte sich vor und beobachtete durch das Fenster, wie die erste Maschine auf den Katapultstart vorbereitet wurde. Watanbe verkündete, dass sich keine anderen Flugzeuge innerhalb der Reichweite ihres Radars befanden, und gab dem Piloten die Starterlaubnis. Im nächsten Augenblick donnerte die F-15 über die behelfsmäßige Startbahn.

»Wie sind die abschließenden Werte, Doktor?«, erkundigte sich Takahashi, während das zweite Flugzeug für den Start klargemacht wurde.

»Ich halte es für hilfreich, einen Vergleich mit der amerikanischen F-16 anzustellen. Unsere Waffe verfügt über die fünffache Reichweite, was sie dem verbesserten Treibstoff und ihrem geringen Gewicht verdankt, aber auch der Tatsache, dass sie zerstört werden kann, wenn der Treibstoff aufgebraucht ist, anstatt zum Stützpunkt zurückzukehren. In der Massenproduktion rechnen wir mit Stückkosten von vier Millionen US-Dollar, während die F-16 fünfundzwanzig Millionen kostet. Dabei sind der Pilot sowie die viel aufwendigere Wartung noch nicht berücksichtigt. Unsere Höchstgeschwindigkeit liegt bei Mach acht, während das Flugzeug nur Mach zwei erreicht. Dazu kommt, dass diese Waffe bei ihren Manövern einer Belastung von bis zu dreiundzwanzig g standhält, während ein menschlicher Pilot höchstens neun g erträgt.«

»Aber ein Pilot kann denken«, wandte Takahashi ein.

»Das können unsere Computer auch, General. Unsere Systeme übertreffen auch in dieser Hinsicht den menschlichen Piloten.«

»In Simulationen.«

»Ich weiß, dass Sie gegenüber Simulationen skeptisch sind, General, aber sie kommen heute schon sehr nahe an die reale Situation heran.« Ito senkte den Blick für einen

Moment zu Boden, ehe er den Kopf hob und es wagte, dem General direkt in die Augen zu sehen. »Ich möchte noch einmal betonen, dass dieser Test nicht notw...«

Takahashi hob die Hand, um ihn zum Schweigen zu bringen. Itos Sorge um die zwei Piloten entsprang seiner Unfähigkeit, über die Grenzen seiner Welt der Gleichungen und Experimente hinauszublicken. Diesen Piloten wurde die Ehre zuteil, sich für ihr Land opfern zu dürfen. An ihren Mut würden sich noch Generationen von Japanern erinnern.

»Weitermachen«, befahl Takahashi und wandte sich wieder dem Fenster zu, um die beiden F-15 zu beobachten, die über dem Containerschiff ihre Kreise zogen.

Ito tippte einem jungen Mann auf die Schulter, der an einem Computerterminal saß. Plötzlich spie die Rakete draußen auf dem Deck Rauch aus. Im nächsten Augenblick explodierten Flammen aus dem Heck, die das Deck schwärzten und das Geschoss hochsteigen ließen. Die Rakete ging in die Waagrechte und begann über dem Schiff zu kreisen.

»Bitte blicken Sie nach Steuerbord«, wies Ito hin. Takahashi drehte sich um und sah ein zweites Geschoss aus dem Wasser aufsteigen und sich der ersten Rakete anschließen.

»Damit das klar ist«, betonte Takahashi. »Ich gehe davon aus, dass diese Waffen völlig autonom agieren. Sie und Ihre Leute werden sie in keiner Weise steuern.«

»Das ist korrekt, General. Nach dem Start sind keine menschlichen Eingriffe mehr nötig.«

Takahashi nickte. Es barg zwar gewisse Gefahren in sich, einer Maschine eine so große Autonomie zu überlassen, doch ihm blieb nichts anderes übrig. Die amerikanischen Drohnen ließen sich aus großer Entfernung steuern, was der

Schwäche ihrer Feinde geschuldet war. Ein Land mit entsprechenden Möglichkeiten wäre in der Lage, die Steuersignale zu stören oder gar zu beeinflussen.

»Können wir in den Angriffsmodus schalten, General?«

Takahashi nickte.

»In dieser ersten Demonstration werden wir sie im Basismodus fliegen lassen. In der Sprache der Computerspiele wäre es das erste Level.«

Ein durchaus treffender Vergleich. Das Computer-Kontrollsystem war von einem ehemaligen Designer von Computerspielen entwickelt worden, der sich darauf spezialisiert hatte, computergenerierte Feinde für den menschlichen Spieler zu erschaffen. Der Mann war zweifellos brillant, doch Takahashi hatte dennoch seine Zweifel. Es erschien ihm unvorstellbar, dass ein Haufen Transistoren und Siliziumchips mit einem Menschen mit seinem Instinkt, seinem Einfallsreichtum und seinem Mut konkurrieren konnte.

Die Raketen scherten aus ihren Warteschleifen aus und flogen direkt auf die Kampfflugzeuge zu, die sofort Ausweichmanöver einleiteten. Die Raketen besaßen keine eigenen Angriffswaffen. Sie waren Rammböcke. Kamikaze.

»Im Basismodus haben wir die Möglichkeiten der Geschosse an die der Flugzeuge angepasst«, erklärte Ito, während der General beobachtete, wie einer der Flieger in den Sturzflug ging, um dem attackierenden Geschoss auszuweichen. Der Pilot konnte die Maschine gerade noch über der Wasseroberfläche abfangen, während sein elektronischer Gegner bereits ausscherte, um den nächsten Angriff einzuleiten.

»Was Sie hier sehen, ist ein direkter Vergleich zwischen den Fähigkeiten der Piloten. Mensch gegen Maschine.«

Takahashi wurde bewusst, dass er sich auf den Steuerstand des Schiffes stützte, und nahm eine aufrechte Haltung an, während sich der Kampf vor seinen Augen zuspitzte. Es fiel ihm schwer, seine Gefühle zu verbergen. Selbst der stoische Watanbe wirkte betroffen von dem Schauspiel. Die Piloten – zwei ihrer besten Männer – waren hoffnungslos unterlegen. Es gelang ihnen dank waghalsiger Manöver immer wieder um Haaresbreite, der Zerstörung zu entgehen, und sie feuerten aus allen Rohren, ohne die Raketen zu treffen.

»Sie haben keine Chance«, bemerkte Ito, als könnte er die Gedanken des Generals lesen. »Ihr Test ist einfach unfair. Der Computer behält Hunderte Variable gleichzeitig im Auge, errechnet Millionen Möglichkeiten, trifft Entscheidungen innerhalb von Sekundenbruchteilen und setzt sie augenblickl…«

»Gehen Sie auf volle Leistung«, befahl Takahashi.

»Aber General, wir haben doch bewiesen, dass …«

»Nichts haben Sie bewiesen!«, blaffte Takahashi. »Tun Sie es.«

»Jawohl.« Ito zuckte zurück, ohne den plötzlichen Zorn des Generals zu verstehen.

Einer der Piloten feuerte eine Rakete ab, und Takahashi registrierte mit einem Gefühl des Triumphs, dass sie direkt auf eines der angreifenden Geschosse zuflog. Das erwartete Ausweichmanöver der Angriffswaffe blieb aus. Vielleicht waren diese Computer doch nicht so überlegen, wie ihr Schöpfer dachte.

Doch im nächsten Augenblick beschleunigte Itos Rakete auf schier unglaubliche Weise.

»Die AAM-3-Raketen der Flugzeuge erreichen eine Höchstgeschwindigkeit von Mach zwei Komma fünf, bei einer Reichweite von dreizehn Kilometern«, erläuterte Ito. »Der Computer hat errechnet, dass es effizienter ist, immer ein Stück vor dem Verfolger zu bleiben, bis dem der Treibstoff ausgeht.«

Der Pilot drehte ab, um die zweite Rakete aufs Korn zu nehmen, die knapp über der Wasseroberfläche hinter dem anderen Flugzeug herjagte. Es war jedoch aussichtslos – der Gegner war einfach zu schnell.

Das Flugzeug explodierte in einem Feuerball, und Takahashi sah aus dem Augenwinkel Itos zweite Waffe zurückkehren. Der Pilot hatte sie ebenfalls bemerkt und sah keinen anderen Ausweg, als mit feuernden Kanonen auf den Gegner zuzufliegen. Eine Sekunde später kam es zur Kollision, und ein zweiter Feuerball stieg empor, aus dem die Trümmer ins Meer stürzten.

Takahashi machte einen zögernden Schritt vom Fenster weg. Obwohl der Test hundertprozentig erfolgreich verlaufen war, verspürte er ein Gefühl der Leere und Benommenheit. Er hatte sich vorgenommen, die Welt zu verändern, und es tatsächlich geschafft. Er hatte eine neue Realität geschaffen, in der Männer wie er selbst und diese hervorragenden Kampfpiloten nicht mehr wichtig waren.

»Kann die Waffe in Serienproduktion gehen?«, fragte er schließlich.

»Ja, General.«

»Dann veranlassen Sie es.«

»Sofort«, versicherte Ito.

»Und das Fukushima-Projekt?«, fragte Takahashi. »Sind wir wieder in der Spur?«

Der Verlust des Labors im Reaktor vier war ein Rückschlag gewesen, doch die neue Anlage im Norden hatte sich dank ihrer Abgeschiedenheit als idealer Ersatzort erwiesen.

Ito leckte sich über die gesprungenen Lippen. Durch seine geschädigte Haut war sein Gesichtsausdruck normalerweise schwer zu interpretieren. Heute jedoch sah man ihm seine Angst deutlich an.

»Der Fortschritt ist schwierig, General. Wir bemühen uns, die Kräfte der Natur zu kontrollieren.«

»Sind Ihre Tests nicht hundertprozentig erfolgreich verlaufen?«

»Ja, General. Meine Fehlerkorrektursysteme funktionieren bislang einwandfrei. Aber das waren alles Simulationen im kleinen Maßstab. Wir ...«

»Haben Sie mir nicht eben erklärt, dass ich mich auf Simulationen verlassen soll?«

Ito fühlte sich zunehmend unwohl in seiner Haut. »In diesem Fall halte ich das für nicht so klug.«

»Keine falsche Bescheidenheit, Doktor. Ihre Arbeit ist von Erfolg gekrönt. Sie haben mehr erreicht, als irgendein Mensch für möglich gehalten hätte.«

Kapitel Vierundzwanzig

Prince George's County, Maryland
USA

Fred Klein erhob sich von seinem Stuhl, als Randi Russell in sein Büro stürmte, doch Smith hatte endlich eine einigermaßen bequeme Position gefunden und blieb sitzen.

»Ist Yoshima tot?«, fragte sie statt eines Grußes.

»Es sieht so aus. Wir haben erfahren, dass ihn die chinesischen Behörden weggebracht haben, mehr wissen wir nicht.«

Sie stand wie erstarrt mitten im Büro. »Und ich?«

»Sie wurden offenbar identifiziert, aber die chinesische Regierung ist sich noch nicht sicher, wie sie mit der Situation umgehen soll. Schließlich wurden Sie angegriffen und haben sich bemerkenswert zurückgehalten. Ich glaube, die Chinesen werden die Sache unter den Teppich kehren.«

»Yoshima war immerhin eine Spur, und Sie waren der Meinung, dass ich es versuchen soll«, wies Randi etwas hilflos hin.

»Das stimmt.«

Es war deutlich zu sehen, dass Randi sich die Schuld an Yoshimas Tod gab; Smith konnte nachempfinden, wie sie sich fühlte. Er musste daran denken, wie oft er sich selbst in einer ähnlichen Situation befunden hatte. »Es ist nicht deine Schuld, Randi. Kaito wusste besser als jeder andere, wie riskant dieses Geschäft ist. Und ich glaube fast, es hat ihm nicht das Geringste ausgemacht.«

Sichtlich betroffen ließ sich Randi in einen Stuhl sinken.

»Haben Sie irgendetwas herausgefunden?«, fragte Klein.

»Ich glaube, er war für den Anschlag auf Takahashi verantwortlich. Aber über Fukushima wusste er nichts.«

»Sind Sie sicher?«

»Nicht hundertprozentig, aber ich hatte nicht das Gefühl, dass er log.«

Klein griff seufzend nach seiner Pfeife. »Das heißt, nicht ganz zurück an den Start, aber fast.«

»Das alles ergibt irgendwie keinen Sinn«, stöhnte Smith. »Wie man's dreht und wendet – es passt einfach nicht zusammen.«

»Wie meinen Sie das?«, fragte Klein.

»Laut Ihren Leuten gibt es keine Anzeichen, dass in anderen japanischen Kernkraftwerken etwas Ähnliches vor sich gegangen ist wie im Reaktor vier, oder?«

»Wir haben alle auf Spuren solcher Schäden überprüft, wie Sie und Greg Maple sie an den Materialproben festgestellt haben, konnten aber nichts finden.«

»Das heißt, die Chinesen entwickeln irgendeine neue Waffe und setzen sie in dieser einen Anlage ein … und *nur* da.«

»Vielleicht war es die erste Waffe dieser Art«, gab Randi zu bedenken. »Dann kam der Tsunami.«

»Aber warum japanische Kernkraftwerke? Was haben sie damit bezweckt?«

»Vielleicht sollte es für die Weltöffentlichkeit so aussehen, als wären die Japaner sehr nachlässig mit ihren Kernkraftwerken«, spekulierte Klein. »Damit sie international das Gesicht verlieren.«

»Oder die Chinesen wollten ihnen mit einem schweren Störfall einen empfindlichen Schlag versetzen«, fügte Randi hinzu. »Schließlich haben sie mit dem Anschlag auf Takahashi ja auch auf Japans Verteidigungsbereitschaft abgezielt. Vielleicht planen sie einen Angriff.«

Klein schüttelte den Kopf. »Die Japaner haben noch mehr kompetente Generäle. Zudem gibt es das Sicherheitsabkommen zwischen Japan und den USA. Im Falle eines Krieges wären die japanischen Streitkräfte das geringste Problem der Chinesen. Ich kann Ihnen versichern, dass der Präsident den Japanern in jedem Fall beistehen würde, falls sie angegriffen werden. Wir haben bereits zwei Flugzeugträgerverbände in der Region, um unsere Bereitschaft zu zeigen.«

»Stimmt«, pflichtete Smith ihm bei. »Die chinesische Regierung erzeugt diese Hysterie nur, um von ihrer schwächelnden Wirtschaft abzulenken, und nicht, weil sie wirklich in einen Krieg ziehen will. Aber ihre Sorge wegen Takahashi ist nicht ganz unbegründet. Ein aufgerüstetes Japan würde das Machtgleichgewicht im Pazifik gehörig durcheinanderbringen, und der General ist nicht unbedingt ein Garant des Friedens.«

»Du glaubst, sie wollten die Situation entschärfen, indem sie Takahashi beseitigen?«, fragte Randi Russell.

»Es hört sich absurd an, ist aber nicht ganz von der Hand zu weisen.«

Sie saßen fast eine Minute schweigend da, bis Klein den Faden aufgriff. »Jedenfalls wurde das, was in Fukushima vor sich ging, nicht vollendet. Die Katastrophe kam dazwischen. Könnte nicht eine Terrorgruppe dahinterstecken? Die Anschläge der JPF haben in letzter Zeit zugenommen. Oder eine Anti-Kernkraft-Gruppe? Davon gibt es verständlicherweise einige in Japan.«

»Das halte ich für unwahrscheinlich«, hielt Smith fest.

»Vielleicht wissen wir mehr, wenn Greg mit seinen Analysen

fertig ist. Aber nach dem ersten Eindruck dürfte es sich um eine Technologie handeln, über die keine Terrorgruppe verfügt.« Er beugte sich vor, um seinen Rücken zu entlasten. »Verdammt, so wie es aussieht, würden nicht einmal wir so etwas zustande bringen.«

Kapitel Fünfundzwanzig

Tokio
JAPAN

Als General Takahashi das Büro betrat, erhoben sich die beiden anwesenden Männer. Premierminister Fumio Sanetomi schritt sogleich auf ihn zu und streckte ihm mit einer Verbeugung die Hand entgegen – ein westlicher Brauch, den er sich in den letzten Jahren angewöhnt hatte.

»Wie geht es Ihnen, General? Es freut mich, dass Sie trotz des dramatischen Vorfalls so gut aussehen.«

»Es geht mir auch gut, danke, Herr Premierminister. Ich hatte großes Glück. Leider kann man das von vielen anderen nicht sagen.«

Sanetomi nickte ernst und deutete auf den dritten Mann im Raum. »Sie kennen Akio Himura.«

Takahashi verbeugte sich respektvoll vor Japans Geheimdienstchef. Der Premierminister hatte natürlich keine Ahnung von ihrem engen Verhältnis. Politiker waren Männer ohne Ehre, die kamen und gingen, den Launen des japanischen Volkes ausgeliefert. Der General musste zugeben, dass Sanetomi besser als die meisten anderen war. Seine Wirtschaftspolitik hatte Japans Weg aus der Rezession beschleunigt, und er schien zumindest eine vage Vorstellung vom wahren Potenzial seines Landes zu haben, von Japans Fähigkeit, eine herausragende Rolle in der Welt zu spielen. Wie sein Vorgänger hatte er die Aufrüstung der Streitkräfte unterstützt – doch wie sie hatte er keine Ahnung vom wahren Ausmaß dieser Aufrüstung. Letztlich konnte man sich nicht auf seine Überzeugung und seinen Mut verlassen.

»Bitte«, forderte der Premierminister seine Gäste auf. »Setzen Sie sich.«

Takahashi und Himura kamen der Aufforderung nach. Sanetomi schenkte ihnen Tee ein.

»Ich glaube, Sie kennen meine Überzeugung, dass es für Japan Zeit ist, aus dem Schatten Amerikas zu treten. Und ich bin beträchtliche politische Risiken eingegangen, um die ersten Schritte auf diesem Weg zu gehen.«

Takahashi musste sich ein höhnisches Grinsen verkneifen. *Politische Risiken.*

Das waren die größtmöglichen Opfer, die Leute in Sanetomis Geschäft bereit waren zu bringen. Takahashi dachte an die zwei Piloten, die es als Ehre betrachtet hatten, für den Test des neuen Luftverteidigungssystems zu sterben. Umso mehr widerte ihn der Mann an, dem er hier gegenübersaß.

Die in ihrer Kultur gebotene Fassade der Höflichkeit verbarg die Verachtung, die der General für den Premierminister empfand, und er war sich ziemlich sicher, dass es dem Politiker mit ihm nicht anders ging. Das war jedoch nebensächlich. Bei dem Einfluss und Reichtum von Takahashis Familie und seiner eigenen Popularität wäre der Versuch, ihn seines Amtes als Befehlshaber der Streitkräfte zu entheben, politischer Selbstmord.

Der Premierminister stellte die Teekanne ab und setzte seinen Gedanken mit sorgfältig gewählten Worten fort.

»Sie gehen etwas zu ungestüm vor, General. Sie schüren ein Feuer, das außer Kontrolle geraten könnte.«

Takahashi reagierte mit einem kurzen, reumütigen Nicken.

»Und Sie«, wandte sich Sanetomi an Himura. »Es ist unverzeihlich, dass aus Ihrer Organisation die Vermutung nach außen gedrungen ist, China könnte mit dem Anschlag auf den General zu tun haben. Die Demonstrationen in China und bei uns werden immer heftiger. Es drohen Unruhen, die sich nicht mehr beherrschen lassen.«

»Es tut mir leid, Herr Premierminister. Ich versichere Ihnen, wir werden alles tun, um herauszufinden, wer diese Information weitergegeben hat.«

Sanetomi lehnte sich zurück und musterte die beiden Männer einen Augenblick. »Das ist im Moment ziemlich unwichtig. Der Schaden ist entstanden, und ich sehe mich gezwungen, den ersten Schritt weg vom Abgrund zu tun. Schließlich müssen wir verhindern, dass die Chinesen einen weiteren Anschlag auf den General versuchen. Er ist viel zu wichtig für Japan, als dass wir riskieren können, ihn zu verlieren.«

Takahashi nickte dankend, auch wenn er das Kompliment als leere Schmeichelei empfand. »Und was bedeutet das konkret, Premierminister?«

»Ich stehe in intensivem Kontakt mit US-Präsident Castilla. Wir arbeiten an einer Reihe von Zugeständnissen von beiden Seiten, um die Lage zu beruhigen.«

»Zugeständnisse?«, fragte Himura.

»Wir werden vorschlagen, dass China seine Möglichkeiten der Zensur nutzt, um antijapanische Propaganda im Internet auszumerzen und Demonstrationen zu verbieten. Sie sollen ihre Streitkräfte von den Senkaku-Inseln abziehen und sich zu direkten Gesprächen mit uns über die Inseln bereit erklären. Zudem sollen sie die aggressive japanfeindliche Propaganda im Fernsehen abstellen und zusammen mit unseren Fernsehleuten Sendungen entwickeln, die ein moderneres Bild vermitteln.«

Takahashi gab sich keine Mühe, seine Geringschätzung zu verbergen. Nach allem, was geschehen war, fiel dem Premierminister nichts Besseres ein, als Fernsehsendungen zu gestalten? Es war geradezu absurd.

»Ich nehme an, wir werden ähnliche Zugeständnisse anbieten müssen«, warf Himura ein, offensichtlich besorgt, dass Takahashi seine Zunge nicht im Zaum halten würde. Der Geheimdienstchef lag mit seiner Befürchtung nicht ganz falsch.

»Das liegt im Wesen der Politik«, betonte Sanetomi ruhig. »Wir werden öffentlich verkünden, dass einige Leute, die in ihren Augen Kriegsverbrecher sind, nicht mehr im Yasukuni-Schrein geehrt werden sollen. Zudem werden wir mit ihren Historikern zusammenarbeiten, um die entsprechenden Stellen in unseren Schulbüchern zu korrigieren und …« Seine Stimme verebbte, während er einen Moment überlegte, wie er es am besten ausdrücken sollte. »Um die Taten unserer Soldaten im Krieg etwas neutraler darzustellen.«

Takahashi öffnete den Mund, um zu protestieren, doch der Politiker hob die Hand. »Des Weiteren werden wir uns bereit erklären, die Ressourcen der Senkaku-Inseln in gewissem Umfang zu teilen. Und schließlich werden wir unser neues Kriegsschiff ausmustern, um ihre Sorgen wegen dessen Offensivpotenzial zu zerstreuen.«

General Takahashi biss die Zähne zusammen, doch ansonsten blieb sein Gesicht undurchdringlich. Weitere Entschuldigungen. Noch mehr Kriechen und Katzbuckeln vor

den Chinesen. Mao hatte die Opiumhöhlen in dem verkommenen Land ausgemerzt, doch sein Volk hatte eine neue Sucht entwickelt: die Sucht nach endloser japanischer Reue. Und wie alle Süchtigen brauchten sie eine immer höhere Dosis.
»Verstehe ich das richtig, dass Sie eine solche Vereinbarung akzeptabel finden?«, fragte Takahashi.
»Das ist richtig. Ich finde sie akzeptabel«, erklärte Sanetomi. »Und wenn Sie mir ein offenes Wort gestatten – Ihr Verhalten hat nicht unwesentlich dazu beigetragen, dass ich mich jetzt in dieser Position befinde.«
»Mein Verhalten? Die chinesische Regierung erfindet lauter Lügen, um von ihrer eigenen Unfähigkeit und Korruption abzulenken, und ich soll dafür verantwortlich sein? Was habe ich mir vorzuwerfen? Dass ich an mein Land glaube? Dass ich die Männer ehre, die ihr Leben für dieses Land hingegeben haben? Dass ich nicht gestorben bin, wie es die chinesischen Attentäter beabsichtigt hatten?«
Himura warf ihm einen beschwichtigenden Blick zu, und Takahashi wusste, dass der Mann recht hatte. Bald würde das ganze Geschwätz ohnehin unwichtig sein. Dennoch gab es Beleidigungen, die man nicht einfach hinnehmen konnte.
Sanetomi blickte in seine Teetasse, während einige Augenblicke Schweigen herrschte. »Sie müssen entschuldigen, General. Ich habe Sie nicht hergebeten, um Schuldzuweisungen auszusprechen. Es geht mir darum, über eine Situation zu beraten, die schneller außer Kontrolle gerät, als Sie beide ahnen.«
»Wie meinen Sie das, Herr Premierminister?«, fragte Himura.
»Ich habe vor Kurzem einen beunruhigenden Anruf aus Amerika erhalten. Sie haben Beweise für eine mögliche Sabotage im Reaktor vier in Fukushima gefunden. Die Struktur

des Materials war auf eine Weise beschädigt, die sie sich nicht erklären können.«

»Haben wir Proben für eine eigene Analyse?«, fragte Himura.

»Leider nein. Die Abfälle wurden bereits entsorgt, und die Amerikaner haben uns keine Probe angeboten. Wir haben alle Reaktoren im Land überprüft und keine Probleme entdeckt. Das Phänomen scheint also auf diesen einen Reaktor in Fukushima beschränkt zu sein.«

Takahashi schwieg und überließ es dem Geheimdienstmann, das Gespräch zu führen. Der Premierminister hatte keine Ahnung, dass Dr. Ito den Reaktorblock vier als Labor genutzt hatte, und konnte deshalb auch nicht wissen, was dort entwickelt worden war.

»Das ist eine sehr ernste Angelegenheit«, stimmte Himura zu. »Es könnte sich um einen Anschlag der Chinesen hand…«

»Wir dürfen keine voreiligen Schlüsse ziehen«, fiel ihm Sanetomi ins Wort. »Die Amerikaner haben die Ursache dieser Materialschäden noch nicht herausgefunden. Es könnte sich um eine chemische Reaktion handeln oder durch radioaktive Strahlung verursacht worden sein. Möglicherweise haben wir es auch mit einer noch unbekannten Folgewirkung der Katastrophe zu tun.«

»Wie sind die Amerikaner zu diesen Proben gekommen?«, wollte Himura wissen.

»Ich wüsste nicht, warum das so wichtig sein sollte, Akio. Die Amerikaner sind unsere Verbündeten und informieren uns in vollem Umfang.«

Takahashi beugte sich auf seinem Stuhl vor. »Akio und ich haben die Pflicht, auf die Möglichkeit hinzuweisen, dass es sich um die erste Salve eines chinesischen Angriffs handeln könnte. Es ist durchaus denkbar, dass der Tsunami ihre Pläne durchkreuzt hat und dass sie mit dem Anschlag auf mich den nächsten Schritt gemacht haben.«

»Ich muss Sie noch einmal davor warnen, voreilige Schlüsse zu ziehen. Natürlich habe ich mit Castilla auch diese Möglichkeit erörtert, und er hat mir versichert, dass Amerika in einer solchen Situation auf unserer Seite steht. Er schickt einen weiteren Flugzeugträgerverband in die Region, zusätzlich zu den beiden, die sich schon hier befinden.«

»Sie vertrauen darauf, dass die Amerikaner für uns eintreten werden – gegen ihren wichtigsten Handelspartner? Gegen das Land, das mit seinem Geld den amerikanischen Staat vor dem Bankrott bewahrt?«

Sanetomi nickte kurz. »Ja. Aber ich bin nicht so naiv, wie Sie vielleicht denken, General. Es ist an der Zeit zu prüfen, inwieweit unsere eigenen Streitkräfte in der Lage sind, uns gegen einen chinesischen Angriff zu verteidigen. Ich bin zwar überzeugt, dass Präsident Castilla ein Mann ist, der zu seinem Wort steht, doch die Präsenz der Amerikaner in der Region ist nun einmal begrenzt. Selbst wenn sie uns nach Kräften unterstützen, werden wir nicht auf unser Recht – und unsere Pflicht – verzichten, uns zu verteidigen.«

»Ich werde es sofort in die Wege leiten«, versicherte Takahashi, überrascht, dass der Politiker immerhin bereit war, so weit zu gehen.

»Aber davon darf nichts nach außen dringen, General. Unsere Streitkräfte werden nicht in Alarmbereitschaft versetzt. Die Chinesen haben sich zu Gesprächen bereit erklärt, die zu einer Beruhigung der Lage führen können. Wir dürfen nichts unternehmen, was eine Deeskalation gefährden würde.«

»Das halte ich für äußerst unklug«, erwiderte Takahashi, weil er wusste, dass Sanetomi diesen Einwand erwartete. Die Streitkräfte im klassischen Sinn in Alarmbereitschaft zu versetzen war längst ein Anachronismus in einer Zeit, in der auch in diesem Bereich alles über Computernetzwerke und autonome Systeme abgewickelt wurde. »Es ist denkbar, dass uns die Chinesen mit ihrer Bereitschaft zu Gesprächen nur einlullen wollen.«

»Das Risiko müssen wir eingehen, General. Ich brauche Sie gewiss nicht daran zu erinnern, dass ich diese Entscheidung treffen muss.«

Takahashi nickte reumütig. Der Premierminister konnte gern seine politischen Spielchen verfolgen. Das alles war nicht mehr von Bedeutung. Die Amerikaner hatten die Wahrheit über Fukushima zwar noch nicht herausgefunden, doch es würde ihnen bestimmt bald gelingen.

Japan hatte den Punkt überschritten, an dem es kein Zurück mehr gab.

Kapitel Sechsundzwanzig

Außerhalb von Washington, D.C.
USA

Jon Smith öffnete den kleinen Pappkarton und häufte eine undefinierbare Mischung chinesischen Essens auf seinen Teller. Ihm gegenüber an dem Couchtisch saß Randi und aß mit einer Hand ihre Frühlingsrolle, während die andere ein Stäbchen zwischen den Fingern balancierte.

»Ich trink noch was«, sagte Smith. »Möchtest du auch noch ein Bier?«

»Ich hol zwei.«

Smith stand vor ihr auf und schlurfte zur Küche. »Es tut mir gut, mal aufzustehen und ein paar Schritte zu gehen.«

»Hat das der Arzt verordnet?«, fragte sie sarkastisch.

Er ignorierte die Bemerkung, suchte im Kühlschrank und fand schließlich ganz hinten zwei Flaschen Fat-Tire-Bier.

»Danke noch mal, dass du mich eine Weile hier sein lässt.« Er öffnete die Flaschen und ging zurück ins Wohnzimmer.

»*Mi casa es su casa.*«

Sie trug einen alten Columbia-University-Pulli und Militär-Boxershorts, die vermutlich ihrem verstorbenen Mann gehört hatten. Die nackten Füße hatte sie auf einen Couchtisch aus Stein gelegt – eines der vielen teuren Upgrades, die Klein ihr genehmigt hatte, aus schlechtem Gewissen, weil sie während eines Einsatzes eine Kugel in den Rücken abbekommen hatte.

»Interessant, dass du dich heute ausgerechnet für die chinesische Küche entschieden hast.« Er setzte sich auf seinen Platz und nahm ein paar Nudeln.

»Komm mir jetzt nicht mit diesem Psycho-Kram, Jon. Mir war eben danach, okay?«

»Alles klar.«

Sie aßen eine Weile schweigend, während er eine einigermaßen bequeme Position auf dem Sofa suchte und sie ins Leere starrte. Schon während der Fahrt hatte Randi kaum ein Wort gesprochen, was für sie ziemlich ungewöhnlich war. Während einer Operation war sie normalerweise das reinste Energiebündel.

»Bist du okay, Randi?«

Seine Stimme riss sie in die Gegenwart zurück. »Sicher … warum?«

»Ich weiß nicht. Du wirkst ein bisschen … abwesend.«

»Vielleicht setzt es mir ein bisschen zu, dass wir's gerade mit einer Situation zu tun haben, die sich zu einem Dritten Weltkrieg auswachsen könnte.«

Glaube ich nicht, dachte er. Gerade in extrem schwierigen Situationen fühlte sie sich normalerweise in ihrem Element.

»Es ist wegen Kaito, oder?«

Die Hand mit der Frühlingsrolle erstarrte auf dem Weg zu ihrem Mund. »Yoshima? Was ist mit ihm?«

»Er ist tot.«

»Das weiß ich.«

Smith wandte sich wieder dem Essen zu. Er wusste, wenn er nachhakte, würde sie sauer reagieren. Und er war nicht in der Verfassung, sich gegen Randi Russell zu wehren.

»Vielleicht war es keine gute Idee, mich mit ihm zu treffen«, begann sie schließlich von sich aus.

Smith zuckte mit den Schultern. »Manchmal hat man nur eine Möglichkeit: Augen zu und durch.«

»Wahrscheinlich.« Sie häufte ein wenig aus ihrem Karton auf den Teller. »So ungern ich es zugebe, aber ich hab den Kerl irgendwie gemocht. Er war kein Arschloch wie so viele in dem Geschäft. Ich weiß wirklich nicht, was er eigentlich war.«

»Ziemlich durchgeknallt, soweit ich das beurteilen kann.«

»Ja. Aber wer wäre das nicht bei einer solchen Kindheit und Jugend?« Sie legte die Füße wieder auf den Tisch. »Klein wusste nicht weiter, und ich hatte diese eine Spur. Ich frage mich, ob auch ein bisschen Angeberei im Spiel war. Ob ich mich darauf eingelassen habe, ohne einen richtigen Plan zu haben.«

Smith kaute nachdenklich. Ihre Bereitschaft, die Dinge frontal anzugehen, war ihre größte Stärke. Nur war der Hammer manchmal nicht das richtige Werkzeug in diesem Job.

»Er hatte mit Fukushima nichts zu tun«, fügte sie hinzu. »Das heißt, er ist völlig umsonst gestorben – nur weil ich bei ihm war.«

»Herrgott, Randi. Du tust, als wäre er der Papst oder so. Zu allem, was er in seiner Laufbahn schon getan hat, wollte er gerade den Chef der japanischen Streitkräfte ermorden und hat dabei einen Haufen Unschuldiger getötet.«

»Ja. Aber das mit der Bombe war bestimmt die Idee irgendwelcher Politiker. Das ist nicht sein Stil. Außerdem frage ich mich, ob Takahashis Tod für die Region nicht von Vorteil wäre. Er scheint immer mehr Öl ins Feuer zu gießen.«

Smith zuckte mit den Schultern. »Woher willst du überhaupt wissen, dass Kaitos Tod etwas mit dir zu tun hat? Er hat das Attentat verbockt. Vielleicht warst du einfach nur zur falschen Zeit am falschen Ort. Ein blondes Flittchen, das zufällig bei ihm in der Wohnung war, als die chinesischen Behörden zu dem Schluss kamen, dass sie ihn nicht mehr brauchen.«

Randi warf ihm ein Glückskeks an die Brust. »Flittchen, was?«

»Das war absolut positiv gemeint.«

»Ich habe kein gutes Gefühl bei der ganzen Sache, Jon. Du weißt ja, wie sich die Dinge hochschaukeln können. Zuerst stehen sie nur auf ihren Schiffen und zeigen sich gegenseitig den Mittelfinger, und im nächsten Moment sterben Millionen Menschen. So heikle Situationen sind einfach nicht meine Stärke.«

Als er lachte, war der Schmerz nicht mehr ganz so schlimm wie in den letzten Tagen. »Da kann ich dir nicht widersprechen.«

Kapitel Siebenundzwanzig

Senkaku-Inseln
OSTCHINESISCHES MEER

»Kontakte?«, fragte Kapitän Isao Matsuoka.

»Alles unverändert, Kapitän.«

Er spähte einige Sekunden auf das ruhige Wasser hinaus, ehe er sich umdrehte und die Brücke von Japans neuestem Kriegsschiff überblickte. Selbst nach amerikanischen Maßstäben war es ein prächtiges Schiff, und seine Mannschaft setzte sich aus den Besten zusammen, die er sich vorstellen konnte. Doch das alles war nicht von Bedeutung.

Die Wahrheit war, dass die JDS *Izumo* kaum mehr war als zwanzigtausend Tonnen Schrott – eine Antiquität, noch bevor sie in der Werft zusammengebaut worden war. Dennoch war es ihm eine Ehre, das Schiff zu kommandieren. Und es würde eine noch größere Ehre sein, mit ihm zu sterben.

Er wandte sich wieder dem Fenster zu und überblickte die Helikopter, die auf dem Flugdeck aufgereiht waren, und das offene Meer dahinter. Die Sonne war erst vor einer halben Stunde über dem Wasser aufgegangen, und er kniff die Augen zusammen und suchte den Horizont nach dem Feind ab.

Die japanischen Schiffe hatten sich ebenso wie die chinesischen auf Anordnung ihrer Regierungen ein Stück weit zurückgezogen. Der blaue Himmel und die sanften Wellen vermittelten ein friedliches Bild, doch es war ein trügerischer Friede. Die Ruhe vor dem Sturm.

»Kapitän.« Sein Erster Offizier trat zu ihm. »Wir haben einen sicheren Anruf für Sie über die Satellitenverbindung.« Matsuoka nickte. »Ich nehme ihn in meiner Kabine entgegen.«

Er verließ eiligen Schrittes die Brücke, nicht ohne seinen Männern aufmunternd zuzulächeln oder auf die Schulter zu klopfen. Das war normalerweise nicht seine Art – es war nach seiner Erfahrung der Disziplin nicht förderlich. Aber dieser Tag war anders. Ein Kapitän war nur so gut wie die Männer hinter ihm, und dies war die beste Mannschaft, die er je hatte anführen dürfen. Er war sehr zuversichtlich, dass sie dem, was ihnen bevorstand, mit einem Mut und einer Entschlossenheit entgegentreten würden, an die man sich noch in Jahrhunderten erinnern würde.

Er betrat seine Kabine und schloss die Tür hinter sich, ehe er das Satellitentelefon von seinem Schreibtisch nahm.

»Hier spricht Matsuoka.«

»Guten Morgen, Kapitän.«

Er nahm eine noch aufrechtere Haltung an und verspürte plötzlich den Drang, sich in seiner Kabine umzusehen, ob irgendetwas in Unordnung war. Das war natürlich unnötig. Seit seiner Kindheit hatte es nicht die kleinste Unordnung in seinem Leben gegeben. »Guten Morgen, General Takahashi.«

»Lagebericht?«

»Ruhige See und klarer Himmel, General. Die Chinesen haben sich von ihrer vorgerückten Position zurückgezogen und befinden sich noch dort, wo ich es in meinem letzten Bericht gemeldet habe.«

»Können Sie mir bestätigen, dass sich noch ein U-Boot der Song-Klasse innerhalb Torpedo-Reichweite aufhält?«

»Ich habe mich erst vor zwei Minuten davon überzeugt, General.«

Matsuoka ließ sich auf einen Stuhl sinken. Seine Beine fühlten sich plötzlich ungewohnt wackelig an. War das der große Augenblick? Der Anfang eines neuen Japan?

»Es ist mir eine große Ehre, mit Ihnen zu dienen, Isao.«

»Die Ehre ist ganz auf meiner Seite, General.«

Die Verbindung wurde getrennt, und Matsuoka legte das Telefon auf den Tisch. Er verstand den Plan des Generals nicht. Natürlich wusste er auch nicht viel darüber. Doch er hatte volles Vertrauen, weil Takahashi der größte Patriot und der brillanteste Soldat war, den er je kennengelernt hatte. Seine Familie hatte dem Land seit Jahrhunderten gedient und war nach dem Krieg eine der treibenden Kräfte von Japans Wirtschaftsaufschwung gewesen. Es war nur logisch, dass ein Takahashi Japan in eine neue Ära führte.

Matsuoka griff nach einem Foto auf seinem Schreibtisch, einem der wenigen persönlichen Dinge in diesem Raum. Es zeigte seine Frau und seine zwei kleinen Jungen. Er würde sie nicht aufwachsen sehen und ihren Weg ins Leben nicht beeinflussen können. Doch sie würden sich an ihn erinnern. Und alle würden wissen, dass sie die Söhne von Kapitän Isao Matsuoka waren.

Kapitel Achtundzwanzig

Nordost-Japan

General Masao Takahashi trat in den Raum und hielt inne, während der Leiter des Sicherheitsteams vor der Wand aus Fels und Erde in Position ging. Die beiden anderen Männer im Raum waren so auf ihre Monitore konzentriert, dass sie die Eintretenden gar nicht bemerkten.

Der Techniker an der Konsole, die den Raum beherrschte, war Rentaro Fujii. Er arbeitete seit über fünfundzwanzig Jahren für die Streitkräfte und war maßgeblich für die Entwicklung der neuen Torpedo-Technologie und des Luft-Luft-Systems verantwortlich, die sie am Vortag so erfolgreich getestet hatten. Über seine Schulter gebeugt stand der zunehmend entstellte Dr. Ito.

»Ist alles bereit?«, fragte Takahashi in die Stille.

Die beiden Wissenschaftler drehten sich um, und Fujii sprang auf, um sich respektvoll zu verbeugen. »Alle Systeme sind aktiv und einsatzbereit, General.«

Takahashi nickte und wandte sich dem Wächter zu. »Hier bin ich in Sicherheit. Warten Sie bitte draußen.«

Wie immer in einer solchen Situation machte der Mann ein widerwilliges Gesicht, befolgte den Befehl jedoch ohne Widerrede. Takahashi vertraute ihm ohne zu zögern sein Leben an, doch was in diesem Raum geschehen würde, durfte nie an die Öffentlichkeit gelangen, deshalb musste das

Wissen davon auf möglichst wenige Beteiligte beschränkt bleiben. Itos Gesundheitszustand machte ihn leicht kontrollierbar, zudem waren sich seine Ärzte sicher, dass er nur noch wenige Monate zu leben hatte, was sie ihm jedoch nicht offen sagten. Der Techniker, der sich wieder seiner Konsole zuwandte, würde schon bald nicht mehr gebraucht werden. Takahashi würde ihn rund um die Uhr überwachen lassen, bis der Moment einer dauerhaften Lösung gekommen war. Der General betrachtete sogar sich selbst als Risikofaktor. In einigen Jahren würde er die Last des Alters zu spüren beginnen. Bei den ersten Anzeichen, dass sein Verstand an Schärfe verlor, würde er sich das Leben nehmen.

»Das chinesische U-Boot ist immer noch in Reichweite unseres Schiffes«, berichtete Ito. »Wir haben einen Torpedo knapp sechshundert Meter entfernt auf dem Meeresgrund.«

»Das Song-U-Boot ist mit Yu-4-Torpedos ausgerüstet«, wandte Takahashi ein. »Wird es überzeugend sein?«

»Wie wir schon besprochen haben, General, beruht unsere Waffe auf einer anderen Technologie.«

Das war noch stark untertrieben. Ihr System beruhte auf dem raketengetriebenen sowjetischen Torpedo des Typs VA-111 Schkwal. Ein Gas, das aus der Nase freigesetzt wurde, ermöglichte der Waffe, in einer Blase zu fliegen und eine Geschwindigkeit von über zweihundert Knoten zu erreichen. Die sowjetische Version war immer noch auf dem internationalen Waffenmarkt erhältlich, doch ihre Nachteile waren beträchtlich: Die Reichweite war auf etwa zwölf Kilometer begrenzt, und das veraltete Lenksystem konnte weder auf unberechenbare Meeresströmungen reagieren, noch einen Feind von einem geologischen Hindernis unterscheiden.

Fujii und seine Leute hatten all diese Probleme in den Griff bekommen. Die Reichweite betrug nun 90 Kilometer, die Höchstgeschwindigkeit über 350 Knoten, und die Manövrierfähigkeit war mithilfe minimaler Verformungen der Blase erhöht worden. Die Steuerung erfolgte über einen speziellen Computer, der mit modernsten Sensoren verbunden war. Somit konnte die Waffe nicht bloß ein U-Boot von einem Unterwasservulkan unterscheiden, sondern sogar zwei verschiedene Flugzeugträger der Nimitz-Klasse.

»Sind Sie immer noch zuversichtlich, dass wir den chinesischen Torpedo imitieren können?«

»Wie gesagt«, begann Ito zögernd. »Selbst mit unseren Modifikationen erzeugt diese Technologie ein anderes Geräusch als der Yu-4. Wir haben jedoch die Geschwindigkeit an den Yu-4 angepasst und verwenden die entsprechende Sprengladung. Dennoch glaube ich nicht, dass es einer eingehenden Untersuchung durch Experten standhält.«

Takahashi begutachtete die unergründlichen Zahlenwerte auf dem Bildschirm und ließ den Atem langsam entweichen. Sie hatten über siebenhundert dieser Waffen auf dem Meeresgrund, nicht nur in japanischen Gewässern, sondern auch vor chinesischen Hafenstädten und in ihren Schifffahrtswegen. Die Torpedos warteten lediglich auf das Signal zu ihrer Aktivierung, alles Weitere würde ihr künstliches Gehirn übernehmen. Die Waffe suchte das Meer ringsum ab, ordnete mögliche Ziele nach Prioritäten und koordinierte sich mit anderen Waffen ihrer Art. Innerhalb weniger Stunden konnten sie die chinesische Flotte so gut wie vernichten und die Seekriegführung in eine völlig neue Richtung lenken.

Dennoch war es ein gefährliches Spiel, auf das sie sich einließen. So wie vor einem Dreivierteljahrhundert hing alles von der Reaktion der Amerikaner ab. Takahashi hatte nicht vor, den Fehler seiner Ahnen zu wiederholen und die Vereinigten Staaten zu provozieren. Doch wenn es nötig sein sollte, würde er nicht zögern, dem Land einen vernichtenden Schlag zu versetzen, so wie es die Amerikaner einst mit Japan getan hatten.

»Ist das chinesische U-Boot in einer realistischen Angriffsposition?«

Ito wischte sich den Schweiß von seiner geschädigten Haut. »General, bitte entschuldigen Sie, aber ich verstehe nicht, was wir hier tun. Die Situation ...«

»Ich habe Sie etwas gefragt, Doktor«, unterbrach ihn Takahashi rüde. Es war das erste Mal, dass er gegenüber dem Wissenschaftler laut wurde. Ito erstarrte ebenso wie der Mann neben ihm.

»Ja, General. Das U-Boot wäre in einer geeigneten Position, um anzugreifen. Aber die Konsequenzen einer solchen ...«

Takahashi war es nicht gewohnt, dass man ihm widersprach, doch ihm war klar, dass Ito kein Soldat war und deshalb auch nicht so behandelt werden konnte.

»Doktor, die Chinesen steigern ihre Militärausgaben von Jahr zu Jahr. Sie peitschen ihre Bevölkerung zum Hass auf Japan auf, indem sie die Erinnerung an Ereignisse wachrufen, die sich vor der Geburt der meisten von ihnen zugetragen haben. Zuletzt wollten sie mich töten. Warum auch nicht? Sie brauchen keinerlei Konsequenzen zu fürchten. Nun werden sie sogar mit neuen Zugeständnissen unseres Premierministers belohnt. Je mehr wir ihnen geben, desto mehr wollen sie. Was wir heute hier tun, wird den Blick der Weltöffentlichkeit auf etwas lenken, was sie bisher nicht wahrhaben wollte: dass dieses Land die Vorherrschaft in Asien an sich reißen will. Die Situation gerät außer Kontrolle, und das hier ist zwar unangenehm, aber wahrscheinlich das Einzige, was die Situation beruhigen kann.«

Das war natürlich eine Lüge. Die chinesischen Mistkerle würden niemals zurückstecken. Ihre Macht und ihre Privilegien hingen davon ab, dass es ihnen gelang, ihrer Bevölkerung einzureden, dass China eine aufstrebende Macht war, obwohl es in Wahrheit ein zutiefst korruptes und verkommenes Land war. Extreme Einkommensunterschiede, Sklavenlöhne, Umweltzerstörung, Manipulationen in der Finanzindustrie. So wie zuvor die Sowjetunion war auch China dem Untergang geweiht. Wie ein Ertrinkender würde das Land alles und jeden mit sich in die Tiefe ziehen, um das Unvermeidliche hinauszuzögern.

»Das verstehe ich, General. Aber es gibt doch bestimmt eine andere Möglichkeit.«

Takahashi hatte so viel Geduld mit dem Wissenschaftler gezeigt, wie er aufzubringen vermochte. Der Mann verlor zunehmend den Blick für seine Aufgabe und vergeudete wertvolle Zeit damit, sich über Dinge Gedanken zu machen, die ihn nichts angingen.

»Starten Sie die Waffe.«

Ito stand wie erstarrt da, doch Fujii zögerte nicht. »Der Torpedo ist gestartet, General.«

Takahashi nahm eine aufrechte Haltung an. Sein Befehl würde den Tod vieler hervorragender japanischer Männer nach sich ziehen. Das war eine Bürde, die er bis zu seinem Tod würde tragen müssen.

Kapitel Neunundzwanzig

Im Weißen Haus, Washington, D.C.
USA

»Jetzt ist es passiert, Fred.«

Präsident Sam Adams Castilla saß auf dem Sofa, während Klein auf einen Flachbildschirm an der Wand blickte. Das Bild eines riesigen brennenden Kriegsschiffes war zittrig und allem Anschein nach aus verschiedenen Quellen zusammengefügt.

Flammen und Rauch verhüllten die Szene, während der Wind über das sich langsam neigende Deck peitschte. Verzweifelte Besatzungsmitglieder rannten in alle Richtungen, um das Feuer unter Kontrolle zu bekommen, Kameraden zu retten oder Tote zu bergen. Einige sprangen über Bord, und Klein beobachtete betroffen ihren tiefen Sturz ins Meer.

Seine Fähigkeit, eine Situation unmittelbar analysieren und einschätzen zu können, war eine der Eigenschaften, die ihn zum engsten Vertrauten des Präsidenten gemacht hatten. Aber was sollte er davon halten? Wie waren die möglichen Konsequenzen einzuschätzen?

»Haben die Medien diese Bilder, Sam?«

»Noch nicht. Sanetomi hält sie zurück, aber es ist nur eine Frage der Zeit. Spätestens morgen wird die ganze Welt sehen, wie ein nagelneues japanisches Kriegsschiff mit seinem Kapitän und vielen jungen Männern auf den Meeresgrund sinkt.«

»Großer Gott«, murmelte Klein, während der Bildschirm dunkel wurde. »Was sagen unsere Analytiker dazu?«

»Wir haben bis jetzt nur dieses Video.« Castilla setzte sich an seinen schlichten Schreibtisch. »Aber ihre erste Einschätzung ist, dass die Schäden von einem gut gezielten Torpedo stammen dürften. Es könnte sich durchaus um eine Waffe wie die handeln, mit der dieses U-Boot der Song-Klasse ausgestattet ist, das sich gerade in der Gegend aufhält.«

»Und die Chinesen?«

»Die bestreiten den Angriff. Sie behaupten, ihr U-Boot habe noch alle Torpedos an Bord. Die Japaner sagen natürlich, dass das nichts beweist. Die Chinesen seien bestimmt schlau genug gewesen, einen Extra-Torpedo mitzuführen, um die Schuld von sich weisen zu können.«

»Wie ist die öffentliche Reaktion bisher?«

»In Japan gehen Hunderttausende auf die Straße. Der Premierminister versucht die Lage zu beruhigen und den Leuten klarzumachen, dass noch nicht alle Fakten auf dem Tisch liegen, aber das hat lediglich dazu geführt, dass viele seinen Rücktritt verlangen. Natürlich gibt es ähnliche Unruhen in China, aber man muss der Führung zugutehalten, dass sie den Aufruhr einzudämmen versucht. Die Frage ist, ob es dafür nicht zu spät ist.«

Der Präsident ließ den Kopf in beide Hände sinken. »Ich schicke zwei weitere Flugzeugträgerverbände in die Region, Fred. Die Chinesen rudern zurück, und Sanetomi ruft zur Besonnenheit auf, aber General Takahashi tut das Gegenteil. Er ist heute schon fünfmal im japanischen Fernsehen aufgetreten und heizt die Lage mit seinen flammenden Appellen an. Ich habe der CIA gesagt, sie braucht mir die Übersetzung seiner Reden nicht mehr zu schicken. Ich habe persönlich mit dem Premierminister gesprochen, aber er hat den Mann nicht mehr unter Kontrolle.«

»Könnte er den General absetzen?«

»Keine Chance. Takahashi ist nicht nur einer der reichsten, sondern auch einer der mächtigsten Männer Japans. Er gehört den Streitkräften seit über vierzig Jahren an, und die Gerüchte, dass die Chinesen hinter dem Anschlag auf ihn stecken, haben seine Glaubwürdigkeit noch erhöht. Die Leute vertrauen ihm, und das kommt nicht von ungefähr. Laut unseren Analytikern ist er zwar ein nationalistischer Mistkerl, aber ein brillanter Stratege. Nach diesen Vorfällen könnte er sogar einen Putsch riskieren und hätte wahrscheinlich eine höhere Zustimmungsrate als ich im Moment. Ich muss gestehen, es tut mir langsam leid, dass der Hundesohn bei dem Anschlag nicht umgekommen ist.«

Klein zog die Stirn in Falten.

»Was ist?«, fragte Castilla.

»Wir haben ziemlich widersprüchliche Informationen über das Attentat.«

»Inwiefern?«

»Wir sind uns ziemlich sicher, dass der chinesische Agent Kaito Yoshima dafür verantwortlich war und es der Japanischen Patriotischen Front in die Schuhe schieben wollte. Aus dem japanischen Geheimdienst ist jedoch durchgesickert, dass die Chinesen angeblich osteuropäische Söldner für den Anschlag angeheuert haben. Dafür findet sich allerdings nicht der kleinste Hinweis. Die Behauptung scheint aus dem Nichts zu kommen. Ein weiteres Teil in dem Puzzle, das einfach nicht passt.«

»Das ist das geringste meiner Probleme«, erwiderte Castilla. »Die Situation war auch ohne diesen Vorfall schon schlimm genug, aber jetzt stehen wir vor einem Krieg, in den die USA durch das Sicherheitsabkommen mit Japan zwangsläufig hineingezogen werden. Der Außenminister ist unterwegs nach Asien, um mit Sanetomi und dem chinesischen Präsidenten zu sprechen. Wir hoffen, es als Unfall darstellen zu können. Vielleicht lassen sich die Chinesen zu Zugeständnissen überreden, sodass alle Beteiligten das Gesicht wahren, ohne zu den Waffen zu greifen.«

»Glaubst du, es funktioniert?«

»Es muss. Es darf einfach nicht zu einem Krieg zwischen den USA und China kommen. Wenn ich irgendjemanden frage, was uns in dem Fall erwartet, kommt von den Leuten nur blankes Entsetzen.«

Klein verstand diese Reaktion sehr gut. Es fiel ihm selbst schwer, es auszusprechen, doch eine solche bewaffnete Auseinandersetzung würde unweigerlich zu einem Dritten Weltkrieg führen. Die Europäer und Russland konnten nicht einfach untätig zusehen, wenn es zu einer Konfrontation zwischen den zwei größten Volkswirtschaften und den stärksten Streitkräften der Welt kam. Die Situation würde völlig außer Kontrolle geraten, und das hieß im Zeitalter der modernen Technologie, der Planet drohte in eine verstrahlte Wüste verwandelt zu werden.

»Sam, ich bin mir sicher, dass mehr dahintersteckt, als wir bisher wissen. Du musst versuchen, die Lage einigermaßen zu beruhigen, bis Jon und Randi herausgefunden haben, was in Fukushima vor sich ging. Es muss etwas unglaublich Brisantes gewesen sein. Das ist das Detail, das vielleicht alles erklären kann.«

Castilla nickte, doch sein Blick war in die Ferne gerichtet. »Du kennst mich schon lange, Fred. Meine Art, Entscheidungen zu treffen, ist nicht besonders kompliziert. Ich sammle die Fakten, höre mir an, was die Experten dazu sagen, und engagiere die besten Leute, um die Lösung umzusetzen, die wir beschlossen haben. Aber weißt du, was ich heute Abend tue? Ich werde einen über den Durst trinken, und dann werd ich niederknien und beten.«

Kapitel Dreißig

Alexandria, Virginia
USA

Jon Smith parkte fernab der Lichter auf dem leeren Parkplatz und stieg vorsichtig aus seinem 68er Triumph. Es überlief ihn eiskalt, was jedoch nicht nur an der kühlen Herbstluft lag. Es hatte auch mit dem alarmierenden Anruf zu tun, mit dem ihn Greg Maple um vier Uhr früh aus dem Schlaf gerissen hatte. Nachdem er dem Mann mehrmals versucht hatte klarzumachen, dass die Leitung nicht sicher war, hatte er ihm schließlich versichert, dass er sofort rüberkommen werde.

Im langsamen Laufschritt eilte Smith zum Eingang des Betonklotzes. Drinnen waren die Lichter gedämpft, doch er sah eine schattenhafte Gestalt, die sich auf der anderen Seite der Glastür bewegte. Kaum war er die Treppe hochgestiegen, schwang die Tür auf.

»Ist alles okay, Greg?«

Statt zu antworten, überblickte der Wissenschaftler das Gelände, ehe er die Tür abschloss.

»Hast du an den anderen Proben etwas gefunden?«

Maple hatte das Material untersucht, das Kleins Kontaktleute aus anderen japanischen Kernkraftwerken beschafft hatten, und es für sauber erklärt. Smith fürchtete nun, dass der Wissenschaftler doch noch etwas entdeckt hatte und dass eine weitere atomare Katastrophe drohte. Vielleicht auch mehr als eine.

Maple schüttelte nur den Kopf und marschierte eilig zu seinem Labor. »Die sind in Ordnung. Es geht um die erste Probe. Das Material ist unglaublich.«

Smiths Rippen schmerzten, während er mit dem Mann Schritt zu halten versuchte, doch es war nichts im Vergleich zu den Qualen, die er noch vor einigen Tagen durchgemacht hatte. »Was ist denn damit? Was soll ich hier um halb sechs Uhr früh?«

»Das Material ist aus einem Kernkraftwerk, stimmt's?«

Maple stürmte durch die Tür in sein Labor.

Es war klar, dass er draufkommen würde. Wenn nicht, hätte Smith sich gefragt, ob er damit zum richtigen Mann gegangen war.

»Ja.«

»Japan?«

»Fukushima. Reaktor vier.«

Maple nickte kurz und setzte sich vor einen Computerbildschirm, der die gleichen Materialschäden zeigte wie vor vier Tagen, als Smith ihm die Probe gebracht hatte. Heute schien Maple jedoch zu wissen, womit er es zu tun hatte. Er tippte auf den Bildschirm, und Smith sah den Schweißabdruck, den der Finger zurückließ.

»Das ist Nanotechnologie. Verdammt, Jon, was du hier siehst, ist richtige molekulare Fertigung.«

Als Biologe verstand Smith einiges von Nanotechnologie. Das Problem war, dass der Begriff inzwischen so gut wie alles umfasste, was vom Menschen gemacht und sehr klein war. Doch von »molekularer Fertigung« hatte er noch nie gehört.

»Das musst du mir erklären.«

Maple seufzte frustriert. »Das ist so was wie der Heilige Gral, Jon. Selbst wenn unsere Regierung heute beschließt, tonnenweise Geld reinzustecken, würden wir frühestens in zwanzig, fünfundzwanzig Jahren etwas finden, das tatsächlich funktioniert. Herrgott, Mann, das ...«

»Greg! Jetzt beruhige dich erst mal und erzähl der Reihe nach. Was sehe ich da auf dem Bildschirm?«

Der Wissenschaftler hielt einen Moment inne und atmete tief durch. »Okay ... hör zu ... die Nanotechnologie hat verschiedene Anwendungsmöglichkeiten. Da ist zuerst einmal die Herstellung von ganz neuen Materialien, okay? Wenn du die einzelnen Moleküle – oder gar die Atome – in eine bestimmte Struktur bringst, erhältst du ein Material, das genau die Eigenschaften aufweist, die du haben willst.«

»Dieser Bereich ist mir bekannt. Da geht es zum Beispiel darum, einen Stoff hervorzubringen, der härter ist als Diamant, oder die elektrische Leitfähigkeit zu verbessern. Solche Sachen.«

»Genau. Der nächste Schritt wäre, extrem kleine und einfache Maschinen herzustellen.«

»Verstehe«, antwortete Smith. »Ich habe selbst schon mit experimentellen Nanomaschinen gearbeitet, die Gefechtswunden verschließen können. Ganz erstaunliche Dinger mit großem Potenzial.«

»Ja, das stimmt. Aber der Heilige Gral, das sind Maschinen, die sich selbst replizieren können. Man könnte es mit einem 3D-Drucker vergleichen, der eine Kopie seiner selbst herstellen kann.«

Maple tippte auf den Bildschirm und hinterließ erneut einen Fingerabdruck. »Diese winzigen Spuren, die wie Löcher aussehen ... das sind in Wahrheit mikroskopisch kleine, selbst replizierende Maschinen.«

»Das musst du mir genauer erklären.«

Der Nukleartechniker rief ein komplexes Diagramm auf, das die Sache nicht unbedingt verständlicher machte.

»Die Maschinen selbst sind ebenfalls beschädigt, aber nachdem ich einige Hundert untersucht habe, konnte ich grob skizzieren, womit wir's zu tun haben.«

»Und das wäre?«

»Eine mikroskopische Maschine, die Atom für Atom aufgebaut wurde.«

»Zu welchem Zweck?«

»Sie nutzt das Material, in dem sie sich befindet – Beton, Kunststoff oder Stahl –, als Rohmaterial, um Kopien ihrer selbst herzustellen.«

»Okay. Aber was soll es tun, wenn es genug Kopien produziert hat? Was ist der Zweck der ganzen Sache?«

»Soweit ich das erkennen kann, *ist* das der Zweck. Da sind bestimmte Strukturen darauf, die möglicherweise eine andere Funktion haben – ich kann dir aber noch nicht sagen, welche. Wahrscheinlich irgendein Steuerungssystem.«

Smith nahm sich einen Moment, um die Informationen zu verarbeiten. »Okay, ich fasse das mal vereinfacht zusammen: Wenn ich ein paar von den Dingern auf ein Stück Beton setze, fressen sie den Beton und spucken Kopien ihrer selbst aus. Aus einem werden zwei. Aus zwei werden vier. Aus vier werden acht. Und so weiter, bis der Beton verbraucht ist.«

»Wenn diese Steuereinheiten sie nicht abstellen, ja.«

»Das heißt, die Schwächung des Materials wird durch diese kleinen Roboter bewirkt, die Löcher hineinfressen, um sich zu vervielfältigen.«

»Genau. Die Maschinen sind nicht so hart wie das umgebende Material. Es ist so, als würde man Löcher in ein Stück

Stahl bohren und sie mit Styropor füllen. Am Ende könntest du es mit den Fingern auseinanderbrechen.«

»Aber wenn diese Dinger Beton, Kunststoff und Stahl auffressen ... könnten sie das Gleiche auch mit Felsgestein machen oder mit Menschen?«

»Wir haben hier drei verschiedene Versionen. Jede ist dafür geschaffen, nur ein ganz bestimmtes Material zu nutzen. Wenn du sie auf einen Felsbrocken oder einen Menschen setzt, werden sie gar nichts tun. Dann sind sie wie ein Auto ohne Sprit.«

Smith nickte schweigend. Das Potenzial, diese Technologie als Waffe einzusetzen, war eindeutig. Man brauchte nur eine Handvoll davon auf einen Panzer zu werfen, um das Material auszuhöhlen und auseinanderfallen zu lassen. So wie bei biologischen Waffen waren jedoch Faktoren im Spiel, die sich schwer beeinflussen ließen. Was, wenn der Wind drehte und das Zeug auf die eigenen Panzer geweht wurde?

»Jon«, begann Maple erneut und legte ihm die Hand auf den Arm. »Ich kann dir gar nicht sagen, wie gefährlich diese Maschinen sind. Ohne Übertreibung – daneben nimmt sich eine Atomwaffe wie eine steinzeitliche Keule aus. Ich habe vorhin gesagt, sie können nicht irgendein Material als Rohstoff verwenden ... aber was ist, wenn ich eine Maschine so programmiere, dass sie zum Beispiel Erde als Treibstoff benutzt? Dann würde sie unzählige Kopien von sich anfertigen, und nach wenigen Monaten – oder auch nur Wochen – wären von unserem Planeten nur noch Billionen von mikroskopisch kleinen Robotern übrig, die um das letzte bisschen Rohstoff kämpfen, um sich zu vervielfältigen.«

Kapitel Einunddreißig

Über den Senkaku-Inseln
OSTCHINESISCHES MEER

General Masao Takahashi spähte aus dem Fenster des Militärtransportflugzeuges und beobachtete, wie die Sonne am Horizont aufging. Er kniff die Augen zusammen und suchte das Meer nach dem amerikanischen Flugzeugträgerverband ab, der im Nordosten in Position gegangen war. Es war bereits die vierte derartige Armada in den asiatischen Gewässern – eine Demonstration der Stärke und Entschlossenheit, mit der die Amerikaner seinem bedrohten Land beistehen wollten, das sie noch für genauso schwach und hilflos hielten, wie sie es vor Jahrzehnten zurückgelassen hatten.

China würde einen halben Schritt zurück machen, Japan würde sich weiter reumütig angesichts seiner Vergangenheit zeigen, und die wirtschaftlichen Interessen des Westens würden gewahrt bleiben – das Einzige, was den Vereinigten Staaten wirklich wichtig war.

Takahashi erinnerte sich noch gut an den Tag, an dem er den großen Mann gesehen hatte. Den Tag, an dem Douglas MacArthurs Kolonne durch das kleine Dorf gerollt war, in dem seine Familie damals ihr Dasein fristen musste. Der Oberkommandierende der Alliierten Mächte in Japan sah genau so aus, wie man ihn aus den Wochenschau-Aufnahmen kannte: eine uniformierte Gestalt in einem Jeep, mit Mütze, Pfeife und Sonnenbrille. Er hatte die armen Bauern, die an der schlammigen Straße standen, keines Blickes gewürdigt und sich völlig gleichgültig gegenüber den Menschen gezeigt, denen er ihren Stolz und ihre Würde geraubt hatte.

Dabei hatten ihn die Leute, die sich damals versammelt hatten, als einen Gott betrachtet. Ein übernatürliches Wesen, das Japan einen Neuanfang ermöglichen und ihm die undurchschaubaren Geheimnisse der westlichen Demokratie beibringen sollte. Er trat als Retter eines rückständigen Volkes auf, dem man nicht zutrauen konnte, seine Zukunft selbst zu gestalten.

Takahashis Mutter war nicht hingegangen, um das Spektakel zu verfolgen. Sie war vor dem Krieg eine reiche, schöne Frau gewesen und musste nun täglich vierzehn Stunden auf den Feldern schuften – eine knochenharte Arbeit, für die sie nicht geeignet war. Doch sie beklagte sich nie. Sie starb, als sein Vater die Fundamente für den Wiederaufbau des Wirtschaftsimperiums legte, das ihm die Amerikaner entrissen hatten. Noch in den letzten Augenblicken ihres Lebens hatte ihre Sorge nur ihren Söhnen gegolten.

Takahashi war damals noch ein kleiner Junge gewesen, der nicht verstand, was um ihn herum geschah. Er hatte nicht gemerkt, dass seine Mutter ihm und seinen Brüdern regelmäßig etwas von ihrer Ration abgab, sodass ihr selbst nicht genug zum Überleben blieb. Vielleicht aber hatte er es einfach nicht sehen wollen, weil er so hungrig war.

Sein Kopfhörer erwachte knisternd zum Leben, und die Stimme des Piloten holte ihn in die Gegenwart zurück. »General, wir haben Sichtkontakt zum Ziel.«

Takahashi ging nach vorne und blieb in der Cockpittür stehen. Durch die Frontscheibe sah er die vagen Umrisse von fünf Schiffen. Auf die Entfernung konnte er jedoch nur den Hubschrauberträger JDS *Isi* und zwei Zerstörer der Takanami-Klasse erkennen. Die *Izumo* war verschwunden. Sie war schon vor Stunden mit dreiundvierzig Mann an Bord untergegangen.

Die chinesischen Schiffe hatten sich auf Befehl ihrer verwirrten Regierung unverzüglich von den Senkaku-Inseln zurückgezogen. Sie hatten jede Schuld am Untergang des japanischen Schiffes von sich gewiesen, doch die Welt war skeptisch.

Das chinesische Volk war erneut auf die Straßen geströmt, um seinem Zorn auf Japan Luft zu machen, diesmal mit einer Vehemenz, die die kommunistische Partei nicht mehr kontrollieren konnte.

Trotz ihrer despotischen Neigungen regierten die Angehörigen des Politbüros das Land im Grunde nach dem Willen der über eine Milliarde Menschen, die es bewohnten. Und die Masse wollte Blut sehen.

Der Pilot lenkte das Flugzeug nach Westen, und Takahashi hielt sich fest, als sie näher herangingen, um die Bergung zu beobachten. Nach einigen Augenblicken erkannte er Taucher im Wasser und Männer in aufrechter Haltung auf dem Deck des Hubschrauberträgers, die die Reihen der mit Fahnen bedeckten Toten bewachten.

Der General hatte über viele Jahre hinweg sein Land und dessen Menschen studiert. Wie hatte es ein kleiner Inselstaat im Pazifik einst mit der ganzen Welt aufnehmen können? Warum landeten japanische Schulkinder regelmäßig an der Spitze der internationalen Leistungstests? Wie konnte es sein, dass dieses Volk ein so hohes Maß an Mut und Disziplin besaß?

Zunächst hatte er sich in seinen Studien auf die Geschichte und die Kultur des Landes konzentriert, doch irgendwann hatte er begriffen, dass er hier keine zufriedenstellenden Antworten finden würde. Japan war lange ein relativ primitiver und in sich gekehrter Feudalstaat gewesen. Als sein Land endlich beschloss, sich zu modernisieren, hatte es das jedoch mit einer Geschwindigkeit getan, über die die Welt nur staunen konnte. Allein das Scheitern des Atomwaffenprogramms hatte verhindert, dass der kleine Inselstaat die Herrschaft über ganz Asien übernahm.

Trotz der vernichtenden Niederlage 1945 war Japan schnell zur führenden Nation der technologischen Innovation und zur zweitgrößten Volkswirtschaft der Welt geworden. Mit mehr Bodenschätzen und einer größeren Bevölkerung wäre das Land schon damals zur Nummer eins aufgestiegen.

Wie war so etwas möglich gewesen?

Die Antwort hatte schließlich das aufstrebende wissenschaftliche Gebiet der Genetik geliefert. Von ihren Nachbarn isoliert, hatten die Japaner die hohe Intelligenz, die Disziplin und die Loyalität entwickelt, die sie über die anderen Völker erhoben. Somit waren sie im wahrsten Sinne des Wortes geboren, um zu herrschen.

»General.« Der Pilot drehte sich zu ihm um und nahm den Kopfhörer ab. »Ein Anruf für Sie vom Premierminister.«

Takahashi nickte und deutete durch die Frontscheibe auf die Toten auf dem Deck des Hubschrauberträgers. »Machen Sie ein Foto davon.«

Das Bild würde eine starke Wirkung auf sein Volk ausüben. Natürlich würde herauskommen, wer das Foto den Medien zugespielt hatte, aber was sollte die Regierung unternehmen? Er selbst wurde mit jedem Tag stärker, und die

Japaner erkannten immer klarer, welch nutzlose Figuren die Politiker waren.

Der General setzte sich nach hinten und schloss seinen Kopfhörer an das Kommunikationssystem des Flugzeuges an. »Hier Takahashi.«

»Wie ist Ihre Einschätzung, General?«

Sanetomi bemühte sich, wie ein Befehlshaber zu klingen, doch er konnte seine Angst nicht verbergen. Nichts in seinem Leben hatte ihn auf die Situation vorbereitet, mit der er hier konfrontiert war. Er war ein einfacher Lehrer gewesen, bevor er Rechtswissenschaft studiert, sein Talent als Redner entdeckt und einflussreiche Freunde gewonnen hatte. Doch das hier war eine Situation, die echte Führungskraft verlangte, und Sanetomi war letztlich doch nur ein Mann, der im Fernsehen gute Figur machte.

»Die Chinesen haben die *Izumo* in Gewässern versenkt, die die gesamte internationale Gemeinschaft uns zuschreibt«, erklärte Takahashi.

Der Premierminister wollte etwas einwenden, doch der General ließ ihn nicht zu Wort kommen. »Die Amerikaner halten es zudem für wahrscheinlich, dass sie das Kernkraftwerk Fukushima sabotiert haben. Und laut unserem Geheimdienst ist es nahezu sicher, dass sie hinter dem Attentat auf mich stecken.«

»Dass China in die Probleme in Fukushima verwickelt sein könnte, ist eine reine Vermutung, General.«

Und das würde es auch bleiben.

»Verzeihung, Herr Premierminister. Sie haben natürlich recht.«

»Wir müssen einen Schritt zurück machen«, betonte Sanetomi. »So darf es nicht weitergehen.«

»Und wie sollen wir das anstellen? Soll ich unseren Kapitänen befehlen, unsere Schiffe selbst zu versenken? Würde das die Chinesen zufriedenstellen? Wir könnten sie aber auch für ihren nicht provozierten Angriff belohnen, indem wir ihnen …«

»Diesen Ton verbitte ich mir, General! Wollen Sie allen Ernstes einen Krieg? Glauben Sie, er würde glorreich verlaufen? Selbst mit der Hilfe der Amerikaner und dem kümmerlichen Spielzeug, das Sie entwickelt haben, wäre die Zerstörung noch um vieles verheerender als das, was wir im Zweiten Weltkrieg erlitten haben. Ist das Ihr Ziel? Mit dem Schwert Ihrer Familie in der Hand zu sterben, während unser Land brennt? Ist das Ihre Vorstellung von Ehre?«

Takahashi antwortete nicht sofort, sondern blickte durch das Fenster auf die Rettungsversuche hinunter, die längst vergeblich waren.

Seit sechs Stunden war kein Überlebender mehr gefunden worden.

»Manchmal braucht es Zerstörung, um etwas Neues schaffen zu können.«

Sanetomis betroffenes Schweigen kam nicht unerwartet. »Sie waren lange genug draußen, General. Kommen Sie zurück. Sofort.«

»Wie Sie wünschen.« Takahashi trennte die Verbindung, lehnte sich in seinem Sitz zurück und lauschte dem Dröhnen der Flugzeugtriebwerke. Sie waren auf dem unvermeidlichen Weg in den ersten – und vielleicht letzten – postmodernen Krieg dieser Welt. Die Technologie würde bald einen Punkt erreichen, an dem Kriege zwischen hoch entwickelten Staaten undenkbar waren. Dies war ein Moment, in dem die Weltordnung wahrscheinlich für Generationen fixiert wurde. Es war seine Pflicht, dafür zu sorgen, dass Japan an der Spitze dieser Weltordnung stehen würde.

Takahashi spürte, wie das Flugzeug wendete, um nach Japan zurückzukehren, wie es der hysterische Premierminister verlangt hatte.

Es war schwer zu sagen, wie lange die Amerikaner brauchen würden, um herauszufinden, was in Reaktor vier vor sich gegangen war. Vielleicht wussten sie es bereits.

Wenn das der Fall war, würden sie alles in ihrer Macht Stehende tun, um zu verhindern, dass er Itos Waffe einsetzte. Vielleicht würden sie sogar so weit gehen, die Chinesen zu warnen oder sie bei einem Präventivschlag gegen Japan zu unterstützen. Er brauchte noch ein bisschen Zeit, um die nötigen Vorkehrungen zu treffen und sicherzustellen, dass sein Plan funktionierte. Bald schon würde niemand mehr Japans Aufbruch in eine neue Zeit verhindern können.

Kapitel Zweiunddreißig

Alexandria, Virginia
USA

Jon Smith ging im Labor auf und ab, betrachtete die Stahltische, die Computer und Geräte, ohne etwas davon wahrzunehmen. Es beunruhigte ihn zutiefst, was er soeben gesehen hatte und wie verwirrt und hilflos Maple darauf reagierte. Wenn ein Kerl, der seinen Lebensunterhalt damit verdiente, modernste Waffentechnik mit Atomkraft zu verbinden, es mit der Angst zu tun bekam, dann mussten alle Alarmglocken schrillen.

»Wie kann man so etwas entwickeln?«, fragte Smith, als er schließlich mitten im Labor stehen blieb.

»Mit viel Einsatz, Know-how und Geld.«

»Das heißt, deiner Meinung nach ist das nicht das Werk einer Terrororganisation.«

»Nie im Leben, Jon. Da steckt das Geld einer Regierung dahinter. Viel mehr, als wir je investieren würden.«

Smith nickte. Das Pentagon steckte zwar ebenfalls Geld in die Nanotechnologie-Forschung, doch man sah darin ein langfristiges Projekt, das vielleicht irgendwann in der Zukunft interessante Ergebnisse liefern würde, das aber im Moment für die USA nicht von vorrangiger Bedeutung war. Das Verteidigungsministerium arbeitete vor allem daran, bestehende Technologien widerstandsfähiger, schneller und präziser zu machen. Und die Politiker bevorzugten große, teure Systeme, die in ihrem jeweiligen Wahlkreis entwickelt und produziert werden konnten. Die Nanotechnologie fiel in keine der beiden Kategorien.

»Okay, Greg. Wer konkret könnte das entwickelt haben? Wer sind die herausragenden Leute auf dem Gebiet?«

»Also, da gibt es Günter Heizenburg in Deutschland. Er macht hochinteressante Dinge an der Münchner Universität. Und natürlich Sean Baxter am MIT. Er konzentriert sich vor allem darauf, neue Materialien mit Nanoröhren zu entwickeln. Aber ich kann dir garantieren, dass beide weit davon entfernt sind, so etwas wie das hier herzustellen. Du weißt ja selbst, wie es ist, Jon. Sie haben eine Handvoll Absolventen, die für sie arbeiten, und kämpfen um jeden Dollar, um ihre Forschung zu finanzieren.«

»Dann überleg weiter!«, drängte Smith frustriert. Asien stand kurz vor einem vernichtenden Krieg, der die ganze Welt mit sich reißen würde, und allem Anschein nach verfügte jemand über eine Vernichtungswaffe, die alles bisher Dagewesene übertraf. »Tut mir leid, Greg. Die letzten zwei Wochen waren ein bisschen anstrengend.«

»Kein Problem. Ich kann mir vorstellen, wie es dir geht. Ich kann ja selbst nicht glauben, was ich da sehe. Als müsste ich jeden Moment aufwachen und feststellen, dass es nur ein Albtraum war. Das Problem ist doch – selbst wenn du imstande bist, so etwas herzustellen, müsstest du dir verdammt gut überlegen, ob du es tun sollst. Da spielt jemand mit den Kräften der Natur. Deshalb macht ihr Ärzte euch ja auch Gedanken darüber, wie ihr Krankheiten heilen könnt – und nicht, wie ihr sie am besten hervorruft. Wenn etwas wie das hier einmal außer Kontrolle gerät, kriegst du es nie wieder in den Griff.«

»Okay, Greg, gehen wir mal einen Schritt zurück. Das hier ist ja nicht aus dem Nichts entstanden. Wenn nicht gerade Aliens dahinterstecken, müssen wir davon ausgehen, dass irgendwo auf der Welt gerade Leute in einem extrem gut ausgestatteten Hochsicherheitslabor an der Sache arbeiten. Aber wer?«

»Wir sollten mit Günther und Sean sprechen. Sie ...«

»Nein. Niemand darf davon erfahren.«

»Komm schon, Jon. Ich verstehe zwar auch einiges von Nanotechnologie, aber es ist einfach nicht mein Gebiet. Ich kenne beide recht gut und kann mich für sie verbürgen.«

»Es geht nicht nur um Geheimhaltung, Greg. Die Leute, die für das hier verantwortlich sind, wissen, dass ich diese Proben habe, und werden die Spezialisten auf dem Gebiet überwachen.«

Maple ließ die Schultern hängen und starrte das Diagramm auf dem Bildschirm an. »Ich komme immer wieder auf die gleiche Antwort.«

»Und die lautet?«

»Überleg doch. Wer hat das Geld, den Willen und die Leute mit den entsprechenden Fähigkeiten, die man für so etwas braucht?

Smith wusste, worauf der Nukleartechniker hinauswollte, und schüttelte den Kopf. »Wir sind es nicht, Greg.«

»Sagst du. Jon, du bist ein erstklassiger Wissenschaftler und gut vernetzt, aber ist es nicht vorstellbar, dass etwas in dieser Art auf einer höheren Ebene abläuft, ohne dass du es mitkriegst?«

Es war absolut verständlich und logisch, dass Maple auf diesen Gedanken kam, doch Smith konnte es sich nicht leisten, seinen Freund in einer Sackgasse herumtappen zu lassen.

»Ich verrate dir etwas, Greg, aber dann reden wir nicht mehr davon: Was das betrifft, gibt es keine Ebene über meiner.«

Maple musterte ihn skeptisch, doch dann wurde ihm klar, dass es Smith sehr ernst meinte.

»Was ist, wenn wir das Netz etwas weiter spannen? Könnte es jemand sein, der brillante Arbeit auf einem verwandten Gebiet leistet?«

Der Techniker zuckte mit den Schultern und schüttelte den Kopf.

»Okay. Vielleicht jemand, der in der Nanotechnologie gearbeitet hat, aber schon gestorben ist?«

Erneut Achselzucken.

»Jemand, der vor längerer Zeit auf dem Gebiet tätig war, dann aber in ein anderes Feld gewechselt ist?«

Der Hinweis schien Maple auf einen Gedanken zu bringen.

»Ja?«

»Also ...« Der Techniker kaute nachdenklich an seinem Daumennagel. »Es gab da mal jemanden, aber das ist lange her. Und wenn ich ›lange‹ sage, dann meine ich eine Zeit, als wir noch Clearasil benutzten und hinter hübschen Cheerleadern her waren. Er war nicht der Vater der Nanotechnologie – das war wahrscheinlich Richard Feynman –, aber er war einer der Pioniere in der praktischen Umsetzung. Wahrscheinlich der Erste, der etwas hervorbrachte, das tatsächlich funktioniert hat. Aber dann verließ er die Universität und gründete eine Beratungsfirma. Soweit ich weiß, hat er nie wieder auf dem Gebiet gearbeitet.«

»Sein Name?«

»Ito.«

Smith spürte einen Adrenalinstoß, als er den asiatischen Namen hörte. »Chinese?«

»*Hideki* Ito«, fügte Maple hinzu. »Japaner.«

Smith begann erneut im Labor auf und ab zu gehen. »Was hat Ito gemacht, seit er die Firma gegründet hat?«

Der Techniker zog die Stirn in Falten. »Keine Ahnung. Ich gehe davon aus, dass er noch lebt, weil ich nichts Gegenteiliges gehört habe, aber ich weiß von keiner wissenschaftlichen Arbeit seit seinen frühen Erfolgen in der Nanotechnologie.«

Ein japanischer Wissenschaftler. Ein japanischer Reaktor. Die Teile fügten sich aneinander, doch das Gesamtbild war immer noch verschwommen. Smith ging eine Weile schweigend auf und ab und blieb plötzlich stehen.

»Was ist?«, fragte Maple. »Ist dir was eingefallen?«

Smith sah ihm in die Augen. »Zuerst möchte ich wiederholen, dass es sich hier um eine Sache handelt, für die es gar keine Geheimhaltungsstufe gibt – sie steht noch weit über *top secret*. Falls es herauskäme, hätte das ernste Konsequenzen.«

»Soll das eine Drohung sein, Jon?«

»Ja. Hör zu, es tut mir echt leid, dass ich dich da reingezogen habe, Greg. Aber Tatsache ist, du steckst tief drin, und ich kann's nicht mehr rückgängig machen.«

»Soll das ein Witz sein? Ich habe hier eine echte Nanofabrik in meinem Labor. Das hätte ich mir um nichts in der Welt entgehen lassen. Du kennst mich lange genug, Jon. Das ist nicht mein erster Ritt auf der Rasierklinge. Du kannst dich auf mich verlassen.«

»Okay. Dann erzähle ich dir auch den Rest. Die Strahlungswerte im Reaktor vier in Fukushima waren viel zu hoch, um es mit den Schäden durch den Tsunami erklären zu können. In diesem Reaktorblock haben sich offiziell gar keine Brennelemente befunden.«

Maple zog die Stirn kraus. »Nach dem, was wir hier sehen, habe ich auf etwas Interessanteres gehofft.«

»Könnte Radioaktivität diese Dinger zerstören?«

»Wenn die Dosis hoch genug ist, sicher.«

»Diese kleinen Maschinen sind also so etwas wie künstliche Viren, stimmt's? Sie beuten ihren Wirt aus, um sich zu replizieren. Und je mehr sie sind, desto größeren Schaden richten sie an.«

»Ja, so könnte man es aus deiner Perspektive umschreiben. Sie sind Viren, die die Zellstruktur von Beton, Stahl und Kunststoff zerstören.«

»Also, ich habe über die Jahre mit einigen der gefährlichsten Krankheitserreger auf dem Planeten gearbeitet. Das Erste, woran ich denke, wenn ich es mit so etwas zu tun habe, ist die Sicherheit. Es darf nichts davon nach außen dringen. Auf meinem Gebiet verwenden wir dafür rostfreien Stahl, zwölf Zentimeter dickes Glas, Schleusen und Anzüge mit eigener Sauerstoffversorgung. Und wenn das immer noch nicht genügt, gibt es eine Dusche mit hochgiftigen Chemikalien, die alles abtöten, womit sie in Berührung kommen.«

Maples Gesichtsausdruck verriet, dass er erkannt hatte, worauf Smith hinauswollte. »Natürlich! Dass ich da nicht gleich draufgekommen bin. Reaktor vier wurde nicht mit den Nanobots sabotiert. Sie wurden dort entwickelt! Dann kam der Tsunami, es kam zu einem Sicherheitsbruch, und als Notmaßnahme wurde das Labor verstrahlt. Deshalb gibt es in diesen Proben keine Aktivität mehr. Sie sind tot!«

Kapitel Dreiunddreißig

Prince George's County, Maryland
USA

Als Jon Smith Kleins Büro betrat, wirkte eine junge Frau mit Piercings und Tattoos an den Armen besonders erfreut, ihn zu sehen.
Verständlicherweise.
Es konnte ein bisschen beengend sein, sich in einem kleinen Raum mit Fred Klein und Randi Russell aufhalten zu müssen.
»Wie geht es dir?«, fragte sie mit ehrlicher Sorge.
»Jeden Tag ein bisschen besser. Danke.«
Star Minetti war etwa Mitte dreißig und sah aus, als wäre sie den größten Teil ihres Lebens mit einer Harley durch die Gegend kutschiert, um mit Drogen zu handeln. In Wahrheit war sie eine ehemalige Bibliothekarin und ein Genie im Recherchieren. Wenn man sie in eine Lagerhalle voller unsortierter Unterlagen setzte, brauchte sie keine drei Stunden, um genau die winzige Notiz zu finden, die man gesucht hatte. Dass der Alte über ihre Piercings und sonstige Körperkunst hinwegsah, sagte alles über ihre Fähigkeiten.
Klein begrüßte ihn mit einem kurzen Nicken, doch Randi ignorierte ihn und fummelte stattdessen am Deckel ihres Reisebechers. Ihre Haltung überraschte ihn nicht. Das Gespräch über Kaito hatte persönliche Gefühle berührt. Nach

einem solchen Austausch zog sich Randi immer ein wenig in sich zurück.

»Hast du Dr. Ito gefunden?«, fragte Smith.

»Nicht direkt.« Star stand vor der Wand, fast so, als sähe sie sich selbst als Teil der Kunstwerke, die die Wände zierten. »Es gibt aber eine Adresse – ein nettes Haus bei Ono. Steht im örtlichen Telefonbuch.«

Smith wollte eine Frage stellen, die sie jedoch vorhersah. »Es liegt nur ein paar Kilometer vom Reaktor in Fukushima entfernt.«

»Das habe ich befürchtet. Dann kann ich wohl davon ausgehen, dass er nicht mehr dort wohnt?«

»Stimmt leider.«

»Wann ist er ausgezogen?«

»Es war eines der Gebiete, die nach der Katastrophe evakuiert wurden. Er wird nie mehr zurückkehren.«

Smith atmete langsam aus.

»Sprechen Sie weiter, Star«, forderte Klein sie auf.

»Ja, Sir. Dr. Ito gründete ein Beratungsunternehmen, nachdem er seinen Forschungsposten an der Universität Kioto aufgegeben hatte. Die Firma scheint recht erfolgreich zu sein – laut seinen Steuererklärungen kommt er auf vierhunderttausend US-Dollar im Jahr. Seine Aufträge erhält er von nur drei Unternehmen.«

»Wer sind die?«, fragte Randi und blickte von ihrem Becher auf.

»Ich könnte die Namen aufzählen, aber sie würden euch nichts sagen. Soweit ich das erkennen kann, sind es Scheinfirmen, eigens dafür ins Leben gerufen, um ihm sein Geld zu überweisen.«

»Hat er Angestellte?«

»Nein. Es ist eine One-Man-Show.«

Smith schob seinen Stuhl zurück, um sie besser sehen zu können. »Und was ist mit der anderen Sache, um die ich dich gebeten habe?«

»General Takahashi? Du hast recht gehabt. Es ist ein bisschen verflochten, aber seine Familie scheint tatsächlich namhafte Anteile an der Firma zu halten, die das Kernkraftwerk Fukushima betrieben hat.«

Keine gute Nachricht. Noch vor wenigen Tagen hätte Smith die Möglichkeit, dass die Chinesen hinter den Nanotechnologie-Experimenten in Fukushima standen, als Worst-Case-Szenario betrachtet. Nun stellte sich heraus, dass die Realität wahrscheinlich noch um einiges schlimmer war.

»Tolle Arbeit, wie immer, Star. Danke.«

Sie ging zur Tür, als fürchtete sie, Smith könnte es sich anders überlegen und sie ersuchen, noch zu bleiben.

»Schließen Sie bitte die Tür«, rief ihr Klein nach.

Sie kam der Aufforderung nach, und eine Weile herrschte Schweigen im Büro.

»Die Bedrohung, die von einer solchen Waffe ausgeht, ist enorm«, griff Smith das Thema wieder auf. »Wenn sie einmal eingesetzt ist, kann sie leicht außer Kontrolle geraten.«

»Sind Sie sicher, dass diese Nanoroboter als Waffe vorgesehen sind?«, fragte Klein. »Ich habe Ihren Bericht gelesen und mir die Technologie angesehen. Wäre es nicht möglich, dass Takahashi sie für seine Unternehmen nutzen will? Die Nanotechnik ist ein stark wachsendes Gebiet, und es würde mich nicht wundern, wenn geschäftliche Interessen damit verbunden wären.«

»Möglich wäre es«, räumte Smith ein. »Aber warum dann diese Geheimniskrämerei? Und warum selbstreplizierende

Maschinen auf drei Materialien, die für die moderne Zivilisation und die Kriegführung von entscheidender Bedeutung sind? Würde ich eine solche Forschung betreiben, würde ich ein extrem seltenes Material als Rohstoff verwenden. Falls mein Experiment außer Kontrolle gerät, müsste ich es nicht mit radioaktiver Strahlung bearbeiten, um zu verhindern, dass das Zeug die gesamte industrialisierte Welt auslöscht.«

Klein lehnte sich auf seinem Stuhl zurück und blickte einen Moment auf eine antike Landkarte an der Wand. »Es deutet einiges darauf hin, dass die Japaner ihr militärisches Potenzial steigern und aus unserem Schutzschirm hervortreten wollen. Für einen Inselstaat mit begrenzten Ressourcen könnte das eine ziemlich attraktive Waffe sein.«

Randi erhob sich abrupt. »Ich kenne zwei Analytiker in der Agency, die sich intensiv mit den Japanern beschäftigen. Vielleicht können sie uns ein paar interessante Dinge erzählen.«

Klein nickte. »Sprechen Sie mit ihnen. Aber so, dass es niemand mitbekommt.«

Randi wandte sich zum Gehen, hielt aber noch einmal inne. »Du siehst recht frisch aus, Jon. Schön, dass du nicht mehr durch die Gegend schlurfst wie ein alter Mann.«

Im nächsten Augenblick verschwand sie aus dem Büro.

Smith zog einen Zettel aus der Tasche und schob ihn über den Schreibtisch. »Ich habe hier eine kleine Einkaufsliste für Sie, Fred. Um für den Notfall gerüstet zu sein.«

Kleins Augen weiteten sich, als er die Notiz las. »Herrgott, Jon. Ich weiß gar nicht, ob wir solche Dinger noch haben.«

»Sehen Sie, was Sie tun können.«

»Ich nehme an, Sie wollen sie nicht in Ihre Garage geliefert haben.«

Smith schüttelte den Kopf. »Schicken Sie sie zum Stützpunkt Okinawa. Dann wollen wir hoffen, dass wir sie nicht einsetzen müssen.«

Kapitel Vierunddreißig

CIA-Hauptquartier, Langley, Virginia
USA

Randi Russell eilte den Flur entlang. Sie war spät dran, weil sie sich wieder einmal verfahren hatte. Es erstaunte sie immer wieder, dass sie sich im Straßengewirr des Nahen Ostens bestens zurechtfand, aber hier in der Umgebung des Hauptquartiers regelmäßig die Orientierung verlor. Vielleicht lag es daran, dass sie nur nach Virginia kam, wenn es sich absolut nicht vermeiden ließ.

Schließlich entdeckte sie den gesuchten Konferenzraum und beschleunigte ihre Schritte. Die Männer, die sie erwarteten, waren die Spitzenexperten der Agency für Japan und hatten angesichts der dunklen Wolken, die sich über dem Pazifik zusammenbrauten, wahrscheinlich Besseres zu tun, als mit ihr zu plaudern.

Mit ihrem Notizblock und einem Kaffeebecher in der einen Hand öffnete sie mit der anderen die Tür und verzog das Gesicht, als sie eintrat. Sie hasste Bürogebäude prinzipiell – den Geruch, das Neonlicht, die geschmacklosen Bilder an den Wänden. Am meisten aber hasste sie den Geist der Bürokratie, der in diesen Mauern wehte.

Die zwei Männer, die nebeneinander am Konferenztisch saßen, musterten sie schweigend. In Anbetracht der Umstände keine ungewöhnliche Reaktion. Randi war ihnen zwar vor Jahren einmal flüchtig begegnet, doch hier im

Hauptquartier war sie fast so etwas wie ein Phantom, das nur gelegentlich auftauchte. In Langley kursierten haarsträubende Geschichten über ihre Taten, von denen die meisten natürlich nicht zutrafen. Die überwiegende Mehrheit der CIA-Mitarbeiter wäre niemals berechtigt gewesen, die noch haarsträubenderen Geschichten zu hören, die sie tatsächlich erlebt hatte.

Der Mann zur Rechten sprang abrupt auf und schritt um den Tisch herum. Die beiden Analytiker wurden intern »Laurel und Hardy« genannt, und die Spitznamen erschienen ihr noch zutreffender als zu der Zeit, als sie ihnen zuletzt begegnet war.

»Randi, Randi …«, begann Carl Rainsburg, nahm ihre Hand und küsste sie. »Es ist mir ein Vergnügen, Sie wiederzusehen …«

Er war knapp zwei Meter groß und höchstens fünfundsiebzig Kilo schwer, blond und hellhäutig, und hatte in Tokio japanische Literatur studiert. Sein still dasitzender Kumpel war von japanischer Herkunft, ein bisschen dicklich, mit einem furchtbaren Haarschnitt und der Angewohnheit, an der Unterlippe zu kauen, wenn er nervös war. In diesem Moment knabberte er daran, als hätte er heute noch nichts gegessen.

»Ist mir ein Vergnügen«, antwortete Randi, zog ihre Hand zurück und trat zu einem Stuhl. Rainsburg beeilte sich, den Stuhl für sie zurückzuziehen, bevor er sich wieder zu seinem Partner auf der anderen Seite des Tisches gesellte.

»Freut mich, Sie zu sehen, Ms. Russell«, sagte Stephen Sato, ehe er sich wieder seiner Unterlippe zuwandte.

»Ganz meinerseits. Ich weiß es zu schätzen, dass Sie sich die Zeit nehmen. Ich kann mir vorstellen, dass Sie in diesen Tagen ziemlich beschäftigt sind.«

»Kein Problem«, beteuerte Rainsburg. »Man hat ja nicht alle Tage Gelegenheit, mit einer so hübschen Legende zu plaudern.«

»Hmm.«

»Sie müssen meinen Kollegen entschuldigen«, warf Sato lächelnd ein und wirkte plötzlich um einiges durchtriebener, als sie ihn eingeschätzt hatte. »Wir haben natürlich immer Zeit für unsere Kollegen, die draußen im Einsatz ihr Leben riskieren ... egal ob hübsch oder nicht. Was können wir für Sie tun, Ms. Russell?«

»Mich beunruhigt, was im Moment in Asien vor sich geht.«

»Das beunruhigt die ganze Welt«, erwiderte Rainsburg. »Und glauben Sie mir, Ihre Sorge ist durchaus angebracht. Das ist eine Situation, in der keiner bereit ist, auch nur einen Zentimeter nachzugeben.«

»Was mich interessiert, ist: warum? Ich verstehe ja noch, was die Chinesen damit erreichen wollen, aber was haben die Japaner dabei zu gewinnen?«

Sato ließ den Atem hörbar entweichen. »Wie viel Zeit haben Sie?«

»Geben Sie mir bitte die Kurzfassung.«

»Es geht um die Vergangenheit«, begann Rainsburg. »Es zieht sich über die Jahrhunderte und erreicht einen traurigen Höhepunkt im Zweiten Weltkrieg. Sagen wir mal so: Diese beiden Länder können einander nicht ausstehen. Aber das wissen Sie ja selbst – Sie haben in China gearbeitet.«

Randi nickte. »Aber normalerweise sollte man jetzt erwarten, dass Masao Takahashi zurückrudert, so schnell er kann. Warum tut er's nicht? Irre ich mich, wenn ich sage, dass die japanischen Streitkräfte kein Gegner für die Chinesen sind?«

»Die japanischen *Selbstverteidigungsstreitkräfte*«, korrigierte Sato. »Offiziell hat Japan kein Militär, aufgrund der Verfassung, die wir dem Land nach dem Krieg vorgeschrieben haben. Die Realität ist allerdings, dass sie das fünftgrößte Verteidigungsbudget auf dem Planeten haben.«

»Trotzdem hat sie recht damit, dass sie gegen China chancenlos wären«, warf Rainsburg ein.

»Absolut. Verstehen Sie mich nicht falsch. Ihre Soldaten sind gut ausgebildet und verfügen über eine ordentliche Ausrüstung, aber gegen die Chinesen? Keine Chance. Da stünde eine Viertelmillion Soldaten einer Streitmacht von zweieinviertel Millionen gegenüber. Nach meiner Erfahrung sind das keine günstigen Voraussetzungen.«

»Aber«, wandte Rainsburg ein, »es gibt natürlich einen Punkt, der das Verhältnis im Ernstfall verändern würde.«

»Ich weiß«, betonte Randi. »Wir haben uns in einem Abkommen verpflichtet, ihnen notfalls militärisch beizustehen.«

»Genau. Und das macht die Sache kompliziert. Das japanische Volk hat verständlicherweise genug davon, sich für etwas zu entschuldigen, was geschehen ist, bevor die meisten von ihnen geboren waren. Sie wollen Respekt, und sie wollen auf eigenen Füßen stehen.«

»Aber wenn Takahashi einen Krieg vom Zaun bricht und es uns überlässt, ihn zu führen, dann hilft er Japan damit nicht, auf eigenen Füßen zu stehen. Dann sind es unsere Füße, auf denen sie stehen.«

»Sie sprechen da einen interessanten Punkt an«, stimmte Sato zu. »Takahashi ist ein schwieriger Fall. Er ist extrem nationalistisch eingestellt, aber nicht dumm. Und für die USA hat er keine große Sympathie. Er kreidet uns an, dass seine

Familie nach dem Krieg eine schwere Zeit durchmachen musste. Ehrlich gesagt haben Carl und ich uns auch schon den Kopf darüber zerbrochen, was er eigentlich im Schilde führt.«

»Kann es sein, dass er die Dinge einfach nicht mehr klar sieht? Er muss schon über siebzig sein, oder? Vielleicht ein wenig dement?«

Sato schüttelte den Kopf. »Dafür gibt es keinerlei Anzeichen. Nein, wir sind überzeugt, dass er genau weiß, was er tut. Vielleicht hat er vor, in die Politik zu gehen. Wir haben jedenfalls auch noch keine plausible Antwort.«

Randi überlegte einen Moment, wie sie das Gespräch in die beabsichtigte Richtung lenken konnte, ohne zu viel preiszugeben. »Kann es sein, dass er tatsächlich überzeugt ist, einen Krieg gewinnen zu können?«

»Sie meinen, indem er uns hineinzieht?«, fügte Rainsburg hinzu. »Was sollte ...«

Er verstummte, als Randi den Kopf schüttelte. »Was, wenn er glaubt, er kann ohne uns gewinnen?«

Sie sahen einander an und fingen an zu lachen.

»Tut mir leid«, sagte Sato schließlich, während Rainsburg immer noch kicherte. »Wissen Sie, Takahashi ist schon ein bisschen verrückt, und seine Ideen von der Überlegenheit des japanischen Volkes sind ein starkes Stück. Aber der Kerl weiß mehr über Militärstrategie und Geschichte als die meisten unserer Generäle zusammen. Man braucht kein Genie zu sein, um zu erkennen, dass Japan militärisch chancenlos wäre.«

»Das heißt aber umgekehrt«, beharrte Randi, »wenn er trotz allem an den Sieg glaubt, bestünde durchaus die Möglichkeit, dass er recht hat.«

»Sie meinen, dass die japanischen Streitkräfte China besiegen können? Wie könnte er so etwas glauben?«

»Ich sage das natürlich rein hypothetisch«, erwiderte Randi. »Aber könnte es zum Beispiel sein, dass die japanischen Streitkräfte über Waffen verfügen, von denen wir nichts wissen?«

Rainsburg verdrehte die Augen. »Ich glaube, wir sollten Sie mit Eric bekannt machen.«

»Wer ist Eric?«

»Eric Fujiyama«, erklärte Rainsburg. »Er hat mal hier gearbeitet, aber dann hat er irgendwie den Bezug zur Realität verloren. Sie wissen ja, wie es ist. Wir haben alle unsere Verschwörungstheorien, aber Eric hat es ein bisschen übertrieben.«

Sato zeigte auf seinen Kopf. »Er bildet sich ein, Japan sei drauf und dran, die Macht im Universum zu übernehmen.«

»Interessant«, meinte Randi. »Vielleicht wäre es keine schlechte Idee.«

»Was?«

»Wenn Sie mich mit ihm bekannt machen.«

Sie sahen einander an, doch diesmal lachten sie nicht. Ihr plötzliches Zögern deutete darauf hin, dass es an der Geschichte etwas gab, das ihnen peinlich war. Randi konnte sich vorstellen, was es war.

»Sie haben immer noch Kontakt mit ihm, stimmt's?«

Beide Männer senkten schuldbewusst den Blick.

»Er ist zwar durchgeknallt«, rechtfertigte sich Sato schließlich, »aber er ist trotzdem ein extrem kluger Kopf. Der Kerl hat mehr über Japan vergessen, als die meisten Leute je wissen werden.«

»Vielleicht sogar wir«, warf Rainsburg ein.

»Okay«, beschloss Randi. »Das klingt wirklich interessant. Haben Sie seine Nummer?«
Beide lächelten.
»Was ist?«
»Er mag Telefone nicht besonders«, erklärte Sato.
»Was dann? Brieftauben?«
Rainsburg kritzelte etwas auf einen Haftnotizzettel und reichte ihn ihr. »Das ist sein Postfach in Portland. Schreiben Sie einen Brief mit der Hand, und schicken Sie ihn dorthin.«
»Keinen Einschreibbrief«, fügte Sato hinzu. »Geben Sie nur ein anonymes Postfach an, kleben Sie eine Briefmarke drauf, und werfen Sie ihn in einen öffentlichen Postkasten. Falls er Interesse hat, werden Sie in ein paar Tagen von ihm hören.«
Randi blickte auf die Adresse.
O Gott ...

Kapitel Fünfunddreißig

Tokio
JAPAN

Als Masao Takahashi eintrat, verbeugten sich die vier Männer im Raum respektvoll und setzten sich an den Konferenztisch. Er erwiderte den stillen Gruß, ehe er am Tischende Platz nahm.

Der Premierminister hatte die Kommandanten der japanischen Selbstverteidigungsstreitkräfte und den Direktor des Geheimdienstes zusammengerufen, um über die feindselige Haltung zu beraten, die China immer noch an den Tag legte. Auch den Politikern war nicht verborgen geblieben, dass Japan gezwungen sein könnte, sich gegen seinen riesigen Nachbarn zu verteidigen.

Die Krisensitzung war für fünfzehn Uhr angesetzt, doch eine halbe Stunde später warteten sie immer noch. Es war nicht anders zu erwarten – ein billiges Machtspielchen von Fumio Sanetomi, mit dem er diese Männer jedoch nicht beeindrucken konnte. Bestimmt hatte jemand aus dem Stab des Premierministers die Anweisung erhalten, sie unauffällig zu überwachen und jedes Anzeichen von Unruhe zu melden. Reine Zeitverschwendung. Jeder Einzelne saß schweigend an seinem Platz, den Blick starr geradeaus gerichtet. Das würden sie, wenn nötig, auch noch länger tun.

Sanetomi erschien schließlich mit fünfundvierzig Minuten Verspätung.

»Guten Tag, Premierminister«, grüßte Takahashi mit einer Verbeugung.

»Meine Herren, ich muss mich entschuldigen«, begann Sanetomi, ohne die Begrüßung des Generals zu erwidern. »Ich habe einen unerwarteten Anruf von Präsident Castilla erhalten. Unser Gespräch hat bis jetzt gedauert.«

Takahashi nahm die absichtliche Beleidigung lächelnd hin und setzte sich unaufgefordert. Die Fotos der toten japanischen Soldaten wurden weltweit in den Medien gezeigt, und der Premierminister wusste gewiss, wer sie weitergegeben hatte. Aber was sollte der Politiker schon unternehmen? Während die Bedrohung durch China wuchs, wandte sich das Volk zunehmend von den Zirkuskünstlern, die es gewählt hatte, ab und den Militärs zu, die die Fähigkeit und die Mittel besaßen, das Land zu schützen.

»Sie werden sicher verstehen, dass diese Sitzung offiziell gar nicht stattfindet«, betonte Sanetomi, während er am Kopfende des Konferenztisches Platz nahm. »Ist das klar?«

Alle nickten. Der Premierminister sah Takahashi fest in die Augen. »Ich werde es nicht tolerieren, wenn etwas durchsickern sollte.«

Der General nickte zustimmend in dem sicheren Wissen um seine Unantastbarkeit. Sanetomi hatte keine Ahnung, dass längst entschieden war, welchen Weg Japan gehen würde. Selbst die Männer an diesem Tisch, auf deren Loyalität der Premierminister zählte, waren nicht das, wofür er sie hielt. Sie alle hatten Takahashi die Treue geschworen, weil sie an ein wiedererstarktes Japan glaubten.

»Wir beginnen mit der Untersuchung des Untergangs der *Izumo*. Admiral?«

Sachio Inoue räusperte sich, ehe er mit seinem Bericht begann. »Es war ohne Zweifel ein Torpedo, Premierminister. Die Analyse des Schadens und der chemischen Spuren sowie die Berichte der überlebenden Besatzungsmitglieder deuten eindeutig darauf hin, dass der Torpedo von dem chinesischen U-Boot abgefeuert wurde, das sich nachweislich in dem Gebiet aufgehalten hat.«

»Und die Amerikaner?«

»Wir haben ihnen unsere Daten übermittelt, und sie kommen zur gleichen Schlussfolgerung.«

Takahashi sah die Bestürzung im Gesicht des Premierministers. Natürlich hatte Admiral Inoue das Beweismaterial entsprechend bearbeitet, bevor er es an die U.S. Navy geschickt hatte. Dies betraf vor allem den akustischen Unterschied zwischen ihrem eigenen Torpedo und dem chinesischen Yu-4. Die Aufnahmen waren nachträglich manipuliert worden, während die Chinesen mit ihren eigenen Aufnahmen ihre Unschuld zu beweisen versuchten. Die Welt war jedoch nicht bereit, auf sie zu hören.

»Könnte es sich nicht um ein Versehen gehandelt haben? Vielleicht hat der Kapitän den Torpedo eigenmächtig abgeschossen.«

»Das lässt sich nicht feststellen«, warf Takahashi ein. »Und es ändert nichts am Ergebnis. Unsere Leute sind tot, und die chinesischen Streitkräfte sind in höchster Alarmbereitschaft.«

Sanetomi funkelte ihn wütend an, ehe er sich wieder dem Admiral zuwandte. »Gibt es irgendeine andere plausible Erklärung?«

Inoue schüttelte den Kopf.

»Warum sollten sie so etwas tun? Was haben sie davon?«

Akio Himura, der Direktor des Geheimdienstes, übernahm es zu antworten. »Wir glauben, dass die wirtschaftlichen Probleme Chinas gravierender sind, als man allgemein annimmt. Ihre Banken haben zum Teil riesige Schulden angehäuft, von denen die Öffentlichkeit nichts weiß. Es kann sein, dass das Land vor einem Finanzkollaps steht. Verantwortlich dafür wäre natürlich die korrupte politische Klasse. Deshalb könnte es im Fall eines wirtschaftlichen Zusammenbruchs zu einer richtiggehenden Revolution kommen. Aus dieser Sicht wäre eine militärische Auseinandersetzung ihre einzige Chance, von ihren eigenen Verbrechen abzulenken.«

»Aber es wäre nicht nur ein Krieg gegen uns. Sie hätten es auch mit den Amerikanern zu tun.«

»Ist das so?«, wandte Takahashi ein.

Sanetomi hob die Hand, um ihn am Weitersprechen zu hindern. »Wir alle wissen, was Sie in Ihrer Kindheit durchgemacht haben und welche Vorbehalte Sie gegenüber Amerika hegen, General. Aber ich habe mit dem amerikanischen Präsidenten gesprochen, und er hat mir versichert, dass sie die Beistandsverpflichtung in jedem Fall einhalten werden. Es ist Ihnen bestimmt nicht entgangen, dass die USA mehrere Flugzeugträgerverbände in asiatische Gewässer geschickt haben.«

»Das stimmt, Premierminister. Doch mir ist auch bewusst, dass China ein riesiger Gläubiger der Vereinigten Staaten ist. Zudem verfügt China über eine Milliarde potenzieller Kunden amerikanischer Firmen. Und das Land produziert große Mengen der billigen Produkte, die es in amerikanischen Läden zu kaufen gibt. Unsere Bedeutung für Amerika ist vergleichsweise gering.«

»Es reicht! Ich bin nicht hier, um über wirtschaftliche Verflechtungen zu diskutieren. Wenn es so wäre, hätte ich die entsprechenden Experten eingeladen. Ihre Aufgabe ist es, das Land zu verteidigen, sollte es notwendig sein. Mehr nicht. Habe ich mich klar ausgedrückt?«

Takahashi nickte knapp. Wenn die Krise vorüber war, würde das Land mit hoher Wahrscheinlichkeit vom Militär regiert werden. Die Frage war, ob es vorteilhaft sein würde, diesen kleinen Politiker als Strohmann im Amt zu belassen, oder ob es nützlicher war, ihn wegen Hochverrats hinzurichten.

»Präsident Castilla hat mich und die chinesische Führung zu persönlichen Gesprächen eingeladen, und ich habe ebenso zugesagt wie Präsident Yandong. Wir werden alles unternehmen, um diese Situation friedlich zu lösen, und ich glaube fest, dass unsere Bemühungen erfolgreich sein werden. Dennoch muss ich auch für den gegenteiligen Fall gerüstet sein. Deshalb müssen wir über unsere Verteidigungsbereitschaft sprechen.« Er wandte sich an Himura. »Fangen wir mit dem Geheimdienst an.«

Himura nickte ruckartig und richtete sich auf seinem Platz auf. »Was die Cyberkriegführung betrifft, sind wir bestens gerüstet, in zivile Systeme ebenso wie die der Regierung einzudringen. Falls China einen Angriff startet, sollten wir in der Lage sein, binnen weniger Minuten siebzig Prozent des chinesischen Stromnetzes abzuschalten. Das Internet wird praktisch unbrauchbar gemacht, und die Telefonverbindungen werden um etwa vierzig Prozent reduziert sein. In diesem Punkt sind unsere Zugriffsmöglichkeiten eingeschränkt, weil sie eine völlig veraltete Technologie verwenden.«

»Und die Computer ihrer Streitkräfte?«

»Diese Systeme werden natürlich strenger bewacht. Unser begrenzter Zugang sollte zusammen mit der starken Beeinträchtigung des Stromnetzes ausreichen, um beträchtliche Verwirrung innerhalb der Kommandokette zu stiften. Desgleichen wird ihr Potenzial von Raketenstarts um mindestens zwanzig Prozent herabgesetzt.«

Sanetomi wandte sich dem Vertreter der Luftstreitkräfte zu. »Und was ist von den übrigen achtzig Prozent zu erwarten?«

»Unser Raketenschild hat aus verständlichen Gründen schon länger hohe Priorität«, erklärte General Tadao Minami. »Wir sollten imstande sein, so gut wie alle angreifenden Raketen abzuwehren und eine Zone zu schaffen, in der keine feindlichen Flugzeuge – leider auch nicht unsere – operieren können.«

Sanetomis Reaktion war verständlicherweise gedämpft, obwohl die Prognosen seiner Militärs so positiv ausfielen.

Die Amerikaner hatten sich in ihrer Raketenabwehr darauf konzentriert, feindliche Lenkwaffen mit einer Abfangrakete außer Gefecht zu setzen, doch Itos Forschung hatte ergeben, dass das eine Sackgasse war. Selbst wenn dieses System unter idealen Testbedingungen gut funktionierte, konnte der Feind allzu leicht mit wirksamen Gegenmaßnahmen kontern. Die einzige realistische Lösung war die Erzeugung starker elektromagnetischer Impulse, um die Elektronik von Raketen und Flugzeugen lahmzulegen, die in den japanischen Luftraum eindrangen.

Zu diesem Zweck mussten spezielle taktische Nuklearwaffen eingesetzt werden. Die Detonation in der Atmosphäre würde nicht allzu heftig ausfallen – viel schwächer als im Fall der Bomben von Hiroshima und Nagasaki –, doch die Luft würde von zahllosen winzigen Partikeln erfüllt sein, die Japan über Tage hinweg in eine undurchdringliche radioaktive Wolke hüllen würden.

»Und die Gefahren für die Zivilbevölkerung?«

»Akzeptabel«, riss Takahashi erneut das Wort an sich. »Selbst die Atombomben im Zweiten Weltkrieg haben nur deshalb so viele Opfer gefordert, weil die Leute aus Teichen und Flüssen tranken und dadurch radioaktiven Staub zu sich nahmen. Heute ist unsere Wasserversorgung vor einer derartigen Kontamination geschützt. Wir erwarten, dass die Krebsraten innerhalb der nächsten Generation landesweit um zwanzig Prozent ansteigen werden, zudem eine entsprechende Zunahme an Geburtsfehlern, aber das lässt sich nicht vermeiden. Und es ist der möglichen Alternative in jedem Fall vorzuziehen.«

»Was ist mit unseren Drohnen?«, fragte Sanetomi, ohne seinen Stabschef auch nur anzusehen.

»Wenig hilfreich«, antwortete General Minami. »Wir haben erst kürzlich unsere Tests abgeschlossen und hatten nicht genug Zeit, um sie in ausreichender Menge herzustellen. Dafür verfügen wir über genügend Kampfflugzeuge, um unseren Luftraum zu kontrollieren. Insgesamt gehen wir davon aus, dass wir die Zahl der Opfer auf eine Million beschränken können.«

»Eine Million.« Sanetomi schien Mühe zu haben, die Zahl zu verarbeiten. »Das nennen Sie einen Erfolg?«

»Wenn ein Land mit hundertdreißig Millionen Einwohnern von der zweitgrößten Streitmacht der Welt angegriffen wird, dann muss man das als Erfolg betrachten«, erklärte Minami. »Für mich grenzt es fast an ein Wunder.«

Sanetomi wandte sich wieder an Admiral Inoue. »Wie steht es um die Verteidigung zur See?«

»Wie Sie wissen, haben sich unsere Superkavitationstorpedos der dritten Generation als überaus wirkungsvoll erwiesen. Wir haben Hunderte davon vor den japanischen Küsten und zahlreiche vor chinesischen Häfen und Schiffahrtswegen. Wir werden das Meer innerhalb weniger Stunden nach Ihrem Angriffsbefehl kontrollieren.«

»Das klingt sehr zuversichtlich, Admiral.«

»Die Zuversicht ist berechtigt, das versichere ich Ihnen. Weder die Chinesen noch die Amerikaner wissen, dass wir diese Technologie perfektioniert haben, und sie verfügen deshalb über keine brauchbare Abwehr dagegen. Unser System wird von den heute gebräuchlichen Gegenmaßnahmen praktisch überhaupt nicht beeinträchtigt.«

Sanetomis Blick fiel auf den Einzigen im Raum, der bisher kein Wort gesprochen hatte, einen grauhaarigen Mann, der beinahe so alt war wie Takahashi. »Und unsere Bodentruppen?«

»Dank unserer See- und Luftstreitkräfte ist es nicht sehr wahrscheinlich, dass wir eine Invasionsarmee werden bekämpfen müssen«, erklärte General Zenzo Kudo. »Unsere Vorbereitungen betreffen vor allem die Katastrophenhilfe in den Regionen, die von chinesischen Waffen getroffen werden, und die Aufrechterhaltung der Ordnung im Land. Beide Aufgaben werden wir mit Sicherheit sehr effizient bewältigen.«

Sanetomi lehnte sich in seinem Stuhl zurück und starrte einige Augenblicke vor sich hin. »Was, wenn die Chinesen beschließen, ihr Nukleararsenal einzusetzen?«

»In diesem sehr unwahrscheinlichen Fall wird unsere Raketenabwehr den überwiegenden Teil ihrer Waffen unschädlich machen«, warf Takahashi ein. »Und in dem Fall bin auch ich mir sicher, dass die Amerikaner mit der nötigen Schärfe reagieren werden.«

»Ich frage mich, ob es nicht klug wäre, öffentlich zu verkünden, dass wir ein Raketenabwehrsystem auf der Basis von elektromagnetischen Impulsen entwickelt haben. Falls wir diesen Schild einsetzen, könnte man das als nuklearen Angriff missverstehen. Es könnte die Chinesen veranlassen, Atomwaffen einzusetzen.«

»Es wäre ein schwerwiegender Verstoß gegen internationale Abkommen«, gab Takahashi zu bedenken. »Und es würde die Situation weiter eskalieren lassen. Ich würde empfehlen, damit zu warten. Falls sich die Situation so weit zuspitzt, dass wir den Schild aufspannen müssen, werden wir es verkünden.«

Sanetomi nickte widerstrebend, ohne den Vorschlag zu kommentieren.

Natürlich hatten die Generäle nur über Japans Verteidigungssysteme gesprochen und den Premierminister darüber im Dunkeln gelassen, über welche Angriffswaffen sie verfügten. Itos Leuten war es gelungen, eine Zwanzig-Kilotonnen-Atombombe – was annähernd der Sprengkraft der Waffe entsprach, die gegen Hiroshima und Nagasaki eingesetzt worden war – in eine Hülle zu packen, die von einem einzigen Mann getragen werden konnte. Dreiunddreißig dieser Waffen waren in China sowie an strategisch wichtigen Punkten in Amerika, Europa und Asien platziert.

Mit hoher Wahrscheinlichkeit würden die Waffen aus Japans Nukleararsenal nie eingesetzt werden. Im Vergleich zu Itos Nanowaffe waren Atombomben hoffnungslos obsolet.

»In welchem Maße wären wir bei der Verteidigung des Landes auf die Amerikaner angewiesen?«

»Nur sehr eingeschränkt«, betonte Takahashi. »Sie werden sich kaum auf einen konventionellen Krieg auf chinesischem Boden einlassen, und auf die Hilfe ihrer Seestreitkräfte sind wir dank unserer Torpedos nicht angewiesen. Ihre Kampfflugzeuge könnten hilfreich sein, um chinesische Angreifer abzuwehren, aber sobald unser Raketenschild aufgespannt ist, können sie ohnehin nicht mehr in unseren Luftraum eindringen.«

»Das heißt, im günstigsten Fall erreichen wir eine Pattsituation, für die aber eine Million Menschen sterben müssen. Und das Worst-Case-Szenario ist ein Atomkrieg, bei dem Millionen auf beiden Seiten umkommen würden. Und das völlig sinnlos.«

Takahashi blieb äußerlich ruhig, doch innerlich stand er unter Starkstrom. Es waren nicht ein paar Millionen, die sterben würden, sondern viele Millionen. Doch ihr Tod würde nicht sinnlos sein. China würde vernichtend geschlagen am Boden liegen.

Der Rest der Welt würde am Beginn eines neuen Zeitalters stehen. Dem Zeitalter der japanischen Vorherrschaft.

Kapitel Sechsunddreißig

Außerhalb von Portland, Oregon
USA

»Versuch's noch mal«, sagte Jon Smith und beugte sich tiefer unter die Motorhaube des rostigen AMC Gremlin.

Randi drehte den Schlüssel im Zündschloss, doch der Motor wollte nicht anspringen.

Der Wind wurde stärker, riss bunte Blätter von den Bäumen an der verlassenen Landstraße und ließ sie unter die Motorhaube sinken. Smith wischte ein paar Blätter von der Abdeckung des Luftfilters und begann die Flügelmutter abzuschrauben.

»Was gibt's für ein Problem?«, fragte Randi durch das offene Autofenster.

»Das ist eine vierzig Jahre alte Klapperkiste – *das* ist das Problem. Hättest du nicht ein besseres Auto klauen können?«

Randi hatte es sich angewöhnt, Autos von Langzeitparkplätzen am Flughafen auszuleihen, wenn sie ein Fahrzeug benötigte, das nicht zu ihr zurückverfolgt werden konnte. Sie brachte das Auto immer zurück, bevor der Besitzer von seiner Reise zurückkehrte.

»Fujiyama hat gesagt, wenn ich mit einem modernen Wagen aufkreuze, haut er ab.«

Smith seufzte frustriert und stocherte mit einem Holzstab im Vergaser. Eric Fujiyama hatte sich bereit erklärt, mit ihnen zu sprechen – aber unter Bedingungen, die selbst der paranoideste Schizophrene leicht übertrieben gefunden hätte. Sie konnten nicht einfach telefonieren oder sich in einem Restaurant in Portland treffen, das über eine ordentliche Auswahl an lokalen Biersorten verfügte. Nein, sie mussten in einem uralten Auto kommen und Schaufeln mitbringen. Wozu die Schaufeln? Randi dachte sich nichts dabei, doch Smith fragte sich unwillkürlich, ob der Gastgeber ihres Geheimtreffens in den Wäldern nicht vielleicht vorhatte, damit Gräber zu schaufeln.

»Versuch's noch mal.«

Diesmal erwachte der Motor keuchend zum Leben. Smith knallte die Motorhaube zu und lief zum Beifahrersitz.

»Würg ihn bloß nicht ab.«

Randi warf ihm einen vernichtenden Blick zu und fuhr los, die Augen auf eine Karte gerichtet, die sie ans Armaturenbrett geklebt hatte. Nach der markierten Route musste die Abzweigung direkt vor ihnen liegen. Sie bog nach rechts in einen Waldweg ein, und das Ächzen der altersschwachen Radaufhängung übertönte die Klänge von Steely Dan, die aus den verborgenen Lautsprechern kamen. Smith versuchte erneut, die Anlage zurückzudrehen, doch der Lautstärkeregler klemmte, und die 8-Spur-Kassette ließ sich nicht herausnehmen.

»Langsamer, Randi.«

»Wovon redest du? Wir wären zu Fuß schneller.«

»Genau das werden wir auch müssen, wenn die Achsen endgültig brechen.«

»Was ist dir heute bloß über die Leber gelaufen?«

Er zeigte ihr den Mittelfinger und drehte sich zum Seitenfenster, an dem die Bäume langsam vorbeikrochen. »Über die Leber gelaufen«, wie sie es ausdrückte, war ihm vor allem, dass durch die Fahrt in dem unbequemen Auto die Schmerzen im Rücken wieder aufgeflammt waren. Aber es war nicht nur das. Er hatte das Glück, außerordentlich gute Gene von seinen sportlichen Eltern geerbt zu haben, und hatte alles getan, um diese Gaben der Natur nicht verkümmern zu lassen – mit einem regelmäßigen Fitnesstraining, das selbst einen Navy SEAL hätte stöhnen lassen. Für ihn war es normal, sich topfit zu fühlen, und er war fest entschlossen, diesen Zustand wiederzuerlangen.

Zwanzig quälende Minuten später gelangten sie zu einer kleinen Lichtung. Smith zog eine Sig Sauer zwischen den Sitzen hervor und suchte den Wald nach auffälligen Schatten ab. Randi tat das Gleiche. Fujiyama hatte darauf bestanden, dass sie keine Handys, GPS oder Funkgeräte mitbrachten. Sie hatten also keinerlei Sicherheitsvorkehrungen, falls etwas schiefging.

»Kommt es dir nicht auch ziemlich bescheuert vor, was wir hier tun?«, fragte Smith, während sie ausstiegen und zu beiden Seiten des Wagens in Deckung gingen.

»Komm schon, Jon. Du liebst solche Sachen doch auch. Du bist heute nur ein bisschen schlecht drauf.«

Er zog die Stirn in Falten und überblickte die Lichtung durch das Visier seiner Waffe. Nichts als Wildnis. Natürlich besagte das gar nichts. Hinter den dicht stehenden Bäumen konnte eine ganze Armee verborgen sein, und sie würden es erst mitbekommen, wenn die Gewehre krachten.

Doch statt Gewehrschüssen hörten sie plötzlich das Brummen eines Motors hinter sich. Sie verbargen sich hinter den Bäumen und beobachteten, wie ein asiatisch aussehender Mann von etwa Ende dreißig in einem Jeep von dem Weg, den sie gekommen waren, auf die Lichtung fuhr.

Eric Fujiyama löste den Sicherheitsgurt, sprang aus dem Wagen und sah sich um. »Randi! Wo sind Sie?«
Smith warf ihr einen Blick zu und zuckte mit den Schultern. Der Mann war mit Jeans und Pulli bekleidet und schien keine Waffe zu tragen.
»Hier.« Randi trat zwischen den Bäumen hervor und ging auf Fujiyama zu, die Pistole in der Gesäßtasche ihrer Hose verborgen.
»Hey.« Er deutete mit einem Kopfnicken auf den Gremlin. »Sie halten sich an Anweisungen. Gut.«
»Na ja, an *manche* Anweisungen.«
Smith kam hinter den Bäumen hervor, seine Sig Sauer mit dem Lauf nach unten in der Hand haltend. Fujiyama erstarrte einen Moment und wirbelte herum, um wegzulaufen, doch Randi packte ihn am Kragen.
»Immer mit der Ruhe, Eric. Wir wollen nur reden.«
»Wer zum Teufel ist er? Ich hab gesagt, Sie sollen allein kommen!«
»Ich weiß, und dafür entschuldige ich mich. Er hat darauf bestanden, mich zu begleiten.«
Smith setzte sich auf die Stoßstange des Jeeps und sah Eric mit einem entwaffnenden Lächeln an. »Freut mich, Sie kennenzulernen, Eric.«
Fujiyama wirkte nicht erfreut über den Verlauf des Treffens, sah aber ein, dass er im Moment nicht viel dagegen tun konnte.
»Lassen Sie mich raten. Masao Takahashi spielt plötzlich verrückt, und Laurel und Hardy können sich nicht erklären, warum. Die CIA ist besorgt, und Sie brauchen die Hilfe eines Kerls, den Sie gefeuert haben, weil Sie fanden, er beschäftigt sich zu viel mit irgendwelchen Verschwörungstheorien.«

»Ich hab Sie nicht gefeuert«, stellte Randi klar. »Ich habe vor einigen Tagen zum ersten Mal von Ihnen gehört.«

Fujiyama verschränkte die Arme vor der Brust. »Okay. Was wollen Sie wissen?«

Smith legte die Pistole auf die Stoßstange und schob sie ein Stück von sich weg. »Sie haben den Nagel auf den Kopf getroffen, Eric. Takahashi scheint richtig versessen darauf zu sein, sich mit einem ausgewachsenen Gorilla zu prügeln. Wir sind zwar verpflichtet, ihnen beizustehen, aber Japan wird trotzdem die Hucke vollkriegen. Was verspricht er sich davon?«

»Was er sich verspricht?«, fragte Fujiyama mit einem höhnischen Grinsen. »Haben Sie gewusst, dass Japan, ein Land, das offiziell gar keine Streitkräfte besitzt, über das fünftgrößte Verteidigungsbudget der Welt verfügt?«

»Das ist mir bekannt.«

»Was Sie aber wahrscheinlich nicht wissen, ist, dass die Zahlen, die in der Öffentlichkeit kursieren, nicht einmal die Hälfte der tatsächlichen Ausgaben ausmachen. Das ist einer der Gründe, warum die Rezession so viel länger angedauert hat als vorhergesagt.«

»Damit kämen sie nahe an das chinesische Militärbudget heran«, räumte Randi ein. »Es scheint ihnen aber nicht allzu viel gebracht zu haben.«

»So sieht es zumindest aus. Die Japaner sind bekannt für ihre Effizienz, und trotzdem stecken sie hundert Milliarden Dollar in die Landesverteidigung, ohne etwas Brauchbares dafür zu bekommen.« Seine Stimme nahm einen sarkastischen Unterton an. »Wer hätte das gedacht?«

»Sie wollen also sagen, die Japaner besitzen Waffen, von denen wir nichts wissen«, hakte Smith nach.

»Wir müssten es doch mitkriegen, wenn sie so viele zusätzliche Schiffe und Panzer hätten«, fügte Randi hinzu, um Eric aus der Reserve zu locken. Nach dem, was sie über die mögliche Nanowaffe wussten, war klar, worauf Fujiyama hinauswollte.

»Die Japaner können keine Streitmacht im klassischen Sinn aufbauen. Nach dem, was im Zweiten Weltkrieg vorgefallen ist, wäre das undenkbar, und ihre Verfassung verbietet es ja auch ausdrücklich. Zudem würde dann ein Wettrüsten in Asien drohen ...«

»Und sie haben weder die dafür notwendige Bevölkerung noch die entsprechenden Ressourcen«, führte Smith den Gedanken zu Ende.

»Bingo! Sie haben es erfasst! Also mussten sie sich etwas ganz Neues einfallen lassen.«

»Was ist mit diesem neuen Schlachtschiff?«, erwiderte Randi. »Das war doch ganz konventionell.«

»Das Schiff, das jetzt auf dem Meeresgrund liegt? Das war nur ein Ablenkungsmanöver. Verdammt, es würde mich nicht wundern, wenn Takahashi es selbst versenkt hätte.«

Smith öffnete den Mund, um etwas einzuwenden, doch der Ex-Geheimdienstmann war jetzt so richtig in Fahrt. Smith beschloss, seinen Redefluss nicht zu unterbrechen.

»Erinnern Sie sich an die Zeiten, als diese ganze coole Technik aus Japan kam? Betamax, DVDs, Computerspiele, tragbare CD-Player ...«

»Klar ...«, stimmte Randi zu.

»Was ist passiert?«, fragte Fujiyama rein rhetorisch.

»Genau zu der Zeit, als Takahashi Adjutant des damaligen Kommandanten der japanischen Streitkräfte wurde, kamen die Innovationen irgendwie ins Stocken, und Amerika übernahm die Führungsrolle. Wo sind die brillanten Leute hingekommen? Die CIA scheint zu glauben, sie hätten sich in Luft aufgelöst.«

»Aber Sie glauben das nicht«, warf Randi ein. »Sie denken, Takahashi hat sie rekrutiert, um ein völlig neuartiges Waffenarsenal aufzubauen.«

Smith ließ sich nicht anmerken, wie seine Gedanken rotierten, während er die Informationen verarbeitete. Die Teile fügten sich zusammen und ergaben ein erschreckendes Bild.

»Nehmen wir zum Beispiel Akito Maki«, fuhr Fujiyama fort.

»Wer ist das?«, fragte Randi.

»Er hat in den frühen Neunzigerjahren als junger Chemieingenieur daran gearbeitet, die Energieausbeute von Raketentreibstoff um ein Vielfaches zu steigern. Dann heuerte er bei einer Firma an, die Takahashis Familie gehörte, und scheint seither nichts Nennenswertes mehr hervorgebracht zu haben. Oder Genjiro Ueda, ein Werkstoffingenieur, der aus Carbon und Keramik ein unglaublich widerstandsfähiges Material entwickelte. Er heuerte bei einer Firma an, die für das Verteidigungsministerium arbeitet, und verdient seither gutes Geld, ohne etwas zu leisten, was seinen Fähigkeiten entspricht. Und dann natürlich der Opa dieser Truppe: Hideki Ito.«

Smith warf Randi einen kurzen Blick zu, als er den bekannten Namen hörte. Es sprach für sie, dass sie keine Regung zeigte.

»Ito ist einer der Väter der Nanotechnologie. Vor Jahrzehnten machte er wirklich interessante Dinge auf dem Gebiet, bis er sich plötzlich zurückzog und nichts Nennenswertes mehr hervorbrachte. Und das sind nur einige der

Programmierer, Biologen, Ingenieure und Kernphysiker, die in den letzten dreißig Jahren von der Bildfläche verschwanden.«

»Haben Sie irgendwelche Belege dafür?«, wollte Smith wissen.

Fujiyama sah ihn ein wenig unsicher an. Schließlich schien er einen Entschluss zu fassen und deutete mit dem Kopf zu einem baumbestandenen Hügel im Osten. »Ein paar Akten in einem Tresor, den ich selbst gebaut habe.«

»Akten?«, wunderte sich Randi. »Sie meinen Papier? Warum bewahren Sie das Material nicht auf einem verschlüsselten Datenträger auf?«

Fujiyama lachte. »Was glauben Sie, warum ich nicht wollte, dass Sie mich per E-Mail kontaktieren? Warum ich keine modernen Autos oder sonstige Elektronik in meiner Nähe haben wollte?«

»Sie glauben, die Japaner könnten Sie damit überwachen?«

»Hundertprozentig. Sie behaupten zwar, sie hätten kein nennenswertes Geheimdienstnetzwerk, aber Takahashi hat als einer der Ersten gewusst, wie wichtig Computer eines Tages sein würden. Welches moderne Auto oder elektronische Gerät enthält nicht irgendwas, das die Japaner hergestellt oder entwickelt haben? Und da macht sich die Welt Sorgen, weil die Chinesen angeblich im großen Stil Daten hacken.«

»Sie wollen damit sagen, der japanische Geheimdienst ist in Wahrheit die viel größere Bedrohung?«

»Natürlich! China ist im Grunde ein rückständiges Land. Sie lassen zwar ein bisschen die Muskeln spielen, aber im Prinzip sind sie ein mehr nach innen gewandtes Volk. Die

Japaner sind anders. Sie haben immer schon über ihre Küsten hinausgeblickt, um zu sehen, ob ihre Nachbarn nicht etwas besitzen, das sie brauchen können.«

»Okay«, warf Randi ein. »Haben Sie uns die Schaufeln mitbringen lassen, weil Sie uns Kopien von Ihrem Material machen lassen?«

Sein Gesicht nahm erneut einen unsicheren Ausdruck an, doch auch diesmal entschied er sich schnell. »Ja. Ich habe ein paar Dinge über Sie gehört, Randi. Aber von mir haben Sie das nicht, okay?«

»Ich kenne Sie gar nicht«, versicherte sie, öffnete den Kofferraum des Gremlin und holte zwei der drei Schaufeln heraus. Eine gab sie Fujiyama.

Der Analytiker deutete auf Smith. »Was ist mit ihm?«

»Er behält die Autos im Auge und hält uns den Rücken frei.«

Sie eilte in Richtung des Hügels, und Fujiyama beeilte sich, mit ihr Schritt zu halten. Smith bedankte sich im Stillen bei ihr. Normalerweise hätte er sich darauf gefreut, den Hügel für ein spontanes Lauftraining zu nutzen. Heute erschien ihm der kleine Buckel wie der Mount Everest.

Randi wusste, dass sie zu schnell den steilen Hang hinaufhetzte, doch es half ihr zu denken, wenn sie das Blut in den Adern pochen fühlte. In der einen Hand hielt sie die Schaufel, in der anderen die Beretta, doch sie fragte sich nun, ob es klug war, Smith zurückzulassen. Sie war hier extrem angreifbar – ohne Elektronik, ohne Unterstützung in einem Gelände, in dem einem allzu leicht jemand auflauern konnte.

Doch das war es eigentlich gar nicht, was ihr am meisten Angst machte. Was sie in einem solchen Tempo den Berg hinauftrieb, war die Tatsache, dass die haarsträubende Geschichte, die der Mann ihnen erzählt hatte, absolut plausibel klang. Am liebsten hätte sie sich ins Auto gesetzt und wäre verschwunden, um diese Unterlagen nicht sehen zu müssen, aus denen vielleicht hervorging, dass etwa zehntausend Kilometer entfernt der Dritte Weltkrieg auszubrechen drohte.

Sie konnte Fujiyamas keuchendes Atmen nicht mehr hören und blieb stehen, um auf ihn zu warten.

»Ist es ganz oben?«, fragte sie, während er die Schaufel fallen ließ und sich vornüberbeugte, um zu Atem zu kommen. Ein schwaches Nicken.

»Warum hier?« Randi setzte den Aufstieg fort, wenn auch etwas langsamer als zuvor.

»Weil es abgelegen ist«, keuchte er. »Hier führt kein Weg hinauf.«

Fünfzehn Minuten später hatten sie eine Strecke zurückgelegt, für die Randi normalerweise fünf Minuten gebraucht hätte – doch ohne ihn hätte sie nicht viel gefunden. Als sie endlich die Spitze des Hügels erreichten, zog Fujiyama einen Kompass und ein Maßband hervor und begann mit Berechnungen, ausgehend von einem Felsbrocken neben einem Baumstumpf.

Randi beobachtete schweigend, wie er hin und her kroch, Markierungen in die Erde ritzte und davon ausgehend den nächsten Punkt suchte. Ein GPS-Gerät hätte die Sache beschleunigt, doch es stellte für ihn ein unzumutbares Risiko dar, aufgespürt zu werden.

Es dauerte etwa fünf Minuten, bis Fujiyama schließlich einen Stock in den Boden steckte und seine Schaufel holte.

»Ist das die Stelle?«, fragte Randi und sprang auf, um ihm zu helfen.

239

»Ja. Der Tresor ist aber einen guten Meter tief vergraben, und ich kann mich erinnern, dass der Boden nicht besonders weich ist.«

Sie postierten sich einander gegenüber und begannen zu graben. Leider traf seine Einschätzung des Erdreiches zu. Seit er seinen kleinen Schatz hier versteckt hatte, war die Stelle von Gras und Wurzelwerk überwuchert worden, was ihnen das Graben erschwerte.

Die Herbstluft war nicht kühl genug, um die Wärme der Sonne auszugleichen, die hoch am Himmel stand. Der Schweiß tropfte Randi von der Nase, während sie die Schaufel wieder und wieder in den Boden rammte und die Erde auf den anwachsenden Hügel hinter sich häufte.

Fujiyama versuchte mit ihr mitzuhalten, doch seine Seite des Lochs war kaum tief genug, um jemanden stolpern zu lassen, während Randi bereits einen guten halben Meter geschafft hatte. Sie hatte schon während des Aufstiegs kein gutes Gefühl gehabt, doch hier oben kam sie sich noch viel schutzloser vor. Sie wollte die Unterlagen so schnell wie möglich ausbuddeln und sich aus dem Staub machen.

Mit neuem Eifer steckte sie die Schaufel in den Boden, sprang mit beiden Füßen darauf – und wurde im nächsten Moment zurückgeworfen. Sie brauchte einen Augenblick, um zu begreifen, was geschehen war. Die Tatsache, dass das Schaufelblatt noch in der Erde steckte und sie den Stiel in der Hand hielt, beantwortete ihre Frage.

»Verdammt!«, knurrte sie und warf den gebrochenen Stiel weg.

»Sie können meine nehmen«, bot der Analytiker hoffnungsvoll an.

»Nein, wir müssen die Sache erledigen und machen, dass wir wegkommen. Ich hab noch eine Schaufel im Auto, die hole ich schnell. Graben Sie weiter.«

»Ich werde langsam müde, Randi. Vielleicht ...«

»Wollen Sie zurück zum Auto und noch mal den Hügel hochsteigen?«

Er blickte den steilen Hang hinunter. »Nein, aber ...«

»Dann machen Sie hier weiter. Sie haben das verdammte Zeug vergraben.«

Randi rannte los, sprang über Felsen und umgestürzte Bäume, immer mit einem Auge auf die Schatten zwischen den Bäumen achtend. Doch bei ihrem Tempo wäre es ohnehin schwer gewesen, etwas zu erkennen. Manchmal war schnell besser als vorsichtig.

Randi hatte etwa ein Viertel des Weges zurückgelegt, als sie einen lauten Knall hörte. Sie stützte sich gegen einen Baum, um sich umzudrehen, und sah von der Spitze des Hügels eine Feuersäule aufsteigen. Brennende Trümmer und verkohlte Körperteile wurden durch die Luft geschleudert.

Randi machte ein paar Schritte nach oben, doch dann kehrte sie um und rannte weiter den Berg hinunter. Die Leute, die die Bombe gelegt hatten, wussten bestimmt, dass sie hier waren, und Jon war nicht in der Verfassung, sich allein zu verteidigen.

Kapitel Siebenunddreißig

Tokio
JAPAN

Takahashi folgte Akio Himura durch die schwere Tür, die in den bestgesicherten Bereich des Gebäudes führte. Offiziell verfügte Japan über kein ausgeprägtes Geheimdienstnetz. Die Existenz dieser Anlage – in der angeblich eine staatliche Buchhaltungsabteilung untergebracht war – bildete eines der bestgehüteten Geheimnisse Japans.

An den Wänden waren Einwegspiegel angebracht, durch die sie, wie Takahashi wusste, von Himuras Elite-Sicherheitskräften beobachtet wurden. Beim kleinsten Anzeichen eines Sicherheitsbruchs würden die Türen, durch die sie eingetreten waren, verriegelt und niemand mehr aus- oder eingelassen.

Die verschlüsselte Nachricht war während der nutzlosen Sitzung beim Premier eingetroffen, doch Takahashi hatte nicht darauf reagieren können. Zwanzig quälende Minuten hatte er absitzen müssen, bis er zusammen mit Himura aufbrechen konnte – mit dem Auto durch den dichten nachmittäglichen Stadtverkehr, da kein Hubschrauber verfügbar gewesen war.

Sie blieben vor einer weißen Tür aus Carbon stehen, und Himura hob die Arme über den Kopf. Takahashi tat es ihm gleich, um den Körperscan zu ermöglichen, der nicht nur nach Waffen suchte, sondern auch nach digitalen Speichergeräten, Kameras und sogar Kugelschreibern – einfach allem, was dazu benutzt werden konnte, aufzuzeichnen, was drinnen vor sich ging.

Ein grünes Licht leuchtete auf, und die Tür öffnete sich.
»Lagebericht«, verlangte Himura, als sie das Herz seines Geheimdienstapparates betraten. Es war überraschend unscheinbar – nicht größer als zwanzig Quadratmeter mit kahlen weißen Wänden und drei Tischen aus rostfreiem Stahl, auf denen nur Computerterminals standen. Davor saßen Männer, die viel zu jung schienen, um in so verantwortungsvollen Positionen zu arbeiten. Ihr Computerwissen war jedoch bedeutend höher als das ihrer älteren Kollegen.

»Zwei Unbekannte haben Eric Fujiyama am Ort der versteckten Akten kontaktiert«, berichtete der junge Mann, der ihnen am nächsten saß, ohne von seinem Bildschirm aufzublicken. Einen kurzen Moment flackerte Zorn über dieses respektlose Benehmen in Takahashi auf, doch dann rief er sich in Erinnerung, dass der Geheimdienst nicht mit dem Militär zu vergleichen war. Das waren keine Leute, die sofort Haltung annahmen, wenn ein Vorgesetzter eintrat.

»Haben wir eine Idee, wer sie sind?«, fragte Himura und trat zu dem Mann.

»Wir haben sie über einen amerikanischen Satelliten beobachtet, aber die Perspektive war nicht ideal. Eine blonde Frau und ein schwarzhaariger Mann. Der Mann blieb beim Auto, während die Frau mit Fujiyama auf den Hügel stieg. Es sah so aus, als wäre ihre Schaufel gebrochen, und sie lief den Hügel hinunter, während Fujiyama weitergrub. Als sie auf halbem Weg zum Auto war, detonierte die Mine.«

»Wurde sie verletzt?«, fragte Himura.

»Soweit ich erkennen konnte, nicht.«

»Russell und Smith«, bemerkte Takahashi leise. Himura nickte.

Sie hatten Fujiyama jahrelang überwacht und ihren Teil dazu beigetragen, ihn in Misskredit zu bringen, damit ihn die CIA feuerte. Er hatte jedoch nicht aufgehört, seine Theorie zu verfolgen, und einen Tresor mit Unterlagen vergraben, die möglicherweise seine Vermutungen stützten. Takahashis Leute hatten das Versteck aufgespürt, den Tresor ausgegraben und durch einen Sprengsatz ersetzt. Seine Absicht war, Fujiyama und jeden, der sich für seine Theorien interessierte, in die Luft zu jagen, bevor sie größeren Schaden anrichten konnten. Offenbar war der Plan nicht ganz aufgegangen. Es war ein Fehler gewesen, Fujiyama am Leben zu lassen.

»Wo sind sie jetzt?«, fragte Himura.

»Sie sind auf der Interstate Five im amerikanischen Bundesstaat Oregon unterwegs.«

»Wohin?«

»Vermutlich zum Flughafen. Russell ist dafür bekannt, Autos von Flughafenparkplätzen zu stehlen, und nach dem Modell zu urteilen, mit dem sie hier unterwegs sind, kann es kein Mietwagen sein.«

»Können wir es kontrollieren?«, fragte Takahashi.

»Nein. Es ist wahrscheinlich über dreißig Jahre alt.«

»Haben sie jemanden kontaktiert?«, hakte Himura nach.

»Eher nicht. Sie haben nirgends angehalten, und Fujiyama besteht normalerweise darauf, dass Leute, die sich mit ihm treffen, keine elektronischen Geräte dabeihaben.«

»Haben wir jemanden in der Gegend, der sie abfangen kann?«, wollte Takahashi wissen.

»Nein.«

Takahashi nahm seinen Geheimdienstdirektor am Arm und zog ihn beiseite. »Wir können nicht wissen, was Fujiyama ihnen erzählt hat, bevor er starb. Wir müssen davon ausgehen, dass er ihnen die eine oder andere Information gegeben hat, auf der sie aufbauen können.«

Himura nickte. »Wenn wir handeln, dann jetzt. Bevor sie mit ihren Vorgesetzten sprechen können. Wenn wir sie verlieren ...« Seine Stimme verebbte.

»Wie?«, fragte Takahashi.

»Ihr Auto können wir nicht beeinflussen, aber andere. Ich muss Sie aber warnen, General. Das Risiko, dass es herauskommt, ist ziemlich hoch. Es ist sogar sehr wahrscheinlich.«

Takahashi blickte auf den Bildschirm gegenüber, auf dem das Auto verfolgt wurde, mit dem Smith und Russell unterwegs waren. Himura hatte recht. Es war enorm gefährlich. Doch nichts zu tun war ebenso riskant. Sie hatten Fujiyama kontaktiert und wussten wahrscheinlich bereits, dass es sich bei der Probe um Nanotechnologie handelte und dass Japan sie entwickelt hatte.

»Tun Sie es«, befahl Takahashi.

Himura verbeugte sich knapp und trat zu dem jungen Mann am Computer. »Sind in dem Gebiet andere Fahrzeuge verfügbar?«

»Ja. Aber wir werden das Satellitenbild bald verlieren, und der Verkehr im Umkreis ist im Moment nur schwach. Sie werden in zehn Minuten am Flughafen ankommen. Das wäre genügend Zeit für uns, um die Sicherheitskameras zu hacken. Dort haben wir sie im Blick und zudem eine höhere Dichte an modernen Fahrzeugen.«

Himura legte dem jungen Mann die Hand auf die Schulter. »Russell und Smith dürfen das Flughafengebäude nicht betreten. Ist das klar?«

Kapitel Achtunddreißig

Portland International Airport, Portland, Oregon
USA

Randi Russell blickte immer wieder in den Rückspiegel, während sie den Gremlin zum Langzeitparkplatz lenkte. Die unzähligen Autos vor dem Flughafengebäude spiegelten das grelle Sonnenlicht. Randis geschultes Auge vermochte keinen Verfolger auszumachen, doch sie war sich nicht sicher, ob sie sich noch darauf verlassen konnte.

»Moment.« Smith starrte auf die Notizen, die er auf eine zerdrückte Serviette aus dem Handschuhfach gekritzelt hatte. »Der eine Wissenschaftler, den er erwähnt hat ... Wedo?«

»Welchen meinst du?«

Er seufzte frustriert. »Maki war der Kerl, der den Raketentreibstoff verbessert hat. Sein Vorname war so ähnlich wie Akido. Ich meine den Werkstoffingenieur. Genjiro Wedo?«

Randi schüttelte den Kopf. »Nicht Wedo. Irgendwas mit a. Vielleicht Weda?«

»Ja!« Er schrieb den Namen nieder. »Das ist es. Genjiro Weda. Jetzt müssen wir das nur noch so schnell wie möglich an Star weiterleiten.«

Randi zog einen Parkschein aus dem Automaten und fuhr in den Parkplatz ein. »In ein paar Minuten haben wir unsere Handys wieder, aber trotz der Verschlüsselung von Covert

One bin ich mir nicht sicher, ob wir sie benutzen sollten. Fujiyamas Paranoia ist irgendwie ansteckend.«

»Ich weiß nicht, ob man von Paranoia sprechen kann, wenn jemand die Spitze des Hügels, auf dem du eben gestanden hast, in die Luft gejagt und deinen Informanten getötet hat.«

»Da hast du nicht unrecht.« Sie hielt vor einem roten Kegel mit der Aufschrift »Parken verboten«, sprang aus dem Wagen und plättete den Kegel zu einer Frisbee-Scheibe. Als sie wieder einstieg und weiterfuhr, wischte Smith bereits das Wageninnere ab, um eventuelle Fingerabdrücke zu beseitigen.

Randi holte einen kleinen Rucksack hinter dem Autositz hervor, kramte sich durch den Inhalt und öffnete ein verborgenes Fach am Boden. Sie reichte Smith eine Brieftasche mit abgenutzt aussehenden Papieren und Kreditkarten und nahm sich selbst eine. »Du bist vermutlich auch dafür, dass wir uns trennen und die Tickets unter falschem Namen kaufen?«

»Klar.« Er steckte die Brieftasche ein. »Ich kann immer noch nicht glauben, wie sich die Sache entwickelt. Fürs Erste sollten wir jedenfalls vom Schlimmsten ausgehen.«

»Dass die Japaner in den letzten dreißig Jahren ein Arsenal aus futuristischen Waffen aufgebaut haben, die sie jetzt auch gegen uns richten?«

»So wie du es ausdrückst, könnte man fast Angst kriegen«, stimmte Smith mit einem schwachen Lächeln zu.

Randi murmelte etwas Unverständliches, ehe sie ins helle Sonnenlicht hinaustrat und sich umsah. Da und dort gingen Leute mit Rollkoffern zum Flughafengebäude, andere kamen heraus, doch alle waren mindestens fünfzig Meter entfernt.

Zwei Leute in einem BMW waren im Begriff, den Parkplatz zu verlassen, und eine Frau in einem Prius näherte sich langsam auf der Suche nach einem freien Platz.

»Ich schlage vor, wir gehen hinein, holen unsere Handys und fliegen mit verschiedenen Linien zurück.« Sie schnallte den Rucksack um und wartete auf ihn.

»Klingt vernünftig.« Smith stieg aus und schloss die Tür.

»Der Gremlin wird nicht vollgetankt?«

»Das ist das erste Mal«, räumte Randi ein. »Muss leider sein.«

Als sie sich anschickte, die Straße zum Terminal zu überqueren, heulte zu ihrer Rechten ein Motor auf. Randi wirbelte herum, zog die Beretta unter der Jacke hervor und zielte auf die Windschutzscheibe des Prius, der direkt auf sie zuhielt.

Randi war mit einer außergewöhnlichen Reaktionsfähigkeit gesegnet. Wenn ihre Sinne eine Bedrohung wahrnahmen, reagierte ihr Körper augenblicklich und tat, was nötig war, um die Gefahrenquelle auszulöschen. Diesem Instinkt verdankte sie zweifellos ihr Überleben, doch manchmal übersah sie in ihrer extremen Reaktionsschnelligkeit das eine oder andere Detail.

Smith sprang auf die Straße, ignorierte die Schmerzen im Rücken und warf sich gegen sie. Er wusste, dass Randi die menschliche Gestalt auf dem Fahrersitz nur noch als Zielscheibe wahrnahm, die es zu treffen galt. Smith sah jedoch mehr: das erschrockene Gesicht der Frau im Auto, die verzweifelt versuchte, das unbewegliche Lenkrad herumzureißen.

Es ging alles blitzschnell. Er stieß Randi zur Seite, und sie stolperten beide auf die Autos zu, die hinter ihr aufgereiht waren. Smith wurde noch vom vorbeirasenden Prius touchiert, verlor das Gleichgewicht und landete auf dem Asphalt.

Randi hielt sich auf den Beinen, krachte aber gegen einen Nissan Pathfinder, während der Prius auf den Gehsteig holperte und weiterrollte. Sie erholte sich schnell und wirbelte mit der Pistole im Anschlag herum, um auf einen weiteren Angriff gefasst zu sein. Die Fußgänger ließen ihr Gepäck fallen und rannten in alle Richtungen. Sie hielten es zweifellos für einen Terroranschlag oder den Amoklauf eines blindwütigen Schützen.

»Was zum Teufel, Jon!«, rief sie, während er sich mühsam aufrappelte. »Du hättest ...«

Der führerlose Nissan, hinter dem sie stand, wurde plötzlich gestartet, und Smith sah die Rückfahrscheinwerfer aufleuchten. Diesmal war sie so verwirrt, dass sie einen Sekundenbruchteil zu langsam reagierte. Der Nissan machte einen Satz nach hinten, Randi wurde niedergestoßen und verschwand hinter dem Auto.

»Randi!«, rief Smith, während der Nissan in einen VW in der nächsten Reihe krachte. Er eilte zu ihr und hörte, wie der Pathfinder den Vorwärtsgang einlegte, um einen neuerlichen Versuch zu starten.

Randi war benommen und blutete am Arm, doch ihre schlanke Statur und die erhöhte Bodenfreiheit des SUVs hatten ihr das Leben gerettet. Er packte sie an der Jacke, ohne sich nach dem Fahrzeug umzublicken, das von hinten auf sie zukam.

Gott sei Dank war sie nicht schwer. Er warf sie auf die Motorhaube eines Mazda und sprang hinterher, ehe der Nissan gegen die hintere Stoßstange knallte. Sie stürzten zu Boden und landeten in der schmalen Lücke zwischen dem Mazda und dem Minivan daneben.

Randi schüttelte ihre Benommenheit ab, zielte über die Motorhaube hinweg und feuerte zwei Schüsse in die Windschutzscheibe des Nissan. Wie erwartet, schlugen beide in die Kopfstütze des Fahrers ein. Leider war der Sitz leer.

Smith riss sie am Kragen zurück und deutete zum Flughafengebäude. »Wir müssen weg hier! Schnell!«

Randi rannte los, und er hustete Blut, während er mit ihr Schritt zu halten versuchte. Sie wollte an einem neuen Mercedes vorbeilaufen, doch er hielt sie zurück.

»Nein! Nach links!«

Randi zögerte, befolgte jedoch seine Aufforderung und sprintete los. Im nächsten Augenblick raste der Mercedes bereits auf sie zu. Sie rettete sich mit knapper Not hinter einen alten Pick-up, ehe der Mercedes das Fahrzeug rammte. Smith kletterte auf die Ladefläche des Trucks, von dort auf das Fahrerhaus und sprang zu ihr hinunter.

»Bleib hinter mir!«

Tief geduckt rannte Smith los und suchte immer wieder hinter älteren Automodellen Schutz. Sie folgte ihm, die Pistole immer noch im Anschlag, auch wenn sie nicht recht wusste, auf wen oder was sie schießen sollte.

»Los!«, feuerte er sie an, als sie die Straße erreichten, die direkt zum Terminal führte. Sie war verstopft von Autos und Hotel-Shuttlebussen, die wegen der panisch flüchtenden Leute zum Stehen gekommen waren.

Ein Taxi beschleunigte plötzlich in ihre Richtung, doch es krachte gegen den hohen Bordstein des Gehsteigs und blieb liegen. Smith rannte zur Eingangstür und kämpfte sich durch den Strom der entgegenkommenden Menge.

Im Flughafengebäude hatten die Sicherheitsleute ihre Waffen gezogen, obwohl sie genauso wenig wie alle anderen wussten, von wem die Bedrohung ausging. Die meisten Leute strebten instinktiv ins Freie, doch andere flüchteten sich tiefer ins Innere und verbreiteten die Hysterie im ganzen Gebäude.

Randi ließ die Waffe fallen, zog die Jacke aus und eilte mit gesenktem Kopf an den Sicherheitskameras vorbei, die auf modernen Flughäfen allgegenwärtig waren. Smith entledigte sich ebenfalls seiner Jacke und ließ sie zwischen den Reisenden auf den Boden fallen. Er schlang den Arm um Randi und zog sie eng an sich, einerseits, damit sie nicht getrennt wurden, andererseits, um ihren blutdurchtränkten Ärmel zu verbergen.

Sie ließen sich mit der Menge treiben, um möglichst nicht aufzufallen. Mit etwas Glück würden die unbekannten Beobachter sie in dem Chaos verlieren.

Kapitel Neununddreißig

Nordost-Japan

»Doktor? Der General ruft auf einer sicheren Leitung an. Er sagt, es ist dringend.«

Hideki Ito blickte von seinem Computerbildschirm auf und sah den Wächter in der Tür stehen. »Entschuldigung, haben Sie gesagt, der General will mich sprechen?«

Der Mann nickte. »Wenn Sie mir bitte folgen würden.«

Ito erhob sich, trat in den Korridor hinaus und schritt nervös hinter dem Mann her. Takahashi war ein Sicherheitsfanatiker, vor allem wenn es um die Hauptforschungsanlage ging. Er besuchte das ehemalige Atommülllager nur selten und rief *nie* dort an. Der alte Soldat wusste längst, wie verwundbar die elektronische Kommunikation war.

Was mochte geschehen sein, dass Takahashi seine eigenen Sicherheitsvorkehrungen missachtete? Hatten die Chinesen dem Druck der Weltöffentlichkeit nachgegeben und sich zurückgezogen? Ito begann trotz der Kälte des umgebenden Erdreichs zu schwitzen. Oder hatten sie angegriffen?

Es gab an diesem Ort nur eine sehr eingeschränkte Verbindung zur Außenwelt, was Ito als Wohltat empfand, da er sich hier ganz ungestört seiner Arbeit widmen konnte. Dennoch begann er sich zu fragen, ob der General seine Neigung, sich in die Arbeit zu versenken, nicht ausnutzte. Ito wusste seit Langem, dass er eine Schachfigur in Takahashis großen Plänen war. Eine wichtige zwar, aber dennoch nur eine Schachfigur. Nun jedoch drängte sich ihm der Gedanke auf, dass er vielleicht nur noch ein Gefangener war.

»Hier lang, Professor«, wies ihm der Wächter den Weg und deutete auf eine Tür in der Wand.

Der Kommunikationsraum war logischerweise sehr klein und karg eingerichtet. Seit er in dieser Anlage arbeitete, war es das erste Mal, dass er den Raum offen sah.

Ein Computerbildschirm zeigte die Aufforderung zur Eingabe eines Passworts. Ito tippte es ein und setzte einen Kopfhörer auf seine beschädigte Kopfhaut.

»Hallo? General?«

»Wir müssen die Fujiyama-Papiere herausholen«, begann Takahashi statt eines Grußes. Die normalerweise ruhig und diszipliniert klingende Stimme ließ einen zornigen Unterton vernehmen, der dem alten Wissenschaftler den Magen zusammenkrampfte.

Eric Fujiyama hatte umfangreiche Papierunterlagen in einem unglaublich clever verschlossenen Tresor aufbewahrt, den er im Westen der Vereinigten Staaten vergraben hatte. Takahashi hatte ihn gefunden und nach Japan bringen lassen, doch den Safe zu öffnen hatte sich als unerwartet schwer herausgestellt. Eine eingehende Untersuchung mit verschiedenen Bildgebungsverfahren hatte eine Reihe von ineinander verflochtenen Mechanismen zutage gefördert, die auf Faktoren wie Vibration, Luftdruckveränderung und Temperaturunterschiede reagierten. Drinnen befand sich ein Fläschchen, das laut Spektralanalyse mit einer Säure gefüllt war, welche die Papiere vernichten würde, sobald jemand versuchte, den Tresor zu knacken.

»Ich bin mir nicht sicher, ob wir den Safe unbeschadet öffnen können. Ein Fehler, und …«

»Holen Sie die Unterlagen heraus! Sie haben gesagt, Sie würden es mit Ihrer Nanotechnologie schaffen.«

»Ich sagte, es wäre *möglich*, dass die Nanobots die Struktur genügend schwächen, um den Tresor zu öffnen, aber wir haben keine Garantie, dass dabei nicht trotzdem der Mechanismus ausgelöst wird, der …«

»Fujiyama hat mit Smith und Russell gesprochen. Wir wissen nicht, was er ihnen gesagt hat, aber wir müssen davon ausgehen, dass er ihnen die Informationen gegeben hat, die sich in diesen Unterlagen befinden. Wir müssen herausfinden, was er dachte, um ihren nächsten Schritt vorhersehen zu können.«

»Smith und Russell haben überlebt? Wie?«

Ito hatte es zwar nicht direkt erfahren, aber aus verschiedenen Mitteilungen herausgehört, dass Takahashi den Tresor durch eine Mine ersetzt hatte.

»Das braucht Sie nicht zu interessieren, Doktor. Kümmern Sie sich darum, die Unterlagen zu bergen, ohne sie zu beschädigen. Ich möchte klarstellen, dass Sie an nichts anderem arbeiten werden, solange der Safe nicht offen ist. Haben Sie verstanden?«

»Jawohl, General«, versicherte Ito widerwillig. Was blieb ihm anderes übrig?

Die Verbindung wurde getrennt, er nahm den Kopfhörer ab und ließ sich mit wackeligen Beinen auf den einzigen Stuhl im Raum sinken.

Was, wenn es ihm nicht gelang? Wenn die Unterlagen vernichtet wurden, während er den Tresor zu öffnen versuchte? Trotz seiner langen Isolation spürte Ito, dass nicht nur Takahashi, sondern auch die Sicherheitsleute in der Anlage irgendwie verändert wirkten. Ein Sturm braute sich zusammen, an dessen Entstehung er selbst maßgeblich beteiligt war. Und wenn die Flutwelle über die Küste schwappte, würde sie alles und jeden verschlingen.

Kapitel Vierzig

Über Norfolk, Virginia
USA

Jon Smith lehnte sich in dem bequemen Ledersitz zurück und blickte aus dem Fenster, während die Gulfstream G5 von Covert One vom Flughafen Norfolk in den Himmel stieg. Er und Randi hatten sich dort getroffen, um den Jet zu nehmen, den Fred Klein ihnen geschickt hatte. Wie es aussah, hatten sie mit ihren falschen Papieren, den Baseballkappen, Sonnenbrillen und der veränderten Kleidung ihre Verfolger abgeschüttelt. Mit hoher Wahrscheinlichkeit steckte General Takahashi dahinter.

Randi ließ sich in den Sitz gegenüber sinken und schob ein Fläschchen Tylenol und eine Dose Budweiser über den schmalen Tisch zwischen ihnen. »Es war kein Bier aus der Gegend im Kühlschrank, aber ich dachte mir, Bud ist immer noch besser als Wasser.«

Smith spülte ein paar Tabletten mit dem Bier hinunter, ehe er sich wieder zurücklehnte und die Augen schloss. Der Zwischenfall auf dem Parkplatz sowie der stundenlange Flug in der relativ anonymen Economy Class hatten seinem Rücken nicht gutgetan. Wenigstens hustete er kein Blut mehr.

»Schlaf ein bisschen, Jon. Der Flug nach Okinawa ist lang. Fred hat dafür gesorgt, dass wir auf der Kadena Air Base landen können. Von dort geht's weiter aufs Festland. Wenn wir dort sind, musst du wieder fit sein. Im Moment siehst du aus wie hundert.«

»Es sind weniger die Jahre«, erwiderte er, ohne die Augen zu öffnen. »Vielmehr die Kilometer, die ich drauf hab.«

Randi schwieg eine Weile, doch als sie wieder sprach, klang sie ungewöhnlich zerknirscht. »Danke für vorhin. Wenn du nicht gewesen wärst, hätte ich eine unschuldige Frau erschossen und wäre von einem SUV zermalmt worden. Nicht gerade die Art, wie ich abtreten wollte.«

Er lächelte dünn. »Ich hab mich daran erinnert, was Fujiyama über Autos gesagt hat. Er hat darauf bestanden, dass wir mit einem alten Wagen zum Treffen kommen.«

»Sicher, aber ich dachte, er meint, dass moderne Autos über Satelliten verfolgt werden können. Ich kapiere immer noch nicht, was da gerade abgelaufen ist. Wie haben sie die Autos ferngesteuert? Es kommt mir vor wie ...«

Ein irres Lachen ließ sie innehalten, und Smith warf einen Blick auf sein Handy. Der überaus passende Klingelton gehörte zu Marty Zellerbach, einem Highschool-Freund, der ein absolutes Computergenie und einer der weltweit versiertesten Hacker war. Seine Fähigkeiten machten ihn zu einem wertvollen Helfer, obwohl er aufgrund einer angeborenen Entwicklungsstörung – er litt am Asperger-Syndrom, einer leichten Form des Autismus – äußerst anstrengend sein konnte. Besonders dann, wenn er wieder einmal darauf verzichtete, seine Medikamente zu nehmen, was extreme Stimmungsschwankungen hervorrief.

»Gehst du nicht dran?«, fragte Randi.

»Nein.«

»Du weißt, weshalb er anruft, Jon. Früher oder später müssen wir mit ihm sprechen.«

»Später ist mir lieber.«

Sie streckte die Hand aus und schaltete sein Handy auf Freisprechen, bevor er es verhindern konnte. »Marty, Schätzchen. Wie geht es dir?«

»Randi? Die Frage ist, wie geht es *dir*?«

»Alles okay, danke.«

»Ich hab dich gesehen – du siehst so umwerfend aus wie immer. Freut mich, dass das mit dem Arm nichts Ernstes ist.«

Smith zog die Stirn in Falten. Als er in Chicago angekommen war, hatte CNN bereits verwackelte Handy-Videobilder von dem Vorfall in Portland gezeigt. Er und Randy waren darauf einigermaßen deutlich zu erkennen, obwohl in dem allgemeinen Chaos kaum jemand auf die Idee kommen würde, dass sie das Ziel des Anschlags waren. Oder dass es sich überhaupt um einen Anschlag handelte.

»Jon? Bist du da? Geht es dir gut? Du bist mir auf dem Video ein bisschen langsam vorgekommen.«

»Ich bin okay, Marty.«

»Kann ich davon ausgehen, dass es diese Autos auf euch abgesehen hatten und nicht auf die Frau mit dem Jogger-Kinderwagen?«

Randi warf einen Blick auf das Display und vergewisserte sich, dass der Anruf verschlüsselt war. Obwohl sie ohnehin wusste, dass Marty in seiner Kommunikation auf größte Sicherheit Wert legte. Er hatte schon seit Langem die NSA im Verdacht, hinter ihm herzuschnüffeln. In letzter Zeit machte er sich Sorgen, dass auch Aliens ein Interesse haben könnten, ihn zu überwachen.

»Ich denke, davon können wir ausgehen«, bestätigte Randi. »Was zum Teufel war da los, Marty? Wie konnten diese Autos ferngesteuert werden?«

»Das ist gar nicht so schwer. Bei modernen Autos ist alles computergesteuert. Du musst nur irgendwie in die Bordelektronik reinkommen. Ihr kennt doch meinen Nachbarn, dieses Arschloch? Der Typ, der mir ständig die Polizei an den Hals hetzt. Ich bin über den Reifendrucksensor in seinen Lexus reingekommen. Jetzt läuft bei ihm den ganzen Sommer die Heizung volle Kanne, und im Winter die Klimaanlage. Wenn ich wollte, könnte ich ihn durch die Garagentür krachen lassen. Eigentlich gar keine schlechte Idee ...«

»Okay«, warf Smith ein, um Zellerbach davon abzubringen, einen seiner legendären Streiche auszuhecken. »Aber du hattest direkten Zugang zu dem Auto, hast eine Verbindung zu deinem Laptop hergestellt. Wenn du es fernsteuern wolltest, bräuchtest du eine Kabelverbindung oder Funkkontakt mit einer Fernbedienung, oder?«

Es folgte eine lange Pause. »Das stimmt. Ja.«

»Es ist unmöglich, dass jemand in alle diese Autos reingekommen ist und sie gehackt hat, Marty. Und ich bin mir ziemlich sicher, dass auch niemand in der Nähe war, um sie per Fernsteuerung zu lenken. Erklär mir, wie das möglich war.«

Schweigen. Es handelte sich eindeutig um ein Phänomen, das Zellerbach nicht ganz zu erklären vermochte. Und wenn er etwas nicht ertrug, dann ein technisches Problem, über das er nicht endlos dozieren konnte.

»Vielleicht ist da jemand schon bei der Produktion der Fahrzeuge in die Bordelektronik reingegangen. Die Fernsteuerung kann auch über Handymasten oder sogar über Satellit funktionieren. Der Flughafen wäre ein idealer Ort dafür. Eine Menge Sicherheitskameras, über die man das Geschehen beobachten kann.«

»Es waren verschiedene Marken und Modelle«, gab Randi zu bedenken.

»Ja, aber die Teile für diese Autos werden überall auf der Welt hergestellt. Es spielt keine Rolle, wer die Sitze oder den Schalthebel hergestellt hat. Was du wissen musst, ist, von wem die Motorkontrolleinheit stammt.«

»Wie schwierig wäre so etwas, Marty?«

»Die Frage ist zu allgemein formuliert. Es hängt davon ab, wie ...«

»Okay, ich frage anders. Wie viel würde es mich kosten, dich dafür anzuheuern?«

»Ich würde wahrscheinlich fünfzig Millionen Vorschuss und fünf Jahre Zeit verlangen. Und ich würde keine Garantie abgeben. Immerhin müsste ich die Firmen infiltrieren, die die Motorkontrolleinheiten bauen, und einen Weg finden, eine extrem komplexe Software in ihre Systeme einzuschleusen. Dann müsste ich mir noch überlegen, wie ich damit kommunizieren kann ...« Seine Stimme verebbte, während er in Gedanken bereits an der Lösung des Problems tüftelte.

»Du kennst doch alle, die dazu fähig wären«, rief ihn Smith ins Hier und Jetzt zurück. »Wer könnte so etwas ausgeheckt haben? Nenn mir ein paar Namen.«

»Ich glaube nicht, dass wir es hier mit einem einzelnen Hacker zu tun haben«, erklärte Zellerbach. »Auch nicht mit einer Gruppe wie Anonymous. Da steckt eher eine Regierung dahinter.«

Smith und Randi sahen einander an und dachten offensichtlich das Gleiche. Die Japaner trugen besonders viel zur Entwicklung und Produktion von Autoteilen bei. Und sie verfügten über das technologische Know-how, um Handymasten und Satellitennetzwerke für ihre Zwecke zu nutzen.

»Okay«, sagte Smith. »Danke, Marty.«
»Soll ich der Sache nachgehen?«
»Auf keinen Fall«, erwiderte Randi. »Wir wissen zwar noch nicht, womit wir es zu tun haben, aber es ist mit Sicherheit gefährlich. Vom Letzten, der uns weitergeholfen hat, ist nicht mal mehr genug übrig, um einen Schuhkarton zu füllen.«
»Ich hab keine Angst.«
»Das wissen wir«, versicherte Smith. »Aber du hast uns schon gesagt, was wir wissen wollten. Wir rufen dich an, falls wir mehr brauchen. Dann bis später...«

Er trennte die Verbindung und lehnte sich zurück, um erneut die Augen zu schließen, während Randi auf ihrem Laptop vor sich hin tippte. Kurz bevor er in den Schlaf sank, holte ihn ihre Stimme zurück.

»Star hat die Namen, die wir suchen, Jon. Eine schräge Person, aber verdammt gut in ihrem Job.«

»Und?«

»Wir waren nahe dran. Der Kerl mit dem Raketentreibstoff ist Akito Maki ... mit *t*, nicht *d*. Der Werkstoffingenieur heißt Genjiro Ueda. Beide leben noch und arbeiten als Berater. Wir haben ihre Lebensgeschichte, Steuererklärungen, Adressen, Telefonnummern, einfach alles.«

Smith ließ den Atem langsam entweichen. »Wenn sie genug gewusst haben, um eine Bombe auf diesem Hügel zu platzieren, dann müssen wir davon ausgehen, dass sie Fujiyamas Unterlagen besitzen. Sie werden jeden schützen, der darin erwähnt wird.«

»Trotzdem haben wir keine Wahl. Wir stehen vor der Situation, dass Japan über dreißig Jahre hinweg eine heimliche Streitmacht aufgebaut hat und nun dabei ist, einen Krieg mit China vom Zaun zu brechen. Der Präsident kann nicht mit bloßen Vermutungen vor die UNO treten. Wir brauchen etwas Konkretes.«

Smith konnte sich nicht länger wach halten. Sein Körper verbrauchte seine normalerweise immensen Ressourcen für den Heilungsprozess und benötigte dringend eine Ruhepause. Er hatte einfach zu viel durchgemacht. Doch das alles war nichts im Vergleich zu der immensen Zerstörung, die bei einem Krieg zwischen den beiden asiatischen Giganten drohte. Welche Konsequenzen würde eine bewaffnete Auseinandersetzung haben?

Nie da gewesene, so viel stand fest. Takahashi war zu schlau, um sich von Chinas überlegener Truppen- und Waffenstärke überwältigen zu lassen. Nein, viel wahrscheinlicher war, dass die ersten Schüsse in diesem Konflikt völlig lautlos fallen würden. Takahashi würde einfach eine Handvoll Männer nach China schicken, um seine Nanowaffe einzusetzen. Das riesige Land würde regelrecht in sich zusammenfallen. Das Stromnetz würde zusammenbrechen, Häuser würden einstürzen, Maschinen und Geräte zum Stillstand kommen.

Bis die Chinesen dahinterkamen, was los war, wären sie bereits in die Steinzeit zurückgeworfen. Die Lebensmittelversorgung, der Verkehr, die Heizungen – alles wäre lahmgelegt. Auch Unterstützung von außen würde das Land nicht retten können; die Hilfsmaßnahmen würden genauso durch die Nanowaffen zum Erliegen gebracht werden.

Und das war sogar noch das günstigere Szenario. Nach dem, was Smith von Takahashis Technologie gesehen hatte, war er sich nicht sicher, ob sie sich im Ernstfall beherrschen ließ. Ein paar geringfügige Mutationen – und sie konnte Amok laufen, sich auf dem ganzen Planeten ausbreiten und alles zerstören, was ihr in den Weg kam.

Kapitel Einundvierzig

Nordost-Japan

»Statusbericht«, verlangte General Takahashi, als er das großzügige Labor betrat. Dr. Hideki Ito stand vor der dicken Glaswand und versuchte den Stahltresor dahinter mithilfe von zwei mechanischen Händen zu öffnen. Der Wissenschaftler wollte sich umdrehen, doch Takahashi deutete auf die Glasscheibe. »Machen Sie weiter.«
Nach einer umständlichen Verbeugung wandte Ito seine Aufmerksamkeit wieder dem Tresor zu. »Die Nanobots haben die Struktur bereits beträchtlich geschwächt, General. Sie haben das Material vollständig durchdrungen. Die Flasche, in der wir eine Säure vermuten, ist aus Glas und deshalb intakt. Die Unterlagen sind aus dem gleichen Grund unversehrt: Papier kann ebenfalls nicht als Brennstoff benutzt werden.«
»Aber Sie sind noch nicht drin.«
»Nein. Diese Arme sind nicht für so heikle Operationen wie diese geschaffen. Es ist ein langsamer Prozess.«
»Warum gehen Sie dann nicht hinein und benutzen herkömmliche Werkzeuge?«, erwiderte Takahashi ungeduldig.
»Der Tresor wurde verstrahlt, um die Nanobots zu vernichten. Die Strahlung bewegt sich selbst bei Verwendung eines Schutzanzugs im gefährlichen Bereich.«

Takahashi biss die Zähne zusammen, während er Itos ungeschickte Versuche beobachtete, mit den mechanischen Händen das Zahlenrad des Tresors in den Griff zu bekommen. Seine Leute hatten Smith und Russell am Flughafen Portland aus den Augen verloren und bis jetzt nicht wiedergefunden.

Was wussten die zwei?

Mit hoher Wahrscheinlichkeit saßen sie bereits in einem Privatjet oder einem Militärflugzeug nach Japan. Er musste davon ausgehen, dass Fujiyama ihnen zumindest einiges von dem erzählt hatte, was in seinen Unterlagen stand. Vielleicht hatte er nur einen allgemeinen Verdacht geäußert, doch genauso gut konnte er ihnen Namen, Projekte und Orte genannt haben. Man konnte es einfach nicht wissen, und Takahashi hatte nicht genügend Männer, denen er vertraute, um sich gegen jede Möglichkeit abzusichern.

Die künstliche Hand rutschte vom Zahlenrad ab, und Ito grunzte frustriert, ehe er einen neuen Versuch startete.

»Wie lange noch, Doktor?«

»Das kann man nicht sagen, General. Selbst wenn die Arme dafür konstruiert wären, müsste ich langsam vorgehen. Wir können nicht wissen, ob die Verbindungen zwischen der Säure und dem Auslöser bereits ausreichend geschwächt sind. Ich ...«

»Öffnen Sie die Sicherheitszelle.«

Ito drehte sich zu ihm, als hätte er ihn nicht richtig verstanden. »General?«

Takahashi ging ans andere Ende des Labors, nahm den Strahlenschutzanzug vom Haken und legte ihn an. »Ich gehe rein.«

»General, die Strahlenwerte liegen weit über dem, wofür dieser Anzug konstruiert ist. Ich ...«

»Ich nehme Ihre Einwände zur Kenntnis«, erwiderte Takahashi.

Die Angst hatte sich tief in das verwüstete Gesicht des Wissenschaftlers gegraben. Nach dem, was ihm in Fukushima widerfahren war, konnte man das verstehen.

»Geben Sie den Zugangscode ein und verlassen Sie das Labor«, befahl Takahashi.

»Aber General. Sie kön...«

»Tun Sie es!«

Ito stand wie erstarrt da, während Takahashi die Kopfbedeckung aufsetzte und einen kleinen Sauerstoffbehälter anschloss.

Schließlich tippte der Wissenschaftler an einem Tastenfeld den Code ein und eilte zum Ausgang.

Takahashi trat durch die Luftschleuse und ging direkt auf den Tresor in der Mitte der Zelle zu. Es gab einige Werkzeuge, die man zusammen mit den mechanischen Armen einsetzen konnte, und er hob das schwerste auf und hatte Mühe, es mit den dicken Handschuhen zu greifen. Sein Atem beschlug das Visier, während er mit dem Werkzeug mehrmals gegen das Zahlenrad schlug. Beim fünften Versuch zertrümmerte er es, und die Bruchstücke verstreuten sich auf dem Steinboden. Er wählte ein feineres Instrument und schob es in den freigelegten Mechanismus, um die Verbindungen und Drähte zu kappen.

Es gelang ihm nicht ganz, die unwillkürliche Erinnerung an die Opfer der amerikanischen Atombomben von Hiroshima und Nagasaki zu verdrängen. Er war noch ein kleines Kind gewesen, als er zum ersten Mal die Verbrennungen gesehen hatte, die anders waren als die Kriegsverletzungen, die so viele davongetragen hatten. Es waren einige Jahre vergangen, bis sich die Krebserkrankungen zu häufen begannen. Er hatte selbst immer wieder Menschen mit Tumoren gesehen und Geschichten von ihrem langsamen, qualvollen Tod gehört.

Als der letzte Riegel beseitigt war, benutzte Takahashi einen Schraubendreher aus Carbon, um den Tresor zu öffnen. Er hörte nur sein eigenes Atmen, spürte aber, wie der Stahl nachzugeben begann, als er das Werkzeug tiefer hineinstieß. Der Schweiß brannte ihm in den Augen, und er versuchte ihn wegzublinzeln, als die Tresortür endlich nachgab.

Die Unterlagen waren intakt.

Die Anspannung in den Schultern und im Rücken löste sich etwas, und er nahm den dicken Stapel Aktenmappen vorsichtig heraus.

Das Schicksal war offenbar auf der Seite des japanischen Volkes.

Kapitel Zweiundvierzig

Yaita
JAPAN

Jon Smith lenkte den Wagen mit der zulässigen Höchstgeschwindigkeit die japanische Vorortstraße entlang. Die Häuser auf beiden Seiten waren in verschiedenen Stilen gebaut und bunter, als er erwartet hatte. Alle enthielten Details, die der traditionellen japanischen Architektur nachempfunden waren. Die Grundstücke waren weitläufig angelegt, und die offene Landschaft bot wenig Deckung.

Er hatte einen Mietwagen mit getönten Fenstern genommen, was ihn zusammen mit seiner dunklen Haar- und Hautfarbe davor bewahren sollte, allzu viel Aufmerksamkeit auf sich zu ziehen. Es waren ohnehin nur wenige Fußgänger unterwegs. Er hatte eine Gruppe von Kindern beim Fußballspielen auf einem Schulsportplatz gesehen, doch ansonsten wirkte die Vorortsiedlung fast verlassen. Die Leute waren noch bei der Arbeit.

Sein Ziel, der Werkstoffingenieur Genjiro Ueda, lebte auf einem bewaldeten Hügel, auf den eine schmale Straße führte. Das Sonnenlicht ließ einzelne Fenster an den weit auseinander stehenden Häusern glitzern. Eine nicht ungünstige Umgebung für das, was er vorhatte. Die Grundstücke wurden immer größer und der Wald mit zunehmender Höhe immer dichter. Die Frage war, ob er den Mann sofort aufsuchen oder warten sollte, bis es dunkel wurde.

Er brauchte nicht lange, um zu einer Entscheidung zu gelangen. Bevor Randi Russell aufgebrochen war, um sich um Akito Maki zu kümmern, hatten sie sich darauf geeinigt, bei aller Vorsicht so schnell wie möglich vorzugehen. Wenn sie mit ihrem Verdacht richtiglagen, würde Takahashi versuchen, seine Leute mit zusätzlichen Sicherheitsvorkehrungen zu schützen.

Smith ließ den Rückspiegel nicht aus den Augen, während er in Gedanken die Details durchging, die Star über die Zielperson herausgefunden hatte. Ueda war Ende vierzig und etwas schlanker und sportlicher, als Smith es sich gewünscht hätte. Er hatte am Technologieinstitut in Tokio an der Entwicklung von Carbonstoffen geforscht, ehe er plötzlich seine eigene Firma gründete. Ueda erzielte gute Umsätze, doch auch Star hatte nicht ermitteln können, wer seine Kunden waren.

Satellitenfotos und verschiedene Straßenansichten von Google zeigten ein elegantes Haus mit einem Zaun ohne Tor, der nicht wirklich abschreckend wirkte. Star hatte keine Hinweise darauf gefunden, dass Ueda und seine deutlich jüngere Frau ein Sicherheitssystem installiert hatten. Sie hatten keine Kinder, keine Haustiere und keine Nachbarn in Sichtweite. Der Ingenieur schien hauptsächlich in seinem Büro zu Hause zu arbeiten, und seine Frau ging keiner Arbeit nach. Es gab also Grund zur Hoffnung, den Mann im Haus anzutreffen. Es hätte die Aufgabe nicht einfacher gemacht, hier herumsitzen und auf ihn warten zu müssen.

Die Straße wurde steiler, doch er fuhr mit unveränderter Geschwindigkeit weiter und zählte dabei die Hausauffahrten, an denen er vorbeikam. Die idyllische Gegend war zwar nicht mit Afghanistan zu vergleichen, doch das Adrenalin strömte dennoch reichlich. Normalerweise waren die

Operationen von Covert One bis ins kleinste Detail geplant. Im Vergleich dazu erschien ihm dieser Einsatz beängstigend improvisiert. Er litt immer noch an den Folgen seiner Verletzungen und war körperlich zu höchstens sechzig Prozent einsatzfähig. Sie hatten keine Zeit gehabt, um die Gegend von einem Überwachungsteam auskundschaften zu lassen, er verfügte über keinerlei Unterstützung, und seine Einsatzerfahrung in Japan beschränkte sich auf den Vorfall an der Küste, als er einen Armbrustbolzen in den Rücken bekommen hatte.

Smith nahm den Taser vom Beifahrersitz, ehe er in Uedas Auffahrt einbog. Sein Plan war, ihn mit dem Elektroschocker zu betäuben, in den Kofferraum zu packen und zu verschwinden. Eine Sache von höchstens drei Minuten, je nachdem, ob seine Frau zugegen war. Wie Randi so schön sagte: *Was soll schon schiefgehen?*

Normalerweise hätte Smith den Wagen in einigem Abstand vom Haus stehen lassen und wäre zu Fuß weitergegangen, doch ein über eins achtzig großer Amerikaner, der durch die Gegend schlich, wäre wahrscheinlich irgendjemandem aufgefallen, besonders wenn er am helllichten Tag über Zäune kletterte. In diesem Fall war es sicher ratsam, sich möglichst an die Umgebung anzupassen.

Er parkte hinter einem Toyota-SUV und steckte den Taser ein, ehe er ausstieg. Nettes Haus, schöner Garten. Nichts Ungewöhnliches. Aber das hatte er auch nicht erwartet.

Es war nirgends eine Klingel zu sehen, deshalb klopfte Smith an die Haustür, während er mit der anderen Hand den Taser in seiner Jackentasche festhielt.

Als auf der anderen Seite Schritte ertönten, trat er einen Schritt zurück und sah sich noch einmal um. Im nächsten

Augenblick wurde die Tür von einer attraktiven Japanerin geöffnet, die etwa Mitte dreißig war. Sie wirkte überrascht, einen Amerikaner vor sich zu sehen, was Smith vorsichtig als gutes Zeichen wertete.

Laut Star hatte die Frau in der Schule fünf Jahre Englisch gelernt. Aufgrund ihrer Noten beschloss er jedoch, langsam und deutlich zu sprechen.

»Hallo, ich bin Professor Jon Richards vom Massachusetts Institute of Technology. Ist Ihr Mann zu Hause?«

Sie zog die Stirn in Falten, schien ihn aber zu verstehen.

»Kommen Sie bitte herein. Er ist in seinem ... Büro.«

Smith lächelte freundlich, trat ein und schloss die Haustür.

»Bitte warten Sie einen Moment«, forderte sie ihn auf und ging in den hinteren Bereich des Hauses.

Als sie weg war, folgte er ihr lautlos, den Taser immer noch in der Jackentasche haltend. Natürlich wäre alles einfacher gewesen, wenn sie nicht zu Hause gewesen wäre, aber so viel Glück konnte man nicht erwarten. Das Problem sollte sich mit etwas Klebeband lösen lassen.

Smith beobachtete, wie sie durch eine Tür trat, und entschied augenblicklich, dass er keine bessere Chance bekommen würde. Nach den Plänen, die er studiert hatte, gab es nur diese eine Tür zu dem Zimmer. In dem relativ engen Raum konnte er die zwei leichter unter Kontrolle halten.

Er hörte Genjiros Stimme, konnte jedoch nichts verstehen.

»Guten Tag«, grüßte Smith aufgeräumt, als er in das mittelgroße Arbeitszimmer trat.

»Wer sind Sie?«, fragte Genjiro und erhob sich hinter dem Schreibtisch. Sein Englisch war solide, sein Körper athletisch. Laut Star betrieb er seit seinem fünften Lebensjahr Kampfsport.

»Ich bin Ingenieur am MIT«, erklärte Smith mit einem freundlichen Lächeln. »Ich war gerade in der Gegend, und Bob Darren meinte, ich sollte doch bei Ihnen vorbeischauen.« Er hielt Augenkontakt mit Genjiro, damit der Mann den Taser nicht bemerkte, den er aus der Jackentasche zog. Leider war seine Frau aufmerksamer.

Anstatt wegzulaufen oder laut zu schreien, wirbelte sie herum und zielte mit einem blitzschnellen Fußtritt auf Smiths Kopf. Er duckte sich und spürte ihren Fuß über seine Kopfhaut streichen, während ihr Mann über den Schreibtisch sprang.

Falls er heil hier herauskam, würde er Star einen ordentlichen Anschiss verpassen, weil ihr entgangen war, über welche Fähigkeiten die Frau verfügte.

Er lief Gefahr, die Kontrolle über die Situation zu verlieren, und hatte nur wenige Sekunden, um sie wiederzuerlangen. Die Frau setzte nach und versuchte ihn mit einem Tritt zwischen die Beine auszuschalten. Hätte Smith über seine volle Leistungsfähigkeit verfügt, hätte er sie mit einem Fußfeger zu Fall gebracht, ihren Mann mit dem Elektroschocker ruhiggestellt und rasch das Weite gesucht. Doch davon konnte er im Moment nur träumen.

Ihm blieb nichts anderes übrig, als die Frau mit dem Taser kampfunfähig zu machen. Sie erstarrte und fiel wie ein Stein zu Boden, während Genjiro zu einem brutalen Sidekick ansetzte. Er betrieb seit Langem Taekwondo, sodass seine Stärke bei den Fußtechniken lag. Smith hatte keine Lust, sich darauf einzulassen. Er wich dem Tritt aus, packte den Mann und versuchte ihn am Hals zu erwischen.

271

Genjiro konterte mit einem Ellbogenstoß, doch Smith war so nahe, dass er nur vom Oberarm erwischt wurde. Der Japaner setzte nach und trat ihm mit voller Wucht auf den rechten Fuß, doch der leichte Wanderschuh schützte Smith einigermaßen und gab ihm Gelegenheit, dem Ingenieur den Arm um die Kehle zu schlingen.

Mit seiner jahrzehntelangen Kampferfahrung gab sich Genjiro noch lange nicht geschlagen. Er versuchte Smiths Finger zu packen, doch der schloss die Hand gerade noch rechtzeitig zur Faust. Der Japaner war für einen Moment aus der Balance, und Smith riss ihn zu Boden und landete mit beiden Knien auf seinem Rücken. Er nutzte die momentane Benommenheit des Mannes und verstärkte den Würgegriff, so weit es sein verletzter Rücken zuließ. Genjiro schlug mit den Armen aus, und Smith barg sein Gesicht im Nacken des Mannes, um seine Augen zu schützen. Nach dreißig Sekunden begannen die Kräfte des Ingenieurs zu erlahmen. Smith drückte weiter zu und lockerte den Griff erst, als sein Gegner kurz vor der Bewusstlosigkeit stand.

Als Smith den Mann umdrehte, unternahm Genjiro noch einen schwachen Versuch, sich zu wehren, gab aber auf, als er den Schalldämpfer der Sig Sauer unter dem Kinn spürte.

»Es muss niemand verletzt werden, Genjiro. Ich will nur mit Ihnen über Ihre Arbeit sprechen.«

»Ich bin Berater. Ich …«

»Sie arbeiten für Masao Takahashi.«

Smith hätte sich fast gewünscht, dass Genjiro keine Ahnung hatte, wovon er sprach, und dass er und Randi sich mit ihrem schrecklichen Verdacht irrten. Die Augen des Mannes verrieten jedoch, dass er genau wusste, worum es ging.

»Für wen?«, erwiderte der Japaner in seiner Verzweiflung.

»Wollen Sie mir erzählen, Sie wissen nicht, wer Takahashi ist?«

»Ich ... natürlich. Aber ...«

»Ihr Land steht kurz vor einem Krieg, Genjiro. Und Takahashi tut alles, damit es so weit kommt.«

»Das stimmt nicht«, protestierte der Wissenschaftler, als sein Kopf wieder klarer wurde. »Die Chinesen greifen unsere Schiffe an und versuchen den General zu töten. Wir haben das Recht, uns zu verteidigen!«

»Und wenn ich Ihnen verrate, dass Takahashi selbst die *Izumo* versenkt hat? Dass er diesen Krieg unbedingt will?«

»Unmöglich! Wir können China nicht besiegen. Die Amerikaner würden eingreifen, und es käme zu einer Pattsituation mit hohen Verlusten auf beiden Seiten. Takahashi weiß das besser als jeder andere.«

Smith nickte unmerklich. Natürlich wusste Genjiro nicht Bescheid. Er war nur ein Fußsoldat. Ein brillanter zwar, aber dennoch nur ein einfacher Soldat in Takahashis Krieg.

»Glauben Sie, Sie sind der Einzige, den er rekrutiert hat? Was ist mit Japans anderen Genies? All den Wissenschaftlern, die Ihr Land zum technologischen Zentrum der Welt gemacht haben. Wo ist Hideki Ito? Wo ist Akito Maki?«

Genjiro schwieg und dachte über Smiths Worte nach.

»Takahashi hat eine Armee von Spezialisten wie Sie zusammengestellt, die Waffen für ihn entwickeln«, hakte Smith nach. »Aber Sie haben Ihre Arbeit zu gut gemacht. Der General verfolgt nicht das Ziel der gegenseitigen Abschreckung. Er ist überzeugt, einen Krieg gewinnen zu können.«

Genjiro öffnete den Mund, um zu antworten, doch seine Worte gingen im Klirren von berstendem Glas unter.

Smith rollte sich zur Seite, die Pistole im Anschlag. Ein großes Projektil hatte das Ostfenster zertrümmert und war gegen die Wand gekracht. Es zerbarst beim Aufprall und setzte mehrere Geschosse frei, die wie MG-Patronen mit Flossen aussahen.

Genjiro nutzte den Moment der Verwirrung und sprang auf, als plötzlich ein bedrohliches Pfeifen ertönte, das Smith an die Raketen erinnerte, die sein Vater zur Feier des Unabhängigkeitstages auf dem Schwarzmarkt gekauft hatte.

»Unten bleiben!«, rief Smith, als die kleinen Dinger auf dem Boden Flammen auszustoßen begannen. Einige setzten sich in Bewegung und hoben ab.

Smith packte Genjiro am Fußknöchel, doch es war zu spät. Eines der Projektile traf ihn in die Seite, durchbohrte Herz und Lunge und trat zusammen mit Blut, Körpergewebe und Knochensplittern auf der anderen Seite aus. Das Geschoss trudelte gegen die Wand und blieb auf dem Boden liegen.

Die meisten der Projektile waren noch nicht losgegangen, und Smith kroch tief geduckt zu Genjiros Frau. Er hatte keine Ahnung, womit er es hier zu tun hatte und wozu diese verdammten Geschosse in der Lage waren. Waren sie mit einem Zielsystem ausgestattet oder flogen sie einfach los, wie sie lagen, und durchbohrten alles, was ihnen in die Quere kam? Er hatte jedenfalls nicht vor abzuwarten, um es herauszufinden.

Smith hörte ein durchdringendes Zischen hinter sich und warf sich auf die Frau, die gerade begann, sich von dem Elektroschock zu erholen. Das Projektil schoss knapp an seiner rechten Schulter vorbei und bohrte sich in die massive Deckenleiste.

Wenn alle diese Geschosse aktiviert wurden, standen seine Überlebenschancen nicht besonders gut. Er zog die benommene Frau zu dem schweren Schreibtisch. Sie schrie auf, und er spürte einen Schwall warmen Blutes im Gesicht. Als er sich umblickte, sah er, dass ein Geschoss der Frau ein Stück von der Größe eines Baseballs aus dem Oberschenkel gerissen hatte.

Sein Vorhaben, unter den Schreibtisch zu gelangen und ihn zur Wand zu ziehen, erschien ihm nicht mehr Erfolg versprechend. Diese Projektile waren viel mehr als nur hoch entwickelte Granatsplitter; sie verfügten über eine eigene Steuereinheit, und wenn sie keinen Weg um den Schreibtisch herum fanden, würden sie ihn einfach durchdringen.

Smith hob die Frau auf die Schulter, rannte zum zertrümmerten Fenster und warf sich mit ihr hindurch. Er rollte sich auf die Frau, drehte sich auf den Rücken und richtete die Pistole auf das Fenster – mehr aus Gewohnheit als in der Hoffnung, irgendetwas ausrichten zu können. Er wartete zwei Sekunden, doch keines der Projektile schoss durch das Fenster heraus. Offenbar waren sie darauf programmiert, im Haus zu bleiben.

Smith rollte sich von der stöhnenden Frau und schwenkte die Waffe hin und her. Sie befanden sich zwischen dem Haus und einer dichten Hecke. Was dahinter war, konnte er nicht sehen, doch immerhin war auch er vor Blicken von draußen geschützt. Sein Auto stand etwa zwanzig Meter entfernt, doch in dieser Situation war das wie eine ganze Meile. Genjiros Frau befand sich in einem Schockzustand, und mit seinen eigenen Verletzungen wäre es äußerst mühsam und schmerzhaft gewesen, sie bis zum Auto zu tragen.

Smith zog sein Handy hervor und wählte Randis Nummer, während er vorsichtig am Haus entlangkroch.
»Ja«, meldete sie sich beim zweiten Klingeln.
»Brich ab! Hast du verstanden? Operation abbrechen!«
»Jon? Was zum Teufel ...«
Plötzlich zuckte ein Schmerz durch seinen Körper, wie er ihn noch nie erlebt hatte. Randis Stimme verklang zu einem Rauschen, und er spürte, wie seine Beine unter ihm nachgaben. Die Pistole glitt ihm aus der Hand, dann wurde es dunkel um ihn herum.

Kapitel Dreiundvierzig

Utsunomiya
JAPAN

»Jon!«, rief Randi ins Telefon. »Jon, hörst du mich?«
Ihre Frage erübrigte sich. Das Rauschen war so laut, dass sie das Handy vom Ohr weghalten musste. Dann wurde es still.

Sie unterdrückte den Drang, das Handy gegen das Armaturenbrett ihres Mietwagens zu knallen, und warf es auf den Beifahrersitz. Der Verkehr floss extrem zäh dahin, und sie lenkte das Fahrzeug über die Gegenfahrbahn und bog in eine weniger stark befahrene Straße ein, die von Wohnblocks gesäumt war.

Wie erwartet, gab es keine freien Parkplätze, deshalb hielt sie in einer Ladezone an, vor der auf auffälligen Schildern etwas stand, das vermutlich »Parken verboten« bedeutete.

»Beruhige dich«, sagte sie sich und atmete erst einmal tief durch.

Die Passanten auf dem Bürgersteig beäugten sie etwas beunruhigt, was vermutlich an ihrem Gesichtsausdruck lag. Sie griff erneut zum Handy und tat so, als führte sie ein angeregtes Telefongespräch. Bald beachtete sie niemand mehr.

Was zum Teufel war geschehen? Smith hatte in seiner Laufbahn schon einiges durchgemacht: Bei einem Einsatz hatte er durch eine Schussverletzung eine Arterienblutung erlitten, und er hatte des Öfteren mit Viren zu tun gehabt, die die halbe Menschheit auslöschen konnten – doch er war noch in der dramatischsten Situation die Ruhe selbst. Umso alarmierender war sein Anruf eben: Diesmal hatte er wirklich verzweifelt geklungen.

Randi drehte das Lenkrad, um den Wagen wieder in den Verkehr einzufädeln, hielt dann aber inne. Ihr erster Instinkt drängte sie, zu ihm zu fahren, doch war das wirklich sinnvoll? Sie wäre fast eine Stunde unterwegs, und auch das nur, wenn ihr GPS ihr wieder verständliche Angaben lieferte, nachdem es unerklärlicherweise ins Japanische gewechselt hatte.

Ihr Ziel war nur noch zwei Kilometer entfernt, und ihr zweiter Instinkt riet ihr, den Mann aufzusuchen, obwohl Smith sie davor gewarnt hatte. Akito Maki war vielleicht ihre letzte konkrete Spur. Wo sollten sie ansetzen, wenn er ihnen durch die Lappen ging? Sollten sie wahllos japanische Wissenschaftler entführen, mit Autobatterien foltern und sie fragen, ob sie an ihren freien Wochenenden an der Aufrüstung einer Science-Fiction-Armee mitgearbeitet hatten?

Randi blickte auf die andere Straßenseite und sah die Flagge der kaiserlichen japanischen Armee vor dem Eingang eines Wohnhauses wehen. Es war nicht die erste derartige Fahne, die ihr heute begegnete. Sie hatte Demonstrationen gesehen, T-Shirts mit martialischen Aufdrucken, Transparente und Barrikaden vor japanischen Regierungsgebäuden. Die Lebensmittelläden kamen kaum damit nach, ihre Regale zu füllen, weil die Leute Vorräte horteten, um für das vermeintlich Unausweichliche gerüstet zu sein.

Randi schlug mit der Hand auf das Lenkrad, und es tat so gut, ihrem Frust Luft zu machen, dass sie es ein paarmal wiederholte. Normalerweise würde sie davon ausgehen, dass sich Smith irgendwie aus seiner prekären Lage zu befreien vermochte. Doch seine Verletzungen beeinträchtigten ihn allzu stark. Es war zu befürchten, dass er bereits tot oder dem Feind in die Hände gefallen war.

Ein Mann in Polizeiuniform trat auf sie zu und deutete mit strenger Miene auf sie. Randi nickte entschuldigend und fuhr los. Das GPS in ihrem Handy machte sie auf Japanisch darauf aufmerksam, dass sie sich von ihrem Ziel entfernte. Sie schaltete es ab und wählte Fred Kleins Nummer.

Jetzt konnte nur noch eines seiner kleinen Wunder helfen.

Kapitel Vierundvierzig

Nordost-Japan

Jon Smith öffnete die Augen und blickte in die Neonlampe, die über ihm hing. Darüber spannte sich eine Decke aus Erde, und nach dem Stein zu urteilen, der sich in seinen Rücken bohrte, war der Boden, auf dem er lag, aus dem gleichen Material.

Er setzte sich auf und sondierte rasch seine Umgebung: die gleichmäßigen Streifen an den Wänden deuteten darauf hin, dass die kleine Höhle, in der er sich befand, von einer Maschine gegraben worden war. Der Raum maß nur etwa drei mal drei Meter. Die Tür war aus einem rötlichen Material, vermutlich Carbon. Die einzigen Möbelstücke waren ein schlichter Holztisch und zwei dazu passende Stühle.

Er rappelte sich mit wackeligen Beinen auf und versuchte festzustellen, wie sein körperlicher Zustand war. Sein Rücken schien unter dem Sprung aus dem Fenster nicht allzu stark gelitten zu haben. Zum Glück hatte sich Uedas Büro im Erdgeschoss befunden. Dem Ingenieur hatte das nicht viel genützt.

Smith erinnerte sich daran, dass er mit der verletzten Frau vor dem Haus gelegen und sofort Randi angerufen hatte. Was danach geschehen war, wusste er nicht.

Er setzte sich auf einen Stuhl und stellte fest, dass eine Schnittwunde an seiner Hand verarztet worden war. Immerhin besser als die mögliche Alternative, dachte er, aber es war ihm vor Kurzem schon einmal passiert, dass er an einem unbekannten Ort aufgewacht war, wo man seine Verletzungen behandelt hatte. Und hätte Klein nicht eingegriffen, wäre es für ihn nicht gut ausgegangen.

Er überlegte, ob er versuchen sollte, die Tür mit einem Stuhl zu knacken, kam aber schnell zu der Einsicht, dass es Zeitverschwendung gewesen wäre. Seine Gedanken wandten sich Randi zu. War sie seinem Rat gefolgt? Hatte sie kehrtgemacht und das Weite gesucht?

Die Tatsache, dass sie nicht hier bei ihm war, bedeutete hoffentlich, dass sie in Sicherheit war – doch sie konnte genauso gut tot sein. Oder in einem anderen Gefängnis sitzen, irgendwo in der Nähe ihrer Zielperson.

Die Tür begann sich zu öffnen, und Smith stand auf und trat einen Schritt zurück. Er legte eine Hand an den Stuhl, wenngleich der nicht unbedingt die Waffe war, die er sich in dieser Situation gewünscht hätte. Fürs Erste war es wohl das Beste, die Lage zu sondieren. Später konnte er immer noch einen Fluchtversuch starten, sobald sich eine Gelegenheit bot.

Den Mann, der durch die Tür trat, erkannte er sofort. Er war mehr als zehn Zentimeter kleiner als Smith, stämmig gebaut und hatte ein wettergegerbtes Gesicht und militärisch kurz geschnittenes graues Haar.

»General Takahashi«, grüßte Smith mit einer angedeuteten Verbeugung. Es erschien ihm nicht unmöglich, den Mann zu töten, bevor ihm jemand zu Hilfe eilen konnte, doch es war schwer zu sagen, ob das seine Probleme lösen oder nicht noch größere schaffen würde. In diesem Moment war höfliche Zurückhaltung womöglich die klügere Strategie.

Takahashi verbeugte sich seinerseits, während sich die Tür hinter ihm automatisch schloss. »Colonel Smith.« Er deutete auf den Tisch. »Setzen Sie sich bitte. Ich habe gehört, Sie sind verletzt.«

Es wäre respektlos gewesen, der Aufforderung nicht zu folgen, also setzte sich Smith und wartete, bis der General ebenfalls Platz genommen hatte.

»Randi Russell?«, begann Takahashi ohne Umschweife.

Seine erste Reaktion war zu lügen, doch damit würde er nur die Intelligenz des alten Soldaten beleidigen. »Sie war auf einer ähnlichen Mission. Ich habe ihr geraten, sie abzubrechen, nachdem ich es mit Ihren ... Spielzeugen zu tun bekam.«

Der alte Mann nickte. »Eine Antipersonen-Waffe mit eigenem Antrieb und Zielvorrichtung. Im Moment noch ein bisschen unausgereift. Sie funktioniert in einem eng begrenzten Bereich; darüber hinaus orientiert sie sich nur an der Körperwärme möglicher Ziele. Bessere Zielcomputer sind offenbar noch zu schwer.«

Das erklärte, warum ihn die Geschosse nicht gezielter aufs Korn genommen hatten und ihm nicht nach draußen gefolgt waren. Obwohl die Waffe noch über eine begrenzte Wirkung verfügte, hatte sie doch ein beängstigendes Potenzial, wenn sie beispielsweise gegen eine angreifende Infanterie eingesetzt wurde. Soweit Smith wusste, arbeiteten die Vereinigten Staaten an keiner vergleichbaren Waffe.

»Aber das war es nicht, was mich außer Gefecht gesetzt hat, oder, General?«

»Nein. Genjiros Haus war von kleinen Siliziumkörnern umgeben, fast wie Sandkörner. Sie beziehen Energie aus der Sonne und können durch ein Funksignal aktiviert werden, worauf sie einen starken Elektroschock auslösen. Sie können sich das als ein Minenfeld des einundzwanzigsten Jahrhunderts vorstellen. Je nach Stromstärke kann diese Waffe ein Ziel töten oder nur kampfunfähig machen. Noch wichtiger ist, dass man sie völlig abschalten kann, sobald der Konflikt beendet ist. Es kann nicht passieren, dass noch über Jahre hinweg Kindern die Beine abgerissen werden, weil noch irgendwo Minen herumliegen. Eine deutliche Verbesserung, finden Sie nicht?«

Smith musste ihm recht geben, war aber nicht bereit, es einzugestehen. »Umso bitterer für Genjiro, dass er von einer Waffe getötet wurde, an deren Entwicklung er mitgearbeitet hat.«

Takahashi nickte. »Wirklich schade. Er hat in den vergangenen Jahren viel beigetragen. Trotzdem war seine Zeit zu Ende. Als Soldat und Wissenschaftler sind Sie wahrscheinlich zum gleichen Schluss gekommen wie ich: Im Krieg sind die Klugen und Erfahrenen im Vorteil, in der Wissenschaft die Jungen und Inspirierten.«

Smith schwieg.

»Wissen Sie, wo Sie hier sind, Colonel?«

»Ich kann nur spekulieren.«

Takahashi lehnte sich auf seinem Stuhl zurück und forderte ihn mit einer Geste auf weiterzusprechen. »Bitte.«

»Nachdem Sie den Reaktorblock vier verloren hatten, brauchten Sie einen neuen Standort für die Arbeit an Ihrer Nanowaffe, die Metall, Beton und Kunststoff zersetzt. Mir fällt auf, dass in diesem Raum keiner dieser Stoffe zu finden ist. Dennoch brauchen Sie radioaktive Strahlung, um die Waffe notfalls zu stoppen. Also tippe ich auf ein unterirdisches Atommüll-Endlager.«

Der alte Soldat lächelte. »Ich muss sagen, Sie werden Ihrem Ruf gerecht, obwohl ich gestehen muss, dass ich erstaunlich wenig über Sie weiß. Wir haben einen ausgezeichneten Zugang zu den Computern der amerikanischen Streitkräfte, der CIA und NSA. Was wir darin über Sie finden, deutet darauf hin, dass Sie Mikrobiologe sind. Ein Virenjäger, könnte man auch sagen.«

»Dann ist Ihr Zugang vielleicht nicht ganz so gut, wie Sie denken, General.«

»Oh doch. Wir arbeiten seit den Achtzigerjahren an der Entwicklung von Supercomputern und der Technologie zur Cyberkriegführung. Ihre NSA hinkt etwa zehn Jahre hinterher. Die viel wahrscheinlichere Erklärung ist, dass Sie nicht im Auftrag einer dieser Organisationen hier sind.«

Fred Klein bestand darauf, dass die Computer von Covert One völlig von der Außenwelt abgeschnitten waren. Ein Zugang war nur möglich, wenn man im Hauptquartier an einem der Terminals saß. Und das war ohne Kleins Zustimmung unmöglich.

»Wissen ist Macht«, stellte Smith ausweichend fest.

Takahashi lächelte. Er erwartete offensichtlich nicht, dass Smith ihm so ohne Weiteres seinen Auftraggeber nannte. »Auch Technologie ist Macht. Sie haben die militärische Weiterentwicklung von Dresners Merge-System geleitet, stimmt's?«

»Ja, General.« Das war ohnehin kein Geheimnis, also konnte er es auch zugeben.

»Ein faszinierendes System, wenn auch in seinen Möglichkeiten begrenzt. Aber ich habe mit Interesse verfolgt, was Sie daraus gemacht haben.« Er betrachtete Smith, als hätte er es mit einem begabten Kind zu tun. »Wirklich bedauerlich, dass Sie nicht als Japaner geboren sind, Colonel. Sie hätten eine hervorragende Rolle in meinem Team gespielt.«

Smith nahm das Kompliment mit einem respektvollen Nicken entgegen. Die umfassenden Informationen über Takahashi, die er studiert hatte, zeichneten das Bild eines herausragenden Soldaten. Doch jetzt, da er ihm gegenübersaß, erkannte Smith, dass sie den Mann sogar noch unterschätzt hatten.

»Sie waren also nicht so beeindruckt vom Merge wie ich«, griff Smith den Faden auf, um dem General mehr über die Technologie zu entlocken, die seine eigenen Leute entwickelt hatten. Überraschenderweise ging Takahashi ohne zu zögern darauf ein.

»Woran Sie gearbeitet haben, war bereits veraltet, Colonel. Der Soldat im klassischen Sinn hat seine Grenzen. Auch wenn er noch so gut ausgerüstet ist – er ist doch aus Fleisch und Blut und von unvorhersehbaren Emotionen beeinflusst.«

»Veraltet«, erwiderte Smith nachdenklich. »So wie Ihr Schlachtschiff?«

Takahashi war sich sichtlich bewusst, dass Smith ihm Informationen entlocken wollte. Es schien ihm jedoch egal zu sein. »Die *Izumo* war nur ein Stück militärisches Theater. Ein Symbol, das unsere Leute mobilisiert und die Chinesen verwirrt hat.«

»Aber das ist längst nicht alles.«

»Ohne Zweifel. Mein Vorgänger musste bei null anfangen. Er verabschiedete sich von allem, was wir über Kriegführung zu wissen glaubten, und holte Philosophen und Wissenschaftler an Bord, die noch nie etwas mit einem

Schlachtfeld zu tun gehabt hatten. Zusammen entwickelten sie etwas völlig Neues.«

»Und Sie fanden talentierte Leute, mit denen Sie es umsetzen konnten.«

»Die jungen Leute in Amerika sind zu egoistisch, finden Sie nicht auch? Wir Japaner sind von Haus aus nationalistischer. Die meisten der Spezialisten, an die ich mich wandte, fühlten sich geehrt, ihrem Land dienen zu können. Die übrigen habe ich mit meinen finanziellen Ressourcen überzeugt.«

»Überzeugt, um was zu tun, General? Einen Krieg mit China vom Zaun zu brechen?«

Takahashis Gesicht erstarrte zur Maske. »Ihr Land hat darauf bestanden, dass das japanische Volk auf sein Recht auf militärische Stärke verzichtet. Wir haben das teilweise durch wirtschaftliche Stärke wettgemacht, aber eine Supermacht braucht beides. Das werden Sie sicher verstehen, als Soldat der zweitstärksten Armee aller Zeiten.«

Smith ignorierte die Zurücksetzung auf den zweiten Platz. »Mich überrascht ein bisschen, wie viel Sie mir hier erzählen, General.«

Es spielte wahrscheinlich keine Rolle. Sie würden ihn mit hoher Wahrscheinlichkeit foltern, um Informationen aus ihm herauszupressen, und ihn hinterher töten. Dennoch erschien es ihm vernünftig, es zu erwähnen.

»Unsere Länder sind Verbündete, Colonel. Nichts, was ich tue, soll unsere enge Beziehung beeinträchtigen.«

Smith entging nicht, wie kühl und emotionslos Takahashis Stimme klang. Der Mann betrachtete die Vereinigten Staaten bestenfalls als ein notwendiges Übel. Im schlimmsten Fall als ein Problem, von dem er noch nicht genau wusste, wie er es lösen würde.

»Dann kann ich davon ausgehen, dass Sie mich freilassen?«

Takahashi lachte auf. »Das lässt sich einrichten, Colonel. Aber davor möchte ich Sie um einen Gefallen bitten.«

»Ja?«

»Ihr Präsident hat die chinesische Führung und unseren Premierminister zu einer Krisensitzung geladen. Sie beginnt morgen in Australien. Ich möchte, dass Sie Ihre Vorgesetzten kontaktieren und ein privates Gespräch zwischen ihm und mir arrangieren, während er dort ist.«

Takahashi griff in seine Tasche, zog ein Handy hervor und schob es ihm über den Tisch zu.

»Sie können mir glauben, Colonel, dieser Gipfel ist bedeutungslos. Wir stehen am Beginn einer neuen Ära, und es ist Zeit, dass unsere Länder darüber sprechen, wie sich dieser Übergang mit möglichst geringen Unruhen vollziehen lässt.«

»Sie meinen, wie wir uns die Welt aufteilen.«

»Wenn Sie es so ausdrücken wollen.«

Takahashi stand auf, verbeugte sich kurz und ging zur Tür. Im nächsten Augenblick war Smith wieder allein in seiner höhlenartigen Zelle.

Niemand wusste, wie stark Takahashis Streitkräfte tatsächlich waren, doch selbst wenn er nur über die Waffe verfügte, deren Auswirkungen Smith mit eigenen Augen gesehen hatte, würde das die Zukunft der Kriegführung für immer verändern. Falls der Mann einen Weg gefunden hatte, seine Nanotechnologie so weit zu beherrschen, dass er sie als Kriegswaffe einsetzen konnte, waren die US-Streitkräfte ebenso machtlos wie die aller anderen Länder.

Smith griff nach dem Handy und wählte eine der vielen Notfallnummern, die er seit Langem im Kopf gespeichert hatte. Der Anruf wurde über das analoge Telefonnetz von Myanmar umgeleitet und verlief durch ein Haus, in dem zwei Telefone mit Klebeband verbunden waren. Wenn das Gespräch beendet war, würde das Haus abbrennen.

Wenig überraschend hob Klein schon beim ersten Klingeln ab.

»Ja?«

»Wir haben hier eine etwas heikle Situation, Sir.«

»Sind Sie okay?«

»Vorläufig ja.«

»Aber Sie sind an ein Telefon herangekommen.«

»Man hat es mir gegeben.«

»Verstehe. Wofür?«

»Der General will ein privates Gespräch mit unserem Freund, während er im Süden Urlaub macht.«

»Alles klar. Würden Sie empfehlen, dass unser Freund dem Treffen zustimmen soll?«

»Ich halte es für klug.«

»Kann er den General direkt kontaktieren, um ihm seine Antwort mitzuteilen?«

»Ich denke schon. Er scheint keine großen Sicherheitsbedenken zu haben.«

»Und Sie? Können wir irgendetwas tun, um Ihnen zu helfen?«

Eine interessante Frage. Immerhin schien er sich in der Anlage aufzuhalten, in der die Nanowaffe entwickelt wurde. Die Chancen waren zwar gering, aber er konnte vielleicht einen Weg finden, um die Sache ein wenig zu sabotieren.

»Nein. Ich komm schon zurecht.«

»Danke für den Anruf. Und viel Glück.«

Kapitel Fünfundvierzig

Tokio
JAPAN

Randi Russell schulterte die Tasche und schlängelte sich den belebten Bürgersteig entlang. Immer wieder vergewisserte sie sich im Spiegel der Schaufenster, dass niemand ein auffälliges Interesse an ihr zeigte. Abgesehen von ein paar anerkennenden Blicken von männlichen Passanten konnte ihr geschultes Auge jedoch nichts entdecken. Wie erwartet, war sie bei Weitem nicht die einzige Weiße auf der Straße. Da Covert One kein sicheres Haus in Tokio unterhielt, war Klein gezwungen gewesen, in aller Eile eines zu organisieren. Sie waren übereingekommen, dass es die beste Strategie war, sich mitten in der anonymen Menge zu verbergen. Deshalb hatten sie eine Wohnung in einem Stadtviertel gemietet, in dem sich jede Menge ausländische Touristen und Geschäftsleute aufhielten.

Randi bog nach rechts ab und eilte eine Treppe hinauf, die zu einer Glastür führte. Sie drückte die Hand auf den Scanner – die Japaner liebten moderne Technologie – und hörte das Schloss summen. Im nächsten Augenblick schritt sie durch die minimalistisch, aber geschmackvoll eingerichtete Lobby zu den Aufzügen.

Der rechte Fahrstuhl war offen, und sie sprang hinein und ließ die Glasfront des Wohnhauses nicht aus den Augen, während sie ihre Stockwerksnummer eintippte. Immer noch nichts Auffälliges, aber das wollte nichts heißen. Bei solchen Menschenmassen war ein professionelles Observierungsteam fast nicht zu entdecken. Dazu kam die Möglichkeit, dass sich jemand in die Sicherheitskameras hackte, die an fast jeder Wand in Tokio installiert waren. In dieser Situation war so gut wie jeder Schritt ein Würfelspiel. Mit gezinkten Würfeln.

Der Fahrstuhl stieg zu ihrem Stockwerk hinauf, ohne dass jemand zustieg. Randi legte eine Hand an die Beretta unter ihrer Jacke, ehe sie in den Flur hinaustrat. Leer.

Sie beeilte sich, zu ihrer Wohnung am Ende des Korridors zu gelangen. Hier draußen fühlte sie sich besonders schutzlos. Sie hielt die Schlüsselkarte an die Tür, das Schloss sprang auf, sie trat ein.

Ein Mann sprang vom Sofa auf – einem der wenigen Möbelstücke, die in dem engen Raum Platz fanden. Er musterte sie fast erschrocken.

»Sie sind nicht Jon.«

»Man hat mir schon gesagt, dass Sie schlau sind«, erwiderte Randi und trat in die Küche, um das Bier und die Ramen-Nudeln auszupacken, die sie gekauft hatte. Wie erwartet, war der Kühlschrank nicht größer als der in ihrer Collegezeit. In Tokio war Raum ein kostbares Gut. Sie hätte zwar nichts gegen eine etwas großzügigere Wohnung gehabt, doch damit hätte sie zwangsläufig mehr Aufmerksamkeit auf sich gezogen. Besser, zu den Millionen Anonymen zu gehören, die mit fünfundzwanzig Quadratmetern auskommen mussten.

»Wer sind Sie?«

»Das ist nicht so wichtig.« Sie warf ihm aus der Küche ein Bier zu und nahm sich selbst eines, bevor sie sich zu ihm auf die Couch setzte. »Unterhalten wir uns über Nanotechnologie.«

Greg Maple musterte sie eindringlich. »Ich weiß nicht, wovon Sie sprechen.«

Statt nach der Lüge den Blick abzuwenden, betrachtete er sie mit einem seltsamen Gesichtsausdruck, der es ihr um einiges schwerer machte als die Angst, die sie angesichts der Umstände erwartet hatte.

»Was ist?« Randi öffnete ihre Bierdose und nahm einen Schluck.

»Sie ...«, begann Maple. »Sie sehen einer Frau ähnlich, die ich mal gekannt habe.«

Randi reagierte nicht sofort. Maple und Smith waren seit langer Zeit befreundet. Lange genug, dass Maple ihrer Schwester begegnet sein konnte.

»Sie meinen Sophie.«

Seine Augen weiteten sich. Die Ähnlichkeit zwischen ihr und ihrer verstorbenen Schwester war so groß, dass sie sich an die Reaktion gewöhnt hatte, obwohl es immer noch wehtat, an sie zu denken. Sophie war damals mit Jon verlobt gewesen.

»Sie sind Randi Russell?«, stellte Maple fest.

»Höchstpersönlich.«

»CIA.«

Sie nickte.

»Ich hab's gewusst!« Maple setzte sich auf einen Klappstuhl. Ihre Knie berührten sich beinahe in dem engen Raum. »Jon ist beim Militärgeheimdienst. Sie arbeiten zusammen.«

»Stimmt«, bestätigte sie. Es war eine naheliegende Annahme, und sie beschloss, ihn in dem Glauben zu lassen.

»Wo ist er? Ist er okay?«

Die Frage war schwer zu beantworten, weil sie es selbst nicht wusste. Klein hatte ihr erzählt, dass Smith angerufen hatte, um ein Treffen zwischen dem Präsidenten und Takahashi zu arrangieren. Zu dem Zeitpunkt war es ihm einigermaßen gut gegangen. Ob das immer noch so war, konnte niemand wissen.

»Wir haben ihn verloren.«

»Verloren?«

»Wir wissen im Moment nicht, wo er sich aufhält. Bis er wieder da ist, springe ich für ihn ein.«

»Haben Sie mich deshalb kidnappen lassen?«, fragte er mit verständlichem Unmut.

Randi ignorierte seinen Ärger. »Ich habe gehört, dass Sie sich mit diesem Nanotechnologie-Problem beschäftigen. Ich muss wissen, was Sie herausgefunden haben.«

»Sie hätten anrufen können, statt mich nach Japan zu verschleppen.«

»Telefone sind nicht sicher genug, Greg. Ich führe meine Gespräche lieber direkt. Jetzt trinken Sie Ihr Bier, bevor es warm wird.«

Er öffnete gehorsam seine Dose und nahm einen Schluck, doch es schien seine Nervosität kaum zu lindern.

»Und? Haben Sie etwas Brauchbares herausgefunden?«

Maple schüttelte den Kopf. »Vermutlich nichts, was Ihnen weiterhilft, aber dafür ein paar Dinge, die einfach … unglaublich sind.«

»Lassen Sie hören. Und bedenken Sie bitte, dass ich nicht Jon bin. Ich bin keine Wissenschaftlerin.«

»Okay. Ich habe zwei Strukturen entdeckt, die allem Anschein nach nichts mit der Fähigkeit der Maschine zu tun haben, sich zu vervielfältigen.«

»Jon hat mir davon erzählt. Sie haben aber nicht gewusst, wozu sie gut sind. Haben Sie's inzwischen herausgefunden?«

»Ich denke schon. Die erste kontrolliert die Anzahl der möglichen Kopien. Sie nehmen einen Nanobot und stellen den Zähler zum Beispiel auf zehn ein. Dann erzeugt er zehn neue Nanobots, von denen aber jeder nur neun weitere Kopien anfertigen kann. Diese wiederum stellen acht kleine Roboter her. Bei null endet die Vervielfältigung. Nach diesem Beispiel erhalten Sie Millionen Nanobots, bevor das Ganze aufhört. Wenn Sie den Parameter auf tausend festsetzen statt auf zehn, kommen Sie auf eine schwindelerregende Anzahl.«

Randi zog die Stirn in Falten und stellte ihr Bier ab. »Sie haben von zwei Strukturen gesprochen. Welche noch?«

»Die andere scheint irgendwie mit Magnetismus zu tun zu haben.«

»Sie ziehen einander an?«

Maple schüttelte den Kopf. »Ich glaube, sie messen das Magnetfeld der Erde.«

»Wofür?«

»Wahrscheinlich zur Orientierung ... wie Vögel.«

Randi nahm sich einen Moment, um die Information zu verarbeiten. Die Schlussfolgerung, zu der sie kam, gefiel ihr gar nicht. »Wenn sie wissen, wo sie sich befinden, könnte man sie so programmieren, dass sie nur in einer bestimmten geografischen Umgebung funktionieren und außerhalb davon in einen Schlafmodus gehen.«

»Absolut denkbar.«

Sie hatten bereits gewusst, dass die Technologie funktionierte. Die winzigen Maschinen waren offensichtlich in der Lage, sich zu vervielfältigen, indem sie Stahl, Kunststoff oder

Beton als Ausgangsstoff benutzten. Dennoch war sich Jon nicht sicher gewesen, ob sich daraus eine brauchbare Waffe entwickeln ließ. Waffen mussten einerseits schlagkräftig, andererseits aber auch kontrollierbar sein. Wenn man eine Pistole in der Hand hielt, musste man damit zielen können. Und genau das war es, wovon Maple sprach.

Randi wollte noch mehr fragen, doch sie musste achtgeben, dabei nicht zu viel preiszugeben. Maple war kein Idiot. Mit den Fakten, die er bereits kannte, ahnte er bestimmt längst, worauf sie hinauswollte.

»Heißt das, ich könnte die Dinger so programmieren, dass sie nur in ... sagen wir, China aktiv werden? Sobald sie die Grenze zu einem anderen Land überschreiten, hören sie auf, sich zu reproduzieren?«

»So könnte es jedenfalls beabsichtigt sein. Das Problem bei der Vervielfältigung ist aber, dass es schwierig ist, Fehler zu vermeiden. Besser ausgedrückt: Mutationen. Für gewöhnlich hat so was keine Auswirkung. Manchmal bringt eine Mutation den Organismus um ... oder in diesem Fall die Maschine zum Stillstand. Es kann aber auch vorkommen, dass die Maschine dadurch noch effizienter wird.«

»Effizienter heißt, die Reproduktion wird gesteigert. Es könnte zu einer Mutation kommen, die das Kontrollsystem ausschaltet.«

»Genau. Theoretisch können Fehler auftreten, die es der Maschine ermöglichen, sich endlos zu vervielfältigen oder außerhalb der festgelegten geografischen Grenzen zu operieren. Oder noch schlimmer, die Maschine könnte plötzlich mit einem anderen Rohstoff arbeiten. Was, wenn die Dinger auf einmal Felsgestein nutzen? Oder Wasser? Oder Fleisch? Das wäre dann so ungefähr das Ende der Welt.«

»Was ist, wenn das geschieht? Wie könnten wir sie stoppen?«
»Durch eine massive Behandlung mit radioaktiver Strahlung. Das ist das einzige mir bekannte Mittel, das diese Dinger abtötet.«

Randi stieß einen langen Seufzer aus und griff nach ihrem Bier. »Das ist der Grund, warum sie es in Fukushima entwickelt haben, stimmt's, Doc? Damit sie es stoppen können, falls es ihnen entgleitet.«

»Das würde ich vermuten, ja. Wahrscheinlich lief alles gut, bis durch den Tsunami möglicherweise etwas freigesetzt wurde und sie sich gezwungen sahen, den Reaktor vier zu verstrahlen.«

»Okay. Angenommen, sie arbeiten nach wie vor an der Technologie – dann bräuchten sie diese Sicherheitsvorkehrung immer noch, oder? Die Möglichkeit, die Nanobots jederzeit mit radioaktiver Strahlung zu stoppen.«

»Davon würde ich ausgehen.«

»Okay. Dann versetzen Sie sich in ihre Lage. Wo würden Sie ein solches Labor betreiben?«

»Ein Atom-U-Boot wäre ideal. Leicht zu verstrahlen, und selbst wenn man nicht alles abtötet, endet das Ganze dennoch auf dem Meeresgrund. Ohne Rohmaterial würden die kleinen Roboter im Salzwasser verrosten, bevor sie in die Zivilisation gelangen könnten.«

»Es ist im Moment ziemlich schwer, irgendwelche Aussagen über die japanischen Streitkräfte zu treffen, aber etwas so Großes wie ein Atom-U-Boot zu bauen, ohne dass es jemand mitbekommt, halte ich für nicht sehr wahrscheinlich. Das dürfte selbst für jemanden wie Takahashi schwierig sein.«

»Ja, der Gedanke ist mir auch gekommen«, räumte Maple ein. »Aber ich habe eine Theorie. Wollen Sie sie hören?«

»Verdammt, klar will ich sie hören.«

»Vor einigen Jahren haben die Japaner eine Anlage zur Endlagerung ihrer radioaktiven Abfälle gebaut. Sie befindet sich in einem Berg im Nordosten. Das wäre es. Wenn ich so etwas zu entscheiden hätte, würde ich diesen Standort wählen.«

Kapitel Sechsundvierzig

Außerhalb von Melbourne
AUSTRALIEN

Präsident Sam Adams Castilla stand an dem breiten Fenster und blickte auf die langen Reihen von Weinstöcken hinaus, die sich bis zum Horizont erstreckten. Die untergehende Sonne warf lange Schatten über die Landschaft, in der ein einsamer Wächter mit einem Schäferhund durch das Gelände patrouillierte.

Das Haus hatte ihm ein australischer Unternehmer zur Verfügung gestellt, den er einst als Gouverneur von New Mexico kennengelernt hatte. Die relative Abgeschiedenheit erleichterte es dem Secret Service, das Grundstück zu sichern. Zudem war es ein angenehmer, beschaulicher Ort für die Verhandlungen, die er zu führen hatte. Eine Umgebung, die die Verhandlungspartner hoffentlich zu einem tragfähigen Kompromiss inspirieren würde.

Ein kurzer Blick auf seine Uhr bestätigte ihm, dass es Zeit war. Als Präsident der Vereinigten Staaten war es sein Vorrecht, die Leute warten zu lassen, doch er spürte, dass es in diesem Fall ein Fehler gewesen wäre.

Castilla durchquerte die großzügige Schlafzimmersuite und trat auf den langen Flur im ersten Stock hinaus. Zwei Secret-Service-Leute schlossen sich ihm an und sprachen leise in die Mikrofone an ihren Handgelenken, um ihrem Team mitzuteilen, dass der Präsident auf dem Weg war.

Normalerweise hätte er sie mit ihren Namen begrüßt, doch heute war er zu sehr in seine Gedanken versunken.

Die direkten Gespräche zwischen Premierminister Sanetomi und Präsident Yandong waren überraschend gut verlaufen. Oder vielleicht war es gar nicht so überraschend. Beide Männer zeigten zwar gewisse nationalistische Tendenzen, doch sie schienen immerhin einzusehen, dass sie etwas zu weit gegangen waren. Dass sie kurz vor einer Eskalation standen, die keines der beiden Länder kontrollieren konnte.

Schon an diesem ersten Tag des Gipfels hatten die sechsstündigen Gespräche zu Zugeständnissen von beiden Seiten geführt. Gewiss, die Frage der Senkaku-Inseln war noch offen, doch Castilla war überzeugt, dass sich auch dieses Problem im Lauf der nächsten Tage lösen ließ.

Die Frage war, ob das überhaupt noch von Bedeutung war.

Er bog um eine Ecke, ohne die teuren Kunstwerke und die historischen Schätze zu beachten, die normalerweise seinen Blick auf sich gezogen hätten. Er konzentrierte sich ganz auf eine geschlossene Tür am Ende des langen Ganges. Waren der japanische Premierminister und der chinesische Präsident überhaupt noch die entscheidenden Akteure? Oder war es längst ein anderer, der es allein in der Hand hatte, die Situation zu beruhigen? Der Mann, mit dem er sich nun treffen würde.

Castilla hielt inne und atmete tief durch, während seine beiden Sicherheitsleute an der Wand in Position gingen. Einer der erstaunlich wenigen Vorteile eines Präsidenten der Vereinigten Staaten lag darin, dass er normalerweise besser informiert war als die Leute, mit denen er zusammentraf. Ausgerechnet in diesem Fall traf das leider nicht zu – in einer Situation, in der ein Informationsvorsprung besonders wertvoll gewesen wäre.

Castilla trat durch die Tür und schloss sie hinter sich. Ein Japaner im dunkelblauen Businessanzug erhob sich augenblicklich von einem der beiden Ohrensessel am Kamin. Der Raum war gedämpft beleuchtet, und die Flammen verbreiteten einen warmen Lichtschein.

General Masao Takahashi verbeugte sich respektvoll, und Castilla durchquerte den Raum und streckte ihm die Hand entgegen. Der Händedruck des Soldaten war fest, und als sich ihre Blicke trafen, versuchte keiner der beiden Männer, Dominanz zu erringen, doch es war klar, dass auch keiner bereit war, zurückzuweichen.

»Bitte.« Castilla forderte seinen Gast mit einer höflichen Geste auf, wieder Platz zu nehmen.

Der General ließ sich mit einer knappen Verbeugung wieder nieder, und der Präsident setzte sich ebenfalls. »Man hat mir gesagt, Sie haben wichtige Informationen bezüglich der Gespräche zwischen Ihrem Land und China«, begann Castilla.

»Ich bin dankbar und geehrt, dass Sie sich bereitfinden, mit mir zu sprechen«, entgegnete Takahashi. »Mir ist klar, dass Ihre Zeit sehr begrenzt ist.«

Die berühmte japanische Höflichkeit. Castilla hätte den Mann am liebsten an der Kehle gepackt und ihm ins Gesicht geschrien: *Was fällt Ihnen ein, Sie verrückter Hundesohn! Wollen Sie einen Dritten Weltkrieg vom Zaun brechen?*

Stattdessen lächelte er und griff nach der Kanne auf dem Tisch neben ihm. »Tee?«

»Danke, gern.«

Takahashi musterte den Mann, dem er gegenübersaß, während dieser Tee einschenkte und ihm eine Tasse reichte. Wieder einmal meinte das Schicksal es gut mit ihm. Die meisten Politiker waren beschränkt und engstirnig. Nicht Castilla. Er war ein hochintelligenter Mann, der sich nicht auf andere verlassen musste, wenn es um Kenntnisse der Geschichte, der Geopolitik und der Wirtschaft ging. Selbst auf dem Gebiet der Kriegführung war er beschlagen. Er würde die japanischen Interessen zwar nicht billigen, aber sie zumindest verstehen.

Die Amerikaner waren ein interessantes Volk. Es bestand zwar kein Zweifel, dass sie dem japanischen Volk unterlegen waren, doch ihre genetische Vielfalt war in mancher Hinsicht ein Vorteil. Ursprünglich hatte Amerika nur jene angezogen, die in der Lage waren, die lange Überfahrt zu bestehen, und die von einem starken Willen angetrieben waren. Menschen, die mutig, klug und diszipliniert genug waren, um das Joch der repressiven europäischen Aristokratien abzuschütteln und ein neues Leben zu beginnen.

Der Präsident machte keine Anstalten, etwas zu sagen, deshalb ergriff Takahashi die Initiative. »Ich nehme an, Colonel Smith und seine Leute haben Sie in vollem Umfang über Fukushima informiert?«

»Dass Sie den Reaktorblock vier benutzt haben, um eine Waffe auf der Basis der Nanotechnologie zu entwickeln?«

Takahashi nickte.

»Ja. Man hat mir berichtet, dass diese Nanoroboter Beton, Kunststoff und Stahl aushöhlen und zersetzen können – die Bausteine der modernen Zivilisation. Ich habe aber auch gehört, dass diese Technik fast unmöglich zu beherrschen ist. Falls sie außer Kontrolle gerät ...« Castilla ließ den Gedanken in der Luft hängen.

»Wir haben ausführliche Tests durchgeführt, die zu hundert Prozent erfolgreich verlaufen sind«, versicherte Takahashi. »Wir können die Technologie sehr wohl kontrollieren.«
»Indem Sie das Magnetfeld der Erde zur Orientierung nutzen und die Fähigkeit zur Vervielfältigung eingrenzen«, fügte Castilla hinzu.
»Sie sind in der Tat gut informiert.«
»Das Problem ist, dass meine Leute nicht überzeugt sind. Sie weisen darauf hin, dass ein großer Unterschied zwischen Laborbedingungen und der realen Umwelt besteht. Der Einsatz einer solchen Waffe übersteigt in seinen möglichen Konsequenzen alles, was Menschen bisher entwickelt haben. Ähnlich schwerwiegend wäre höchstens ein Nuklearkrieg zwischen den USA und der ehemaligen Sowjetunion gewesen.«

Takahashi nahm einen Schluck Tee. Castilla mochte ein hervorragender Politiker sein, doch er war im Grunde ein Heuchler wie alle anderen. Wenn das amerikanische Volk bedroht war, waren die Vereinigten Staaten jederzeit bereit, ihre Werte wie Freiheit, Menschenrechte und Privatsphäre zu opfern. Mit ihren Kampfdrohnen töteten sie wahllos Zivilisten, und sie warfen Menschen ohne Anklage ins Gefängnis und folterten sie, um Informationen aus ihnen herauszupressen. Sie führten Kriege, wenn sie ihre Interessen bedroht sahen. Doch wenn ein anderes Land sich anschickte, das Gleiche zu tun, waren die Amerikaner die Ersten, die zu Zurückhaltung und Besonnenheit aufriefen.

»Wir waren in den letzten zehn Jahren mit Entwicklungen in verschiedenen Bereichen beschäftigt, Mr. President. Die Nanotechnologie ist nur ein Teil davon.«
»Und was sind die anderen Teile?«
Takahashi schwieg und nahm einen Schluck Tee.

»Einer der Vorzüge eines enormen Waffenarsenals liegt ja wohl darin, seine Feinde wissen zu lassen, dass man es besitzt und im Ernstfall einsetzen würde.«

»Aber wir sind keine Feinde, Mr. President. Ich bin heute als Freund zu Ihnen gekommen.«

Castilla gab sich keine Mühe, seine Zweifel zu verbergen. »Japan ist ein Inselstaat. Kann ich davon ausgehen, dass es Ihnen in allererster Linie darum gegangen ist, die See zu kontrollieren?«

»Unsere oberste Priorität war die Cyberkriegführung. Die Vorherrschaft zur See kam erst danach.«

»Aber Ihr neues Schlachtschiff wurde versenkt.«

»Es war zwar unser Prunkstück, aber unsere Verteidigung beruht vor allem auf Superkavitationstorpedos.«

»Nach dem Prinzip des russischen Schkwal?«

»Unsere Waffe verhält sich zum russischen Modell wie ein Computer zu einem Taschenrechner. Sie ist bedeutend schneller, hat eine viel größere Reichweite und ist mit einer künstlichen Intelligenz ausgestattet, die sie auf unterschiedliche Situationen reagieren lässt.«

»Aber das würde Sie nicht vor den chinesischen Raketen und Flugzeugen schützen.«

»Wir haben ein sehr effektives Luftverteidigungssystem entwickelt, das auf elektromagnetischen Impulsen beruht.«

»Eine Atomwaffe.«

»Ja. Unser System erzeugt eine radioaktive Wolke, die die Elektronik von allem außer Gefecht setzt, was in unseren Luftraum eindringt.«

»Ich hätte gedacht, dass Ihre eigene Geschichte Ihnen vor Augen führt, wie gravierend die Konsequenzen einer solchen Waffe sind.«

»Auf der emotionalen Ebene, ja. Aber wenn man die Sache nüchtern betrachtet, kommt man zu ganz anderen Schlussfolgerungen. Die Opferzahlen von Hiroshima und Nagasaki waren viel geringer, als die meisten denken. Es gibt Menschen, die sich nur wenige Meter von Ground Zero aufhielten und die heute noch leben. Es ist natürlich keine ideale Lösung, aber meine Spezialisten sind überzeugt, dass der amerikanische Ansatz der Raketenabwehr eine Sackgasse ist.«

»Wenn die Chinesen sehen, dass Sie Atomwaffen zünden ...« Castilla hielt einen Moment inne, bevor er den Gedanken aussprach. »Das könnte einen handfesten Nuklearkrieg auslösen.«

»Wir würden sie zuvor über unsere Raketenabwehr in Kenntnis setzen, sodass sie es nicht fälschlich als Angriff interpretieren können. Aber falls sie tatsächlich so überzogen reagieren, ist es nicht sehr wahrscheinlich, dass ihre Waffen Japan erreichen.«

Selbst in dem warmen Licht des Kaminfeuers wirkte der Präsident plötzlich sehr blass. In Anbetracht der Umstände eine durchaus logische Reaktion, wie Takahashi fand. Einmal mehr zeigte sich, dass Castilla kein Dummkopf war.

»Biowaffen?«, fragte der Präsident schließlich.

»Wir haben einen beträchtlichen Vorrat einer modifizierten Version des SARS-Virus. Natürlich würden wir diese Waffe nur im Fall einer massiven Invasion von Bodentruppen einsetzen. Das Virus ist hoch ansteckend und wirkt extrem schnell, wenn auch nicht unbedingt tödlich. Die Krankheit dauert im Schnitt zwei Wochen und setzt die Betroffenen völlig außer Gefecht.«

»Kann ich davon ausgehen, dass Ihre Bevölkerung vollständig geschützt ist?«

»Selbstverständlich. Wir haben das im Rahmen unseres nationalen Impfprogramms durchgeführt.« Takahashi machte eine wegwerfende Handbewegung. »Wir haben außerdem eine Panzerung entwickelt, die dreißigmal leichter und neunzehnmal dünner als Stahl ist. Einen Raketentreibstoff, der neunmal so effizient wie Ihrer ist. Computer, die um eine Größenordnung leistungsfähiger sind als die Ihrer NSA. Die Liste ließe sich fortsetzen, aber ich glaube, Sie verstehen, was ich damit sagen will.«

Wieder spiegelte sich Skepsis im Gesicht des Präsidenten.

»Sie halten das für eine Übertreibung«, fügte Takahashi hinzu. »Sie denken, dass wir nicht einmal mit dem doppelten Budget, wie es in der Öffentlichkeit bekannt ist, einen derartigen Vorsprung hätten herausholen können. Sie übersehen dabei, dass es nicht um das Budget geht.«

»Nicht?«

Takahashi schüttelte den Kopf. »Ihr Problem ist, dass der Zweck der US-Streitkräfte nicht ist, Kriege zu gewinnen.«

»Ich glaube, die Vereinigten Stabschefs wären überrascht, das zu hören.«

»Sie müssen mein Englisch entschuldigen, Mr. President. Vielleicht ist ›Zweck‹ das falsche Wort. Sagen wir ›Priorität‹. Die US-Streitkräfte sind in allererster Linie ein Wirtschaftsfaktor zur Sicherung von Arbeitsplätzen im aktiven Militärdienst, beim unterstützenden Personal und so weiter. Private Firmen, die für das Verteidigungsministerium arbeiten, machen dabei große Gewinne. Politiker unterstützen dieses System und vor allem Projekte in ihrem Wahlkreis, um ihre Wiederwahl zu sichern. Und ich muss zugeben, es schmeichelt dem Ego älterer Generäle wie mir. Bei allem Respekt, Sir, Sie pumpen Billionen in ein Militär, das keinen einzigen klaren Sieg errungen hat, seit Sie uns besiegt haben. Afghanistan, Irak, Vietnam, Korea, Somalia. Ihre Soldaten sind tapfer und gut ausgebildet, aber in den USA scheint das Motto von Militär und Rüstungsindustrie zu sein: ›Wenn etwas bisher nicht funktioniert hat, pumpen wir eben noch mehr Geld hinein‹.«

»Und das ist nicht Ihr Motto.«

Takahashi zuckte mit den Schultern. »Die USA haben im Zweiten Weltkrieg die Streitkräfte meines Landes völlig zerstört. Wir hatten absolut nichts mehr, auf dem wir aufbauen konnten. Sie hingegen verfügten zum Ende des Krieges über eine mächtige Militärmaschinerie, und es war im Interesse vieler Leute, diese zu erhalten und auszubauen. Ihr F-35-Programm ist dafür ein interessantes Beispiel. Eine Billion Dollar für ein Kampfflugzeug, das keine klare Mission hat und nur eine minimale Verbesserung gegenüber älteren Modellen darstellt. Darüber hinaus ist es so komplex, dass ständig technische Probleme auftreten. Dazu die vielen Milliarden für Waffen, die von der Produktion direkt in ein Lager kommen, weil Ihre Streitkräfte sie gar nicht brauchen. Mit solchen Dingen muss ich mich nicht herumschlagen.«

Castilla hob seine Teetasse auf und wärmte seine Hände daran, die kalt geworden waren, während er dem japanischen General zugehört hatte. »Kann ich davon ausgehen, dass Sie öffentlich verkünden werden, was Sie mir gerade mitgeteilt haben, und der Welt vielleicht eine Demonstration Ihrer Möglichkeiten geben? Die Haltung der Chinesen dürfte sich daraufhin sehr schnell ändern. Und das ist doch Ihr Ziel, oder? Frieden?«

Takahashi beobachtete, wie der Mann, der ihm gegenübersaß, einen Schluck Tee nahm. Dieser Politiker war wirklich beeindruckend. Ein würdiger Verbündeter. Oder ein gefährlicher Feind.«Ich bin mir nicht sicher, ob das im Interesse meines Landes wäre, Mr. President.«

Castilla hatte eine solche Antwort erwartet und zeigte keinerlei Emotion. »Sie wollen diesen Krieg.«

»Das ist stark übertrieben. Aber Sie müssen zugeben, dass die chinesische Regierung Japan und die Welt immer wieder herausgefordert und provoziert hat. Sie stehlen überall geistiges Eigentum, setzen Sklavenarbeit ein, um Ländern wie den Vereinigten Staaten Arbeitsplätze wegzunehmen. Sie provozieren Grenzkonflikte mit nahezu allen Ländern in der Region und lassen ihre Streitkräfte aufmarschieren, um ihren Forderungen Nachdruck zu verleihen. Sie decken Nordkorea. Ihre Umweltprobleme reichen inzwischen weit über ihre Grenzen hinaus, und ihr Hunger nach Rohstoffen ist grenzenlos. Ich könnte noch vieles mehr aufzählen, aber das Wesentliche ist, dass sie keine konstruktive Rolle in der Welt spielen. Sie sind Parasiten. Eine Milliarde kleine Blutsauger.«

Diesmal konnte Castilla seine Emotionen nicht verbergen: Das Blut wich aus seinem Gesicht. Takahashi beugte sich vor, stellte seine Tasse ab und sah dem Präsidenten in die Augen, der einmal der mächtigste Mann der Welt gewesen war. »Ich erzähle Ihnen das alles aus reinem Entgegenkommen, Mr. President. Japan will und braucht Ihren Schutz nicht. Bringen Sie Ihren Gipfel zu Ende, wenn Sie wollen, aber ziehen Sie Ihre Flugzeugträger ab, und halten Sie sich heraus. Es betrifft Sie nicht.«

»Was ist, wenn das amerikanische Volk nicht zusehen will, wie Sie einen Völkermord begehen?«

Castilla erwartete, dass Takahashi mit Empörung auf die Anschuldigung reagieren würde. Umso entsetzter war er, als der alte Soldat mit keiner Wimper zuckte. »Eines muss Ihnen klar sein, Mr. President: Ich werde die Interessen meines Landes um jeden Preis schützen. Und gegen jeden, der sich uns in den Weg stellt.«

Kapitel Siebenundvierzig

Nordost-Japan

Randi Russell duckte sich unter den Zweigen hindurch und stieg immer höher, dem blauen Himmel entgegen, der da und dort zwischen den Bäumen durchschimmerte. Es war eine Erhebung von vielen im endlosen grünen Hügelland dieses abgelegenen Teils der Insel. Dass es keine Wege gab, hatte den Vorteil, dass sie hier kaum auf Menschen treffen würde. Der Nachteil war, dass sie nur langsam vorankam. Die Bäume und Büsche standen beinahe so dicht wie in Laos, doch zum Glück war es hier nicht so heiß.

Sie lehnte sich an einen Baumstamm und hob die Wasserflasche an den Mund. Obwohl sie kaum weiter als drei Meter sehen konnte, war sie sich ziemlich sicher, dass niemand hinter ihr her war. Um ihr einigermaßen lautlos zu folgen, hätte sich ein Verfolger so langsam bewegen müssen, dass der Abstand immer größer geworden wäre.

Randi war sich darüber im Klaren, dass sie keine glaubwürdige Erklärung liefern konnte, falls man sie erwischte. Niemand würde ihr abnehmen, dass sich eine Amerikanerin, die sich quer durch die Büsche einem Atommüll-Endlager näherte, auf einer Wanderung verirrt hatte. Deshalb war Randi mit ultraleichten Wanderschuhen, Tarnkleidung und einer schallgedämpften Beretta mit zwei Ersatzmagazinen ausgerüstet. Falls jemand sie sah, würde der Betreffende wissen, warum sie hier war, doch sie hatte wenigstens eine vernünftige Chance zu entkommen.

Sie marschierte weiter, schlängelte sich zwischen Bäumen und Büschen hindurch und näherte sich langsam der Spitze des Hügels. Hoffentlich erwartete sie nicht wieder ein Sprengsatz, wie beim letzten Mal.

Als das Gelände flacher wurde, robbte sie weiter über totes Laub und Zweige und blickte sich nach eventuellen Überwachungsvorrichtungen oder Sprengfallen um. Dabei hatte sie keine Ahnung, wonach sie überhaupt Ausschau halten sollte. Nach den jüngsten Informationen von Fred Klein waren auch Laser aus dem Weltraum oder genetisch veränderte, im Dunkeln leuchtende Rottweiler nicht auszuschließen!

Randi arbeitete sich durch das hohe Gras, bis das Gelände abschüssig wurde. Sie spähte durch eine Lücke im Gras und stellte zufrieden fest, dass sie ihre Fähigkeit, sich mit Karte und Kompass zu orientieren, im GPS-Zeitalter nicht ganz verloren hatte. Knapp zwei Kilometer entfernt befand sich das, was sie gesucht hatte.

Der Eingang zu der natürlichen Höhle sah genauso aus wie auf den Bildern, die sie im Internet gefunden hatte. Nach den öffentlich zugänglichen Plänen führte die Höhle etwa einen Kilometer nach unten und endete an einer massiven Sicherheitstür. Dahinter war ein Stollen in den Berg getrieben worden, der zum Endlager für radioaktive Abfälle führte.

Es gab eine asphaltierte Zufahrtsstraße, die für schwere Lastwagen gebaut war. Der Eingang war von einem nicht besonders abschreckend wirkenden Maschendrahtzaun umgeben. Das eingezäunte Gelände war groß genug, um einen Sattelschlepper zu entladen. In die Höhle führten Schienen, doch es waren keine Transportwagen zu sehen.

Wahrscheinlich standen sie innerhalb des Eingangs bereit, wo sie vor dem Wetter geschützt waren. Ansonsten gab es nur ein kleines Wachhaus, das mit einem Mann besetzt war. Randi zog ihr Fernglas hervor und studierte das Gelände genauer. Auch in der Vergrößerung war kaum mehr zu erkennen. Sie sah genau das, was man von einer solchen Anlage erwarten würde. Entweder war Takahashi so schlau, wie man es ihm nachsagte, oder es handelte sich tatsächlich nur um eine radioaktive Müllhalde.

Randi richtete das Fernglas auf den Sicherheitsmann und spürte zum ersten Mal seit Tagen einen Hoffnungsschimmer. Der Mann wirkte wie ein kampferprobter Profi, nicht wie ein schläfriger Nachtwächter. Sie wartete, bis er das Wachhaus verließ und über das Gelände patrouillierte. Er suchte die Bäume ab, die bis zu einer Entfernung von etwa siebzig Metern abgeholzt worden waren. Der Mann hatte nicht den kleinsten Bauchansatz und bewegte sich mit athletischer Effizienz. Bewaffnet war er mit einem belgischen Sturmgewehr, einer nicht alltäglichen Waffe, die sie seit einigen Jahren selbst gerne benutzte.

Randi richtete den Blick wieder auf den Höhleneingang, konnte jedoch nur dunkle Schatten erkennen. War Smith da drin? War er am Leben? Und wenn ja, in welchem Zustand?

Ihr Gefühl sagte ihr, dass das die gesuchte Anlage war. Takahashi ging immer effizient vor, und es war bedeutend effizienter, eine bestehende Anlage umzufunktionieren, als eine ganz neue zu errichten. Der Beweis: Reaktor vier in Fukushima. Ihren Verdacht bestärkte dieser professionelle Wachmann, der sich die Zeit ganz sicher nicht damit vertrieb, Donuts zu futtern. Es war zwar nicht mehr als ein Verdacht, doch andere Optionen waren im Moment äußerst rar.

Nach dem, was sie von Klein gehört hatte und was man in den Zeitungen lesen konnte, war höchste Eile geboten. In Asien drohte ein Pulverfass zu explodieren, und niemand wusste, ob die volle diplomatische und militärische Macht der USA ausreichte, um es zu verhindern.

Das hieß, es blieb an ihr hängen. An einer Frau, die allein im feuchten Gras lag und das Geschehen beobachtete. Hervorragend.

Sie zog sich langsam etwa fünfzig Meter zurück, bevor sie aufstand und den Weg zurückging, auf dem sie gekommen war. Es musste irgendetwas hier geben, das sie nicht sah. Was hatten Takahashis Wissenschaftler in den vergangenen drei Jahrzehnten getan? Sicher, die Nanotechnologie, die Torpedos, die elektromagnetischen Impulse und die Viren. Aber das waren nur die großen Dinge. Welche Sicherheitsvorkehrungen hatte er am Höhleneingang installiert? Hatte er Dinge entwickelt, die sie sich nicht einmal im Traum vorstellen konnte und auf die sie in keiner Weise vorbereitet war?

Und was war mit den Nanomaschinen? Wenn diese Waffe tatsächlich hier entwickelt und gelagert wurde, konnte es dann nicht sein, dass sie durch einen Angriff auf die Anlage freigesetzt wurde? Laut Greg Maple drohte in einem solchen Fall ein Horrorszenario – die Zerstörung des Planeten.

Was folgte aus alldem? Sie war am Arsch. Takahashi hatte gewonnen.

Randi sprang von dem Felsblock, auf dem sie hockte, und landete auf weichem Erdboden. Sie schüttelte entschieden den Kopf und zwang sich, die Bergluft in tiefen Zügen einzuatmen.

Das war nicht der Moment, um in Selbstmitleid zu versinken. Nichts war unmöglich.

Kapitel Achtundvierzig

Außerhalb von Melbourne
AUSTRALIEN

Fred Klein schritt über den makellos gepflegten Rasen und folgte David McClellan um das Haus herum. Die übrigen Angehörigen des Sicherheitsteams waren vor Kleins Ankunft zurückgezogen worden. Es war bekannt, dass er und Castilla seit ihrer Studienzeit befreundet waren und einander regelmäßig trafen. Wahrscheinlich vermuteten viele, dass er mit seiner Vergangenheit bei der CIA und NSA dem Präsidenten gelegentlich als Ratgeber zur Seite stand. Dass er allerdings eigens nach Australien reiste, hätte doch für einige Verwunderung gesorgt. Deshalb versuchten sie, sein Kommen und Gehen so unauffällig wie möglich zu gestalten.

McClellan deutete auf eine Treppe zwischen zwei riesigen blühenden Sträuchern. Während Klein über die Treppe zu einer Stahltür hinunterstieg, spürte er, wie seine Hände am Griff seiner Aktentasche zu schwitzen begannen, was ihm nicht oft passierte.

Der Keller war schwach beleuchtet und nur teilweise ausgebaut – ein passender Ort für ein geheimes Treffen. Castilla saß allein an einem Klapptisch vor der Wand und starrte in das Glas in seiner Hand. Er verfolgte wortlos, wie sein Freund eintrat, was ihm Klein keineswegs übel nahm. Der Mann stand unter enormem Druck. Und es würde noch bedeutend schlimmer werden.

»Ich habe gehört, die Verhandlungen verlaufen gut«, begann Klein in dem Bestreben, das Gespräch mit einem positiven Detail einzuleiten.

»Leider ist das bedeutungslos«, erwiderte Castilla, ohne den Blick von den zwei Fingerbreit Bourbon in seinem Glas zu wenden. Normalerweise war der Mann eine Naturgewalt. Heute nicht. Zum ersten Mal, seit sie einander kannten, wirkte Castilla völlig geknickt.

Klein setzte sich und schob ihm eine dicke Akte mit der Aufschrift »President's Eyes Only« über den Tisch.

»Dafür habe ich nicht mehr die Energie, Fred. Fass es mir bitte kurz zusammen.«

Castilla hatte ihm in allen Details geschildert, wie sein Gespräch mit Takahashi verlaufen war, und ihn gebeten, die Behauptungen des Mannes zu analysieren. Soweit Klein wusste, hatte niemand mitbekommen, dass dieses Treffen stattgefunden hatte.

»Ganz kurz?« Klein griff nach der Flasche Black Widow und schenkte sich ebenfalls einen kleinen Whisky ein. »Wenn wir davon ausgehen, dass Takahashis Leute tatsächlich dreißig Jahre an der Entwicklung dieser Systeme gearbeitet haben, halten es meine Leute für machbar.«

Castilla ließ die Luft langsam entweichen.

Klein öffnete die Mappe, um die einzelnen Punkte durchzugehen. »Dass diese Nanomaschinen existieren, wissen wir bereits. Was wir nicht wissen, ist, ob die Kontrollsysteme ausreichen, um sie zu einer schlagkräftigen Waffe zu machen.«

»Aber du hältst es für durchaus möglich. Du meinst, wir müssen davon ausgehen, dass sie eine solche Waffe besitzen.«

»Ich denke, ja.«

Castilla nahm einen kräftigen Schluck Whisky und schenkte sich aus der Flasche nach. »Wie geht es deinen Leuten damit, das Zeug aufzuspüren?«

»Randi arbeitet daran, aber ihre Möglichkeiten sind begrenzt.«

»Das heißt, ihr habt noch nichts gefunden.«

Klein hasste es, seinen Freund zu enttäuschen, aber die Situation ließ sich nicht beschönigen. »Tut mir leid, Sam. Mein Topmann wurde festgenommen, und wir haben es mit einem brillanten General zu tun, der dieses Projekt schon geplant hat, als wir zwei noch zur Schule gingen.«

»Ich mache dir und deinen Leuten auch keinen Vorwurf, Fred. Es gibt niemanden, der mehr tun könnte. Das weiß ich.«

Klein nickte kurz, obwohl Castillas Vertrauen sein Gefühl der Ohnmacht noch verstärkte.

»Wir sind überzeugt, dass er die Torpedos hat, von denen er dir erzählt hat. Die Technologie gibt es seit der Sowjetzeit, und die künstliche Intelligenz zur Steuerung ist nicht viel komplizierter, als wir sie von modernen Computerspielen kennen. Da diese Waffe für ihn Priorität hatte, müssen wir davon ausgehen, dass er sie in großen Stückzahlen besitzt.«

»Dann sag mir eins, Fred: Warum zum Teufel haben wir keine so schnellen und flexiblen Unterwassergeschosse?«

»Wir arbeiten sehr wohl an der Technologie, aber das Programm wird nicht mit dem nötigen finanziellen Nachdruck betrieben. Zudem geht man bei uns davon aus, dass wir aufgrund unserer Überlegenheit zur See eine solche Waffe nicht unbedingt benötigen. Dazu kommt, dass wir generell davor zurückschrecken, Entscheidungen über Leben und Tod einem Computer zu überlassen. Wir tendieren dazu, den Menschen einzubinden.«

»Die Japaner schrecken davor nicht zurück.«

»Nein. Sie haben eine geringere Bevölkerungsbasis und begrenzte Ressourcen. Schon Takahashis Vorgänger war für seine Philosophie bekannt, Systeme zu entwickeln, die klein, billig und unabhängig sein sollten. Wie es scheint, haben sie diesen Weg weiterverfolgt.«

»Wie wollen sie die Torpedos starten? Sie haben keine große Marine. Ich nehme doch an, dass unsere Geheimdienste, in die wir Milliarden reinpumpen, es mitkriegen würden, wenn die Japaner eine U-Boot-Flotte aufbauen.«

»Wir vermuten, dass sie auf dem Meeresgrund liegen und auf das Startsignal warten.«

»Na toll«, murmelte Castilla.

»Was die Raketenabwehr betrifft, glauben meine Leute ebenfalls, dass Takahashi die Wahrheit sagt.«

»Das heißt also, die Vereinigten Staaten stecken Unsummen in ein System, mit dem wir nicht mal ein offenes Scheunentor treffen. Aber ein kleiner Inselstaat im Pazifik zeigt uns, wie's geht.«

»Wir haben uns auch schon mit der Möglichkeit eines solchen Schildes auf der Basis von elektromagnetischen Impulsen befasst, es dann aber nicht weiterverfolgt. Ich brauche dir ja nicht zu erklären, wie vorsichtig wir beim Thema Raketenabwehr vorgehen müssen, um die Machtbalance nicht so gravierend zu verändern, dass wir einen Angriff provozieren. Und über eines müssen wir uns klar sein, Sam: Das sind Nuklearwaffen. Diesen Weg haben die USA bewusst nicht verfolgt. Wenn man sich einmal darauf einlässt, Kernwaffen als Basis der Verteidigung zu benutzen, können die Dinge schnell eskalieren.«

Klein blätterte weiter. »Die Biowaffe ist eine einfache Sache. Wie du weißt, haben wir ...«

»Moralische Bedenken gegen Biowaffen«, führte der Präsident den Satz zu Ende. »Ein Wunder, dass wir bei so vielen Vorbehalten überhaupt eine Rüstungsindustrie haben.«

Klein lehnte sich in seinem Stuhl zurück und musterte das Gesicht seines Freundes von der Seite. Was er ihm bisher berichtet hatte, war schon schlimm genug, doch der Präsident der Vereinigten Staaten musste die ganze Wahrheit kennen.

»Wir müssen auch über das sprechen, was Takahashi nicht gesagt hat, Sam.«

Castilla blickte zu ihm auf. »Was er *nicht* gesagt hat?«

»Viel deutet darauf hin, dass sie autonome Kampfdrohnen besitzen, die auf ihrer Torpedotechnologie beruhen und die unseren Flugzeugen überlegen sind.«

»Das wird ja immer besser.«

»Und wenn sie über ein nukleares Verteidigungssystem verfügen, dann haben sie wahrscheinlich auch nukleare Angriffswaffen.«

»Raketen?«

»Das glauben wir nicht. Die wären sehr schwer zu verstecken. Wahrscheinlich Mini-Nuklearwaffen. Meine Leute vermuten, dass die Japaner leicht etwas im Bereich von zwanzig bis fünfzig Kilotonnen entwickelt haben könnten.«

»Fantastisch.«

»Und wenn sie ein Biowaffenprogramm entwickelt haben, müssen wir davon ausgehen, dass es nicht bloß zur Verteidigung dient, wie Takahashi behauptet hat.«

»Gibt es auch gute Nachrichten?«, fragte Castilla. »Irgendwas Positives?«

»Ja. Es ist zwar, wie gesagt, sehr wahrscheinlich, dass sie alle diese Waffen entwickelt haben, aber kaum in größeren Mengen. Und zwar nicht nur, weil sie schwer zu verstecken wären, sondern weil die Kosten enorm wären.«

Castilla stand abrupt auf und begann auf und ab zu gehen. »Ich habe Takahashi gegenübergesessen, Fred. Ich habe ihm in die Augen geschaut. Der Mann hat seine Armee nicht aufgebaut, um Japan zu verteidigen. Er hat es getan, um China zu vernichten und sein Land zur Supermacht zu machen. Die japanische Regierung wird zur Marionette der Militärs, und Takahashi wird sich ganz Asien unter den Nagel reißen.«

Er drehte sich zu Klein um. »Macht zu besitzen ist keine leichte Sache, Fred, aber die USA haben eine recht brauchbare Balance gefunden. Wir dürfen uns aber auch nicht besser machen, als wir sind. Es stimmt schon, dass einige unserer Vorbehalte von unserem Glauben an die Freiheit kommen – unsere eigene und die der anderen Nationen –, aber das ist nicht die ganze Wahrheit. Wir haben auch das Glück, in einem riesigen Land zu leben, das mit enormen natürlichen Ressourcen gesegnet ist. So gesehen, waren wir auch nie allzu sehr gezwungen, uns woanders zu holen, was wir brauchen. Bei Japan liegt der Fall anders. Es ist ein Inselstaat mit einer überalterten Bevölkerung und einem Schuldenproblem, gegen das sich unseres vergleichsweise harmlos ausnimmt. Glaub mir, Takahashi will expandieren.«

Castilla begann wieder auf und ab zu gehen. »Ich habe viel über diese Nanowaffe nachgedacht, seit du mir davon erzählt hast. Hast du dir überlegt, was passieren wird, falls Takahashi sie tatsächlich einsetzt? Hast du über die Konsequenzen

317

nachgedacht? In China wird das ganze Stromnetz zusammenbrechen, wenn die Kabel angegriffen werden. Dämme fallen in sich zusammen, ganze Landstriche werden überflutet. Häuser stürzen ein, Maschinen fallen auseinander. Und nicht bloß Autos und Traktoren, sondern auch die Schaufeln für einfache Arbeiten. Bald kommt der Winter, und dann stehen eine Milliarde Menschen ohne Heizung, ohne Dach über dem Kopf und ohne Nahrung da. Im Zweiten Weltkrieg wurden sechs Millionen Juden ermordet. Hier hätten wir es mit einer Katastrophe zu tun, die um ein Vielfaches größer wäre. Wahrscheinlich Hunderte Millionen Tote. *Hunderte Millionen*, Fred.«

»Du hast mit ihm gesprochen«, erwiderte Klein. »Und ihm, wie du sagst, in die Augen gesehen. Welche Rolle spielen wir in diesem Szenario?«

»Das ist es eben, Fred. Zum ersten Mal seit einem Dreivierteljahrhundert gar keine. Takahashi hat keine große Sympathie für die USA. Er gibt uns die Schuld für viele Probleme seines Landes. Dumm ist er aber nicht. Er weiß, dass wir für ein Fünftel der Weltwirtschaft verantwortlich sind. Ohne uns würde es einen totalen wirtschaftlichen Kollaps geben, und das wäre nicht im Interesse Japans. Er will nur, dass wir uns heraushalten und zusehen, wie er Millionen Unschuldige abschlachtet. Ganz einfach, oder?«

Castilla griff in seine Tasche, zog ein kleines Zigarettenetui hervor und nahm die einzige Zigarette heraus. Der Präsident trug diese Zigarette bei sich, seit er vor zwölf Jahren mit dem Rauchen aufgehört hatte. Für Notfälle, wie er sagte.

Klein wollte schon etwas einwenden, blieb aber still, als sein alter Freund ein Feuerzeug anklickte.

»Ich schlafe nie besonders gut«, gestand Castilla und blies eine Rauchwolke aus. »Aber eines der wenigen Dinge, die mir immer geholfen haben, ein paar Stunden Schlaf zu finden, war die Gewissheit, dass wir, wenn es mal richtig eng wird, die stärkste Streitmacht der Welt besitzen. Und jetzt sagst du mir, dass das ein Irrglaube war.«

Klein legte die Hände auf den Tisch. »Die haben wir immer noch, Sam. Eine moderne Armee ist mehr als ein Hightech-Werkzeug, mit dem man einen Feind vernichten kann. Wir setzen unsere Streitkräfte ein, um Länder wiederaufzubauen, nachdem sie verwüstet wurden. Wir sind die effizienteste Katastrophenhilfsorganisation der Welt. Wir bieten Sicherheit und Stabilität. Wir entwickeln Technologien, die in die Privatwirtschaft einfließen und die Welt voranbringen. Und mit einem hat Takahashi nicht einmal unrecht: Wir schaffen tatsächlich eine Menge Jobs und beschäftigen Privatfirmen. Was Japan aufgebaut hat, ist nicht die moderne Armee des einundzwanzigsten Jahrhunderts. Es ist bloß eine mächtige Kriegsmaschine.«

Kapitel Neunundvierzig

Nordost-Japan

Randi Russell blieb vor dem Eingang zur Küche stehen und blickte sich um. Die Jalousien waren heruntergelassen, nur eine Lampe über der Kochinsel in der Mitte spendete etwas Licht. Das Haus war ein bisschen heruntergekommen, dafür aber groß und abgelegen, wie sie es gewollt hatte. Zudem verfügte es über Strom und Heizung, was es deutlich über die meisten Behausungen stellte, in denen sie in den letzten zehn Jahren untergekommen war.

Sie beobachtete die vier Personen, die mit den Fingern über die auf der Kochinsel ausgebreitete Karte fuhren und leise Worte wechselten. Zur Linken standen Eric und Karen Ivers, zwei Covert-One-Agenten, die sie bereits kannte, seit sie sich der Organisation angeschlossen hatte. Die beiden hatten sie einst mit vorgehaltener Pistole zu ihrem ersten Treffen mit Fred Klein gebracht.

Der Mann in der Mitte war etwa einsfünfundneunzig groß, blond und drahtig. Dass Klein ihn nach Japan geschickt hatte, obwohl er mit seinem Äußeren hier auffiel wie ein bunter Hund, ließ vermuten, dass er über beträchtliche Fähigkeiten verfügen musste.

Der Mann zu seiner Rechten war gut dreißig Zentimeter kleiner, aber zum Glück Japaner. Randi selbst hatte sich die Haare wieder schwarz gefärbt und ihre Gesichtsfarbe mit etwas Schminke korrigiert, doch damit hätte sie höchstens einen extrem kurzsichtigen Beobachter täuschen können. Der Japaner würde alles übernehmen, was in der Öffentlichkeit vor sich ging. Der Rest der Truppe würde hauptsächlich nachts in Aktion treten. In dieser ländlichen Gegend würden sie wahrscheinlich einige Aufmerksamkeit erregen.

»Irgendwelche brillanten Ideen?«, fragte Randi, als sie die Küche betrat.

Alle drehten sich zu ihr, und sie schüttelte dem großen Blonden die Hand. »Sie müssen Wanja sein. Freut mich.«

»Ganz meinerseits, Randi. Ich freu mich darauf, mit Ihnen zusammenzuarbeiten.« Sein Akzent klang osteuropäisch, doch sie konnte ihn nicht genau zuordnen. Vielleicht war genau das von ihm beabsichtigt.

Sie wandte sich dem Mann neben ihm zu und verbeugte sich kurz. »Sie müssen Reiji sein. Ist mir eine Ehre.«

Der Mann erwiderte die Verbeugung schweigend. Hoffentlich, weil er mehr der stille Typ war, und nicht, weil er nur Japanisch sprach.

Zuletzt begrüßte sie die beiden Ivers mit einem Nicken. »Meinen Glückwunsch zur Hochzeit. Schade, dass ich nicht dabei sein konnte.«

Sie antworteten mit einem verständnisvollen Schulterzucken.

Randi blickte in die Runde und wusste nicht recht, was sie von diesem Team halten sollte. Sie waren nur zu fünft, und zwei Männer kannte sie überhaupt nicht. Dass sie Fred Kleins Vertrauen genossen, hieß zwar einiges, doch sie arbeitete trotzdem lieber mit Leuten zusammen, die sie bereits in Aktion gesehen oder über die sie wenigstens einiges gehört hatte.

»Sie wissen über die Nanotechnologie Bescheid, mit der wir es hier zu tun haben?«

Alle nickten.

Randi beugte sich über die Karte und tippte auf einen roten Punkt im Nordosten des Landes. »Wir vermuten, dass die Waffe hier in einem Atommüll-Endlager entwickelt wird, das in diesen Berg gegraben wurde.« Sie fuhr mit dem Finger eine dünne Linie entlang. »Das hier ist die einzige Zufahrtsstraße. Der Rest ist steiles, dicht bewaldetes Gelände. Es gibt ein relativ flaches Stück südlich der Anlage, das an einer tiefen Schlucht endet, mit steilen, aber bewältigbaren Wänden. Die nächste Siedlung ist ein kleines Dorf etwa siebzig Kilometer östlich.«

Sie zog ihr Handy hervor und rief ein Bild auf. »Das ist der Eingang, ungefähr fünf Meter im Durchmesser. Von dem planierten Gelände führen Schienen hinein. Die Höhle endet nach ungefähr einem Kilometer an einer massiven Sicherheitstür.«

Randi wechselte zur nächsten Aufnahme. »Hier sehen Sie den Maschendrahtzaun, der die Anlage umgibt. Vier Meter hoch, mit Stacheldraht oben. Es gibt natürlich Kameras, aber nur einen sichtbaren Sicherheitsmann.«

»Können wir davon ausgehen, dass es noch einige Vorkehrungen gibt, die wir hier nicht sehen?«, fragte Karen.

»Eindeutig. Aber ich kann euch nicht sagen, womit wir's zu tun haben.«

»Der Tunnel ist sicher die reinste Schießbude«, bemerkte Wanja. »Ich würde Kettenkanonen an den Wänden montieren und sie per Fernbedienung abfeuern. Binnen Sekunden wäre die Luft so voll mit Kugeln, dass du nicht mehr atmen kannst.«

»Nicht zu vergessen, Minen«, warf Reiji in solidem Englisch ein. »Antipersonen-Minen wären in diesem engen Raum extrem wirkungsvoll.«

»Und das sind nur die konventionellen Waffen«, fuhr Randi fort. »Wie es aussieht, haben die japanischen Streitkräfte in den vergangenen dreißig Jahren völlig neuartige Waffen entwickelt. Tatsache ist, wir haben keine Ahnung, was uns erwartet. Wenn diese Höhle das beherbergt, was wir glauben, dann kriegen wir es vielleicht mit Dingen zu tun, die wir noch nie gesehen haben.«

»Und falls wir uns irren, kriegen wir's mit einem Haufen verwirrter Gabelstaplerfahrer zu tun«, kommentierte Eric.

Seine Bemerkung rief leises Gelächter hervor. Nicht genug, um die allgemeine Anspannung zu lösen, aber immerhin eine willkommene Auflockerung.

»Wissen wir irgendwas über die Sicherheitstür?«, fragte Karen.

»Laut den verfügbaren Daten müsste sie etwa dreißig Zentimeter dick sein, aber wir vermuten, dass sie um einiges massiver ist.«

»Stärker als dreißig Zentimeter dicker Stahl?«

Kleins militärischer Beraterstab hatte Takahashis Angaben analysiert und war auf etwas gestoßen, das ihnen bisher völlig entgangen war: Takahashis Limousine. Es hieß allgemein, er habe einfach großes Glück gehabt, den Anschlag zu überleben.

Wenn man die Aufnahmen jedoch unvoreingenommen analysierte, stellte man fest, dass es mit Glück nichts zu tun hatte. Von seinem Auto hätte eigentlich nur ein Trümmerhaufen übrig bleiben dürfen. Stattdessen hatte die Limousine nur ein paar Kratzer abbekommen, bevor sie von Hubschraubern abgeholt und nie wieder gesehen wurde.

»Vielleicht sogar um vieles stärker.«

»Das klingt ja so, als wäre es leichter, durch den verdammten Fels durchzubrechen«, bemerkte Eric.

»Es spielt keine Rolle, ob diese Tür aus dickem Stahl oder aus Papier ist«, behauptete Wanja. »Wer in diesen Tunnel eindringt, hat sowieso nur geringe Überlebenschancen, oder?«

»Ich weiß nur, dass ich nicht der sein will, der mit der Bohrmaschine vor dieser Tür steht«, meinte Eric. Die anderen schienen es ebenso zu sehen.

»Okay«, räumte Randi ein. »Wir vergessen die Tür.«

»Ich sage ungern, was irgendwie auf der Hand liegt, aber mir fällt nur eine bunkerbrechende Bombe ein«, erklärte Karen. »Schnell, wirkungsvoll und bestimmt auch ein gutes Mittel gegen unbekannte Sicherheitsmaßnahmen. Wir könnten von unserer Basis in Okinawa starten. Sie hätten null Zeit, um auf den Angriff zu reagieren.«

Reiji zog die Stirn in Falten. »Eine Bombe hier in Japan? Das darf nicht sein, oder?«

Randi musterte ihn einen Augenblick. Der Mann war zweifellos Patriot, deshalb zögerte sie, ganz unbefangen vor ihm zu sprechen. Andererseits schien Klein höchstes Vertrauen zu allen hier Versammelten zu haben. Ihre Loyalität zu Covert One stand für ihn offensichtlich außer Zweifel.

»Leider können wir in der derzeitigen Situation nichts ausschließen, Reiji. Aber egal wie wir reinkommen – das Problem sind in jedem Fall die Nanomaschinen, die wir in der Anlage vermuten. Wenn diese Waffe ins Freie gelangt, stellt sie eine enorme Bedrohung dar. Wir können nicht riskieren, dass sie bei dem Angriff freigesetzt wird.«

»Wäre es vielleicht möglich, mit einer Lieferung reinzukommen?«, schlug Eric vor.

»Unsere spärlichen Informationen lassen vermuten, dass alles, was rein- und rausgeht, mit einem Partikelscanner gecheckt wird. Man könnte nicht mal eine Küchenschabe reinschmuggeln.«

»Das Fass Amontillado«, bemerkte Wanja. Alle sahen ihn fragend an.

»Drei Amerikaner hier, und keiner hat Poe gelesen? Euer Bildungssystem ist wirklich so schlecht, wie ich gehört habe. Was ich sagen will: Wir müssen nicht unbedingt hinein. Wir wollen nur, dass sie nicht rauskommen. Warum versiegeln wir die Höhle nicht einfach?«

»Das sind die unorthodoxen Gedanken, die uns weiterhelfen«, lobte Randi. »Aber in diesem Fall wird es wahrscheinlich nicht funktionieren. Wir vermuten, dass wir es da drin mit einer geballten Ladung an geistiger Energie und unbekannten Waffen zu tun haben.«

»Sie hat recht«, bekräftigte Reiji. »Wenn die Mitarbeiter und Wissenschaftler merken, was wir vorhaben, werden sie in Panik geraten und mit allen Mitteln versuchen, aus der Höhle zu flüchten. Wenn es ihnen gelingt, könnte ihre Waffe mit ihnen ins Freie gelangen.«

Niemand wusste etwas einzuwenden, und es herrschte gedrückte Stille im Raum.

»Ich lese zwar nicht viel Poe, aber ich mag Filme«, meldete sich Eric zu Wort. »Das Ding hier erinnert mich an das Alien in diesen Sigourney-Weaver-Streifen. In dem unwahrscheinlichen Fall, dass du es verletzt, bespritzt es dich mit seinem ätzenden Blut.«

Randi warf erneut einen Blick auf die Karte, um irgendetwas zu finden, das sie bisher übersehen hatte. »Kommt schon, Leute. Wir sind normalerweise die Besten für solche Spezialaufgaben. Bringt mich irgendwie in diese verdammte Höhle rein.«

Kapitel Fünfzig

Nordost-Japan

Von seiner Position auf der Pritsche inspizierte Jon Smith den Raum bestimmt zum tausendsten Mal. Takahashi hatte wohl nicht damit gerechnet, einen Gefangenen in der Anlage unterbringen zu müssen, und deshalb vermutlich einen Pausenraum zur Zelle umfunktioniert. An einem Ende war eine Kochnische mit voll bestücktem Kühlschrank eingerichtet. Auf der anderen Seite einer Schiebetür befand sich ein Badezimmer mit Waschbecken.

Interessant waren vor allem die verwendeten Materialien. Die Wände waren aus Naturfels und Erde, während die Einrichtung aus Keramik, Carbon und Holz gefertigt war. Sie hatten ihm die Kleider weggenommen – er trug nun den gleichen weißen Baumwolloverall wie die zwei Mitarbeiter, die er gesehen hatte, als er in diese Zelle geführt wurde. Die Knöpfe schienen aus Bein zu sein, und da er keinen Gürtel trug, war auch keine Schnalle nötig. Die Schuhe waren Slipper, die – soweit er erkennen konnte – keine Nägel enthielten.

Smith konnte zwar nicht wissen, ob die Nanowaffe tatsächlich hier entwickelt wurde, doch das Fehlen der Materialien, die diese Nanobots als Rohstoff benutzten, deutete darauf hin, dass sie zumindest hier gelagert wurden.

Die Frage war, was er tun konnte. Die Tür ließ sich nicht öffnen, und als Werkzeug, um einen Tunnel zu graben, standen ihm lediglich ein paar Plastiklöffel zur Verfügung, die er in einer Schublade gefunden hatte.

Und selbst wenn es ihm gelang auszubrechen – was würde ihn draußen erwarten? Möglicherweise war jenseits der Fels- und Erdmassen, die ihn umschlossen, bereits der Dritte Weltkrieg im Gang.

Smith stand auf und griff mit der rechten Hand nach einem Klappstuhl. Vorsichtig hob er ihn seitlich hoch. Der brennende Schmerz hinter dem Schulterblatt war nicht ganz so schlimm wie am Tag zuvor. Er wusste zwar nicht, ob er überhaupt so lange überleben würde, dass es noch von Bedeutung war, aber er wollte seine Zeit auf jeden Fall nutzen, um einigermaßen zu Kräften zu kommen.

Während seiner dritten Übungseinheit glitt die Tür zum Korridor auf. Er stellte den Stuhl ab und drehte sich um, in der Erwartung, Takahashi zu sehen – doch es war jemand anderes.

Der Mann, der in seine Zelle trat, war keine eins siebzig groß und wirkte mit seiner gebückten Haltung noch etwas kleiner. Seine Haare waren lang, wuchsen jedoch nur noch an vereinzelten Stellen auf der beschädigten Kopfhaut. Das fleckige Gesicht wirkte eingefallen, doch seine Augen waren überraschend klar.

Trotz des entstellten Äußeren wusste Smith sofort, wen er vor sich hatte. Ebenso klar war, dass der Mann am Tag der Katastrophe von Fukushima im Reaktor vier gearbeitet hatte.

»Dr. Ito.« Smith deutete auf den Stuhl, mit dem er seine Übungen gemacht hatte.

Der Wissenschaftler nickte dankend und setzte sich. Sein Ausdruck war schwer zu deuten, zumal seine Gesichtsmuskeln teilweise gelähmt waren, doch seine Körpersprache verriet Angst. Aber wovor?

»Gratuliere«, begann Smith, nachdem er sich auf der anderen Seite des Tisches niedergelassen hatte. »Ihre Nanotechnologie ist allem, was ich kenne, ein halbes Jahrhundert voraus.«

Ito nahm das Kompliment mit einer kaum wahrnehmbaren Verbeugung entgegen. »Die Molekulartechnik war immer mein Traum. Können Sie sich vorstellen, welche Möglichkeiten sich hier bieten? Wolkenkratzer, die sich selbst bauen. Die Wiederherstellung und vielleicht sogar Entwicklung von Organen ohne chirurgische ...«

»Aber Sie haben etwas ganz anderes entwickelt«, fiel ihm Smith ins Wort.

»Ja«, räumte Ito etwas zerknirscht ein. »Ich kam meinem Ziel immer näher, bis man mir die Unterstützung entzog. Die Leute hatten einfach Angst.«

»Vor den Gefahren?«

Ito nickte. »Als Wissenschaftler verstehen Sie sicher, wie absurd eine solche Situation ist. Je erfolgreicher ich war, desto schwieriger wurde es, Forschungsmittel zu erhalten. Niemand wollte mit einem möglichen Unfall zu tun haben.«

»Niemand außer Takahashi.«

Itos Kopfnicken wirkte seltsam hart und ruckartig. »Er verfügte über praktisch unbegrenzte Mittel. Und er ging sehr großzügig damit um.«

»Aber er hat Bedingungen daran geknüpft, stimmt's?«

Ito beugte sich vor, als brauchte er den Tisch als Stütze. »Er wollte, dass meine Erfindung Beton, Metall und Kunststoff zersetzen kann. Es gab zwar gewisse Sicherheitsbedenken, aber die Risiken waren beherrschbar. Als die

Selbstvervielfältigung tatsächlich funktionierte, wollte ich sie natürlich für alle möglichen praktischen Anwendungen nutzbar machen. Doch daran war Takahashi nicht interessiert.«

Als Wissenschaftler hatte Smith durchaus Verständnis für den Mann. Es war sehr leicht, an nichts anderes zu denken als an den großen Durchbruch. Etwas zu entdecken, was die Welt verändern würde, und sich damit in eine Reihe mit den größten Köpfen der Menschheitsgeschichte zu stellen. Es war eine Motivation, die süchtiger machen konnte als jede Droge.

»Als klar wurde, dass Ihre Erfindung die Materialien destabilisierte, die sie als Rohstoff benutzte, wollte Takahashi, dass Sie sich darauf konzentrieren, den Prozess zu kontrollieren.«

Ito beäugte ihn argwöhnisch.

»Ich bin nicht nur Wissenschaftler, sondern auch Soldat«, erklärte Smith. »Und ich wäre kein besonders guter, wenn ich nicht wüsste, dass Waffen, die man nicht kontrollieren kann, nicht sehr nützlich sind.«

Ito schwieg einige Augenblicke, ehe er antwortete. »Es war nie meine Absicht, Waffen herzustellen, Colonel Smith. Aber ich wollte etwas erschaffen. Meine Theorien umsetzen.«

»Und das war der einzige Weg dazu«, setzte Smith hinzu. »Takahashi war der Einzige, der Ihnen die Möglichkeit bot, Ihre Ideen zu verwirklichen, also taten Sie, was er verlangte.«

Erneut ein kurzes Kopfnicken. »Ich habe aus verständlichen Gründen die Reproduktionsfähigkeit von Anfang an begrenzt. Takahashi wollte, dass ich zusätzlich geografische Einschränkungen einbaue, damit die Aktivität außerhalb

eines bestimmten Gebietes zum Stillstand kommt. Das erschien mir eine vernünftige Maßnahme.«
»Und funktionieren diese Vorkehrungen?«
»In den Tests einwandfrei«, antwortete er mit einem gewissen Unbehagen, das Smith sehr gut verstand.
»Wie groß war die Anzahl der Vervielfältigungen in Ihren Tests, Doktor?«
Ito wollte sich erheben, schien aber nicht genug Energie zu haben. »Dutzende Millionen.«
»In welchen Dimensionen würde es sich bewegen, falls Ihre Erfindung als Waffe zum Einsatz käme?«
»Die Anzahl ginge ins Unermessliche. Sie wäre höher als die der Sterne im Universum. Ich habe dem General immer wieder klarzumachen versucht, dass mit der Anzahl der Replikationen auch die Wahrscheinlichkeit einer verheerenden Mutation steigt. Aber er scheint jeden Tag weniger geneigt mir zuzuhören. Er hat sich verändert, Colonel. Sie sind noch ein junger Mann, deshalb können Sie das wahrscheinlich nicht verstehen. Takahashi hat nicht mehr viele Jahre vor sich. Er hat sein Leben dieser einen Sache verschrieben. Er ...«
»Welcher Sache?«
Ito blickte sich um, als könnte ihn jemand beobachten. »Ich dachte immer, er will ein neues Japan aufbauen. Ein Land, das auf Augenhöhe mit Amerika steht oder es sogar übertrifft. Stellen Sie sich vor, welche Möglichkeiten sich mit dieser neuen Waffe bieten. Wir könnten das militärische Potenzial Nordkoreas zerstören, ohne die Zivilbevölkerung in Mitleidenschaft zu ziehen. Wir könnten sogar gezielt Waffensysteme irgendwo auf der Welt vernichten. Wäre es nicht großartig, was wir mit dieser technologischen und militärischen Macht für die Welt tun könnten?«

Ito hatte mit seiner Vision nicht ganz unrecht. Ließ sich seine Erfindung nicht zum Beispiel im Nahen Osten und in Afrika zur Zersetzung von Stoffen einsetzen, die für den Bau von Bomben benutzt wurden? Verdammt, man konnte sie sogar in einigen Vierteln amerikanischer Städte einsetzen, um Waffen unbrauchbar zu machen. Wie viele Menschenleben ließen sich dadurch retten? Das Problem war jedoch, welche Absichten man verfolgte. Amerika verfügte über eine überwältigende militärische Macht, die es auch immer wieder eingesetzt hatte. Die USA hatten durchaus ihre Fehler begangen, doch sie verfügten über eine stabile Regierung und eine funktionierende Machtkontrolle. Der demokratische Gedanke war tief verwurzelt, und der Einsatz von militärischer Gewalt musste wohlbegründet sein.

Takahashi schien über keine derartigen Skrupel zu verfügen.

»Mir ist klar, dass Ihre Absichten durchaus ehrenwert sind, Dr. Ito. Aber Sie wissen genauso gut wie ich, dass Ihre Absichten nicht mehr zählen. Takahashi provoziert einen Krieg gegen China und will Japans militärische Überlegenheit demonstrieren, indem er das Land buchstäblich auslöscht.«

Ito nickte zerknirscht. »Und das ist noch nicht alles. Er verfolgt die gleiche Vision wie sein Vater: Wenn es nach ihm geht, soll Japan nicht nur wirtschaftlich, sondern auch militärisch zur vorherrschenden Großmacht werden. Und er wird Erfolg haben, weil ich ihm dazu verholfen habe.«

Kapitel Einundfünfzig

Außerhalb von Tokio
JAPAN

General Takahashi schritt allein durch den Korridor aus Stein und Erde und spürte wie immer an diesem Ort, wie sich Ärger in ihm regte. Es war eine Beleidigung für ihn und seine treuen Mitstreiter, dass sie gezwungen waren, sich in unterirdischen Räumen zu verstecken. Aber nicht mehr lange. Bald würde Japan begreifen, was er erreicht hatte.

Die Tür vor ihm glitt auf, ohne dass er etwas dazu tun musste, nachdem bereits mehrere biometrische Merkmale registriert worden waren. Drinnen erwarteten ihn die Kommandanten der drei Teilstreitkräfte sowie Geheimdienstchef Akio Himura.

Takahashi blieb stehen und bedeutete seinen Männern, auf die übliche militärische Begrüßung ihres Vorgesetzten zu verzichten. Das Treffen war eigentlich eine reine Formsache. Die Pläne für den Angriff auf China waren längst bis ins kleinste Detail ausgearbeitet. Da der große Tag nun kurz bevorstand, war es jedoch angemessen, sich persönlich mit den führenden Männern seiner Streitmacht zu treffen. Vielleicht zum letzten Mal an diesem Ort.

»Wie ich höre, sind alle Verteidigungsmaßnahmen einsatzbereit, einschließlich der zivilen Rettungsoperationen für den Fall eines feindlichen Angriffs.«

Die Männer, die um den Tisch saßen, nickten zustimmend.

»Und es gibt keine Probleme, von denen ich nichts weiß? Alles läuft nach Plan?«

Von allen Seiten Kopfnicken. Obwohl er die Antworten auf seine Fragen natürlich bereits kannte, hatten die Zusicherungen seiner Leute doch etwas Beruhigendes.

»Dann warten wir nur noch auf Ito. Er ist dabei, die Behälter mit der zielgerichteten Nanowaffe fertigzustellen. Das Material wird nach China geschmuggelt und in Militärbasen, Kraftwerken und allen größeren Städten freigesetzt.«

»Haben wir eine aktuelle Schätzung, wann der Damm brechen wird?«, fragte Admiral Inoue.

Der Drei-Schluchten-Staudamm im Jangtsekiang war das erste große Bauwerk, das sie angreifen würden. Sein Zusammenbruch würde eine Flut auslösen, die nicht nur Millionen töten, sondern auch die Stromversorgung wichtiger Teile des Landes kappen würde.

Während das Land im Bann der Katastrophe stand und vergeblich versuchte, die Lage in den Griff zu bekommen, würde die gesamte Infrastruktur nach und nach zersetzt werden. Die Chinesen würden keine Ahnung haben, warum ihre Maschinen plötzlich stillstanden und ihre Städte in sich zusammenfielen. Und selbst wenn sie die Ursache ahnten, würde es ihnen nichts nützen.

»Wir erwarten innerhalb von sechs Wochen den vollständigen Zusammenbruch«, erklärte Takahashi. »Der Rest des Landes wird drei Wochen später folgen.«

»Und die Amerikaner? Was ist bei Ihrem Treffen mit Präsident Castilla herausgekommen?«, fragte Tadao Minami. Er war als Chef der Luftstreitkräfte unentbehrlich, obwohl ihn Takahashi als Schwachpunkt der Gruppe ansah. Minami sah Japans Zukunft darin, eines der mächtigsten Länder innerhalb der Staatengemeinschaft zu werden, während die anderen Takahashis Vision der japanischen Vorherrschaft teilten.

Der General verschränkte die Arme vor seiner breiten Brust. »Ihre Reaktion ist schwer vorherzusehen. Ihr Präsident scheint mir zwar intelligent genug zu sein, um die künftige untergeordnete Rolle seines Landes zu erkennen, aber ich weiß nicht, ob er auch danach handeln wird. Zudem müssen wir berücksichtigen, dass er nicht der einzige Machtfaktor im politischen System der Amerikaner ist und dass im Kongress jede Menge Dummköpfe und Fanatiker sitzen. Dementsprechend müssen wir auf eine unüberlegte Reaktion der Amerikaner gefasst sein.«

Die Gesichter der Männer verfinsterten sich, bei einigen mit einem Anflug von Angst. Das musste der General tolerieren – schließlich war Japans Geschichte nicht vergessen. Alle waren sich bewusst, welche Konsequenzen der Angriff auf Pearl Harbor nach sich gezogen hatte.

»Verstehen Sie mich nicht falsch, meine Herren. Ich habe dem Präsidenten deutlich zu verstehen gegeben, dass es sich nicht um einen Angriff auf Amerika handelt und dass wir einen solchen auch nicht vorhaben, solange wir nicht provoziert werden.«

»Und wenn genau das passiert?«, hakte Minami nach. »Die Vereinigten Staaten sind der Stützpfeiler der gegenwärtigen Weltordnung und steuern fast ein Viertel des Welt-Bruttoinlandsprodukts bei. Ihr Beitrag wird umso wichtiger, wenn die chinesische Wirtschaftsleistung wegfällt. Können wir es uns leisten, ihnen größeren Schaden zuzufügen?«

Takahashi war es nicht gewohnt, dass man ihm so offen widersprach – er empfand es als Angriff auf seine Person.

»Wenn sich die Amerikaner auf die Seite der Chinesen stellen, werden wir gegen sie vorgehen. Ist das klar?«

Seine Männer beeilten sich zuzustimmen, doch die Sorge wich nicht aus ihren Gesichtern. Takahashi hätte die Vereinigten Staaten nur zu gern vernichtet für das, was sie seinem Land angetan hatten, doch auch er sah ein, dass es den japanischen Interessen zuwiderlaufen würde. Letztlich würde es ihm eine viel größere Genugtuung bereiten, den Amerikanern ihre Macht zu nehmen. Diese arrogante Nation würde sich in Zukunft damit abfinden müssen, dass sie für jede ihrer Handlungen die Zustimmung Tokios brauchte.

»Mir ist natürlich bewusst, wie wichtig Amerika für die japanischen Interessen ist«, fuhr er in gemäßigtem Ton fort. »Ich habe für diesen Fall einen Schlachtplan ausgearbeitet, der eine langsame Steigerung der eingesetzten Mittel vorsieht und der auch ohne Itos Waffe eine hinreichend abschreckende Wirkung erzielen sollte.«

»Sieht dieser Plan auch einen Angriff auf amerikanischem Territorium vor? Auf die Zivilbevölkerung?«

Takahashi spürte Zorn in sich hochsteigen. Er hatte Minamis Sorgen gebührend berücksichtigt, doch das Verhalten des Mannes grenzte bereits an Gehorsamsverweigerung. »Wir werden die amerikanischen Seestreitkräfte im Pazifik zerstören. Wenn sie danach nicht auf jede Einmischung verzichten, werden wir auch in ihrem eigenen Land gegen sie vorgehen. Die amerikanische Bevölkerung ist schwach und unfähig, auch nur die kleinste Unannehmlichkeit zu ertragen. Wir haben vierzehn Kraftwerke im Visier, die lediglich durch Maschendrahtzäune gesichert sind. Wenn die zerstört werden, ist es in großen Teilen des Landes für drei Wochen dunkel. Nach wenigen Stunden werden die Bürger von ihren Politikern die bedingungslose Kapitulation verlangen.«

»Und wenn sie stärker sind, als Sie sie einschätzen?«, hakte Minami nach.

»Dann wird Amerika aufhören zu existieren!«, rief Takahashi. »Wir werden Itos Waffe einsetzen und zusehen, wie das Land verrottet! Ist das klar?«

Minami senkte den Blick zu Boden. »Natürlich, General. Vollkommen klar.«

Takahashi blickte sich im Raum um. Es regte sich nirgends mehr Widerspruch, und er stand auf, verbeugte sich kurz und ging. Es gab nichts weiter zu sagen. Er hatte seine Männer gut ausgewählt. Und Minami würde sterben, bevor er auch nur die Möglichkeit hatte, Japan im Stich zu lassen.

Der General zögerte an einer Gabelung des Korridors. Es gab in Tokio wichtige Angelegenheiten, um die er sich kümmern musste, doch statt zum Ausgang weiterzugehen, bog er nach rechts ab. Der lange Gang führte tiefer in die Erde hinunter.

Die Tür am Ende glitt nicht automatisch auf, als er sich näherte. Er musste seine Hand auf eine Glasplatte legen und seinen persönlichen Code eintippen.

Drinnen waren die Wände weiß mit Ausnahme der Rückwand, die zur Gänze aus Glas war. Durch die Scheibe sah Takahashi sechzehn gewöhnliche Thermosflaschen, die alle Itos Nanowaffe enthielten. In den nächsten Tagen würde der Wissenschaftler weitere sechsundneunzig Flaschen füllen. Eine für jedes Ziel in China.

Der General trat fast ehrerbietig an die durchsichtige Barriere. Der politische Gipfel in Australien war abgeschlossen, und Castilla hatte seine Aufgabe mit Bravour erledigt.

Premierminister Sanetomi hatte mit den japanischen Medien gesprochen und sie überzeugt, dass die Gewinne, die sie damit erzielten, die Hysterie hochzupeitschen, ihnen wenig nützen würden, wenn das Land von feindlichen Raketen aufs Korn genommen wurde. Und China tat das Gleiche. Die Regierung nutzte ihre Kontrolle über die Medien, um den Ton gegen das japanische Nachbarland zu mäßigen. Sanetomi hatte sogar eine Reise nach Peking ins Auge gefasst. Es wurde erwartet, dass er sich einmal mehr für die Gräueltaten im Zweiten Weltkrieg entschuldigte und dass China die Entschuldigung annehmen würde.

Takahashi starrte unverwandt auf die harmlos aussehenden Thermosflaschen, während sein Atem das Glas beschlug. Er hatte auf einen chinesischen Angriff gehofft, um zu einem gerechtfertigten Gegenschlag ausholen zu können. Doch es sollte nicht sein.

Letztlich war es auch bedeutungslos. Die Illusion der Moral und die Bestimmungen des internationalen Rechts – das alles zählte im Krieg ohnehin nicht mehr. An solche Dinge klammerten sich die Schwachen. Und Japan würde nicht länger Schwäche vortäuschen.

Kapitel Zweiundfünfzig

Nordost-Japan

»Sie können mich doch nicht einfach kidnappen, in ein Flugzeug stecken und meine Erfindung stehlen!«, protestierte Max Wilson, zog den Kragen seiner Lederjacke enger um den Hals und blickte in den dichten Wald, von dem sie umgeben waren.

»Sie müssen das nicht ständig wiederholen – Sie sehen doch, dass ich's kann«, versetzte Randi ungeduldig.

Der Mann war gut zehn Zentimeter kleiner als sie, aber stämmig gebaut. Er hatte schwielige Hände und eine Nase, die aussah, als wäre sie mehr als einmal gebrochen gewesen. Man sah ihm jedenfalls nicht an, dass er Studien in Stanford und am Cal Tech absolviert hatte.

Sein Vater war bei einem Minenunglück in West Virginia ums Leben gekommen, als Wilson zwölf Jahre alt war. Aus einer gewissen falsch verstandenen Loyalität war er in die Fußstapfen seines alten Herrn getreten und hatte die Highschool abgebrochen, um ebenfalls in die Minen hinabzusteigen.

Bald stellten die Ingenieure des Bergbauunternehmens fest, dass der junge Max Lösungen für Probleme zu finden schien, die billiger, praktikabler und eleganter als ihre eigenen waren. Zu seinen vielfältigen Interessen zählten unter anderem Zahlentheorie, Quantenmechanik und

Paläomagnetismus. Zudem war er auch ein ziemlich ordentlicher Bowlingspieler. Einer der Geologen des Unternehmens empfahl Wilson seiner Universität, die ihn sofort aufnahm. Die nächsten zehn Jahre bewegte er sich in der akademischen Welt, kehrte dann aber auf seine Weise zu den Minen zurück.

»Na ja, wenigstens sind Sie ein scharfer Feger. Immerhin ein kleiner Trost.«

»Danke, Mr. Wilson. Ist wirklich nett, dass Sie das sagen.«

»Nennen Sie mich Max. Und Sie sind?«

»Randi.«

»Randi ...«

»Nur Randi.«

»Regierungsbehörde«, murmelte er.

»Greg Maple hat Sie uns wärmstens empfohlen.«

Die Worte, die Wilson vor sich hin murmelte, waren zu leise, als dass Randi sie ganz verstehen konnte, doch es ging wohl darum, dass er seinem Kollegen kräftig in den Arsch treten würde, sobald er zurück in den Staaten war.

Randi legte ihm die Hand auf den Rücken und führte ihn tiefer zwischen die Bäume, bis sie zu einer freien Fläche gelangten, die mit einer tarngemusterten Plane abgedeckt war.

»Wo sind wir überhaupt?«

»Im Wald«, antwortete Randi.

»Aber in keinem amerikanischen. Dafür war der Flug zu lang.«

»Das ist nicht wichtig.«

»Ja, weil Sie wissen, wo wir sind. Und weil Sie nicht entführt wurden.«

Randi zuckte mit den Schultern. Seine Schlussfolgerung ließ sich nicht widerlegen.

Sie marschierten über eine kleine Hügelkuppe, und Wilson blieb stehen. Vor ihnen erstreckte sich ein silberner Zylinder, knapp zwanzig Meter lang und etwa eineinhalb Meter im Durchmesser. Er war in vielen Teilen geliefert worden, um ihn leichter auf einen abgelegenen Berg in Japan schmuggeln zu können. Die fünf jungen Leute, die sich daran zu schaffen machten, hatten ihn beinahe fertig zusammengebaut.

»Hey!«, rief Wilson. »Das sind meine Studenten!«

»Ich dachte mir, Sie könnten ein bisschen Hilfe gebrauchen.«

Er wirbelte zornig herum –, sie reagierte mit einem – wie sie hoffte – entwaffnenden Lächeln. Das musste genügen. Ihre üblichen Überzeugungsmethoden waren absolut tabu, wenn es um zivile Akademiker ging.

»Wobei sollen Sie mir helfen?« Seine Stimme vibrierte vor mühsam unterdrückter Wut.

Randi deutete nach Norden. »Einen Tunnel durch diesen Berg zu treiben.«

Er sah sie entgeistert an. »Das meinen Sie jetzt nicht ernst.«

»Seh ich so aus?«

»Das ist ein verdammter Prototyp. Das Ding ist noch nicht mal schmutzig geworden.«

»Ja, aber Ihre letzte Version ist schmutzig geworden und hat angeblich prima funktioniert. Man hat mir gesagt, dass dieses Modell sogar noch besser ist.«

Wilsons Erfindung war eine Tunnelbohrmaschine der nächsten Generation. Rein äußerlich unterschied sie sich kaum von den Maschinen, die gegenwärtig in Verwendung waren, doch wenn man tiefer hineinsah, war es mit den Ähnlichkeiten vorbei. Herkömmliche Maschinen warfen enorme

Mengen an Gestein und Erde aus, die regelmäßig abtransportiert werden mussten. Zugleich musste die Tunnelröhre mit Stützbögen gesichert werden. Und natürlich brauchte es Stromkabel, um das Ding am Laufen zu halten.

Wilsons System kam ohne das alles aus. Es lief mit einem Nuklearantrieb, dessen Hitze genutzt wurde, um das Material an den Rändern der Tunnelröhre zu einer Substanz zu verschmelzen, die härter als Beton war. Wilson plante den Bau einer noch imposanteren Maschine, doch dieser kleinere Prototyp war perfekt für die absurde Idee, auf die Randis Team sich geeinigt hatte.

»Wie wollen Sie das Ding antreiben?«, gab Wilson zu bedenken. »Sie können sich nicht vorstellen, mit wie viel Bürokratiekram ich mich herumschlagen muss, damit mir die Regierung Kernbrennstoff bewilligt.«

»Ich hab die Maschine vollgetankt, bevor sie verladen wurde.«

»Quatsch.«

Randi zuckte mit den Achseln. »Wenn ich etwas brauche, kriege ich es, Max. Das sollten Sie sich merken.«

Er musterte sie argwöhnisch und eilte dann zu seiner Erfindung. Als die Studenten ihren Professor sahen, ließen sie alles stehen und liegen, umringten ihn und redeten alle gleichzeitig auf ihn ein.

Randi wartete einen Moment, dann drehte sie sich um und schritt zwischen den Bäumen hindurch zu einem kleinen Tisch, an dem Eric Ivers und Wanja eine topografische Karte studierten. Reiji war mit Karen losgezogen, um eine der vielen kleinen Lieferungen abzuholen. Alles musste in kleinen Paketen ankommen, um keine Aufmerksamkeit zu erregen.

»Wie sieht's aus?«

Wanja warf ihr einen besorgten Blick zu, doch Ivers lachte nur. Beide Reaktionen waren irgendwie verständlich. Sie befanden sich auf einem Berg mit einem Atommüll-Endlager, in dem sich wahrscheinlich die gefährlichste Waffe befand, die je von Menschen entwickelt worden war. Ihr Plan? Wenn du nicht durch die Tür reinkannst, schmeiß ein Fenster ein und klettere von hinten rein.

»Also nicht so gut?«

»Doch, doch«, versicherte Ivers. »Wir haben alles im Griff. Wir müssen nur noch durch einen drei Kilometer langen, extrem heißen Tunnel kriechen und das letzte Stück mit der Hand graben, damit niemand Wilsons kleine unterirdische Atomrakete hört. Wenn wir durch sind, springen wir einfach raus und rufen: *Keine Bewegung! Sie sind festgenommen!*«

»Was soll schon schiefgehen?«, erwiderte Randi.

Wanja zuckte zusammen. Ihr versuchter Scherz war danebengegangen. »Was schiefgehen kann? So gut wie alles. Glauben Sie, eine Bohrmaschine, die ein paar Studenten im Wald zusammenbasteln, wird problemlos funktionieren? Wie wahrscheinlich ist es, dass Takahashi keine seismischen Sensoren hat, die uns schon von Weitem aufspüren? Und wie sollen wir das letzte Stück mit der Hand graben? Wir haben es hier mit massivem Fels zu tun. Aber nehmen wir einfach mal an, dass alles funktioniert und wir es tatsächlich schaffen, reinzukommen. Wie viele Wächter erwarten uns da drin? Entspricht die Anlage noch den ursprünglichen Plänen, die wir haben, oder hat Takahashi sie verändert? Mit welchen Waffen sind sie ausgerüstet?«

Wanja verstummte, doch Randi wusste, dass er noch eine Stunde so hätte weitermachen können.

Sie schwiegen einige Augenblicke. Wanja hatte ausgesprochen, was sie alle dachten, aber welche Alternative hatten sie? So unvorstellbar es sein mochte, ihr Team war tatsächlich die größte Hoffnung in dem Bestreben, die furchtbarste Katastrophe der Menschheitsgeschichte abzuwenden. Randi kannte sich selbst gut genug, um zu wissen, dass sie es sich nie verzeihen würde, wenn sie vor der gigantischen Aufgabe kapitulierte. Lieber würde sie im Kampf untergehen. Doch das musste nicht unbedingt auch für die anderen gelten, die in dieses Team berufen worden waren.

»Schauen Sie«, begann Randi. »Normalerweise meine ich es nicht so, wenn ich das sage – aber heute ist es mir ernst: Wenn Sie aussteigen wollen, wird Ihnen das niemand übel nehmen. Verdammt, wahrscheinlich ist dann gar niemand mehr da, der es Ihnen übel nehmen könnte.«

Wanja überlegte einen Augenblick. »Ohne Mr. Klein wäre ich schon zweimal gestorben. Ich zieh das durch, egal wie es ausgeht.«

»Eric?«

Er wirkte einen Moment lang ernster als sonst. »Ich hab gewusst, dass es ein Scheißjob ist, als ich ihn angenommen habe, Randi, aber die Sache ist die: Wilsons Maschine wird uns höchstens ein Grab schaufeln, das weißt du selbst. Wir werden in dem Tunnel sterben, und niemand wird davon Notiz nehmen. Es wird keine Paraden geben, keine Artikel in den Zeitungen oder Statuen zu unserem Gedenken. Nur ein gemütliches Loch in einem japanischen Berg und ein paar Freunde, mit denen man es sich teilt.«

»Das heißt, du bist raus.«

Er schüttelte den Kopf. »Karen sagt, sie geht nicht weg. Und da ich außer ihr niemanden auf der Welt habe, sterbe ich lieber mit ihr.«

Kapitel Dreiundfünfzig

Oval Office, Washington, D.C.
USA

Als Castilla das Oval Office betrat, sprang Generalstabschef Keith Morrison auf und nahm Haltung an. Der Präsident bemerkte, dass der Mann ein wenig benommen aussah, und hoffte, dass es nur daran lag, dass er seit Tagen nicht mehr richtig geschlafen hatte.

Castilla schüttelte ihm die Hand und deutete mit einem Kopfnicken auf die dicke Mappe, die der Soldat in der Hand hielt. »Bringen Sie mir gute Neuigkeiten, Keith?«

Morrisons Gesicht wurde noch eine Spur blasser.

»Setzen Sie sich.« Castilla deutete auf das Sofa. »Bitte.«

Vor drei Tagen hatte er den General in allen Einzelheiten über sein Gespräch mit Takahashi informiert. Zudem hatte er ihm die von Covert One vorgenommene Analyse des Treffens mitgeteilt und ihm alles berichtet, was Greg Maple über Hideki Itos Waffe herausgefunden hatte. Seine Anweisung an Morrison hatte gelautet, die Analysen heimlich zu prüfen und seine eigenen Schlüsse zu ziehen. Er sollte nur einige wenige handverlesene Experten einweihen – nicht den Verteidigungsminister, nicht die CIA und schon gar nicht die NSA. In diesem Moment hatte Geheimhaltung oberste Priorität, und abgesehen von Fred Klein war Morrison der Einzige, dem der Präsident hundertprozentig vertraute. Der Mann war nicht bloß ein Kriegsheld, er hatte zudem in Harvard studiert und schien es von seinem ganzen Wesen her nicht fertigzubringen, einer Anweisung seines Oberbefehlshabers zuwiderzuhandeln. Aber noch wichtiger war vielleicht, dass er Masao Takahashi seit über zwanzig Jahren kannte.

Morrison öffnete die Mappe in seiner Hand, doch dann schien ihn die Kraft zu verlassen. Schließlich legte er sie einfach auf den Tisch. »Darf ich fragen, woher Sie die Analyse haben, die Sie mir gegeben haben, Sir?«

»Nein«, antwortete Castilla knapp.

Der Soldat nickte. »Also, sie ist unglaublich treffend. Ich wünschte, die Leute, die sie angefertigt haben, würden für mich arbeiten.«

Der Präsident hatte genügend Zeit gehabt, sich auf dieses Treffen vorzubereiten, deshalb fiel es ihm nicht schwer, sein ausdrucksloses Gesicht beizubehalten. Er hatte gehofft, Morrison würde ihm erklären, dass Kleins Befürchtungen und Takahashis Behauptungen blanker Unsinn seien. Tatsache war jedoch, dass beide Männer genau wussten, wovon sie sprachen.

»Erzählen Sie mir von Takahashi«, forderte Castilla ihn auf. Das war einer von Fred Kleins wenigen blinden Flecken. Er konnte Situationen besser analysieren als jeder andere, aber er hatte nie mit dem japanischen General zu tun gehabt.

Morrison kaute nachdenklich an der Unterlippe. »Masao ist ein komplizierter Mensch. Er ist brillant, keine Frage. Er weiß unglaublich viel über Geschichte, ohne den Blick für mögliche Zukunftsperspektiven zu verlieren. Seine Sicht der Streitkräfte war immer sehr fortschrittlich ...« Seine Stimme verebbte für einen Moment. »Mir war nur nicht klar, wie fortschrittlich.«

»Ich möchte Ihnen eine Frage stellen, Keith. Mögen Sie den Mann? Betrachten Sie ihn als Freund?«

Morrison schüttelte den Kopf. »Ich habe ihn immer respektiert, seine Fähigkeiten geschätzt, aber wenn man ihm näherkommt, lernt man auch seine dunklen Seiten kennen.«

»Was genau meinen Sie damit?«

»Eines ist klar: Er nimmt es den USA nicht nur übel, dass Japan im Krieg so vernichtend geschlagen wurde, sondern gibt uns auch die Schuld an der Schwäche, unter der das Land seiner Meinung nach seit über einem Dreivierteljahrhundert leidet. Außerdem kreidet er uns ganz konkret den Tod einiger Angehöriger während und nach dem Krieg an, vor allem den seiner Mutter.«

»Dann zählt es für ihn gar nicht, dass wir ihnen nach allem, was die Japaner getan haben, beim Wiederaufbau des Landes unter die Arme gegriffen haben, sodass sich das Land zu einer führenden Wirtschaftsmacht entwickeln konnte?«

»Er sieht dahinter weniger Großzügigkeit als vielmehr Angst.«

»Angst wovor?«

Morrison suchte einige Augenblicke nach den richtigen Worten. »Masao interessiert sich nicht nur für Geschichte, sondern auch für Genetik. Er hat es zwar nie direkt ausgesprochen, aber ich weiß, dass er davon überzeugt ist, dass das japanische Volk ...«

»Allen anderen überlegen ist? Um Gottes willen, ist es das, was der Mann denkt? Dass sie das Herrenvolk sind?«

Castilla spürte, wie Übelkeit in ihm hochstieg. Das alles hatte die Welt schon zur Genüge erlebt.

»So gern ich jetzt Nein sagen würde – ich fürchte, das trifft es ziemlich genau. Dass im Zweiten Weltkrieg so viele japanischstämmige Amerikaner in Lagern interniert wurden, beweist für ihn nur, dass wir sie unbewusst als homogene, überlegene Gruppe angesehen haben, die es zu unterdrücken gilt. Beim Wiederaufbau des Landes haben wir sie nach seiner Überzeugung nur unterstützt, um sie besser kontrollieren zu können. Wir wollten sie von uns abhängig machen und verhindern, dass sie eigene Streitkräfte aufbauen.«

»Herrgott, Keith. Warum höre ich das erst jetzt?«

»Weil Takahashis persönliche Überzeugungen bisher nie wichtig waren. Er hat das Land nicht regiert, und Japan ist ein Verbündeter ohne nennenswerte Offensivkapazität. Zumindest sind wir davon ausgegangen.«

Castilla überlegte einige Augenblicke. Sein Mund fühlte sich plötzlich sehr trocken an bei der Vorstellung, Takahashi könnte sein neues Waffenarsenal gegen den amerikanischen Kontinent einsetzen. »Wenn er die Japaner an der Spitze der genetischen Hierarchie sieht, dann stehen die Chinesen für ihn vermutlich ganz unten?«

»Zweifellos.«

»Und wo stehen wir auf seiner Rangliste, Keith?«

»Das weiß ich leider auch nicht so genau, Sir. Mein Gefühl sagt mir, dass er uns nicht im Visier hat. Tatsache ist, dass die Chinesen einen tiefen Hass auf die Japaner haben und die ganze Region unter Druck setzen.«

Castilla nickte wissend. Wäre er Premierminister von Japan und nicht der amerikanische Präsident, so würde ihm dieses Thema bestimmt sehr zu schaffen machen. Die Situation zwischen China und Japan erinnerte ein wenig an das Verhältnis zwischen den Vereinigten Staaten und der Sowjetunion zur Zeit des Kalten Krieges. Nur dass die Japaner darauf vertrauen mussten, dass die USA ihnen im Notfall beistehen würden. Eine ziemlich prekäre Situation.

»Okay. Aber warum eine Eskalation, Keith? Warum demonstrieren sie nicht öffentlich ihre Stärke und weisen China damit in die Schranken?«

»Das würde nur den Status quo aufrechterhalten, Sir. Takahashi hat ehrgeizige Pläne. Wenn der einzige ernst zu nehmende Rivale in Asien aus dem Weg geräumt ist, kann er die Vorherrschaft über die gesamte Region übernehmen. Japan ist ein Land mit relativ geringen Ressourcen und einer überalterten Bevölkerung. Er braucht Territorium, Arbeitskräfte und Rohstoffe.«

»Was ist sein Ziel?«

»Nach dem, was ich über den Mann weiß, würde ich sagen, er will China auslöschen und die USA als weltweit führende Supermacht ablösen.«

Es war Zeit für einen Drink. Castilla trat an seinen Schreibtisch und zog eine Flasche hervor. Morrison war gläubiger Mormone, deshalb bot er dem Mann keinen Drink an, obwohl er durchaus so aussah, als könnte er einen gebrauchen.

»Sie glauben also, er wird angreifen.«

»Ja, Sir.«

»Wie?«

»Für mich besteht kein Zweifel, dass er als Erstes die Nanowaffe einsetzen wird. Wahrscheinlich wird er sie nach China schmuggeln, und wenn die Chinesen merken, was vor sich geht, wird ihre militärische und zivile Infrastruktur bereits zusammenbrechen. Falls sie noch einen Gegenangriff zustande bringen, werden die japanischen Streitkräfte leicht damit fertigwerden.«

Castilla schenkte sich einen Bourbon ein und stützte sich auf seinen Schreibtisch. Es war eine furchtbare Vision. Hunderte Millionen würden im Winter ohne Strom und Dach über dem Kopf dastehen, ohne Nahrung und Transportmittel. In den Städten würden sich die Menschen um die letzten Reste prügeln, die im Abfall zu finden waren. Für die Welt bedeutete es, dass eine riesige Wirtschaftsmacht ausfiel, die enorme Gütermengen produzierte und ihrerseits Produkte und Dienstleistungen im Wert von vielen Billionen US-Dollar konsumierte. Die Welt würde mit hoher Wahrscheinlichkeit in eine tiefe Rezession stürzen, und die USA und Japan würden in den folgenden fünfzig Jahren um die Vorherrschaft kämpfen.

»Das würde den Tod von Hunderten Millionen Menschen bedeuten, Keith. Von Zivilpersonen, Frauen und Kindern. Wie können wir ihn aufhalten?«

»Militärisch?«

Castilla nickte.

»Das können wir nicht. Es tut mir leid.«

»Das kann ich nicht akzeptieren. Amerika wird nicht zusehen, wie so viele Unschuldige abgeschlachtet werden. Das passt nicht zu uns.«

»Ich verstehe Sie gut, Sir. Aber es ist meine Pflicht, Ihnen meine unvoreingenommene Meinung zu sagen.«

»Und die lautet wie?«

»Wir können nicht gewinnen. Aber wir können unglaublich viel verlieren.«

»Sie wollen mir also erzählen, dass ein Land, das mehr für seine Streitkräfte ausgibt als die folgenden zehn Länder zusammen, chancenlos ist?«

»Im Wesentlichen, ja. In einer Konfrontation mit Japan stünden wir vor einer Reihe von unlösbaren Problemen. Das erste ist, dass wir uns hauptsächlich auf unsere Navy stützen müssten. Das heißt, wir bekämen es mit ihren Torpedos zu tun – und was deren Fähigkeiten betrifft, hat Takahashi bestimmt nicht übertrieben.«

»Das bedeutet, die vielen Flugzeugträger, die wir nach Überzeugung unserer Admiräle so dringend brauchen, sind praktisch nutzlos, weil die Gegenseite über ein paar Torpedos verfügt, die wie in einem Computerspiel gesteuert werden?«

»Unsere Flotte ist nicht dafür gerüstet, sich gegen einen Schwarm autonomer Torpedos zu verteidigen, die Geschwindigkeiten von über dreihundert Knoten erreichen, Sir. Unsere Flugzeugträger sind so groß wie Städte und bewegen sich ungefähr so schnell. Wir müssten sie außer Reichweite der feindlichen Geschosse halten, ohne aber zu wissen, wie groß die überhaupt ist. Im schlimmsten Fall könnten unsere Verbände innerhalb weniger Stunden ausgelöscht werden.«

»U-Boote?«

»Wir gehen davon aus, dass sie für Takahashi bedeutend schwerer auszuschalten wären.«

»Das heißt, wir könnten sie benutzen, um Raketen abzufeuern?«

Morrison nickte. »Die meiner Meinung nach einzige Chance, Japan zu besiegen, wäre ein Nuklearschlag in mehreren Wellen, am besten vom Festland und zur See und vorzugsweise in enger Koordination mit China.«

Castilla nahm einen großen Schluck von seinem Whisky und konzentrierte sich einen Moment ganz auf das angenehme Brennen in der Kehle. Was Morrison andeutete, war die völlige Zerstörung der japanischen Inseln und ihrer Bevölkerung – mit einem Angriff, für den die Weltöffentlichkeit nicht den geringsten Anlass sehen würde. Allein aufgrund der Annahme, dass Takahashi tatsächlich gegen China vorgehen würde und er über die Waffen verfügte, von denen er gesprochen hatte.

»Es könnte nachteilige Konsequenzen geben, die wir berücksichtigen müssen, Sir.«

»Ach, wirklich?«, blaffte Castilla gereizt. »Es hätte nachteilige Konsequenzen, ganz Japan in eine radioaktive Wüste zu verwandeln? Wer hätte das gedacht?«

Der Präsident nahm sich zusammen und atmete langsam aus. »Tut mir leid, Keith.«

»Ich verstehe Sie ja, Sir. Ich glaube, ich habe heute Morgen einem meiner Leute fast das Gleiche an den Kopf geknallt.«

»Ich nehme an, Sie haben einen japanischen Vergeltungsschlag gemeint?«

»Ja, Sir.«

»Die Nanowaffe.«

»Ich bin mir nicht sicher, ob das in Takahashis Interesse wäre. Die Zerstörung der USA würde die wirtschaftliche Stabilität der Welt nachhaltig erschüttern. Das würde auch Japan über Jahrzehnte hinweg zu spüren bekommen.«

»Was dann?«

»Sie müssen verstehen, dass die USA gegen bestimmte Arten von Angriffen völlig ungeschützt sind. Wir müssen davon ausgehen, dass Takahashi den Zeitpunkt unseres Angriffs im Voraus kennen würde. Das heißt, er kann rechtzeitig seinen Abwehrschild aufspannen und Japan damit mindestens für ein paar Tage schützen.«

»Und womit müssen wir in diesen paar Tagen rechnen?«

»Mit einem geballten Cyberangriff. Unser Kommunikationsnetz samt Internet würde ebenso zusammenbrechen wie ein großer Teil der Stromversorgung. Ich an seiner Stelle würde außerdem an strategischen Punkten unseres Stromnetzes Sprengsätze legen, um sicherzugehen, dass es Monate dauert, bis das ganze Land wieder Strom hat. Und falls Takahashi ein Nuklearprogramm entwickelt hat, verfügt er wahrscheinlich auch über Mini-Atomwaffen, von denen er vielleicht schon einige in die Staaten geschmuggelt hat.«

»Wie kommen Sie darauf?«, fragte Castilla ungläubig. »Er hat solche Waffen nie erwähnt.«

»Es spricht einiges dafür, Sir. Wir haben solche Waffen selbst vor Jahren entwickelt, sind aber wieder davon abgekommen, weil wir über ein unglaublich wirkungsvolles Abschusssystem für Interkontinentalraketen verfügen. Mini-Nuklearwaffen passen hervorragend in Takahashis Programm, das auf den Prinzipien ›klein, billig und unabhängig‹ beruht.«

»Haben wir irgendeine Möglichkeit, die Dinger aufzuspüren? Wo könnten sie sein?«

»Es ist so gut wie unmöglich, sie rechtzeitig zu finden«, erwiderte Morrison. »Und wenn Sie fragen, wo er sie platzieren wird – vor allem in Washington. Um den Lobbyisten und Bürokraten die Arbeit zu erleichtern, haben wir die Regierung und alle Behörden auf einem sehr eng begrenzten Gebiet konzentriert. Aber bestimmt würde er auch andere große Städte und wichtige militärische Anlagen aufs Korn nehmen. Und es besteht natürlich auch die Gefahr eines Biowaffen-Angriffs, obwohl es aus strategischen Gründen eher unwahrscheinlich ist. Die Wirkung würde zu langsam eintreten.«

»Herrgott«, entfuhr es Castilla. Er fühlte sich wie benommen. »Sie sagen mir also, wir sollten dasitzen und zusehen?«

»Wir kennen uns schon ziemlich lange, Mr. President. Sie wissen, wie schwer es mir fällt, das zu sagen, aber ... ja. Wir können diesen Krieg nicht gewinnen. Und selbst wenn wir's könnten, hätten wir keine Garantie, dass wir den Chinesen damit helfen. Die Nanowaffe ist vielleicht schon freigesetzt. Das Beste, was wir tun können, ist, Pläne für humanitäre Hilfsmaßnahmen ausarbeiten. Darüber hinaus sind uns die Hände gebunden.«

Kapitel Vierundfünfzig

Nordost-Japan

Die Tür glitt auf, und Jon Smith betrachtete sie gespannt. Es war genauso wie bei den letzten Malen: Ein Wächter stand vor der gegenüberliegenden Wand des Korridors, eine Hand vielsagend unter der Jacke. Es war immer derselbe Mann: stämmig, beinhart, mit wettergegerbtem Gesicht und toten Augen. Smith verdankte sein Überleben in vielen prekären Situationen nicht zuletzt seiner Fähigkeit, einen Gegner richtig einzuschätzen. Dieser Kerl war ein verdammt harter Brocken. Höchstwahrscheinlich ein Angehöriger der Sondereinsatzkräfte mit beträchtlicher Kampferfahrung und eiserner Entschlossenheit.

Smith hoffte, dass es wieder Dr. Ito war, der ihn besuchte – der Wissenschaftler, der von schweren inneren Konflikten geplagt wurde. Doch nicht er war es, der eintrat, sondern Masao Takahashi. Die Tür schloss sich hinter ihm, und Smith verbeugte sich respektvoll. So gut wie alles, was man als Waffe hätte benutzen können, war aus dem Raum entfernt worden, und aus dem Vorhandenen eine zu basteln war unmöglich, da er von zwei Kameras überwacht wurde.

»Colonel Smith.« Der General setzte sich und schob einen Tablet-Computer über den Tisch. »Ich möchte Ihnen etwas zeigen, das Sie wahrscheinlich interessieren wird.«

Smith sah auf das Tablet hinunter, dessen Display viergeteilt war. Das Bild links oben zeigte einen Tisch im Wald, über dem eine tarnfarbene Plane gespannt war. Zwei Männer standen über den Tisch gebeugt und sprachen leise miteinander, während sie eine Karte studierten. Das zweite Video zeigte einen riesigen silbernen Zylinder, an dem eine Gruppe junger Leute arbeitete. Eine Frau stand knapp zehn Meter entfernt an einen Baum gelehnt und beobachtete das Geschehen. Das Bild war zu klein, um die Gesichter erkennen zu können, doch Smith erkannte die Körpersprache wieder. Randi Russell.

Auf den beiden anderen Aufnahmen war nur dichtes Laub zu sehen.

»Diese Aktivitäten gehen gerade auf der anderen Seite des Berges vor sich, in dem sich diese Anlage befindet. Was Sie hier sehen, ist eine neuartige nuklearbetriebene Tunnelbohrmaschine. Wie es aussieht, ist Ms. Russell so klug, keinen Frontalangriff zu starten, sondern es über die Flanke zu versuchen. Ich muss sagen, ich bewundere ihre Hartnäckigkeit. Und die Maschine ist wirklich bemerkenswert.«

»Aber ihr Plan wird nicht funktionieren«, fügte Smith hinzu.

»Nein. Und ich kann mir einfach nicht vorstellen, dass sie das nicht selbst weiß. Ms. Russell hat eine Pflicht zu erfüllen, und das will sie nach besten Kräften tun. Von einer Frau mit ihrer Reputation würde ich auch nichts anderes erwarten.«

»Sie überwachen also den ganzen Berg mit Kameras?«, fragte Smith, um erst einmal Zeit zu gewinnen. Aber wofür? Hoffte er vielleicht auf eine Eingebung, wie er hier ausbrechen und Randi rechtzeitig warnen konnte, ihre Operation abzubrechen?

»Nein, Kameras wären viel zu aufwendig«, erklärte Takahashi. »Ich glaube, Sie werden diese Technologie sehr interessant finden. Ihre eigenen Streitkräfte haben ja viel Geld in kleine Aufklärungsdrohnen gesteckt. Wir haben das Gleiche vor über einem Jahrzehnt gemacht, aber das war keine sehr gute Lösung.«

»Nicht?« Smith suchte fieberhaft nach einem Weg, das Unvermeidliche zu verhindern.

Takahashi schüttelte den Kopf. »Sie sind nicht wirklich unauffällig, sind schwer zu landen und zu steuern und haben eine sehr begrenzte Reichweite. Vögel hingegen haben diese Schwächen nicht. Als einer meiner Männer mit der Idee zu mir kam, Greifvögel mit fiberoptischen Kameras zu versehen und mit leichten Elektroschocks zu steuern, war ich zugegeben zuerst skeptisch. Zwölf Jahre später haben wir das System jedoch zu einer unglaublich vielseitigen Überwachungsplattform entwickelt. Und das Beste ist, dass die Kosten mit dem Abrichten der Tiere unter dreitausend Dollar pro Einheit liegen.«

»Beeindruckend«, antwortete Smith geistesabwesend, den Blick auf Randi gerichtet. Die Frau war eine Hexe, wenn es darum ging, Gefahren zu erspüren. Doch da stand sie anscheinend völlig nichtsahnend. Er wünschte sich, sie würde aufblicken, aber was hätte es ihr genützt? Sie hätte nur einen verdammten Vogel auf einem Baum gesehen.

»Ich muss zugeben, ich bin mir nicht sicher, wie ich auf Ms. Russells Bemühungen reagieren soll. Da dachte ich mir, ich hole Ihren Rat ein. Ich gehe davon aus, dass Keith Morrison Ihrem Präsidenten gesagt hat, dass es Selbstmord wäre, die Chinesen zu unterstützen. Die Frage ist, ob er auf den Rat hören wird. Ist das, was Sie hier sehen, ein letzter vergeblicher

Versuch, mich aufzuhalten? Oder ist es die erste Salve in einem massiven Angriff Ihres Landes? Ist Castilla bereit, das Leben von Millionen Amerikanern zu opfern, um ein Land zu schützen, das mit jedem Tag mehr zu einer Bedrohung für Sie wird? Aus dieser Perspektive erscheint mir das ... verrückt.«

Smith starrte auf die Videobilder und überlegte verzweifelt, was er sagen sollte. Er hatte viel Zeit zum Nachdenken gehabt, nicht zuletzt darüber, wie es den amerikanischen Streitkräften in einer Konfrontation mit Takahashis neuen Waffen ergehen würde. Seine Schlussfolgerung war, dass Amerika große Verluste hinnehmen und die Welt ins Chaos stürzen würde.

»Präsident Castilla ist nicht dumm, General, und die Leute, die ihn beraten, ebenso wenig. Ich kann Ihnen nur Folgendes sagen: Was Randi hier versucht, ist mit Sicherheit eine Operation im kleinsten Rahmen, von der nur ganz wenige wissen und die, falls sie scheitert, nie an die Öffentlichkeit gelangen wird.«

»Das heißt, Sie gehen davon aus, dass Ihr Land nachgeben wird.«

»Aus meiner Sicht, ja«, antwortete Smith aufrichtig. »Es ist ein großer Unterschied, ob man eine Handvoll Agenten opfert oder Millionen Zivilisten.«

Takahashi lehnte sich in seinem Stuhl zurück und nickte nachdenklich. »Vielleicht will er der Tatsache nicht ins Auge sehen, dass Ihr Land nicht mehr die vorherrschende Supermacht sein wird.«

»Er ist Realist, General. Wir wissen längst, dass die Zeit der Kriege zwischen den großen Mächten vorbei ist. Die zerstörerische Kraft eines modernen Krieges wäre einfach zu groß. Es gäbe nur Verlierer.«

Takahashi lächelte dünn. »Bis heute.«

Es war klar, dass er auf seine Nanowaffe anspielte – auf ihre Fähigkeit, das Machtgleichgewicht so deutlich zu seinen Gunsten zu verschieben, dass er die Oberhand behalten würde.

»Nein, Herr General«, betonte Smith. »Ich glaube, dass Ihre Waffe zu einem gewaltigen Bumerang werden kann. Wenn Sie Dr. Ito fragen, wird er Ihnen wahrscheinlich das Gleiche sagen.«

»Wissenschaftler sind sich nie einer Sache sicher, Colonel. Sie weichen aus, machen alles komplizierter als nötig. Sie sind Soldat – von Ihnen hätte ich mehr erwartet.«

»Tut mir leid, dass ich Sie enttäusche, General, aber ich bin nicht nur Wissenschaftler, sondern auch einer der führenden Experten, was die Konsequenzen der Biokriegsführung betrifft. Denn das ist es im Wesentlichen, was Sie hier tun. Sie erschaffen künstliches Leben und schmieden es zur Waffe. Und diese Waffe werden Sie nicht kontrollieren können, das garantiere ich Ihnen. Wenn Sie unbedingt glauben, Sie müssen China angreifen, dann tun Sie es. Schießen Sie Atomwaffen ab, davon haben Sie bestimmt ein größeres Arsenal. Aber vernichten Sie Itos Waffe und alles, was damit zu tun hat.«

Takahashi schwieg und tippte nur auf einen Ausschnitt des Displays. Das Bild zeigte eine leere Wiese, höchstens zwanzig mal zwanzig Meter groß. Smith konnte nichts Auffälliges erkennen. Plötzlich schoss von oben ein Projektil herab, und im nächsten Augenblick wurden Erde und Steine in die Luft gewirbelt, als das Geschoss auf dem Boden aufschlug.

Einen Moment lang wusste Smith nicht, was geschehen war, doch dann sah er die Metalltrümmer, die auf der ganzen

Lichtung verstreut lagen: Flossen, eine kegelförmige Nase, zerbrochene Teile eines Rumpfs. Es war eine Art Bombe gewesen, wahrscheinlich von einer Drohne aus großer Höhe abgeworfen. Doch sie war nicht detoniert. Ein Blindgänger? Hatten seine Leute einmal das Glück auf ihrer Seite gehabt? Randi musste es doch bemerkt haben. Sie musste wissen, dass die Operation geplatzt war und es höchste Zeit war, mit ihren Leuten zu verschwinden.

Es dauerte nicht lange, bis ihm klar wurde, dass es reines Wunschdenken war. Überall auf der Lichtung blitzten kleine Flammen auf, und er verfolgte schweigend, wie sie in die Luft schnellten.

Kapitel Fünfundfünfzig

Nordost-Japan

»Alles runter!«, rief Randi und zog die Studenten von der Maschine weg, als das Pfeifen von oben lauter wurde. Max Wilson stand wie erstarrt auf dem riesigen Zylinder aus Titan, ein Bündel bunter Drähte in einer Hand, eine Zange in der anderen. Sie fasste ihn am Fußknöchel, zog ihm die Beine weg und warf sich mit ihm auf den Boden.

Das Pfeifen war so durchdringend, dass sie schreien musste, um sich verständlich zu machen. »Das Gesicht ins Gras! Die Hände auf den Hinterkopf!«

Alle kamen der Aufforderung nach, bis auf einen geschockten Jungen von höchstens achtzehn Jahren. »Bruce! Schwing deinen Arsch ...«

Der Einschlag erfolgte viel näher, als Randi gehofft hatte. Sie drückte das Gesicht ins Gras und wartete darauf, dass die Flammen der Explosion über sie hinwegschossen, doch nichts geschah. Sie zählte bis drei, dann zog sie ihre Beretta und rannte zum nächsten Baum.

Eric Ivers ging zehn Meter entfernt hinter einem Baum in Deckung. Er warf ihr einen fragenden Blick zu, doch sie zuckte nur mit den Schultern. Wanja trat mit einer MP5 in den Händen auf die Einschlagstelle zu.

»Reiji, Karen«, sprach Randi in ihr Kehlkopfmikrofon. »Seid ihr okay?«

Sie waren vor etwa einer Stunde mit einer neuen Lieferung zurückgekehrt, doch Randi hatte keine Ahnung, wo sie sich aufhielten.

»Alles klar«, meldete sich Karen nach einigen Sekunden. »Reiji und ich nähern uns von Süden.«Was immer es war, es ist wahrscheinlich auf der kleinen Lichtung gelandet, auf der wir die Maschine abgeladen haben.«

»Korrekt. Wanja nähert sich der Stelle von Norden und ist etwa fünfzig Meter entfernt. Eric und ich geben ihm Deckung.«

»Verstanden.«

»Seid vorsichtig, Karen. Wir haben keine Ahnung, womit wir's hier zu tun haben.«

Randi signalisierte mit einer Geste, dass sie vorrücken würde, und Ivers nickte und schob seine Glock an dem dicken Baumstamm vorbei. Als sie in Deckung war, signalisierte sie ihm nachzurücken.

Sie schoben sich Stück für Stück weiter und stoppten alle paar Sekunden, um in die Stille zu lauschen und sich zu vergewissern, ob zwischen den Bäumen irgendetwas zu erkennen war. Wanja näherte sich bereits dem Rand der Lichtung, da hörte Randi ein leises Zischen aus seiner Richtung. Es wurde lauter, und sie spähte hinter dem Baum hervor, doch das Laub war zu dicht, um etwas zu erkennen. Das Einzige, was sie sah, war das Flackern eines künstlichen Lichts zwischen den Schatten.

Sie warf Ivers einen kurzen Blick zu. Der zog die Stirn kraus und flüsterte: »Feuerwerksraketen?«

Randi wusste es ebenso wenig wie er, doch sie hatte das ungute Gefühl, dass es sich um etwas nicht ganz so Harmloses handelte.

»Wanja«, sagte sie in ihr Mikro. »Bleib, wo du bist. Da ist etwas, das mir gar nicht ge...«

Der Osteuropäer sprang plötzlich aus der Deckung hervor, ließ seine Waffe fallen und sprintete zu ihnen zurück. Randi hielt ihre Pistole im Anschlag und suchte nach einem Ziel, doch er schien vor einem Geist wegzulaufen. Im nächsten Augenblick sah sie es. Ein Schwarm dünner Leuchtspuren schoss hinter ihm her.

»Wanja! Auf den Boden!«, rief sie ihm zu.

Er kam der Aufforderung nach und hechtete über einen umgestürzten Baum. Die Geschosse zuckten über ihn hinweg, doch einige änderten plötzlich ihre Richtung. Eines krachte in den Baumstamm und spaltete ihn in der Mitte. Vier weitere bohrten sich in den Mann und bespritzten die Blätter über ihm mit Blut.

»Zurück!«, rief Randi. »Karen! Reiji! Hört ihr mich? Weg von der Lichtung!«

Randi und Eric rannten zwischen den Bäumen hindurch, von dem bedrohlichen Zischen verfolgt. Die Projektile waren eindeutig gelenkt, obwohl sie sich nicht erklären konnte, mit welcher Methode. Randi scherte nach links aus, in der Absicht, die Geschosse von Wilson und seinen Studenten wegzulocken. Ivers wandte sich mit dem gleichen Gedanken nach rechts, um die kleinen Maschinen zu verwirren.

Randi sprang hinter einen Baum und hörte Holz knirschen, als ein Geschoss in den Stamm einschlug. Sie riskierte einen Blick zurück und sah mindestens drei weitere Projektile, die es offensichtlich auf sie abgesehen hatten.

Sie sprintete aus der Deckung hervor und sprang über einen Felsblock. Auf der anderen Seite schien der Boden unter ihr zu verschwinden, und sie stürzte den steilen Abhang der Schlucht hinunter.

Kapitel Sechsundfünfzig

Nordost-Japan

Jon Smith ging in dem engen Raum auf und ab und verspürte den überwältigenden Drang, etwas gegen die Wand zu knallen. Leider hatten sie ihm nichts dagelassen, das schwer oder zerbrechlich genug war, um sein Bedürfnis auch nur annähernd stillen zu können.

Takahashi war vor einer Stunde gegangen und hatte den Tablet-Computer mitgenommen. Zuvor hatte er Smith noch mit ansehen lassen, wie einer von Randis Männern getroffen wurde und sie hinter einem Felsblock verschwand. Er wusste nicht, was danach geschehen war, aber aufgrund seiner eigenen Erfahrungen mit diesen Projektilen konnte er es sich ungefähr vorstellen. Dass er noch lebte, verdankte er dem Umstand, dass die Geschosse, die ihn aufs Korn genommen hatten, darauf programmiert gewesen waren, in Genjiro Uedas Haus zu bleiben.

Die Tür glitt auf, Smith sprang auf und ging daneben in Position, um sich auf Takahashi zu stürzen und ihm das Genick zu brechen, sobald er eintrat. Er gab sich keinen Illusionen hin, dass er damit Randi retten oder den Dritten Weltkrieg verhindern konnte, aber wenigstens würde er sich an dem Mann, der für das alles verantwortlich war, rächen, bevor sie ihm eine Kugel in den Kopf jagten.

Doch statt Takahashi trat die gebückte Gestalt Hideki Itos durch die Tür. Smith blickte an dem Wissenschaftler vorbei auf den Korridor hinaus. Derselbe Wächter wie immer stand vor der Wand und beobachtete alles mit seinen schwarzen Augen, eine Hand unter der Jacke verborgen. Der Mann war höchstens fünf Meter entfernt, doch Smith kam es vor wie eine Meile.

Die Tür schloss sich, und der alte Wissenschaftler trat auf Smith zu. »Wir müssen reden.«

»Worüber?«

Ito deutete auf die Kameras, die auf sie herunterblickten. »Ich habe ein Software-Upgrade für unser Sicherheitssystem durchgeführt. Wir haben siebeneinhalb Minuten, bis die Kameras wieder aktiv sind.«

Smith sah auf die Uhr an der Wand und prägte sich die Zeit ein, bevor er sich dem Mann zuwandte. Ito schwitzte, wo seine beschädigte Haut es noch zuließ, sodass sich glänzende Flecken auf seinem Gesicht abzeichneten. »Sie haben meine volle Aufmerksamkeit.«

»Was ich entwickelt habe, war nie als Offensivwaffe gedacht. Ich hatte erwartet, dass der General die Fähigkeiten der Erfindung demonstrieren würde, ohne dass jemand zu Schaden kommt. Dass sie uns vor feindlichen Angriffen schützt und vielleicht einen positiven Beitrag zu unserer Gesellschaft leisten wird.«

»Doch stattdessen benutzt er es, um die Chinesen auszulöschen.«

»Es ist …« Itos Stimme brach. »Es ist unerträglich. Meine Technologie ist durchaus nützlich, weil man sie zielgerichtet einsetzen kann, auf bestimmte Materialien und Gebiete begrenzt. Wir könnten Chinas militärisches Potenzial zerstören, ohne einen einzigen Menschen zu töten. Aber er wird sie völlig wahllos freisetzen. Er wird alle töten – Zivilisten, Frauen, sogar Kinder.«

War Ito nur gekommen, um sich seine Schuldgefühle von der Seele zu reden, oder hatte er vor, etwas zu unternehmen? Smith blickte zu den toten Kameras hinauf; die Uhr tickte.

»Kann man ihn aufhalten?«

»Der Premierminister fliegt heute nach China und hat Takahashi angewiesen mitzukommen. Sanetomi und Präsident Yandong haben ihren festen Willen bekundet, zu einer Einigung zu gelangen. Sie werden alles tun, um die Situation zu deeskalieren.«

»Aber Takahashi will nichts davon wissen.«

»Nein. Er hat mir befohlen, die Waffe fertigzustellen, und wenn ich so weit bin, will er sie einsetzen.«

»Ich nehme an, Sie sind hier, weil Sie nicht am Tod so vieler Menschen mitschuldig sein wollen. Haben Sie eine Idee, was man tun könnte?«

Ito griff unter seinen Laborkittel und zog einen Schraubendreher hervor, der aus Carbon zu sein schien.

Smith hätte fast laut gelacht, als ihm der Wissenschaftler das Werkzeug zeigte. Von dem Mann, der die Nanotechnologie revolutioniert hatte, hätte er sich einen etwas klügeren Vorschlag erwartet.

Ito spürte seine Enttäuschung. »Von Ihren Untersuchungen in Fukushima wissen Sie bestimmt, dass wir Maßnahmen zur Sterilisation installiert haben, die mit jenen in Ihren Labors in Fort Detrick vergleichbar sind.«

»Strahlung«, fügte Smith hinzu.

Ito nickte kurz.

»Und Sie haben als Leiter der wissenschaftlichen Arbeiten hier die Möglichkeit, die Maßnahmen zur Sterilisation einzuleiten?«

»Ja. Nur ist das hier Takahashis Anlage. Der Vorgang braucht Zeit, und er hat die Möglichkeit, ihn außer Kraft zu setzen.«

»Wird er das tun?«

»Mit Sicherheit. Ich habe selbst gesehen, wie fanatisch der Mann heute ist. Er wird es niemals zulassen, dass seine Waffe zerstört wird.«

»Was schlagen Sie vor?«

»Wenn wir in einen der Server-Räume hineinkommen, besteht die Chance, dass ich ihn daran hindern kann, die Sterilisation zu stoppen.«

»Warum tun Sie es dann nicht?«

»Weil ich ohne seine ausdrückliche Erlaubnis nicht an diese speziellen Server herankomme.«

»Und dafür brauchen Sie mich.«

»Ja.«

Smith blickte auf den Schraubendreher in der Hand des Wissenschaftlers. »Ihr Plan hat nur einen Haken.«

»Welchen?«

»Ich käme nicht einmal an meinem besten Tag schnell genug an diesen Wächter heran, bevor er seine Waffe zieht. Und glauben Sie mir, heute ist nicht mein bester Tag.«

»Aber wir müssen …«

»Wir müssen realistisch sein, Doktor. Für mich wären es einige Meter bis zu dem Wächter, während er seine Pistole nur ein paar Zentimeter bewegen muss. Das funktioniert einfach nicht.«

»Wir haben nur noch wenig Zeit!«, drängte Ito verzweifelt. »In ein paar Minuten schalten sich die Kameras wieder ein. Sie müssen mir helfen!«

»Beruhigen Sie sich, Doktor. Ich werde Ihnen helfen, aber wir ändern Ihren Plan ein wenig. Wenn Sie diesen Raum verlassen, geht dann der Wächter hinter Ihnen her, oder Sie hinter ihm?«

Itos blutunterlaufene Augen sprangen nervös hin und her, während er sich zu erinnern versuchte. »Er folgt mir.«

»Okay.« Smith bemühte sich, möglichst ruhig zu klingen. »Tragen die Sicherheitsleute Schutzwesten?«

»Ich glaube nicht. Nein. Ich habe nie welche gesehen.«

»Gut. Dann gehen Sie jetzt raus wie immer. Und wenn Sie dicht bei ihm sind« – Smith tippte mit dem Finger auf eine Stelle oberhalb seines Magens –, »dann setzen Sie den Schraubendreher hier an.«

»Was?« Itos Augen weiteten sich schockiert. »Sie wollen ...«

»Hören Sie zu!«, fiel ihm Smith ins Wort. »Sie müssen den Schraubendreher nach oben stoßen und dann nach rechts ziehen. Zu seinem Herzen.«

»Aber ...«

»Unser Vorteil ist, dass er nicht damit rechnet«, fuhr Smith fort. »Wenn Sie zustechen, wird er versuchen, seine Pistole zu ziehen oder Sie zu packen. Weichen Sie dann nicht zurück. Bleiben Sie ganz ruhig, und geben Sie ihm keinen Bewegungsspielraum. In zwei Sekunden ist es vorbei.«

»Nein«, betonte Ito. »Das kann ich nicht.«

»Sie müssen sich entscheiden, ob Sie sozusagen das Blut Millionen Unschuldiger an Ihren Händen haben wollen oder das reale Blut eines ausgebildeten Killers. In diesem moralischen Dilemma erscheint mir ziemlich klar, was ich wählen würde.«

»Aber ich bin Wissenschaftler. Ein alter Mann. Was ist, wenn er mich tötet?«

»Dann sind alle Ihre Sorgen vorbei, oder?«

Der Wissenschaftler wischte sich mit dem Ärmel seines Laborkittels über den Mund, dann drehte er sich überraschend um und drückte die Hand auf den Scanner neben der Tür.

Sein Gang wirkte ein wenig zu schnell und zu steif, doch das spielte keine Rolle. Der Wächter konzentrierte sich bestimmt ganz auf seinen amerikanischen Gefangenen.

Smith stand da und wartete ab. Er schätzte die Wahrscheinlichkeit, dass Ito einfach weiterging, ohne es zu tun, auf etwa 99 Prozent. Doch der alte Wissenschaftler überraschte ihn erneut.

Als die Tür zuzugleiten begann, stieß Ito zu und drückte den Wächter gegen die Wand. Smith sprang zur Tür und versuchte sie aufzuhalten, doch der Mechanismus war zu stark. Er sah gerade noch, dass der Killer mit einer Hand Itos dünnen Hals packte, bevor sich die Tür schloss.

Smiths Herz hämmerte so heftig, als hätte er den Wächter selbst angegriffen. Es war vollkommen still im Raum. Er hörte keinen Schuss, doch das wollte nichts heißen. Hatte Ito durchgehalten? Lagen vielleicht beide tot auf dem Boden, der eine mit einem Schraubenzieher in der Brust, der andere mit gebrochenem Genick?

Die Tür öffnete sich erneut, und Ito stand vor ihm, sein Gesicht zur Maske verzerrt.

»Gut gemacht.« Smith eilte an ihm vorbei und beugte sich über den Mann auf dem Boden. Der Schraubendreher steckte noch in der Brust, und Smith zog ihn heraus, wischte das Blut ab und schob ihn in eine Tasche seines Overalls. Leider gab es keine Tasche, die groß genug für die Pistole des Wächters war, deshalb öffnete Smith kurz entschlossen den Reißverschluss des Overalls und steckte die Waffe in den Bund seiner Boxershorts. Sie zu ziehen würde zwar etwas umständlich sein, aber das ließ sich nicht ändern.

»Dr. Ito.« Er legte dem benommen wirkenden Wissenschaftler die Hand auf die Schulter. »Der Server-Raum. Wo ist er? Wir haben nicht viel Zeit, bis sich die Kameras wieder einschalten.«

Kapitel Siebenundfünfzig

Nordost-Japan

Die Anlage war, wie erwartet, sehr einfach konstruiert. Sie bestand im Wesentlichen aus mehreren breiten Korridoren, die von einer zentralen Höhle abgingen. Einzelne Stollen führten zu Lagerräumen, in denen zum Teil Fässer mit Atommüll untergebracht waren. Einige der Räume waren von Takahashis Organisation in Beschlag genommen und mit Spezialtüren aus Carbon-Verbundstoff gesichert worden, wie Smith sie schon mehrfach gesehen hatte.

Er und Ito bewegten sich quälend langsam, um kein Aufsehen zu erregen. Smith hatte den Kopf unterwürfig gesenkt, um wie ein Arbeiter zu wirken, der unterwegs war, um eine Reparatur durchzuführen.

Natürlich würde diese Tarnung keiner näheren Überprüfung standhalten, doch mit seinen dunklen Haaren passte er zumindest aus der Distanz ins Bild. Zum Glück war ihm bisher niemand wirklich nahe gekommen.

Sie querten den Hauptgang, der zum Ladebereich führte, und Smith blickte unmerklich zu der massiven Sicherheitstür und einer kleineren Tür, durch die die Mitarbeiter ein und aus gingen. Zwei Männer bewachten die Ausgänge, beide mit kompakten Sturmgewehren bewaffnet.

Ito duckte sich in einen Seitengang, und Smiths Anspannung legte sich ein wenig, als er außer Sichtweite der beiden

Wachmänner war. Der Korridor endete nach etwa fünfzig Metern an einer Tür, und Ito blieb stehen und sprach zu einer Kamera, die über der Tür montiert war. Smith verstand nicht, was er sagte, doch sie hatten vereinbart, als Grund für ihren Zutritt ein technisches Problem beim Neustart des Sicherheitssystems vorzugeben. Nicht gerade eine geniale Idee, doch es erklärte immerhin, warum Ito von einem kräftigen Arbeiter mit einem Schraubendreher begleitet wurde.

Smith hielt den Kopf gesenkt und bemühte sich, möglichst locker zu bleiben. Sie hatten nur diese eine Chance – die galt es zu nutzen. Laut Ito befanden sich ein Systemadministrator und ein Sicherheitsmann in dem Raum. Was der Wissenschaftler nicht wusste, war, welcher der beiden die Tür öffnen würde. Es waren genau diese Unsicherheitsfaktoren, die Smith bei seinen Einsätzen normalerweise zu vermeiden trachtete.

Nach quälend langen dreißig Sekunden glitt die Tür endlich auf. Ito drehte sich kurz zu ihm um und stieß einen schroffen Befehl aus, ehe er eintrat. Smith folgte ihm gehorsam, den Kopf immer noch gesenkt, doch mit wachsam nach oben gerichtetem Blick.

Der Raum war nicht sehr groß, die Wände zum größten Teil von Computerausrüstung verdeckt. Auf einem Schreibtisch stand ein Terminal, davor zwei Stühle mit Rollen, einer davon besetzt.

Der Techniker war ein junger Mann mit rötlich gefärbten Haaren, der sich benahm, als hätte er diesen Morgen ein paar Espressos zu viel getrunken. Er sprach wie ein Wasserfall und gestikulierte nervös auf den Bildschirm, während Ito zu ihm trat und die Hand auf die Stuhllehne legte.

Der Sicherheitsmann hob das Handgelenk an den Mund, zweifellos um über sein Mikrofon die ungewöhnliche Situation zu melden.

Smith näherte sich ihm von der Seite und tat so, als würde er nur auf Ito achten, während er aus dem Augenwinkel den Wächter fixierte.

Der Winkel, in dem Smith auf ihn zutrat, machte es dem Mann schwer, sein Gesicht zu erkennen. Er war jedoch mit Sicherheit kein mittelmäßiger Hilfspolizist und würde sich nur noch wenige Augenblicke täuschen lassen.

Wie sich zeigte, nicht einmal so lange. Die linke Hand des Mannes hielt plötzlich in der Bewegung zum Mund inne, während seine Rechte zu der Pistole im Schulterholster schnellte.

Smith wirbelte herum und ging mit dem Schraubendreher auf den Hals des Mannes los, obwohl er wusste, dass der Mann für das Manöver noch zu weit entfernt war. Im letzten Moment ging er in die Knie und zielte mit der spitzen Waffe auf das Bein des Wächters. Der Schraubendreher bohrte sich zur Hälfte in den Oberschenkel, doch der Sicherheitsmann ließ sich nicht beirren und fasste den Griff seiner Sig Sauer P226.

Smith ignorierte die aufgeregten Rufe hinter sich und verließ sich darauf, dass der todkranke Wissenschaftler irgendwie mit dem jungen Techniker fertigwurde. Der Wächter hatte die Pistole beinahe aus dem Holster gezogen, als sich Smith mit voller Wucht gegen ihn warf. Ein jäher Schmerz flammte in seinem Rücken auf, doch der Zusammenstoß hatte die beabsichtigte Wirkung: Die Pistole glitt ins Holster zurück.

Smith duckte sich, um den Schraubendreher aus dem Oberschenkel des Mannes zu ziehen, doch der Japaner holte aus, um ihm einen Handkantenschlag in den Nacken zu verpassen. Die Wunde im Bein ließ ihn jedoch einen kurzen Moment zögern, und Smith sprang auf und traf ihn mit dem Kopf am Kinn. Der Wächter taumelte zur Seite, und Smith drückte ihn mit seinem ganzen Gewicht an die Wand und zog ihm die Beine weg. Er ließ sich mit dem Japaner fallen, packte seinen Kopf und hämmerte ihn gegen den Steinboden. Der Schädel hielt dem Aufprall nicht stand.

Smith schnappte sich die Pistole und wirbelte zu dem Computertechniker herum, der durch die Tür zu flüchten versuchte. Ito hielt den jungen Mann mit beiden Händen von hinten fest, um ihn daran zu hindern, mit der Hand an den Scanner zum Öffnen der Tür heranzukommen.

Smith sprang hinzu, packte den Mann an den Haaren und riss ihn zu Boden. Der Techniker wehrte sich verzweifelt und stieß in seiner Angst unverständliche Worte aus.

»Brauchen wir ihn?«, fragte Smith und biss die Zähne gegen die Schmerzen im Rücken zusammen, während der Japaner mit den Händen nach ihm schlug.

»Nein.«

Smith hämmerte ihm den Pistolengriff gegen die Stirn, und der junge Mann rührte sich nicht mehr.

»Alles in Ordnung?«, fragte Smith, während er einen Moment auf den Knien blieb, um die Schmerzen und die Übelkeit abklingen zu lassen.

»Ja«, antwortete Ito. »Und Sie?«

Smith nickte, und der Wissenschaftler setzte sich an den Computer.

»Sobald ich den Sterilisationsprozess einleite, werden alle Zu- und Ausgänge verriegelt. Das dauert ein paar Minuten, anschließend wird die ganze Anlage verstrahlt. Wenn Sie an den Wächtern beim Eingang vorbeikommen, haben Sie noch genug Zeit zu entkommen.«

Es war ein verlockendes Angebot, nicht in diesem dunklen Loch an einer massiven Dosis radioaktiver Strahlung sterben zu müssen. Den Wald zu riechen und den Himmel zu sehen. Aber wenn Ito das Programm startete, würde Takahashi bestimmt alles in seiner beträchtlichen Macht Stehende tun, um es zu stoppen.

»Nein. Ich bleibe und helfe Ihnen, damit nichts schiefgeht.«

Ito war sichtlich erleichtert. Er hatte das alles schon einmal durchgemacht und wusste, dass er es diesmal nicht überleben würde. Aus irgendeinem Grund war es viel beängstigender, allein zu sterben, als jemanden neben sich zu haben, den es genauso traf. Selbst wenn es ein Fremder war.

Der Wissenschaftler tippte einige Befehle in den Computer ein und drückte die Eingabetaste. Im nächsten Augenblick schrillte ein Alarm durch die Anlage.

Kapitel Achtundfünfzig

Nordost-Japan

General Masao Takahashi betrat das leere Labor und sah auf seine Uhr. Der Premierminister hatte darauf bestanden, dass er ihn zum Treffen mit dem chinesischen Präsidenten begleitete, das auf dessen Landsitz bei Hanzhong stattfinden sollte. Sie würden in wenigen Stunden aufbrechen, und wenn er die Sache hier nicht beschleunigte, würde er es kaum rechtzeitig zum Flughafen schaffen.

Es war jedoch nicht wirklich wichtig. Was konnte Sanetomi schon anderes tun, als seinen Unmut auf die vorsichtige, zögerliche Art auszudrücken, wie diese ängstlichen Politiker es immer taten? Sein Zorn würde schnell verfliegen, wenn er sah, wie zerknirscht und ehrerbietig sich sein ranghöchster Militär gegenüber Präsident Yandong zeigte.

Takahashi lächelte. Sanetomi würde das als Bestätigung auffassen, dass er wieder das Heft in der Hand hatte, obwohl natürlich das Gegenteil der Fall war. Es war nicht schwer, Unterwürfigkeit vorzutäuschen, wenn man es mit dem Führer einer Nation zu tun hatte, die dem Untergang geweiht war.

Als der General durch das Bleiglas auf die Behälter mit den Nanowaffen blickte, zog er die Stirn in Falten. Sechzehn Stück. Nicht mehr als bei seiner letzten Kontrolle. Ito hatte ihm hundertzwanzig versprochen, und niemand hatte eine Verzögerung gemeldet.

Takahashi zog sein Funkgerät hervor und gab den Code für Hideki Ito ein. Zum ersten Mal in den Jahrzehnten, die der Wissenschaftler bereits für ihn arbeitete, meldete er sich nicht. Der General blickte angespannt auf die leeren Reihen vor ihm. Ito war immer schon schwach gewesen. Mit seinem wissenschaftlichen Ehrgeiz und seiner Abhängigkeit von Fördermitteln war er leicht zu manipulieren gewesen, doch in letzter Zeit ließ seine Konzentration nach. Das konnte der General nicht dulden.

Takahashi kontaktierte den Leiter seines Sicherheitsteams. Im nächsten Augenblick hörte er die knisternde Stimme des Mannes in seinem Ohrhörer.

»Was kann ich für Sie tun, General?«

»Ich kann Ito nicht erreichen. Finden Sie heraus, wo er steckt.«

»Tut mir leid, General. Wir führen gerade einen Neustart einiger Sicherheitssysteme durch. Ich kann Ihre Anweisung wahrscheinlich erst in einigen Minuten ausführen. Es könnte sein, dass sein Funkgerät zurzeit nicht funktioniert.«

»Falls Sie ihn nicht erreichen, lassen Sie ihn von Ihren Männern suchen. Ich will, dass er so schnell wie möglich ins Lagerlabor kommt. Ist das klar?«

»Jawohl, General. Wird sofort erledigt.«

Takahashi spürte eine vertraute Anspannung in den Schultern. Die Erklärung des Sicherheitsmannes klang zwar plausibel, doch sein Gefühl sagte ihm, dass mehr dahintersteckte. Er verlor die Kontrolle über den Wissenschaftler.

Seine Ahnung bestätigte sich wenig später, als die Stille vom durchdringenden Heulen des Sicherheitsalarms durchbrochen wurde. Er hob das Funkgerät an die Lippen und kontaktierte erneut das Sicherheitsteam. »Lagebericht!«

»Wir sind in Kontakt mit dem Hauptlabor – dort scheint alles in Ordnung zu sein«, kam die ängstliche Antwort. »Unsere Leute sind schon unterwegs, um das Labor im Lager zu kontrollieren. Vielleicht ...«
»Dort bin ich gerade!«, brüllte Takahashi. »Es ist sicher.« Wenn der Alarm ausgelöst worden war, hieß das, die Anlage würde in Kürze verriegelt und völlig verstrahlt werden. Damit wäre die Waffe für immer verloren, und er selbst und alle anderen säßen in der Falle.
»General, ich weiß nicht ...«
»Halten Sie den Mund und hören Sie zu! Schalten Sie sofort den Notfallmechanismus ab. Haben Sie mich verstanden?«
Der Mann klang hörbar erleichtert. »Jawohl, General. Wird sofort erledigt.«
Takahashi starrte auf die Glasscheibe und fügte die merkwürdigen Details aneinander: die fehlenden Behälter, der Neustart des Sicherheitssystems, der grundlose Alarm. Ito.
Der General drückte die Hand auf den Scanner neben der Tür zur Nanowaffe. Wie erwartet, kam nur ein rotes Blinken. Der Alarm hatte den Zugangsmechanismus lahmgelegt. Takahashi zog die Abdeckung von einem Tastenfeld und gab seinen persönlichen Code ein, von dem Ito nichts wusste. Die Riegel schnappten auf, und der General stürmte durch die Tür, griff sich zwei Behälter und eilte den Korridor entlang.
»General«, ertönte eine verzweifelte Stimme in seinem Ohrhörer. »Der Notfallmechanismus lässt sich nicht abstellen!«
Takahashi rannte los, von einer unbezähmbaren Wut getrieben.

»Warum nicht?«, fragte er, obwohl er die Antwort bereits ahnte.

»Der Zentralcomputer blockiert jedes Eingreifen, General. Es ist Dr. Ito. Die Kameras haben sich wieder eingeschaltet – wir sehen ihn im Server-Raum, zusammen mit dem Amerikaner.«

Kapitel Neunundfünfzig

Nordost-Japan

»Geschafft«, sagte Dr. Ito über dem Heulen des Alarms. »Die Anlage ist verriegelt, die Sterilisation hat begonnen.« Er lehnte sich auf seinem Stuhl zurück und starrte mit leeren Augen auf den Bildschirm. Ein roter Balken zeigte das Ansteigen der Strahlungswerte an.

Smith beugte sich über die Schulter des Wissenschaftlers, ignorierte die grafische Darstellung ihres drohenden Todes und konzentrierte sich auf die Bilder der Sicherheitskameras. Drei Männer hatten den Hauptgang erreicht und sprinteten in ihre Richtung.

»Können die Sicherheitsleute diese Tür knacken?« Smith tippte mit dem Zeigefinger auf das Bild.

»Sie ist so gut wie unzerstörbar«, versicherte Ito. »Und selbst wenn sie hereinkämen, würde es nichts ändern. Die Möglichkeit, dass die Nanowaffe die Server angreift, wurde bei der Konstruktion des Systems mit einbezogen. Das heißt, selbst wenn sich die Sicherheitsleute Zutritt verschaffen und alles zerstören, wäre das zwecklos. Die Sterilisation verläuft unabhängig vom Zentralrechner.«

Smith blickte auf die zwei Männer hinunter, die reglos am Boden lagen. Wie würde es sein, an Strahlenvergiftung zu sterben? Wie lange würde es dauern? Es war nicht unbedingt ein Thema, mit dem man sich im Medizinstudium beschäftigte.

Auf dem Bildschirm begann ein Licht zu blinken, doch Smith war zu sehr in seine Gedanken versunken, um es zu bemerken, bis sich Ito auf seinem Stuhl abrupt aufrichtete.

»Was ist?« Smith trat zu dem alten Wissenschaftler.

»Anscheinend irgendein technischer Fehler. Einige Türen schließen sich nicht.« Ito überflog besorgt einige Seiten Text, den Smith nicht lesen konnte.

»Was ist los, Doktor?«

»Es ... es ist das Lagerlabor.« Er tippte einige Befehle ein, worauf der Bildschirm mehrere Standbilder von Sicherheitskameras zeigte.

»Da!« Ito deutete mit dem Finger auf den Monitor. Smith beugte sich vor, um besser sehen zu können. Das Bild zeigte Masao Takahashi, wie er mit zwei Behältern, die an Thermosflaschen erinnerten, durch den Korridor rannte.

»Da ist doch hoffentlich nicht das drin, was ich denke?«

Ito ging schweigend die Aufnahmen durch und wählte schließlich eine, die erst vor wenigen Sekunden angefertigt worden war. Er schaltete auf Video. Der General rannte immer noch durch den Korridor, wurde nun aber von zwei Wächtern begleitet.

»Er will zu den Außentüren«, erklärte Ito und drehte seinen Stuhl zu Smith. »Er muss einen Override-Code haben, mit dem er sich über alle Vorkehrungen hinwegsetzen kann. Wenn er mit diesen Behältern entkommt ...« Der Wissenschaftler verstummte.

»Was passiert dann?«

»Die Nanobots sind darauf programmiert, sich billionenfach zu vervielfältigen, und zwar innerhalb der Grenzen Chinas. Der Zusammenbruch des Landes wird zwar etwas langsamer verlaufen, aber das Endergebnis ist das Gleiche.«

»Hunderte Millionen Menschen werden verhungern oder erfrieren.«

Ito nickte.

»Shit!« Smith hämmerte mit der Faust auf den Tisch. »Haben wir eine Verbindung nach draußen?«

»Nein. Sie spüren es nicht, aber die Strahlung macht unser Kommunikationssystem unbrauchbar.«

»Können Sie diese Tür öffnen?«

Ito nickte.

»Wo sind die Sicherheitsleute, die hierher unterwegs waren?«

Ito tippte einige Befehle ein und fand die Wächter. Sie waren bereits vor der Tür.

Smith trat einen Schritt zurück und überlegte fieberhaft. Takahashi wusste bestimmt, dass die Tür unzerstörbar war. Hatte er die Sicherheitsleute hergeschickt, damit sie draußen in Position gingen und sicherstellten, dass Smith nicht entkam? Oder hatten sie einen Zugangscode, von dem Ito nichts wusste?

Seine Frage beantwortete sich, als einer der Männer einen Zettel aus der Tasche fischte und die Abdeckung vom Tastenfeld zog.

»Öffnen Sie sie!«, forderte Smith den Japaner auf und ging geduckt in Position, die Sig Sauer im Anschlag.

»Aber sie werden ...«

»Schnell, verdammt!«

Draußen begann der Mann bereits den Code einzutippen, was jedoch relativ langsam vonstattenging, weil er immer wieder auf den Zettel blicken musste. Ihnen blieben vielleicht fünf Sekunden, um das Überraschungsmoment auf ihrer Seite zu haben. Danach waren die drei Wächter eindeutig im Vorteil. Smith konnte auf dem Bildschirm verfolgen, wo sich jeder Einzelne befand, und sie würden bestimmt nicht erwarten, dass die Tür plötzlich aufging.

»Schnell!«, drängte Smith.

Zwei Bewaffnete standen hintereinander in dem schmalen Gang. Beide mit der Pistole im Anschlag der Tür zugewandt. Smith duckte sich noch tiefer und zielte in Hüfthöhe neben den rechten Türpfosten. Mit etwas Glück würden ihre ersten Schüsse zu hoch ausfallen, um ihn zu treffen.

Die Tür begann sich zu öffnen, und er hörte die überraschten Ausrufe der Männer. Er folgte mit dem Visier der Waffe dem breiter werdenden Spalt. Einer der Sicherheitsmänner feuerte, doch die Kugel schlug ungezielt in einen Computer an der hinteren Wand ein.

Ein bisschen weiter noch …

Smith drückte ab und traf den ersten Mann in die Seite, knapp oberhalb des Gürtels. Keine tödliche Wunde, doch das war auch nicht beabsichtigt. Die Kugel durchbohrte einen Teil des Körpers, in dem es keine Knochen gab, die sie hätten ablenken können. Der Getroffene taumelte gegen den Mann hinter ihm, während Smith aufsprang.

Sein Plan ging auf. Die Kugel durchschlug den Körper des Ersten und traf den Mann dahinter, der dadurch keinen gezielten Schuss abgeben konnte. Seine Kugel pfiff an Smiths rechtem Ohr vorbei. Er sprintete los und feuerte auf die beiden taumelnden Männer. Den ersten traf er in die Brust, dem zweiten jagte er eine Kugel in den Kopf.

Der Hinterkopf des Mannes spritzte gegen die Erdwand hinter ihm, und Smith wirbelte herum und wandte sich dem Dritten zu, der den Code eingetippt hatte. Der Mann hatte den Zettel fallen lassen, um seine Pistole zu ziehen, doch der Lauf war noch im Schulterholster, als ihn eine Kugel aus Smiths Waffe im Gesicht traf.

Smith rannte den Korridor entlang und blieb kurz vor dem Hauptgang stehen. Rechts schien die Luft rein zu sein, also trat er mit der Pistole in beiden Händen hinaus.

Takahashi war etwa fünfzig Meter voraus und rannte viel schneller, als man es von einem Mann in seinem Alter erwartet hätte. Er wäre relativ leicht zu treffen gewesen, hätte ihn nicht ein Sicherheitsmann verdeckt, der direkt hinter ihm lief.

Smith drückte ab, und der Mann fiel getroffen zu Boden, rollte einige Meter und blieb reglos liegen.

Der zweite Wächter wirbelte herum und feuerte. Smith riss die Hand hoch, um seine Augen zu schützen, als die Kugel neben ihm in die Wand einschlug und ihm Erde und Gesteinstrümmer ins Gesicht spritzten. Der Wächter blieb etwa sechzig Meter entfernt stehen und feuerte eine Kugel nach der anderen ab, während Takahashi seine Flucht fortsetzte.

Der Sicherheitsmann stand direkt in der Schusslinie, sodass Smith immer noch keine Chance hatte, den General zu stoppen.

Eine Kugel zischte über Smith hinweg und zwang ihn, im Korridor in Deckung zu gehen. Er hatte keine Zeit für einen langen Schusswechsel. Blitzschnell sprang er hervor und drückte ab. Der Wächter taumelte getroffen, hielt sich jedoch auf den Beinen.

Smith sprintete auf ihn zu, während der Verletzte noch aus der Balance war. Als der Mann seine Waffe hob, war Smith nur noch zehn Meter entfernt und hatte keine Mühe, ihn mit einem gezielten Schuss niederzustrecken.

Der Tote schlug mit einem dumpfen Geräusch auf dem Boden auf, während Smith bereits weiterlief, die Augen wieder auf Takahashi gerichtet, der zu einer kleinen Tür neben der Sicherheitstür gelangte.

Der General hatte sich offenbar vorsichtshalber den Notfallcode eingeprägt, denn die Tür glitt schon nach wenigen Augenblicken auf. Smith feuerte mehrere Schüsse ab, doch Takahashi drehte sich zur Seite, um ein möglichst kleines Ziel zu bieten, während er durch die Lücke in die äußere Höhle schlüpfte.

»Nein!«, rief Smith und holte das Letzte aus sich heraus, um rechtzeitig bei der Tür zu sein. Seine Verletzungen machten es ihm unmöglich, tief zu atmen, und er sah nur noch verschwommen, wie sich die Tür zu schließen begann.

Er war vielleicht zwei Sekunden zu langsam und krachte, statt noch durch die Lücke zu schlüpfen, in vollem Lauf gegen die Tür. Ein jäher Schmerz durchzuckte seinen Rücken, und er warf sich gerade noch rechtzeitig auf den Boden, bevor zwei Kugeln über ihm in die Wand einschlugen.

Smith rollte sich auf den Bauch und sah mehrere Männer auf sich zukommen, alle bewaffnet, und diesmal mehr als drei. Es mussten an die zehn sein.

Sie rannten in dichter Formation und boten ein leicht zu treffendes Ziel. Zwei schaltete er kurz nacheinander aus und hoffte, dass die anderen in Deckung gehen würden. Sie taten es nicht, sondern stürmten unbeirrt auf ihn zu. Smith drückte erneut den Abzug, doch das Magazin war leer. Er öffnete den Reißverschluss seines Overalls und zog die Glock heraus. Sie waren bereits zu nahe, um sie alle aufzuhalten, doch er konnte wenigstens ein paar ausschalten, bevor sie ihn erwischten.

Vielleicht war es besser so. Ein viel schnelleres Ende, als qualvoll an der Strahlenkrankheit zu sterben und zu wissen, dass er den Tod so vieler Millionen Menschen nicht hatte verhindern können.

Er hörte ein leises Zischen hinter sich, drehte sich um und sah, dass die Tür wieder aufglitt. Er brauchte einen Moment, um zu begreifen, was vor sich ging, doch dann trat ein leises Lächeln auf seine Lippen.

Ito, du verdammtes Genie ...

Die Männer stürmten auf ihn zu und feuerten wie wild, um ihn mit einem Glückstreffer doch noch zu erwischen. Smith riss die Glock hoch und drückte ab. Der erste Mann stürzte zu Boden und bremste die anderen, die über ihren gefallenen Kameraden springen mussten.

Smith zwängte sich rückwärts in den offenen Spalt, und noch bevor er ganz durch war, glitt die Tür wieder zu. Er konnte gerade noch den Kopf herausziehen, bevor sich der Spalt endgültig schloss. Augenblicke später rannten seine Verfolger auf der anderen Seite gegen die Tür. Smith sank zu Boden und sog die kühle Luft ein. Im nächsten Augenblick ließ ihn das Aufheulen eines startenden Motors hochschrecken. Er rappelte sich auf die Knie hoch und kniff die Augen gegen die Sonne zusammen. Ein offener Jeep raste auf das Licht zu, am Lenkrad eine bekannte Gestalt: Masao Takahashi.

Smith sprang auf und rannte los, doch die gebrochenen Rippen hinderten ihn am Atmen, und sein Adrenalin war verbraucht. Er taumelte noch einige Schritte, ehe er stehen blieb und hilflos zusah, wie der Jeep in der Ferne verschwand.

Er war etwa vierzig Meter vom Höhleneingang entfernt, als er eine menschliche Gestalt auftauchen sah. Erneut warf sich Smith auf den Boden, als der Mann auch schon mit der MP das Feuer eröffnete. Schwer atmend stützte Smith den Griff der Glock auf dem Boden ab und nahm sein Ziel ins Visier. Die Pistole zuckte in seinen Händen, doch der Mann feuerte weiter. Smith zielte aufs Neue und hielt trotz seiner Atemnot die Luft an, ehe er abdrückte.

Die Maschinenpistole knatterte immer noch, doch der Lauf senkte sich nach unten, die Kugeln schlugen in den Boden ein und wirbelten eine Staubwolke auf. Im nächsten Augenblick sank der Mann zu Boden.

Smith versuchte aufzustehen, schaffte es aber nur auf die Knie, bevor er endgültig zusammenbrach. Auf dem Bauch liegend, atmete er die staubige Luft ein, bis das Brennen in der Lunge und in den Beinen endlich nachließ. Schließlich rappelte er sich auf und eilte los. Er brauchte ein Telefon. Er musste mit Klein sprechen.

Kapitel Sechzig

Nordost-Japan

Randi Russell schlug die Augen auf, doch sie sah nur verschwommenes Grün. Alles, was sie hörte, war ein Dröhnen in den Ohren. Sie rührte sich nicht, zwang sich, völlig geräuschlos zu atmen, und fokussierte ihren Blick auf einen Punkt.

Langsam wurde ihre Sicht klarer, doch der Hall in ihren Ohren übertönte immer noch jedes andere Geräusch. Waren die seltsamen Geschosse weg, oder warteten sie nur darauf, dass sie sich rührte, um erneut zuzuschlagen?

Randi bewegte nur die Augen, fand jedoch nichts als dichtes Laub und dazwischen da und dort ein Stück Himmel. Zu ihrer Linken befand sich der Abhang, den sie hinuntergestürzt war. Der Fluss musste irgendwo rechts von ihr sein. Ihr tat alles weh, aber nichts so extrem, dass es sich nach einer schweren Verletzung anfühlte. Es war so, als wäre sie eine halbe Stunde in einem Wäschetrockner zusammen mit ein paar Bowlingkugeln durchgeschüttelt worden.

Sie blieb noch einige Minuten reglos liegen und suchte nach Anzeichen der gespenstischen Waffen, die Wanja getötet und sie selbst in den Abgrund getrieben hatten. Doch dann drängte sich der Gedanke an ihr Team und Wilsons Studenten in den Vordergrund. Wie war es ihnen ergangen? Waren sie noch am Leben? Brauchten sie ihre Hilfe?

Es hatte jedenfalls keinen Sinn, hier liegen zu bleiben. Sie wusste absolut nichts über die Waffe, die gegen sie und ihre Leute eingesetzt worden war. Vielleicht reagierte sie auf Bewegung, vielleicht aber auch auf Wärme oder die menschliche Gestalt. Die in diesem Moment interessantere Frage war, ob sie nach Zielen suchte, bis ihr der Sprit ausging, oder ob sie sich abschalten und warten konnte, bis sich neue Ziele boten.

Letztlich gab es nur einen Weg, es herauszufinden.

Randi packte einen Ast und zog sich in die Sitzposition hoch. Sie war nicht in der Verfassung, um schnell laufen zu können, und hätte ohnehin nicht gewusst, wohin, also blieb sie einen Moment sitzen und wartete.

Nichts.

»Bericht«, sprach sie in ihr Kehlkopfmikrofon, doch niemand meldete sich.

Schließlich riskierte sie es aufzustehen. Wie durch ein Wunder beschränkten sich ihre Verletzungen auf zahllose Schnittwunden und Schrammen unter den zerrissenen Kleidern. Das Blut war bereits geronnen, außerdem wurden die Schatten um sie herum länger, was bedeutete, dass sie etwa eine Stunde bewusstlos gewesen sein musste. Zu lange.

Randi begann den Hang hinaufzuklettern, zog sich an Bäumen und Büschen hoch, wenn auch viel langsamer, als sie es gewohnt war. Dass sie nichts hören konnte, machte es noch schlimmer.

Sie brauchte fünfzehn Minuten, um die Strecke zurückzulegen, die sie in wenigen Sekunden hinuntergestürzt war. Am Rand der Schlucht hielt sie inne, duckte sich hinter einen Baum und hielt Ausschau nach einer möglichen Bedrohung oder einem Lebenszeichen. Doch da war nichts. Nur ein leichter Wind, der in den Blättern raschelte.

»Randi.«

Sie wirbelte herum und griff sich einen Stein, da sie ihre Waffe verloren hatte.

»Nicht! Ich bin's!« Eric Ivers war klugerweise etwas auf Abstand geblieben und kletterte nun die paar Meter zu ihr hinauf. »Was ist denn los mit dir? Ich rufe und rufe, aber du reagierst nicht.«

Randi deutete auf ihr Ohr, und er nickte verstehend.

»Bist du so weit okay?«, fragte er mit dem Mund an ihrem Ohr.

»Ja. Und du?«

»Ich hab mich schon besser gefühlt, aber ich atme noch.«

»Hast du schon mal so was wie diese Dinger gesehen?«

»Ich hab nicht mal gewusst, dass es so etwas gibt.«

»Warum sind wir dann nicht tot?«, wunderte sie sich.

»Ich glaube, das kann ich dir beantworten. Ich bin den Abhang runtergerollt, und als ich zum Stehen kam, hatte mich eins der Geschosse direkt im Visier. Ich konnte nichts mehr tun und blieb einfach liegen. Auf einmal wurde die Flamme schwächer, und das Ding kam runter.«

»Ging ihm der Sprit aus?«

»So sah es jedenfalls aus.«

»Hast du es bei dir?«

»Leider ja.« Eric deutete nach unten. Das Projektil steckte in seinem Schienbein.

»Scheiße«, murmelte Randi. »Können wir es rausziehen?«

»Ich hab's versucht. Es hat sich mit kleinen Widerhaken festgekrallt. Die gottverdammten Japaner denken an alles.«

»Okay. Ich erkunde erst mal die Lage. Du wartest hier!«

»Vergiss es.«

Sie hatte diese Reaktion erwartet und widersprach ihm nicht. Seine Frau war irgendwo da oben und meldete sich nicht über Funk.

Randi kletterte voran, und Ivers blieb dicht hinter ihr. Die herkömmlichen taktischen Grundregeln waren bedeutungslos, weil sie einander keinen Feuerschutz gegen diese Geschosse geben konnten. Es war besser beisammenzubleiben, sodass vielleicht einer den Angriff auf sich ziehen konnte und der andere die Chance hatte, sich in die Schlucht zu flüchten.

Randi kletterte über den Rand des Abhangs und sah nichts als grüne Wildnis. Sie wandten sich nach links und hielten alle paar Sekunden inne, um nach dem Zischen der Projektile zu lauschen.

Schließlich gelangten sie zur Tunnelbohrmaschine, und Randi stockte der Atem.

Sie hatte schon öfter Leute verloren. Schmerzlich viele. Der Unterschied war, dass es sich immer um Profis gehandelt hatte, die sich diesen Job ausgesucht hatten. In diesem Fall war es anders.

Sie richtete sich auf und ging zu den blutigen Leichen von Wilson und seinen Studenten. Kein Einziger war in einem Zustand, dass man sich die Mühe machen musste, nach einem Puls zu suchen. Ihre toten Augen starrten sie anklagend an, und sie stützte sich einen Moment auf die blutbespritzte Maschine.

Nach einigen Augenblicken ging Randi weiter, in die Richtung, die Ivers eingeschlagen hatte. Die Möglichkeit, dass die tödlichen Geschosse zurückkehren könnten, kümmerte sie nicht mehr. Das Team, das sie zusammengestellt hatte, war ausgelöscht worden. Unschuldige junge Menschen hatten sterben müssen, und bald würde dieser Wahnsinnige sich aufmachen, das bevölkerungsreichste Land der Erde zu vernichten.

Sie selbst atmete noch. Zu überleben war ihre größte Begabung. Manchmal fragte sie sich, ob es ihre einzige war.

Reiji lag mit dem Gesicht nach unten, von nicht weniger als vier Projektilen durchbohrt. Ivers kniete zwanzig Meter weiter bei seiner toten Frau. Randi machte einen Bogen um ihn. Was sollte sie auch tun? Was hätte sie ihm sagen können?

Sie ging zu dem Tisch, der ihnen als Kommandostand gedient hatte. Das sichere Satellitentelefon war noch intakt, und sie setzte den Kopfhörer auf und wählte die verschlüsselte Verbindung zu Fred Klein.

»Ja?«, meldete sich die vertraute Stimme.

»Wir sind gescheitert.«

»Opfer?«

»Zwei Überlebende, mit mir.«

»Der Professor und seine Stud…«

»Tot.«

»Verstanden. Wir haben am Stützpunkt Okinawa ein Team bereit, das Sie herausholt. Ich gebe ihnen sofort grünes Licht zum …«

»Nein. Ich weiß nicht, womit wir es hier zu tun haben, und ich werde keinen von unseren Leuten mehr ins Schussfeld schicken. Eric und ich finden allein nach Hause.«

Kapitel Einundsechzig

Außerhalb von Tokio
JAPAN

General Masao Takahashi saß schweigend auf dem Rücksitz der Limousine, während sein Fahrer über das Gelände des kleinen Privatflughafens fuhr. Drei Stunden waren vergangen, seit er von dem Amerikaner und dem Verräter Hideki Ito aus seiner eigenen Anlage vertrieben worden war. Er hatte keine Verbindung mehr zu seinen Männern vor Ort. Von den Leuten, die er hingeschickt hatte, wusste er, dass die Sicherheitstüren verriegelt waren. Es gab kein Lebenszeichen mehr von drinnen, und die erhöhten Strahlungswerte draußen deuteten darauf hin, dass der Sterilisationsprozess durchgeführt worden war.

Takahashi blickte auf seine Aktentasche hinunter, um sich einmal mehr zu vergewissern, dass sie noch da war. Die zwei Behälter in der Tasche waren alles, was ihm von der Waffe geblieben war.

Ihr Schöpfer war tot, und die Anlage, in der sie entwickelt worden war, würde für die nächsten tausend Jahre unbetretbar bleiben.

Doch das war nicht von Bedeutung. Ito und der Amerikaner konnten ihn nicht aufhalten. Die Zerstörung der chinesischen Infrastruktur würde zwar langsamer ablaufen als geplant, doch das Ergebnis würde dasselbe sein. Das war das Geniale an der Waffe: Sie hatte ihr eigenes Leben.

Der Privatjet vor ihm – der einzige auf dem Rollfeld – war von Sanetomis Sicherheitsleuten umgeben. Die Reise des Premierministers nach China fand in der Bevölkerung deutlich weniger Zustimmung, als die Berater des Politikers angenommen hatten. Man hatte den abgelegenen Flughafen gewählt, um die zu erwartenden Protestkundgebungen zu vermeiden. Von Patrioten, die bereit waren, aufzustehen und die Ehre ihres Heimatlandes zu verteidigen, während eigennützige Feiglinge wie Fumio Sanetomi dem Druck wichen.

Die Limousine kam zum Stehen, und Takahashi stieg mit seiner Aktentasche aus. Die Sicherheitskräfte des Premierministers beobachteten durch ihre dunklen Brillen, wie er sich der Treppe zum Flugzeug näherte, und traten ihm plötzlich in den Weg.

»Sind Sie bewaffnet, General?«, fragte einer.

»Natürlich nicht.«

»Entschuldigen Sie, aber wir müssen es überprüfen.«

Der Mann war verständlicherweise nervös. Normalerweise hätte Takahashi diese Beleidigung nicht so ohne Weiteres hingenommen. Doch heute streckte er nur lächelnd die Arme aus und ließ sich von dem Metalldetektor abtasten, während Sanetomi durch ein Fenster des Jets zusah.

Sie machten sich nicht die Mühe, einen Blick in seine Tasche zu werfen, weil es in Wahrheit gar nicht um Sicherheit ging, sondern darum, ihn in seine Schranken zu weisen. Der Premierminister ahnte nicht, dass er längst verloren hatte.

Als das kindische Machtspiel vorbei war, stieg Takahashi ins Flugzeug ein und ging sofort nach hinten.

»Setzen Sie sich«, forderte ihn Premierminister Sanetomi auf.

Der alte Soldat setzte sich ihm gegenüber und legte seine Tasche auf den kleinen Tisch zwischen ihnen.

»In einigen Stunden werden wir auf Präsident Yandongs Landsitz ankommen«, erklärte Sanetomi. »Solange wir dort sind, werden Sie nur sprechen, wenn man das Wort an Sie richtet, und Ihre Antworten werden kurz und respektvoll sein. Sie vertreten nicht Japan und werden sich nicht an den Gesprächen über Politik und unsere Beziehungen zu China beteiligen. Habe ich mich klar ausgedrückt?«

»Sehr klar«, versicherte Takahashi. »Darf ich fragen, warum ich dann diese Reise mitmachen soll?«

»Damit Sie sich öffentlich für Ihr aggressives Verhalten entschuldigen und Ihren Rücktritt als Kommandant unserer Selbstverteidigungsstreitkräfte anbieten.«

»Verstehe.« Takahashi blickte aus dem Fenster, während das Flugzeug zur Startbahn rollte. Die Sicherheitsleute schritten zu einem SUV am Rand des Rollfelds. Vier weitere Wachmänner saßen im Flugzeug, einer vorne beim Cockpit und drei etwa in der Mitte. Sanetomis Verhandlungsteam war mit einem Linienflugzeug vorausgeflogen.

»Und wer wird meinen Rücktritt annehmen, Premierminister? Sie oder Ihr chinesischer Herr?«

Der Politiker, der stets so beherrscht auftrat, konnte in diesem Moment seinen Zorn nicht verbergen. Sein Gesicht rötete sich und spannte sich sichtlich an.

»General, Sie waren immer schon besessen von einer Welt, die seit über einem halben Jahrhundert der Vergangenheit angehört. Ich hätte Sie nie eine so verantwortungsvolle Position einnehmen lassen dürfen. Ich und meine Vorgänger waren der Überzeugung, dass es Zeit wird, die Amerikaner von ihrer Verantwortung uns gegenüber zu entbinden und ein Japan zu schaffen, das eine positive Kraft in der Welt darstellt. Aber heute ist mir klar, dass Sie die Dinge völlig anders sehen und dass wir Ihnen viel zu lange gestattet haben, fast unbegrenzt Steuergelder in die Rüstung zu pumpen. Sie scheinen tatsächlich zu glauben, dass wir einen Krieg gegen China gewinnen können. Das ist eine gefährliche Illusion, General. Selbst mit den Waffen, die Sie entwickelt haben, und der Hilfe der Amerikaner würde unser Land schwere Verluste hinnehmen müssen. Auf beiden Seiten würden Millionen sterben, und am Ende hätten wir eine Pattsituation mit noch viel größerem gegenseitigem Hass. Die Zeit der Kriege – und die Zeit von Männern wie Ihnen – ist vorbei.«

»Und damit bleiben nur noch Männer wie Sie übrig. Männer, die unser Land Stück für Stück verschleudern. Zuerst haben wir uns von Washington lenken lassen, jetzt von China. Männer wie Sie machen unsere Landsleute zu Sklaven, nur um ihre eigene Machtposition zu erhalten.«

»Das Gespräch ist beendet!«, erwiderte Sanetomi entschieden. »Sie werden ...«

»Ich werde gar nichts!« Takahashi schlug so energisch mit der Hand auf den Tisch, dass sich die Sicherheitsleute nach ihnen umdrehten. »Sie sind ein arrogantes, dummes Kind. Glauben Sie wirklich, ich habe Ihnen und Ihren erbärmlichen Vorgängern verraten, was ich erreicht habe? Glauben Sie, ich würde die Zukunft meines Landes Schönrednern und politischen Huren überlassen?«

Sanetomi wich in seinem Sitz zurück. Takahashi war in seinem tiefsten Inneren ein gewalttätiger Mensch, auch wenn er sich nach außen stets höflich und gemessen gegeben hatte.

»Wir werden nicht zum Landsitz Ihres Verbündeten Yandong fliegen«, fuhr Takahashi fort. »Und ich werde auch nicht meinen Rücktritt anbieten. Wir fliegen nach Chengdu – und dort werde ich die Waffe einsetzen, die ich in meiner Tasche habe. Danach werden Sie sich entscheiden müssen: Sie können noch eine Weile Premierminister eines siegreichen Japan bleiben oder Sie werden als Verräter hingerichtet.«

Sanetomis Blick ging zwischen der schwarzen Ledertasche und dem General hin und her. »Sie haben eine Nuklearwaffe mit an Bord genommen?«

Der Militär lachte. »Nichts so Brachiales, Premierminister. Hier drin habe ich eine Nanowaffe, die sich von Chengdu aus über ganz China ausbreiten wird und dabei still und leise alles zerstört, was ihr in die Quere kommt. Sie brauchen nichts anderes zu tun, als weiter den ängstlichen Friedensapostel zu spielen. Wenn die Chinesen merken, was vor sich geht und wer dafür verantwortlich ist, wird es längst zu spät sein.«

Sanetomi starrte ihn ungläubig an. Er wusste von Hideki Itos frühen Experimenten und ihrem militärischen Potenzial, doch sein Vorgänger hatte die enorme Bedrohung erkannt, die von einer solchen Waffe ausging, und das Programm gestoppt. Sanetomi hatte diese Entscheidung gleich nach seiner Amtsübernahme bestätigt.

»Ito …«, stammelte er. »Ito hat die Waffe entwickelt?«

Takahashi nickte.

»Das ist keine Kriegswaffe.« Sanetomi leckte sich nervös über die Lippen. »Es ist eine Zerstörungswaffe. Ihr Zweck ist nicht, feindliche Truppen zu besiegen, sondern Frauen und Kinder zu ermorden. Millionen Menschen.«

»Aus chinesischen Kindern werden Erwachsene, Premierminister. Und chinesische Frauen gebären noch mehr Chinesen.«

Sanetomis Mund stand einen Moment offen, dann sprangen seine Augen zu seinen Sicherheitsleuten. »Nehmen Sie den General in Gewahrsam!«

Takahashi drehte sich zu den vier Männern um, die zu ihnen eilten. Sie umringten ihn und den Premierminister, die Hände vielsagend unter den Jacken verborgen.

»Bringen Sie den General nach vorne und legen Sie ihm Handschellen an«, befahl Sanetomi und blickte auf die Aktentasche auf dem Tisch. Er wusste nicht genau, welche Fähigkeiten diese Waffe besaß. Und auch nicht, wie es um seine eigene Stellung in Tokio stand. Takahashi hatte diese Horrorwaffe ohne sein Wissen entwickelt, doch es konnte nicht allen verborgen geblieben sein. Bestimmt hatten hohe Amtsträger die Entwicklung und Finanzierung des Projekts unterstützt. Aber wer? Mit Sicherheit einige hochrangige Militärs, aber vielleicht auch Politiker. Sanetomi war ein stolzer Patriot, hatte aber immer darauf geachtet, niemals die Grenze zum Nationalismus zu überschreiten. Es gab so manchen in seiner Regierung, der diesbezüglich keine Skrupel besaß. Wem konnte er noch vertrauen?

Letztlich gab es für ihn nur einen Weg.

»Sagen Sie dem Piloten, er soll umkehren. Unser Ziel ist der amerikanische Stützpunkt auf Okinawa. Und rufen Sie Präsident Castillas Büro an. Sagen Sie, ich muss ihn dringend sprechen.«

Die Amerikaner hatten in Fukushima Hinweise auf diese Waffe gefunden und ließen das Material von ihren besten Experten untersuchen. Noch wichtiger war, dass es in der amerikanischen Regierung bestimmt niemanden gab, der Asien in einem zerstörerischen Krieg versinken lassen wollte.

Die Sicherheitsleute sahen ihn unsicher an, als fragten sie sich, ob sie ihn richtig verstanden hatten. Takahashi war seit Jahrzehnten eine Institution in den japanischen Streitkräften und zudem ein Symbol der japanischen Souveränität und Stärke.

»Sie haben gehört, was ich gesagt habe«, knurrte Sanetomi. »Tun Sie es!«

Der Sicherheitsmann neben ihm schien aus seiner Erstarrung zu erwachen und zog die Pistole aus seiner Jacke.

Wahrscheinlich unnötig angesichts ihrer zahlenmäßigen Überlegenheit und Takahashis Alter, doch der Premierminister würde es genießen, den Mann mit einer Pistole bedroht an seinen Sitz gefesselt zu sehen.

Der Wächter richtete seine Waffe auf den erstaunlich gelassenen General, doch im letzten Moment schwenkte er sie herum und feuerte auf den Kollegen neben ihm. Der Knall war ohrenbetäubend in der Enge des kleinen Jets, und warmes Blut spritzte Sanetomi auf die Wange. Der Premierminister fingerte am Verschluss des Sicherheitsgurts, um seinen Platz zu verlassen – da packte ihn ein Sicherheitsmann mit festem Griff am Handgelenk.

Ein anderer sprintete zum Cockpit und feuerte zweimal. Im nächsten Augenblick sah Sanetomi den Kopiloten auf seinem Sitz zusammensacken.

»Takahashi! Was soll das?«, hörte er sich sagen, obwohl er es genau wusste.

»Wie es aussieht, stehen die ehemaligen Soldaten in Ihrem Sicherheitsteam nicht auf Ihrer Seite.«

»Geben Sie auf, General. Noch ist es Zeit umzukehren. Sie können doch nicht ...«

Sanetomi verstummte, als ihm einer der Wächter einen Plastikbeutel über den Kopf zog. Der Premierminister schlug verzweifelt um sich, doch gegen die kräftigen Wächter hatte er keine Chance, zumal er noch an seinem Sitz festgeschnallt war. Schließlich gab er den Widerstand auf und starrte Takahashi durch das beschlagene Plastik an, während der Sauerstoffmangel seine Sicht zu trüben begann.

Der General erwiderte seinen Blick einen Moment lang, dann drehte er sich auf seinem Sitz und rief dem Mann etwas zu, der die Steuerung des Flugzeugs übernommen hatte. »Kontaktieren Sie die Chinesen und teilen Sie ihnen mit, dass der Premierminister einen Herzanfall erlitten hat. Wir ersuchen um die Erlaubnis, in Chengdu zu landen, damit er schnellstmöglich ärztlich versorgt werden kann.«

Die Welt um Sanetomi wurde dunkel, doch er wehrte sich nicht. Er wusste, es wäre zwecklos, und er wollte dem General, der seinen Tod mitverfolgte, nicht diese Genugtuung geben. Sanetomi zwang sein Gesicht zur Maske, um sich seine Angst nicht anmerken zu lassen. Seine Sorge um das japanische Volk und um seine Familie. Die Angst vor dem Schrecken, den Takahashi bald in China und der ganzen Welt verbreiten würde.

Es war seine Schuld. Er hatte viel zu spät erkannt, was wirklich vor sich ging. Und dafür verdiente er es zu sterben.

Kapitel Zweiundsechzig

Kadena Air Base, Okinawa
JAPAN

Der Helikopter setzte etwa zwanzig Meter vor dem Hangar auf. Jon Smith sprang augenblicklich heraus und rannte geduckt auf den Stützpunktkommandanten zu, der in sicherer Entfernung vom Rotorabwind wartete.

»Colonel Smith«, rief er mit seinem gedehnten Südstaatenakzent, als sie sich die Hände schüttelten. »Steve Baron.«

»Freut mich, Sir. Sie wissen Bescheid?«

Baron legte ihm die Hand auf den Rücken und führte ihn zum Hangar, während der Hubschrauber wieder abhob. »Das würde ich nicht behaupten, aber man hat uns immerhin informiert, dass Sie ein paar Dinge brauchen. Ich würde verdammt gern erfahren, was eigentlich vor sich geht.«

Als sie durch die massive Tür eintraten, sah Smith eine Gruppe von Männern vor einer Staffelei mit einer Karte von China sitzen. Daneben lag auf einem Rollwagen etwas viel Interessanteres: ein Gefechtskopf, einen knappen Meter lang und etwa einen halben Meter im Durchmesser. Er war frisch gestrichen, doch darunter deuteten Blasen auf Roststellen hin. Nicht überraschend bei einer Waffe, die schon ausgemustert worden war, als er noch die Uni besucht hatte.

Als er Klein gefragt hatte, ob er den Gefechtskopf auftreiben könne, hatte Smith selbst starke Zweifel gehegt. Doch der Mann hatte wieder einmal gezaubert. Es war schwer zu glauben, dass ihre einzige Hoffnung, die verheerendste Waffe zu stoppen, die je entwickelt worden war, dieses verrostete Überbleibsel aus dem Kalten Krieg sein sollte.

Mit einer Ausnahme trugen sie alle Fliegeranzüge, wie er selbst einen bekommen hatte, wenngleich ihre mit Rangabzeichen und Namen versehen waren. Die Ausnahme war ein Mann mit zerfurchtem Gesicht und einem Mechaniker-Overall. Sie sprangen alle auf und salutierten, doch Smith trat an ihnen vorbei zur Karte, ohne den militärischen Gruß zu erwidern. Während Baron wusste, wer er war, und zweifellos annahm, dass er dem Militärgeheimdienst angehörte, war es besser, wenn er für die anderen anonym blieb.

»Sie können mich Jon nennen«, begann Smith und blickte in die Runde. Baron hatte vom Generalstabschef die Anweisung erhalten, die besten Männer des 18. Fighter Wing auszuwählen, und Smith musste zugeben, dass sie wirklich eine beeindruckende Crew bildeten. Ob es ausreichen würde, um den größten Völkermord der Menschheitsgeschichte zu verhindern, würde sich zeigen.

Smith tippte mit der rechten Hand auf den Sprengkopf und deutete auf den Mann im Overall. »Wie weit sind Sie damit, dieses Ding unter ein Flugzeug zu hängen?«

Der Mann, der sich von seinem Platz erhob, schien sich gar nicht wohl in seiner Haut zu fühlen. »Sir, das Ding ist uralt, und die Maschine, die uns am ehesten dafür geeignet erscheint, ist eine F-15, die eigentlich nicht dafür gebaut ist.«

»Ich will nichts von Problemen hören«, erwiderte Smith. »Ich will Lösungen.«

»Alles klar, Sir. Ich werde es irgendwie hinkriegen, aber besonders elegant wird es nicht aussehen. Meine Leute basteln eine Vorrichtung, die wir anstelle eines Treibstofftanks montieren. Es gibt keine Onboard-Systeme, um das Ding abzuwerfen, deshalb müssen wir etwas improvisieren.«

»Das Einzige, was mich interessiert, ist, ob es funktioniert.«

»Das wird es. Darauf haben Sie mein Wort, Sir. Aber Sie werden keine Raketen zur Verfügung haben.«

»Was ist mit einer Gatling-Kanone?«, fragte Smith.

»Ja, Sir. Die haben Sie an Bord.«

»Wie lange wird es dauern?«

»Wir müssen noch ein paar Korrekturen vornehmen und einen letzten Test durchführen. Wir können in zwanzig Minuten startklar sein.«

»Sagen wir, fünfzehn. Okay, das wäre alles.«

Der Mann trat aus der Reihe und schob eilig den Rollwagen mit dem Gefechtskopf in den hinteren Bereich des Hangars. Smith wartete, bis der Mann außer Hörweite war, ehe er zur Sache kam.

»Der japanische Premierminister ist gegenwärtig unterwegs zu einem diplomatischen Treffen in China. Laut meinen Quellen befindet er sich seit zehn Minuten im chinesischen Luftraum. Unsere Mission ist einfach. Wir werden sein Flugzeug über einem unbewohnten Gebiet abfangen und abschießen. Raketen kommen nicht infrage. Das Flugzeug wird nur mit den Bordkanonen abgeschossen. Anschließend werfen wir den Gefechtskopf, den Sie hier gesehen haben, auf das Wrack ab. Das ist alles. Noch Fragen?«

Sie starrten ihn mit großen Augen an. Es war General Baron, der das Schweigen brach. »Sie haben den Mann gehört. Packen wir's an.«

Die Piloten sahen einander an, erhoben sich zögernd und schritten schließlich zu ihren Flugzeugen. Baron wartete

einige Augenblicke und trat zu Smith. »Colonel, man hat mir unmissverständlich erklärt, dass Ihr Wort gilt. Was ich nicht wusste, ist, dass Sie mit meinen Männern den Dritten Weltkrieg auslösen werden.«
»Den versuchen wir zu verhindern.«
»Tatsächlich?«, entgegnete Baron ungläubig. »Ich weiß, Colonel, die Sache ist streng geheim, und Sie wurden von höchster Stelle geschickt, aber ich muss Ihnen trotzdem ein paar Fragen stellen.«
Smith zog die Stirn in Falten, doch er wollte den Mann nicht unnötig vor den Kopf stoßen. Baron genoss einen ausgezeichneten Ruf, und an seiner Stelle würde sich Smith auch nicht so einfach abspeisen lassen.
»Welche Fragen, Sir?«
»Ist der Premierminister in diesem Flugzeug?«
»Ja.«
»Haben wir die Erlaubnis, in den chinesischen Luftraum einzudringen?«
»Nein.«
Der General ließ den Atem langsam entweichen. »Das habe ich befürchtet. Tut mir leid, Colonel, ich brauche eine Bestätigung dieser Anweisung.«
»Dann schlage ich vor, Sie rufen sofort an, Sir. Denn eines ist klar: In knapp zwanzig Minuten sind wir weg.«

Kapitel Dreiundsechzig

Über Ostchina

»Sie sind in unsere Luftverteidigungszone eingedrungen und nähern sich chinesischem Territorium«, tönte eine stark akzentgefärbte Stimme aus den Lautsprechern in Smiths Helm. »Kehren Sie sofort um.«

Er blickte durch die Cockpithaube zu den F-15-Maschinen, die ihn eskortierten. Die Sonne würde erst in etwa einer Stunde untergehen und erhellte den Himmel im Westen mit ihrem grellen Licht. Der Pilot vor ihm hielt das Flugzeug stabil, was aufgrund der vorgenommenen Veränderungen nicht ganz einfach zu sein schien. Unter ihnen schimmerten Schaumkronen auf den Wellen des Ostchinesischen Meers; sie hatten den Point of no Return noch nicht erreicht.

Doch es würde bald so weit sein. In der Ferne zeichnete sich bereits die chinesische Küste ab.

»Hier spricht Commander Jones vom 18. Fighter Wing«, meldete sich Smith mit einem improvisierten Namen. »Wir haben einen Computerausfall – ich kann im Moment nicht umkehren. Wir führen einen Systemneustart durch und hoffen, das Problem schnell beheben zu können.«

Der Mann von der chinesischen Luftwaffe ging gar nicht auf die zugegeben lahme Ausrede ein. »Dringen Sie unter keinen Umständen in den chinesischen Luftraum ein. Ich wiederhole: Halten Sie sich von chinesischem Territorium fern.«

»Wir haben wahrscheinlich keine Wahl«, beharrte Smith, um den Chinesen hinzuhalten. »Wir tun, was wir können. Bitte wenden Sie sich an General Baron auf der Kadena Air Base. Er wird es Ihnen bestätigen.«

Diesmal kam keine Antwort, was Smith als positives Zeichen wertete. Der Chinese schien sich mit dem Problem an seine Vorgesetzten zu wenden. Mit etwas Glück würden sie tatsächlich Baron kontaktieren, der ihnen das Gleiche sagen würde, und zwar so langsam und weitschweifig wie möglich. Jede Sekunde, die der Stützpunktkommandant herausschlagen konnte, machte möglicherweise den Unterschied zwischen Erfolg und Scheitern aus.

»Wie lange bis zum Kontakt?«, fragte Smith den Piloten.

»Wir sollten das Flugzeug in einunddreißig Minuten abfangen. Noch drei Minuten bis zum Eindringen in den chinesischen Luftraum.«

Smith nickte sich selbst zu und fragte sich einmal mehr, welche Anweisungen der Pilot erhalten hatte. General Baron war nicht wieder erschienen. Wahrscheinlich versuchte er immer noch, eine Bestätigung für Smiths Kommandobefugnis einzuholen. Hatte er seine Piloten angewiesen, in internationalem Luftraum zu bleiben, bis er ihnen grünes Licht gab, weiterzufliegen? Smith fuhr mit den Fingern über seine Pistole. Wenn es so war, würde die Sache gleich ziemlich knifflig werden.

Sekunden später löste sich zumindest dieses Problem, denn General Barons Stimme meldete sich knisternd über eine verschlüsselte Verbindung. »Ich habe gerade persönlich mit dem Präsidenten gesprochen und möchte ihn direkt zitieren: ›Falls Sie Jesus Christus höchstpersönlich aus dem Himmel herabsteigen sehen, und Jon gibt Ihnen die

Anweisung, auf ihn zu schießen, dann werden Sie es tun, ohne zu zögern.‹ Haben das alle verstanden?«

Smith stieß einen erleichterten Seufzer aus, als alle Piloten der Formation den Erhalt der Anweisung bestätigten. Bis vor wenigen Sekunden hatte es tausend Dinge gegeben, die bei diesem Himmelfahrtskommando schiefgehen konnten. Jetzt waren es nur noch 999.

»Gibt es schon Hinweise, wie die Chinesen reagieren?«, fragte Smith.

»Wie es aussieht, schicken sie ihre Abfangjäger los, aber die Information ist noch nicht bestätigt. Mein chinesischer Kollege versucht mich über verschiedene Kanäle zu erreichen, aber ich habe die Anweisung, mich nicht zu melden.«

»Verstanden.« Der Präsident und Klein würden zweifellos versuchen, die Sache auf höchster Ebene zu regeln.

»Ich melde mich, sobald ich irgendwelche Informationen reinbekomme, die Ihnen helfen können. Bis dahin, viel Glück.«

»Kontakt! Zehn unidentifizierte Flugzeuge nähern sich von Süden.«

Die Meldung kam nicht unerwartet, dennoch spürte Smith, wie das Adrenalin zu pulsieren begann. General Baron hatte nicht lange gebraucht, um sich zu vergewissern, dass die chinesische Luftwaffe nicht tatenlos zusehen würde. Bei den wachsenden Spannungen mit Japan musste ihnen das plötzliche Eindringen eines angeblich von einem Computerausfall beeinträchtigten amerikanischen Flugzeugs zwangsläufig verdächtig erscheinen.

»Wie gehen wir vor, Jon?«, fragte der Pilot.

Jetzt war nicht der Moment, um zu zögern – dennoch fiel es Smith schwer, den Befehl zu geben. Dass das Eindringen in ihren Luftraum die Chinesen beunruhigte, war absolut verständlich; den Amerikanern wäre es umgekehrt nicht anders gegangen. Andererseits musste es ihnen ziemlich unglaublich erscheinen, dass die Vereinigten Staaten die zweitgrößte Streitmacht der Welt mit einer Handvoll F-15-Flugzeugen angreifen würden. Smith nahm nicht an, dass die chinesischen Piloten befugt waren, das Feuer zu eröffnen – und ohne entsprechende Erlaubnis würden die Chinesen nicht einmal niesen.

»Sir?«, drängte der Pilot, doch Smith schwieg weiter. Das Leben von Hunderten Millionen Menschen stand auf dem Spiel, dennoch fühlte sich das, was sie vorhatten, irgendwie wie Mord an. Er würde die Verantwortung dafür für immer mit sich tragen. Die Verantwortung für den Tod von Männern, die ihr Land ehrenhaft verteidigten.

»Wie lange noch bis zum Kontakt mit dem japanischen Flugzeug?«

»Knapp fünf Minuten, Sir.«

Smith blickte auf die öde Landschaft hinunter. Über Hunderte Meilen hinweg war absolut nichts zu sehen. Genau das, was er brauchte.

»Amerikanisches Flugzeug«, meldete sich eine akzentgefärbte Stimme über Funk. »Drehen Sie sofort um. Wir werden Sie aus dem chinesischen Luftraum eskortieren.«

Es gab keine Zeit mehr zu verlieren. Smith schaltete sein Funkgerät auf den Kanal um, über den er mit den sechs Piloten unter seinem Kommando verbunden war. »Schießt sie ab.«

Es folgten zwei quälend lange Sekunden Stille.

»Sir, würden Sie den Befehl wiederholen?«

»Wir haben das Überraschungsmoment auf unserer Seite, aber das wird sich schnell ändern. Schießen Sie so viele wie möglich mit dem ersten Angriff ab. Wir bleiben auf Abfangkurs zum Flugzeug des japanischen Premierministers. Sie müssen uns die überlebenden chinesischen Jäger vom Leib halten. Um jeden Preis.«

Kapitel Vierundsechzig

Oval Office, Washington, D.C.
USA

»Das verstehe ich, aber ...«

Sam Adams Castilla hielt den Telefonhörer vom Ohr weg, als der chinesische Präsident erneut zu einer aufgeregten Tirade ansetzte. Sein Englisch war nicht schlecht, doch die Hysterie, mit der er sprach, machte es fast unmöglich, alles zu verstehen, was er von sich gab. Nicht dass es auf Details ankam. Das Wesentliche war, dass sechs amerikanische F-15-Jäger über seinem Land aufgetaucht waren und chinesische Flugzeuge unterwegs waren, um sie abzufangen. Dabei war Castilla noch nicht einmal zu den schlechten Nachrichten gekommen.

»Herr Präsident, wir müssen ...«

Yandong sprach einfach weiter und verlangte, dass die Flugzeuge sofort umdrehten. Die Erklärung mit dem defekten Bordcomputer sei einfach absurd. Der chinesische Präsident führte wortreich aus, welche Katastrophe ein Krieg zwischen ihren Ländern zur Folge hätte.

Generalstabschef Morrison war als Einziger bei Castilla im Oval Office. Er saß auf einem Stuhl vor dem Schreibtisch und sprach leise in ein sicheres Telefon. Plötzlich stand er auf und schrieb etwas verkehrt auf einen Notizblock, der vor dem Präsidenten auf dem Tisch lag.

4 min 30 s.

Es war der Countdown zu dem Moment, in dem die zwei Gruppen von Jagdflugzeugen in Schussweite gelangten. Dem Moment, der die Welt möglicherweise für immer verändern würde.

»Herr Präsident!«, schrie Castilla in den Hörer. »Lassen Sie mich auch einmal sprechen, verdammt!«

Yandong verstummte, während ein alarmierter Secret-Service-Mann mit gezogener Waffe hereinstürmte. Er zog sich wieder zurück, als ihn Keith Morrison hinauswinkte.

»Herr Präsident«, fuhr Castilla etwas ruhiger fort, »das Flugzeug ist nicht defekt. Ich möchte Ihnen berichten, was geschehen ist und wie es dazu gekommen ist. Bitte, Sir, lassen Sie mich Ihnen die Situation erklären, bevor es zu spät ist.«

Das Schweigen am anderen Ende der Leitung dauerte noch einige Sekunden an. »Sie haben eine Minute«, stellte Yandong schließlich klar.

Eine denkbar kurze Frist, um eine der größten humanitären Katastrophen aller Zeiten abzuwenden, doch Castilla musste es versuchen.

Er warf einen kurzen Blick auf die Zahlen, die ihm Morrison aufgeschrieben hatte. Natürlich würde er seinem chinesischen Amtskollegen nicht die volle, ungeschminkte Wahrheit erzählen. Vielmehr würde er es mit einer Mischung aus Fakten, Halbwahrheiten und Lügen versuchen, die ihm Fred Klein zurechtgelegt hatte. In solchen Dingen gab es keinen Besseren als Klein.

»Masao Takahashi hat völlig den Verstand verloren«, brachte es Castilla auf den Punkt. »Wir haben herausgefunden, dass er eine neuartige biologische Waffe entwickelt hat und vorhat, sie in China freizusetzen.«

Diesmal war das Geschrei am anderen Ende völlig unverständlich. Manches war auf Chinesisch und offensichtlich nicht gegen den amerikanischen Präsidenten gerichtet. Castilla bemühte sich, ruhig zu bleiben, und betete, dass er nicht das Tor für einen Nuklearangriff auf Japan geöffnet hatte.

»*Präsident Yandong!* Lassen Sie mich ausreden!«

Die Tirade verebbte, und Castilla hörte das schwere Atmen am anderen Ende der Leitung. Ein gutes Zeichen. Yandong hatte Angst, und wer Angst hatte, suchte normalerweise nach einem Ausweg. Es sei denn, er geriet in Panik – dann war alles aus.

General Morrison stand erneut auf und schrieb »2 min 30 s« auf den Notizblock. Castilla signalisierte ihm mit einer schneidenden Geste, mit den Updates aufzuhören. Der Druck war auch so schon groß genug.

»Wir glauben, dass Premierminister Sanetomi und seine Regierung keine Ahnung haben von dem, was Takahashi vorh...«

»Sitzt Takahashi in dem Flugzeug, mit dem Sanetomi kommt?«, fiel ihm Yandong ins Wort.

»Ja, aber ...«

»Und hat Takahashi die Biowaffe bei sich?«

»Das glauben wir, ja. Wir gehen außerdem davon aus, dass er den Premierminister überwältigt oder ermordet hat.«

»Wir haben einen Anruf aus dem Flugzeug erhalten, dass Sanetomi einen Herzanfall erlitten haben soll. Wir haben einer Notlandung in Chengdu zugestimmt.«

Castilla biss die Zähne zusammen. Das passte genau ins Bild. Die Nanobots waren zwar keine Biowaffe im eigentlichen Sinn, doch sie verhielten sich sehr ähnlich. Takahashi musste die Nanowaffe in der Zivilisation freisetzen, damit sie ihre zerstörerische Wirkung entfalten konnte. Yandongs Landsitz war zu abgelegen, um ihre Ausbreitung zu garantieren.

»Herr Präsident, ich habe den führenden Mikrobiologen der U.S. Army an Bord einer der F-15-Maschinen. Sie haben die Anweisung, Sanetomis Flugzeug abzuschießen.«

»Sie wollen das Flugzeug des japanischen Premierministers abschießen?« Yandongs Misstrauen begann seine Angst zu verdrängen. »Über chinesischem Territorium?«

»Diese Anweisung habe ich gegeben.« Castilla atmete tief ein. »Aber das ist nicht alles. Meine Leute haben außerdem eine spezielle Waffe geladen, um die Biowaffe unschädlich zu machen.«

»Was? Wovon reden Sie?«

»Ich spreche von einer …« Castilla zuckte zusammen, ehe er es aussprach. »Neutronenbombe.«

»Sie fliegen mit einer Kernwaffe in mein Land?«, schrie Yandong, gefolgt von empörten chinesischen Ausdrücken.

»Herr Präsident! Wir wissen nicht genau, womit wir es bei dieser Biowaffe zu tun haben. Mein Experte hat empfohlen, das Wrack des Premierministers zu verstrahlen, um absolut sicherzugehen, dass der Krankheitserreger abgetötet wird und nicht durch den Wind verbreitet werden kann.«

Castilla hörte gedämpfte Rufe, die er nicht verstand, doch diesmal unterbrach er seinen Amtskollegen nicht. Die Flugzeugträgerverbände im Pazifik waren in höchster Alarmbereitschaft, und amerikanische U-Boote näherten sich der chinesischen Küste. Morrison hatte die Streitkräfte lediglich in Alarmstufe DEFCON 3 versetzt, um nicht noch mehr Öl ins Feuer zu gießen. Der Außenminister war nach Japan geflogen und sprach mit einzelnen Angehörigen von Sanetomis

Regierung, um herauszufinden, wer dort im Moment das Sagen hatte.

Mehr konnte Castilla nicht tun. Seine Karten lagen auf dem Tisch, und er konnte nur noch warten, dass Yandong ebenfalls sein Blatt offenlegte.

Kapitel Fünfundsechzig

Über Ostchina

Als die fünf F-15-Jäger unter seinem Kommando ausscherten und auf Abfangkurs zu den zehn chinesischen Jagdflugzeugen vom Typ Shenyang J-11 gingen, wurde Smith bewusst, dass er den Atem anhielt.

In seinem Helm hörte er einen der chinesischen Piloten, der sie in gebrochenem Englisch zum Umkehren aufforderte. Mit Sicherheit stand ein anderer in Funkverbindung mit deren Basis, um über die lange und wahrscheinlich verwirrte Kommandokette eine Anweisung zu erhalten.

Diese Sorgen hatten Smiths Leute wenigstens nicht. Es oblag ihm, die letzte Entscheidung zu treffen.

General Baron hatte seine Piloten gut ausgewählt. Sie waren absolut erstklassig und flogen in perfekter Formation, bis sie nahe genug für den Abschuss der Raketen waren. In diesem Moment eröffneten alle zugleich das Feuer.

Als die Kondensstreifen erschienen, lösten sie die Formation auf, um die übrigen chinesischen Maschinen anzugreifen. Vier der fünf Raketen trafen ihr Ziel, die letzte strich über einen chinesischen Abfangjäger hinweg, dessen Pilot in einen waghalsigen Tiefflug gegangen war.

Den fünf amerikanischen Maschinen standen noch sechs chinesische J-11 gegenüber. Smith drehte sich in seinem Sitz und spähte durch die Cockpithaube, während sein Pilot das Letzte aus den Triebwerken herausholte.

Er hatte während seiner militärischen Laufbahn bei der Infanterie und den Special Forces gedient. Über die Luftkriegführung wusste er nur sehr wenig. Im Grunde schien sie sich jedoch kaum von dem chaotischen Wahnsinn eines Gefechts zwischen Bodentruppen zu unterscheiden – nur dass alles viel schneller und dreidimensional ablief.

Es war unmöglich, in dem an einen Bienenschwarm erinnernden Geschehen, das kreuz und quer von Kondensstreifen durchzogen war, etwas Genaues zu erkennen. Eine F-15 bekam mehrere Treffer am Heck ab, blieb jedoch auf Kurs und feuerte eine Rakete auf die Maschine vor ihr ab. Die AIM-120-Lenkwaffe traf ihr Ziel, doch dann geriet das beschädigte amerikanische Jagdflugzeug ins Trudeln. Plötzlich flammte im Osten ein Feuerball auf, für Smith zu weit entfernt, um zu erkennen, ob es eines seiner Flugzeuge oder ein chinesisches war. Im nächsten Augenblick brach eine chinesische Maschine aus dem Kampfgetümmel aus und flog in seine Richtung.

»Einer kommt auf uns zu«, meldete Smith und drehte sich in seinem Gurt, um die Maschine im Auge zu behalten.

»Ich weiß«, antwortete der Pilot, ohne in irgendeiner Weise auf die Verfolgung zu reagieren.

»Können wir ihm davonfliegen?«, fragte Smith.

»Sicher nicht, Sir. Wir sind zu schwer, und Ihr kleines Spielzeug ist für die Aerodynamik ziemlich ungünstig.«

»Können wir ausweichen?«

»Die Maschine fühlt sich an wie ein Schwein mit Flügeln, Sir.«

Zudem waren sie nicht mit Raketen ausgerüstet. Sie hatten nur die Bordkanone.

»Wie lange noch bis zum Ziel?«

»Etwa zweieinhalb Minuten.«

Der chinesische Jäger näherte sich schnell, und keine der F-15 war in einer geeigneten Position, um ihnen zu Hilfe zu kommen. Der Pilot drückte den Steuerknüppel nach vorne, und Smith wurde in den Sitz gedrückt, als sie hinabtauchten. Der Jet vibrierte, als würde er jeden Moment zerspringen, doch der chinesische Jäger blieb ihnen auf den Fersen.

Smith wollte sich nach dem Verfolger umdrehen, doch der Anpressdruck ließ es nicht zu. Wie nahe war die J-11? Nahe genug, um das Feuer zu eröffnen?

Er bekam die Antwort im nächsten Augenblick, als in dem engen Cockpit ein Alarm schrillte. Das Flugzeug hinter ihnen hatte sie mit seinem Zielradar erfasst.

Smith hielt sich fest und drehte sich ein Stück zur Seite. Aus dem Augenwinkel sah er die chinesische Maschine nur wenige Hundert Meter hinter ihnen. In der Ferne waren die Kondensstreifen der Luftschlacht zu erkennen, aber keine einzelnen Maschinen.

Smith drehte sich wieder nach vorne. Wusste Takahashi, was sich hier abspielte? Lachte er sich ins Fäustchen, während er zusah, wie die Chinesen ihre letzte Hoffnung zerstörten?

Smith biss die Zähne so fest zusammen, dass er sie knirschen hörte. Er schloss die Augen und wartete, doch nichts geschah. Vermutlich hatte er in dem hilflosen Warten auf den Tod in einer Flammenhölle jedes Zeitgefühl verloren, doch die Sekunden verstrichen, bis er sich sicher war, dass es nicht an seiner Wahrnehmung liegen konnte. Schließlich öffnete er die Augen und drehte sich um. Das Flugzeug war direkt hinter ihnen.

»Warum feuert er nicht?«

»Ich weiß es nicht, Sir.«

»Kann es sein, dass sein Waffensystem defekt ist?«

»Möglich, aber unwahrscheinlich.«

In diesem Augenblick scherte die J-11 aus und machte kehrt, um den Kameraden zu helfen.

Smiths erster Gedanke war, dass es sich um einen Trick handelte. Aber wozu? Dieser Pilot hätte sie mit einem Knopfdruck auslöschen können. Hatte Castilla seinen chinesischen Amtskollegen überzeugen können, seine Flugzeuge zurückzurufen?

Smith spähte über die chinesische J-11 hinaus in die Ferne, wo der Luftkampf in vollem Gange war. Soweit er erkennen konnte, waren nur noch zwei chinesische Flugzeuge in der Luft, die von den überlebenden F-15-Jägern bedrängt wurden. Es war Zeit, eine Entscheidung zu treffen. Die J-11 würden nicht mehr lange durchhalten, auch wenn ihnen die eine Maschine zu Hilfe kam.

»Angriff abbrechen!«, gab Smith an seine Piloten durch. »Ich wiederhole: Angriff abbrechen. Auf Verteidigungsmaßnahmen beschränken.«

Kapitel Sechsundsechzig

Über Ostchina

General Masao Takahashi schwenkte sein Fernglas langsam vor dem Seitenfenster des Jets, während seine Männer mit freiem Auge beobachteten, was sich südlich von ihnen am Himmel abspielte.

Es war unmöglich, im Getümmel der Luftschlacht etwas Genaues zu erkennen oder auch nur die amerikanischen F-15 von den chinesischen J-11 zu unterscheiden. Mit Sicherheit ließ sich nur sagen, dass der amerikanische Überraschungsangriff erfolgreich verlaufen war. Das Verhältnis zwischen den beiden Einheiten war nun zahlenmäßig in etwa ausgeglichen.

Takahashi ließ das Fernglas sinken, ging nach vorne zum Cockpit und nahm sich einen Kopfhörer. »Verbinden Sie mich mit dem Tower in Chengdu.«

Der Pilot drückte einen Schalter am Funkgerät und spähte wieder durch die Frontscheibe. Er beugte sich vor und überblickte das Gewirr der Kondensstreifen, das die Kampfflugzeuge hinterließen.

»Chengdu Tower, hier spricht General Masao Takahashi im Flugzeug von Premierminister Sanetomi. Ihre Jäger haben südlich von uns eine Gruppe amerikanischer Jagdflugzeuge abgefangen. Wie ist die Situation?«

Diese Kommunikation wurde zweifellos von höchster Stelle überwacht, doch das konnte er nutzen, um die

Chinesen zu verwirren. Präsident Castilla hatte ihnen bestimmt schon mitgeteilt, dass Takahashi versuchte, irgendeine Waffe ins Land zu schmuggeln, um unter diesem Vorwand mit den eigenen Flugzeugen in den chinesischen Luftraum einzudringen. Es war klar, dass die Chinesen den Amerikanern nicht trauten und beschlossen hatten, sie aufzuhalten. Jetzt musste er nur noch dafür sorgen, dass sie diese Linie beibehielten und ihre einzige Chance zu überleben vernichteten.

»Einen Moment, General«, antwortete eine Stimme über Funk.

»Tower, was hat das zu bedeuten? Wir dürften bereits in Reichweite ihrer Raketen sein. Sollen wir den Kurs ändern?«

»Einen Moment.«

Takahashi deckte das Mikrofon mit der Hand ab und wandte sich an seinen Piloten. »Wie lange noch bis Chengdu?«

»Wir sollten in dreiundfünfzig Minuten die Außenbezirke erreichen, General.«

Takahashi spähte zu dem Luftkampf, der in der Ferne kaum noch zu erkennen war. Doch er wusste nur zu gut, dass die Entfernung nur eine Illusion war. Mit ihrer überlegenen Geschwindigkeit könnten die Jagdflugzeuge innerhalb weniger Sekunden hier sein.

Er kniff die Augen gegen die Sonne zusammen und fokussierte auf den Kondensstreifen in der Mitte des Kampfgeschehens. Er wirkte irgendwie merkwürdig, schien das Sonnenlicht anders zu reflektieren.

»Feldstecher!«

Einer seiner Männer eilte herbei, um ihm das Fernglas zu bringen, das er auf dem Sitz hatte liegen lassen. Takahashi hob es an die Augen. Das Adrenalin schoss ihm in die

Adern, als er das einsame Flugzeug erblickte, das aus dem Getümmel ausgebrochen war und auf Abfangkurs zu ihnen ging. Er analysierte das Profil der Maschine, bis er sich sicher war, dass es ein amerikanisches Jagdflugzeug war.

»Tower, hier ist Takahashi«, sprach er in sein Mikrofon. »Eine F-15 ist auf Abfangkurs zu uns. Verbinden Sie mich mit Präsident Yandong. Wir sind in diplomatischer Mission unterwegs, und der Premierminister ist schwer krank.«

»Wir verbinden Sie, General«, antwortete die Stimme. »Bleiben Sie dran.«

Ein zweites Jagdflugzeug brach aus und folgte der amerikanischen F-15. Takahashi beobachtete das Geschehen und spürte, wie sich sein Herzschlag etwas beruhigte. Es war eine chinesische Maschine, die so schnell hinterherjagte, dass sie den Amerikaner erreichen würde, lange bevor dieser in Reichweite von Takahashis Jet gelangte.

Nun konnte ihn nichts mehr aufhalten. Nicht die Amerikaner, nicht die Chinesen. Er würde seine Bestimmung erfüllen. Sie würden in Chengdu landen, die Ärzte würden Sanetomis Tod feststellen, und er würde die Waffe freisetzen, um dieses ganze nutzlose Volk auszulöschen.

Natürlich würde die japanische Regierung verlangen, dass die sterblichen Überreste des Premierministers unverzüglich nach Japan überstellt wurden, und Takahashi würde den Toten feierlich nach Hause geleiten. Er würde in einer Rede seiner Bewunderung für den Politiker Ausdruck verleihen, Sanetomis Patriotismus und seinen Einsatz für das Land hervorheben. In Wahrheit würde er nur auf die ersten Anzeichen einer Schwächung der Infrastruktur von Chengdu warten. Auf die verwirrte und gewohnt heimlichtuerische Reaktion der chinesischen Regierung, mit der sie versuchen würde, ihre Macht zu sichern. Und schließlich das unvermeidliche Abgleiten des Landes ins Chaos.

Der General beobachtete, wie die F-15 den Verfolger abzuschütteln versuchte, doch ihre Manöver wirkten schwerfällig im Vergleich zu dem wendigen chinesischen Jagdflugzeug. Jeden Moment würde die amerikanische Bedrohung – und damit die Vorherrschaft der USA in der Welt – ausgelöscht sein. Die Frage war, welche Reaktion auf diesen Affront angemessen war. Sollte er den Vorfall großzügig ignorieren? Nein, das würde man als Schwäche interpretieren. Vielleicht würde er zur Strafe einen Flugzeugträger versenken. Damit würde er nicht nur Japans Überlegenheit gegenüber den amerikanischen Seestreitkräften demonstrieren, sondern auch seine Entschlossenheit, auf jede Aggression entsprechend zu antworten.

Die J-11 war ihrer Beute nun dicht auf den Fersen, und Takahashi beobachtete, wie der amerikanische Pilot vergeblich zu entkommen versuchte. Was er auch versuchte, es blieb wirkungslos. Nichts konnte das US-Flugzeug mehr retten.

Takahashi zählte im Stillen die Sekunden, doch der chinesische Pilot feuerte nicht.

»Chengdu Tower«, meldete er und bemühte sich, seine plötzliche Unsicherheit zu verbergen. »Das amerikanische Flugzeug ist immer noch auf Abfangkurs. Sind wir mit Präsident Yandong verbunden?«

Keine Antwort.

»Chengdu, ich ...«

Er verstummte, als der chinesische Jäger plötzlich nach Süden ausscherte.

»Wo liegt die nächste Stadt?«, fragte Takahashi den Piloten.

»Ich weiß es nicht, General.«

»Finden Sie es heraus und nehmen Sie Kurs auf diese Stadt!« Takahashi hob den Feldstecher an die Augen, konnte die F-15 jedoch nirgends finden. Er rannte zum Heck des Jets und drückte die Wange ans Fenster, um nach dem Jagdflugzeug Ausschau zu halten.

Die F-15 war schon bedrohlich nahe. Trotz der grellen Sonne waren die Heckflossen gut zu erkennen.

»General!«, rief der Pilot aus dem Cockpit. »Die nächste Stadt liegt etwa fünfzehn Minuten nördlich.«

Takashi rannte nach vorne und griff sich den Kopfhörer, während seine Sicherheitsleute wie gebannt durch das Fenster starrten. »Schalten Sie mich auf einen Kanal, der von der F-15 abgehört wird, und nehmen Sie Kurs auf diese Stadt.«

»Amerikanisches Militärflugzeug, hier spricht General Masao Takahashi von den japanischen Selbstverteidigungsstreitkräften. Wir ändern den Kurs. Was haben Sie vor?«

Schweigen.

»US-Militärflugzeug!«, wiederholte Takahashi und spürte eine ungewohnte Panik in sich aufsteigen. »Ich wiederhole, hier spricht General …«

Er wurde nach hinten gerissen und krachte mit dem Kopf gegen die Lehne des leeren Kopilotensitzes, als der Pilot abrupt nach rechts ausscherte. Einen Moment lang dachte er, das Dröhnen in seinen Ohren komme vom Aufprall, doch dann erkannte er den wahren Grund: die Gatling-Kanone der F-15.

Takahashi kroch zum Kopfhörer auf dem Boden, doch das Kabel war durchtrennt. Als er aufblickte, sah er das amerikanische Jagdflugzeug von Osten auf seinen Jet zukommen. Das Aufblitzen der 20-mm-Geschosse war durch die

Frontscheibe deutlich zu erkennen. Diesmal konnte der Pilot nichts mehr tun. Die Kugeln durchschlugen den Flügel, und ein heftiger Ruck ging durch das Flugzeug. Takahashi sprang in den Kopilotensitz, doch im nächsten Augenblick wurde das Cockpit von einem metallischen Kreischen erfüllt, als der Flügel weggerissen wurde.

Der Jet machte einen Ruck zur Seite, und Takahashi hielt sich am Gurt fest, während das Pfeifen der Luft über dem beschädigten Flugzeug immer lauter wurde.

Der Pilot kämpfte noch einen Moment mit dem Steuerknüppel, doch dann gab er es auf und ließ die Maschine zur Erde trudeln.

Kapitel Siebenundsechzig

Über Ostchina

Ihr erster Überflug war nicht erfolgreich verlaufen, weil Smith darauf bestand, dass der Absturz über einem bestimmten Gelände erfolgen musste. Beim zweiten Versuch hämmerte der Pilot eine perfekte Linie in den Flügel des japanischen Jets. Als sie vorbeizogen, drehte sich Smith in seinem Sitz und beobachtete, wie die getroffene Maschine einen heftigen Ruck machte und ins Trudeln geriet.

»Wenden!«, wies er den Piloten an. Der zog die F-15 nach Norden, sodass sie das schwer beschädigte Flugzeug im Blick hatten, während es auf die leere Landschaft hinabstürzte. Der Flügel löste sich schließlich ganz und hinterließ eine Spur von Metalltrümmern am Himmel. Zum Glück blieb jedoch der Rumpf bis zum Aufprall intakt. Das Wrack – und damit vermutlich Itos Waffe – blieb auf ein Gebiet von zweihundert Metern beschränkt.

»Gehen wir's an«, sagte Smith.

Der Pilot ging in den Tiefflug und visierte die Überreste von Sanetomis Flugzeug an. Es gab keine Möglichkeit, die Waffe, die sie einsetzen würden, noch irgendwie zu steuern, sobald sie in der Luft war. Deshalb mussten sie so nahe wie möglich an das Ziel herangehen, auch wenn damit ein gewisses Risiko verbunden war. Sie hatten nur einen Schuss – und der musste sitzen.

»Auf mein Kommando, Sir.«

Smith umklammerte die Fernbedienung in seiner Hand. Das Ding sah aus wie für ein Videospiel gedacht, nicht für den Abwurf einer Neutronenbombe, doch die Mechaniker hatten nur wenig Zeit gehabt, um einen geeigneten Mechanismus zu installieren. Falls alles planmäßig funktionierte, sollten sie Itos Waffe damit völlig vernichten können. Der Explosionsradius der Bombe war mit etwa fünfhundert Metern relativ klein, doch die freigesetzte Strahlung sollte ausreichen, um die Nanowaffe bis in einem Umkreis von drei Kilometern auszulöschen. Was konnte schiefgehen? So gut wie alles. Die notdürftig gebaute Abwurfvorrichtung konnte klemmen. Genauso war es denkbar, dass die uralte Waffe nicht detonierte. Oder dass sie das Wrack verfehlten. Und am allerschlimmsten war die Möglichkeit, dass einige der Nanobots weit genug weggeschleudert wurden, um zu überleben und sich zu verbreiten.

Smith schnippte die Abdeckung vom Knopf der Fernbedienung. Sein Magen krampfte sich zusammen, was nicht nur am atemberaubenden Sinkflug der F-15 lag, sondern vor allem an dem beängstigenden Gedanken, dass das Leben von Millionen Menschen von einer winzigen Bewegung seines Daumens abhing.

»Jetzt!«, rief der Pilot, und Smith drückte auf den Knopf.

Es folgte ein kurzes Knirschen, dann sprang die rechte Seite des Flugzeugs mit einem Ruck hoch, als sich das Gewicht darunter löste.

»Sie ist los!«, meldete der Pilot und riss den Steuerknüppel zurück. Smith spürte, wie in seinem Anti-g-Anzug Druckluft in Hohlräume gepumpt wurde, um das Absacken des Blutes im Körper zu verhindern, während die Maschine rasch hochstieg. Seine Sicht begann zu verschwimmen, als das Braun der öden Landschaft durch das Blau des Himmels ersetzt wurde.

Ein greller Lichtblitz flammte auf, und im nächsten Augenblick übertönte ein mächtiger Donnerschlag das Dröhnen der Pratt & Whitney-Triebwerke. Die Druckwelle erfasste das Flugzeug, und er hatte plötzlich nicht mehr das Gefühl zu fliegen, sondern über den Himmel geschleudert zu werden. Ein Alarm heulte auf, den Smith nicht zuordnen konnte, und das Heck der Maschine brach erst nach links aus, dann nach rechts, ehe sie völlig außer Kontrolle geriet. Der Pilot kämpfte mit der Kraft der Triebwerke gegen die Druckwelle an, doch die Explosion war zu mächtig. Die Fliehkräfte ließen ebenso nach wie das Dröhnen des heißen Windes um sie herum, doch sie taumelten nur noch als Spielball gigantischer Kräfte durch die Luft.

Weitere Alarmtöne schrillten, als die Systeme des Flugzeugs nacheinander ausfielen. Schließlich kamen auch die Triebwerke stotternd zum Stillstand. In diesem Augenblick trat eine gespenstische Stille ein. Da war nur noch die sich wild drehende Welt um sie herum und das rhythmische Pochen des eigenen Herzschlags.

»Wir schaffen es nicht«, stellte der Pilot mit bewundernswerter Ruhe fest. »Viel Glück, Sir.«

Die Kanzelhaube über Smith flog auf, im nächsten Augenblick wurde er aus dem Cockpit gerissen und flog um Haaresbreite am Heck der trudelnden Maschine vorbei. Der Pilot hatte nicht so viel Glück; er wurde mit seinem Schleudersitz erfasst und regelrecht durchtrennt.

Epilog

Arlington National Cemetery
USA

Jon Smith wandte sich von der jungen Familie ab, die über einem mit einer Flagge geschmückten Sarg weinte, und blickte auf die Grabsteine hinaus, die in der Sonne schimmerten. Mithilfe der dankbaren chinesischen Regierung hatten die Überreste seines Piloten und dessen im Luftkampf gefallenen Kollegen geborgen werden können. Beide wurden mit allen militärischen Ehren beigesetzt.

Präsident Castilla war aus verständlichen Gründen nicht zugegen. Es hätte so manchen stutzig gemacht, dass der Oberbefehlshaber der Streitkräfte an der Beerdigung zweier Piloten teilnahm, die bei einem tragischen Trainingsunfall ums Leben gekommen waren. Ebenfalls nicht anwesend war Fred Klein, der sich ohnehin immer im Hintergrund hielt.

Etwas anders lag der Fall bei Randi. Niemand wusste, wo sie war. Der Tod fast aller Angehörigen ihres Teams – insbesondere von Professor Wilson und seinen Studenten – hatte sie schwer getroffen. Sie war zuletzt im Grenzgebiet zwischen Laos und Kambodscha gesehen worden, doch danach hatte niemand mehr etwas von ihr gehört. Smith machte sich jedoch keine allzu großen Sorgen. Randi tauchte immer irgendwann wieder auf.

Somit blieb es trotz seines miserablen Zustands ihm vorbehalten, Covert One stillschweigend zu vertreten.

Unter so vielen uniformierten Soldaten würde niemand einen einsamen Colonel beachten, der sich auf einen Gehstock stützte.

Er drehte sich um und beobachtete, wie die Flagge vom Sarg genommen und sorgfältig gefaltet wurde, um sie der Frau des toten Piloten zu überreichen. Sie würde nie erfahren, dass ihr Mann mit seinem Einsatz Millionen Menschen das Leben gerettet hatte.

Eines Tages, in vielen Jahren, würden diese Ereignisse bekannt werden, Historiker würden kluge Arbeiten darüber verfassen und bei gepflegten Drinks in schicken Bars darüber diskutieren. Smith hoffte, dass irgendjemand daran denken würde, den Verstorbenen die verdiente Anerkennung zuteilwerden zu lassen. Seiner Ansicht nach war das durchaus ein paar Steuerdollars wert.

Bis dahin würde jedoch Fred Kleins sorgfältig ausgearbeiteter Vertuschungsplan in Kraft bleiben. Als Ursache für den Absturz von Premierminister Sanetomis Flugzeug hatte man einen Zusammenstoß mit einem Vogel angegeben, und die Demonstrationen von japanischen sowie chinesischen Bürgern, die an eine Verschwörung glaubten, wurden von den Regierungen aufgelöst. Asiatische Zeitungen druckten Fotos von Sanetomis Nachfolger, die ihn beim lächelnden Händeschütteln mit dem chinesischen Präsidenten Yandong zeigten. Alle schienen einzusehen, dass man die Feindseligkeiten zu weit getrieben hatte und dass tragfähige Kompromisse gefunden werden mussten.

Itos Anlage würde über Jahrhunderte hinaus versiegelt bleiben, um die Radioaktivität abklingen zu lassen. Wenn die Medien die relativ uninteressante Tatsache bemerkten, dass das Atommüllendlager stillgelegt worden war, würde die Regierung es mit dem Verdacht auf instabile Gesteinsstrukturen erklären.

Greg Maple hielt sich in China auf und suchte zusammen mit einheimischen Kollegen nach Spuren von Itos Nanowaffe. Bisher hatten sie zum Glück nichts gefunden. Die Chinesen hatten das Gebiet der Bombenexplosion meilenweit abgeriegelt und schrieben es einem Unfall in einem unterirdischen Atomlabor zu. Die Welt hegte natürlich den Verdacht, dass es sich in Wahrheit um eine geheime Atomwaffenfabrik handelte, doch Präsident Castilla erklärte die chinesische Version für glaubwürdig, was dazu beitragen sollte, schnell Gras über die Sache wachsen zu lassen.

Das einzige Problem, das es zu lösen galt, war Takahashis Armee. Premierminister Sanetomis Nachfolger gewährte den Vereinigten Staaten unbeschränkten Zugang, und den Kommandanten der Selbstverteidigungsstreitkräfte blieb nichts anderes übrig, als zu kooperieren. Man würde Jahre brauchen, um festzustellen, was dort vor sich gegangen war, wie die Verantwortlichen es angestellt hatten und wie es nun weitergehen sollte. Das Wichtigste jedoch war, dass Itos Waffe nicht länger zu existieren schien. Smith war froh, die Details anderen überlassen zu können. Er und seine Leute hatten genug getan.

Trotz des kühlen Wetters trat ihm der Schweiß auf die Stirn, und Übelkeit stieg in ihm auf. Er kannte dieses Gefühl nur zu gut und musste sich zusammennehmen, um sich nicht zu übergeben. Noch vor ein paar Tagen hätte er es nicht verhindern können, doch die Übelkeitsanfälle waren nicht mehr ganz so übermächtig.

Die Zeremonie ging zu Ende, und Smith mischte sich, auf den Gehstock gestützt, unter die Trauergäste, die den

Friedhof verließen. Die Strahlenkrankheit, die er sich in Itos Labor und durch den Abwurf der Neutronenbombe zugezogen hatte, war eine der quälendsten Erfahrungen seines Lebens. Man hatte ihm jedoch versichert, dass er nach einem Monat das Allerschlimmste überstanden haben würde. Natürlich war das Risiko, irgendwann an Krebs zu erkranken, immens hoch, doch er hatte sich ohnehin nie vorstellen können, eines Tages als alter Mann im Schaukelstuhl auf einer sonnigen Veranda zu sitzen. In seinem Geschäft war es viel wahrscheinlicher, eher früher als später mit einer Kugel im Kopf zu enden.

Was ihm im Moment am meisten zu schaffen machte, waren die gebrochenen Rippen und das Loch im Schulterblatt. Er hatte sechs Monate Urlaub erhalten, um vollständig zu genesen. Seine Physiotherapeutin, eine enthusiastische junge Frau, hatte ihm versichert, dass er schon bald wieder imstande sein würde, seine Exkollegen von den Special Forces abzuhängen, mit denen er sich am Wochenende regelmäßig zum Geländelauf traf.

Smith konnte ihre Zuversicht zwar nicht teilen, doch er wollte sich auch nicht länger von ihr als »Colonel Schwarzmaler« verunglimpfen lassen. Also befolgte er ihre Anweisungen und begann den mühsamen Weg mit einem gequälten Lächeln.